Aufs Gefühl kommt es an

Carly Phillips

Einfach sexy

Seite 5

Jennifer Crusie

Beim zweiten Mann ist alles anders

Seite 157

MIRA® TASCHENBUCH
Band 26044

1. Auflage: August 2017
Copyright © 2017 by MIRA Taschenbuch
in der HarperCollins Germany GmbH

Titel der amerikanischen Originalausgaben:
Simply Sensual
Copyright © 2000 by Karen Drogin
erschienen bei: Harlequin Enterprises Ltd., Toronto

Getting Rid of Bradley
Copyright © 1994 by Jennifer Crusie
erschienen bei: Harlequin Enterprises Ltd., Toronto

Published by arrangement with
Harlequin Enterprises II B.V./S. à r. l.

Umschlaggestaltung: büropecher, Köln
Umschlagabbildung: ariwasabi/Thinkstock
Redaktion: Mareike Müller
Satz: GGP Media GmbH, Pößneck
Printed in Germany
Dieses Buch wurde auf FSC®-zertifiziertem Papier gedruckt.
ISBN 978-3-95649-702-5

www.mira-taschenbuch.de

Werden Sie Fan von MIRA Taschenbuch auf Facebook!

Carly Phillips

Einfach sexy

Roman

Aus dem Amerikanischen von
Monika Paul

1. Kapitel

Stirnrunzelnd betrachtete Ben Callahan die Tasse aus feinstem chinesischem Porzellan, die auf einem Tablett aus massivem Silber vor ihm stand. Er überlegte, wie er sie anheben sollte, ohne dass sie in tausend Stücke zersprang. Freiwillig hätte er eine derart zerbrechliche Kostbarkeit niemals angefasst. In diesem Fall blieb ihm jedoch keine andere Wahl. Die Dame, die ihm gegenüber auf einem Sofa saß und ihn scharf beobachtete, Mrs. Emma Montgomery, hatte ihm deutlich zu verstehen gegeben, dass sie nicht zum Geschäftlichen kommen würde, ehe Ben eine Tasse Tee mit ihr getrunken hatte.

Was in den Köpfen der Reichen vor sich ging, würde Ben wohl auf ewig ein Rätsel bleiben, ganz egal wie oft er mit ihnen zu tun hatte. Er konnte damit leben, aber besonders sympathisch fand er die Vertreter dieser Gesellschaftsschicht nicht. Das lag vielleicht auch daran, dass seine Mutter sich jahrelang als Putzfrau verdingt hatte und am eigenen Leib erfahren musste, wie willkürlich die oberen Zehntausend mit ihren Bediensteten umsprangen.

Ben amüsierte sich oft darüber, dass er sich ausgerechnet in diesen Kreisen einen Namen als Privatdetektiv erworben hatte. Die meisten seiner Auftraggeber hatten wirklich Geld wie Heu und bezahlten seine Honorare, ohne mit der Wimper zu zucken. Er kam ganz gut über die Runden, ja, er konnte sogar genug abzweigen, um seine Mutter in einem gepflegten Seniorenheim unterzubringen.

Gerade saß er wieder einer potenziellen Klientin gegenüber, der er offenbar mit besonderem Nachdruck empfohlen worden war. Sie hatte ihm sogar das Flugticket von New York nach

Hampshire, Massachusetts, gezahlt, nur damit sie ihm höchstpersönlich erklären konnte, wozu sie seine Dienste benötigte.

Ben war schon gespannt, was ihn erwartete. Oft versuchten nämlich gerade Kunden, die sich ein ganzes Heer von Detektiven leisten könnten, die Spesenrechnung zu drücken oder sein Honorar zu kürzen. Nicht so Mrs. Montgomery. Sie hatte ihm ein Erfolgshonorar geboten, bei dem es ihm die Sprache verschlagen hatte, und – als wäre das noch nicht Ansporn genug – ihm freie Hand mit den Spesen gewährt.

Für jemanden ihrer Herkunft macht sie einen ganz netten Eindruck, fand Ben. Aber immer noch hatte er keinen Schimmer, was sie dafür von ihm erwartete. Unter den gegebenen Umständen allerdings war ihm das beinahe gleichgültig. Bens Mutter litt an einer unheilbaren Augenkrankheit. In nicht allzu ferner Zeit würde sie erblinden und nicht mehr imstande sein, alleine für sich zu sorgen. Was dann? Natürlich konnte sie in ihrem Wohnheim auch rund um die Uhr betreut werden, nur würde ihn das eine hübsche Stange Geld zusätzlich kosten. Da kam das Honorar, das Mrs. Montgomery zu zahlen bereit war, gerade recht. Und um diesen Preis nahm Ben auch eine altmodische Prozedur wie diese Teezeremonie bereitwillig in Kauf.

Er merkte, dass ihn seine Gastgeberin über den Rand ihrer Tasse hinweg fixierte. Sie schien auf etwas zu warten. Natürlich, der Tee! Schnell hob Ben die Tasse und nippte von der dampfenden Flüssigkeit, die so heiß war, dass er sich die Zunge verbrannte.

Offenbar hatte die alte Dame wirklich nur darauf gewartet. Sie räusperte sich und begann zu sprechen: „Es geht um meine Enkelin. Sie braucht einen Babysitter. Fällt das in Ihr Ressort?"

Beinahe wäre Ben die wertvolle Teetasse doch noch aus den Fingern geglitten. So ein Batzen Geld für einen Babysitter? Ungläubig schüttelte er den Kopf. „Wie bitte?"

Emma griff sich an die Stirn. „Verzeihen Sie, ich habe mich ungeschickt ausgedrückt. *Beschützer* trifft die Sache besser. Es ist so: Meine Enkelin befindet sich in einer Art Selbstfindungsphase. Deshalb sollen Sie sie beschützen."

Behutsam stellte Ben seine Tasse auf den Unterteller zurück, ehe er tatsächlich noch Schaden anrichtete. Eines musste er sofort klarstellen: Geld hin oder her, den Babysitter spielte er nicht. „Ich fürchte, da liegt ein Missverständnis vor, Mrs. Montgomery."

„Bitte nennen Sie mich doch Emma." Emma schenkte ihm ein strahlendes Lächeln.

„Also, Emma, um es vorweg zu sagen: Ich bin Privatdetektiv und nicht der Babysitter für irgendwelche verwöhnten Gören. Wie alt ist Ihre Enkelin denn?"

Statt einer Antwort nahm Emma ein Foto von einem Beistelltisch neben dem Sofa und reichte es ihm. Eine wunderschöne junge Frau mit honigblondem Haar, warmen braunen Augen und einem engelsgleichen Lächeln blickte ihm darauf entgegen. Bens Puls beschleunigte sich. Sie sah genauso aus wie seine Traumprinzessin!

„Eine richtige Schönheit, nicht wahr?" Emma konnte ihren Stolz nicht verbergen. „Sie wird in ein paar Tagen dreißig."

Unbehaglich rutschte Ben auf seinem Stuhl herum. In seinem Beruf brachte man es nicht weit ohne gute Menschenkenntnis. Von einem hübschen Gesicht ließ Ben sich nicht so leicht täuschen, und es war ihm bisher immer gelungen, Distanz zu den Menschen zu bewahren, über die er Erkundigungen einzog. Aber diese Frau faszinierte ihn vom ersten Moment an. Ihre Augen blickten dem Betrachter offen entgegen, doch Ben ahnte, dass dahinter Geheimnisse steckten, die nur darauf warteten, entschlüsselt zu werden. Wenn der Auftrag mit ihr zu tun hatte, musste er ihn annehmen, auch wenn ihn eine Stimme in seinem Inneren eindringlich davor warnte.

„Grace ist vor einiger Zeit nach New York gezogen", erklärte Emma. „Sie lebte bisher vom Einkommen aus einem Fonds, den ihre Eltern für sie angelegt haben. Kein fester Job –

kein fester Freund." Den letzten Satz betonte sie besonders auffällig und bedachte Ben dabei mit einem merkwürdigen Blick.

Siedend heiß fiel ihm ein, dass sein dunkles Haar dringend einen Schnitt vertragen hätte. Und erst die Stiefel! Hätte er sie bloß mal wieder eingecremt oder wenigstens ordentlich abgebürstet!

„Ich verstehe trotzdem nicht, warum Sie meine Dienste benötigen", meinte er verlegen.

„Vor Kurzem hat sie aus heiterem Himmel beschlossen, den Fonds nicht mehr anzurühren, sondern aus eigener Kraft für ihren Lebensunterhalt zu sorgen."

„Bedrohlich klingt das nicht gerade." Im Gegenteil, Grace gefiel Ben immer besser, je mehr er über sie erfuhr.

„Ganz meine Meinung! Wissen Sie, ich habe meine Enkelin zur Selbstständigkeit erzogen, aber Sie sehen ja, wohin das geführt hat! Sie hat Hampshire einfach verlassen. Ich kann sie auch verstehen. Es war höchste Zeit, dass sie sich dem Einfluss ihres tyrannischen Vaters, meines Sohnes, entzieht. Aber ..." Emma lachte bekümmert.

Ben, der befürchtete, dass sie sich noch weiter vom eigentlichen Thema ihrer Unterhaltung entfernen würden, nutzte die kurze Atempause und warf ein: „Sie wollen also, dass ich Grace überrede, wieder nach Hause zu kommen?"

Emma schüttelte den Kopf. „Nicht, wenn sie sich in New York wohl fühlt. Leider habe ich keine Möglichkeit, das zu beurteilen. Ich höre zwar, es ginge ihr gut, ich solle mir keine Sorgen machen." Emma schnaubte empört. „Keine Sorgen, wenn ich weiß, dass Grace mit der Kamera um den Hals durch die Großstadt zieht und vor lauter Fotografieren ihre Umgebung nicht mehr wahrnimmt!"

„Sie ist erwachsen und kann auf sich selbst aufpassen", warf Ben ein.

„Liest man nicht jeden Tag in der Zeitung von Überfällen auf junge Frauen, gerade in New York? Grace behauptet, sie hätte einen Kurs in Selbstverteidigung belegt, aber ich glaube ihr kein Wort! Seit sie volljährig ist, versucht sie, mich zu schützen, indem sie mir vieles verschweigt. Ich kann Ihnen sagen, das ist Gift für mein angegriffenes Herz."

Ben nickte stumm. Sein Vater war an einem Herzinfarkt gestorben, als Ben gerade acht Jahre alt war. Von seinem kleinen Angestelltengehalt hatte er keine Rücklagen gebildet, geschweige denn Vorsorge für einen Unglücksfall getroffen, sodass Ben und seine Mutter mittellos dastanden. Daraufhin musste sich Bens Mutter eine Arbeit suchen. Da sie keinen Beruf erlernt hatte, blieb ihr nichts anderes übrig, als in fremder Leute Häusern zu putzen.

Emmas Stimme holte Ben in die Gegenwart zurück. „Damit wir uns recht verstehen, Mr. Callahan: Ich bin sehr froh, dass Grace endlich auf eigenen Füßen stehen will. Es wurde wirklich Zeit, in ihrem Alter! Ich befürchte nur, dass sie mit der großen Freiheit nicht umgehen kann. Leider ist sie ein Mensch, der sich scheuen würde, um Hilfe zu bitten, wenn sie alleine nicht weiterkommt. Das ist der Grund, warum ich Sie engagieren will, verstehen Sie?"

Bens Gedanken überschlugen sich. Aus Emmas Worten folgerte er, dass diese Grace offenbar zu der Sorte Frauen gehörte, die Probleme magisch anzogen. Fragte sich nur, welche Art von Problemen. Außerdem musste er abwägen, ob er sich wegen möglicher Schwierigkeiten Emmas großzügiges Honorar durch die Lappen gehen lassen sollte.

Nein, ein derartiges Angebot schlug man nicht aus! Er würde den Fall übernehmen. Jeder hat etwas davon, redete er sich ein. Emma kann ruhig schlafen, weil sie weiß, dass das Leben ihrer Enkelin nicht bedroht ist, und ich kann mit dem Geld, das ich für diese Information von ihr erhalte, meine eigenen Probleme lösen.

Emma hatte ihn genau beobachtet und schmunzelte. „In der Hoffnung, dass Sie den Auftrag annehmen, habe ich bereits ein paar Vorkehrungen getroffen. Grace wohnt in einem Apartmenthaus in Murray Hill, ganz in der Nähe der Third Avenue. Ich habe mir die Freiheit genommen, ein wenig mit dem Eigentümer zu plaudern, und erfahren, dass sein Bruder genau gegenüber von Grace lebt. Wie es der Zufall will, muss dieser Bruder für einen Monat geschäftlich ins Ausland, und sein alter Freund – ein gewisser Ben Callahan – hat sich bereit erklärt, die Wohnung bis zu seiner Rückkehr zu hüten. Sehr nett von diesem Mr. Callahan, finden Sie nicht?" Triumphierend schwenkte sie einen Schlüsselbund vor Bens Augen.

Ben, der von seinen Klienten schon allerhand gewöhnt war und sich eingebildet hatte, gegen jede Art von Überraschung gefeit zu sein, verschlug es die Sprache.

„Sie wissen, dass ich eine eigene Wohnung habe, Emma?", stieß er nach einer Weile mühsam hervor. Er musste wohl ein ausgesprochen dummes Gesicht dabei gezogen haben, denn Emma lachte hell auf.

„Ich gebe keine Ruhe, ehe ich nicht weiß, dass Grace glücklich, zufrieden und in Sicherheit lebt. Das können Sie nur herausfinden, wenn Sie sich in ihrer unmittelbaren Nähe aufhalten. Es heißt, dass Sie ein Meister Ihres Faches sind, Ben!" Sie beugte sich vor und nahm Bens Hand. In ihren Augen lag eine stumme Bitte, die Ben nicht leichtfertig ignorieren konnte.

Insgeheim bewunderte er die Dreistigkeit, mit der Emma ihn manipulierte. Obwohl er wusste, dass sie ihm den sprichwörtlichen Honig ums Maul schmierte, konnte er nicht ablehnen. Was war schon groß dabei, wenn er sich mit der Enkelin anfreundete, damit die Großmutter besänftigt war? Das Honorar für diesen Auftrag käme ausschließlich seiner Mutter zugute, und die hatte sich, weiß Gott, ein paar Annehmlichkeiten verdient.

„Was ist?", fragte Emma erwartungsvoll.

Noch einmal betrachtete Ben nachdenklich das Foto. Wenn ihm schon beim Anblick eines Fotos der jungen Frau die Knie weich wurden, was würde dann erst geschehen, wenn er ihr leibhaftig gegenüberstand? Vor sich selbst konnte er ruhig zugeben, dass er die Distanz zu diesem Fall eingebüßt hatte, ehe er überhaupt daran arbeitete. Im Grunde musste er das Angebot ablehnen. Nur würde Emma dann im Handumdrehen einen anderen Privatdetektiv beauftragen, Erkundigungen über ihre Enkelin einzuholen. Und das ging Ben aus irgendeinem Grund massiv gegen den Strich.

Was für ein herrlicher Tag! Grace hatte den ganzen Nachmittag im Park zugebracht, immer auf der Suche nach Motiven für den Auftrag, an dem sie zurzeit mit vollem Einsatz arbeitete. Ihre Aushilfstätigkeit in einem Fotostudio füllte sie nicht aus. Passfotos und Porträtaufnahmen hatten wenig mit der Art von Fotografieren zu tun, die sie schätzte. Wirklich als Profi fühlte sie sich erst, wenn sie mit der Kamera bewaffnet im Park umherstreifte. Die Bilder, die sie dort aufnahm, würden über ihre Zukunft entscheiden, deshalb legte sie ihren ganzen Ehrgeiz in diese Streifzüge.

An diesem Tag hatte sie eine Reihe fantastischer Motive vor die Linse bekommen. Sie war sehr zufrieden mit ihrer Leistung. Nicht einmal die endlos lange Schlange vor der Kasse im Supermarkt konnte ihr die Stimmung vermiesen.

Nun stand sie schwer bepackt vor der Tür ihres Apartments und fischte unter mühsamen Verrenkungen nach dem Schlüssel. Sie trug einen weiten Poncho, der so weich war, dass sich der Eingriff der nachträglich eingenähten Tasche jedes Mal aufs Neue ihren tastenden Fingern entzog. Verflixtes Ding, langsam kapierte sie, warum der Schneider sie gewarnt hatte, eine Tasche in den Umhang nähen zu lassen.

Grace betete, dass sie den Schlüssel zu fassen bekäme, ehe sich die Tüten, die ihre Einkäufe enthielten, selbstständig machten. Selber schuld, dachte sie, warum hast du nicht einfach eine Jeansjacke angezogen, wie sie hunderte anderer, vernünftiger Mädchen tragen.

Aber der Poncho war ihr erklärtes Lieblingskleidungsstück. Ihre Großmutter hatte ihn ihr vor langer Zeit geschenkt, damit Grace die Kamera aus dem Haus schmuggeln konnte, ohne dass der Rest der Familie, der weder für sie, geschweige denn für ihre künstlerische Ader Verständnis aufbrachte, etwas bemerkte.

Auch aus diesem Grund war Grace in diese große Stadt in einem anderen Staat geflüchtet. Es war Zeit, dass sie das wirkliche Leben kennenlernte – und die wirkliche Grace Montgomery, sofern es die gab. Leider war es mit dem Umzug alleine nicht getan. Zunächst einmal hatte sich dadurch nämlich nicht viel verändert. Unbewusst suchte Grace wohl doch ständig nach Anerkennung durch ihre Eltern, obwohl sie genau wusste, dass das ein aussichtsloses Unterfangen war. Trotzdem hatte sie zunächst weiterhin vom Geld ihrer Eltern gelebt und sich, gutes Kind, das sie war, auch brav an deren Regeln gehalten.

Aber dann traf sie Catherine, das sympathische Mädchen aus einfachen Verhältnissen, das Grace' Bruder Logan gegen den erbitterten Widerstand seines Vaters zur Frau nahm. Der Kontakt zu ihrer Schwägerin, einer jungen Frau, die mit beiden Beinen fest auf dem Boden stand, rüttelte Grace auf und half ihr, sich über ihr Ziel klar zu werden: Sie wollte endlich auf eigenen Füßen stehen.

Wie so oft im Leben kam ihr der Zufall zu Hilfe: Obwohl Grace das Leben, das ihre Eltern führten, weit hinter sich lassen wollte, hielt sie Kontakt zu ihren Schulfreundinnen. Eine von ihnen, Cara Hill, arbeitete für „Chances", eine Wohlfahrtsorganisation, die sich für Kinder aus sozial schwachen Familien einsetzte. Cara war für die Mitgliederwerbung und das Auftreiben von Spendengeldern zuständig. Zu diesem Zweck plante sie, eine Artikelserie in einer der bekanntesten Illustrierten des Landes zu veröffentlichen. In eindringlichen Texten und mit bewegenden Fotos wollte sie die Notlage der Kinder schildern, um an die Spendenbereitschaft der Leserschaft zu appellieren.

Cara war begeistert, als sie erfuhr, dass Grace Fotografin war. Ohne lange zu fackeln, erteilte sie ihr den Auftrag, Bilder von Kindern aus den ärmeren Vierteln zu machen. Grace war sehr geschmeichelt über Caras bedingungsloses Vertrauen und schwor sich bei ihrer Berufsehre, die Freundin nicht zu enttäuschen.

Es gab einen zweiten Grund, weshalb die Fotos ein Erfolg werden mussten: Die Bilder würden ein breites Publikum erreichen und Grace möglicherweise Chancen eröffnen, von denen sie andernfalls nicht zu träumen gewagt hätte.

Endlich spürte sie das kalte Metall des Wohnungsschlüssels zwischen den Fingern. Doch zu spät: Eine der braunen Einkaufstüten rutschte ihr aus den Händen und ergoss ihren Inhalt auf den Boden. Bestürzt betrachtete Grace die Schweinerei auf dem Korridor und stöhnte bei genauerem Hinsehen entsetzt auf. „Ausgerechnet die Eier!"

„Damit wäre die Party wohl geplatzt", ertönte plötzlich eine Stimme hinter Grace. Was für eine Stimme: männlich, aufregend tief und sehr sexy. Bei ihrem Klang überlief Grace eine Gänsehaut, und in ihrem Magen kribbelte es. Sie schloss die Augen, um das Prickeln intensiver genießen zu können. Das musste der neue Nachbar sein, den sie, wann immer sich die Gelegenheit ergab, heimlich vom Fenster aus beobachtete. Er war ihr vom ersten Tag an aufgefallen, als er in einem schwarzen, voll beladenen Mustang vorgefahren war. Da sie der Hausverwalter vorgewarnt hatte, wusste sie, dass es sich um den jungen Mann handeln musste, der vorübergehend in der Nachbarwohnung einziehen würde.

Langsam und bedächtig, um das Durcheinander nicht noch zu verschlimmern, aber auch um ein wenig Zeit zu gewinnen, stellte Grace ihre Tüten und Taschen auf den Boden. Dann erst drehte sie sich um. Er war es tatsächlich. Aus der Nähe betrachtet, stellte Grace fest, war er noch weitaus attraktiver, als sie es aus der Ferne bereits vermutet hatte.

Er lehnte lässig an der Wand auf der gegenüberliegenden Seite des Korridors. Seine Jeans und das ausgewaschene blaue T-Shirt saßen wie eine zweite Haut an seinem durchtrainierten Körper. Sein Haar war so schwarz, dass es selbst gegen den schmuddelig grauen Farbton, den die Wand im Laufe der Zeit angenommen hatte, deutlich abstach. Es war verstrubbelt und reichte ihm bis auf die Schultern. Am liebsten hätte Grace die Hand ausgestreckt und Ordnung in die rabenschwarze Mähne gebracht.

Aber hallo! Grace stutzte. Wieso interessierst du dich auf einmal für die Frisur eines Kerls? Das ist ja ganz was Neues.

Nun, dieser junge Mann war in mehr als einer Hinsicht außergewöhnlich, ganz anders als die Softies mit manikürten Händen, die Grace von früher kannte. Einen Prachtburschen wie den hier fand man in Hampshire nicht. Einmal mehr gratulierte sich Grace im Stillen zu ihrem Entschluss, nach New York zu ziehen.

Sie hatte wirklich noch keinen Mann getroffen, der sie auf Anhieb so beeindruckte. Er strahlte etwas aus, das eine Seite ansprach, die Grace an sich bislang noch gar nicht entdeckt hatte. Sie spürte, wie sich Gefühle in ihr regten, wie sie sie noch nie empfunden hatte.

Dieser Knabe war gefährlich. Er war ein Bild von einem Kerl und deshalb, das hatte man Grace jahrelang eingebläut, nicht der passende Umgang für eine junge Frau aus gutem Hause. Aber gerade das machte ihn so anziehend.

„Kann ich Ihnen helfen? Ich bin Ben Callahan, Ihr neuer Nachbar."

Der Klang seiner Stimme riss Grace aus den Gedanken. Automatisch reichte sie ihm die Hand und stellte sich vor, wie man es ihr beigebracht hatte: „Grace Montgomery, sehr erfreut." Im gleichen Moment verwünschte sie ihre gute Erziehung. Jetzt hält er mich bestimmt für einen schrecklichen Snob, dachte sie verärgert.

Doch der Neue überging den Patzer, lachte kurz und rau und schüttelte ihre Hand herzlich. „Nett, Sie kennenzulernen."

Grace wurde es ganz flau im Magen, als sich ihre Finger trafen. Sein Händedruck war warm und fest, aber als sich ihre Handflächen berührten, war es, als spränge ein heißer Funke über. Der junge Mann schien es ebenfalls gespürt zu haben, denn er räusperte sich und ließ Grace' Hand schnurstracks wieder los und bückte sich nach den Tüten. „Sie werden sehen, das haben wir gleich."

Beneidenswert, wie schnell er die Fassung wiedergewinnt, fand Grace. Sie selbst brachte zunächst keinen Ton heraus, sondern schüttelte nur abwehrend den Kopf. „Danke, ich schaff das schon", stammelte sie schließlich. Die Tüten waren im Augenblick wirklich das geringste ihrer Probleme.

„Das glaube ich gerne, aber ich weiß, was sich für einen Gentleman schickt. Besonders", hier schenkte er Grace ein strahlendes Lächeln, „wenn eine schöne Frau in Not ist."

Grace hielt immer noch den Schlüssel in der Hand. Ihre Finger zitterten, als sie ihn ins Schloss steckte und aufschloss. Die Nähe dieses Nachbarn beunruhigte sie.

„Wohin mit dem Zeug?", fragte er jetzt.

„Stellen Sie alles in die Küche." Mit einer fahrigen Geste wies Grace ihm den Weg durch den engen Flur in ihre kleine Küche.

Gehorsam deponierte Ben die ganze Ladung, einschließlich der zerbrochenen Eier, auf der Arbeitsplatte. „Echt schade um die Party", meinte er.

Spielt er auf mein Kaffeekränzchen gestern an? fragte sich Grace. Immer wenn ihr im Rahmen ihres Auftrages für „Chances" besonders gute Kinderfotos gelangen, machte sie davon Abzüge, die sie den Eltern schenkte. So viel war sie den Leuten schuldig, fand sie. Einmal die Woche trafen sich die Mütter bei einer Tasse Kaffee in ihrer Wohnung, bewunderten die Schnappschüsse und nahmen ihr Exemplar fürs Familienalbum in Empfang.

Aus welchem Grund sollte sich aber ihr Nachbar für das Kommen und Gehen in ihrem Apartment interessieren? Seltsam, aber vielleicht ein gutes Zeichen!

Hastig schüttelte Grace den Kopf. „Von wegen Party! Ich hatte vor, mich ganz gemütlich auf die Couch zu setzen und mich vom Fernseher berieseln zu lassen. Übrigens fürchte ich, dass ich Sie enttäuschen muss. Die große Sause, wie Sie anscheinend vermuten, hat auch gestern hier nicht stattgefunden."

„Gut zu wissen! Ich dachte nämlich schon, ich hätte die Party meines Lebens verpasst." Neugierig sah er sie an.

Grace wurde es ganz heiß unter seinem eindringlichen Blick. „Ihnen ist nichts entgangen, ehrlich."

Ben lachte hellauf. „Schade, ich hatte mich so auf ein zünftiges Willkommensfest gefreut."

„Was hatten Sie sich darunter denn vorgestellt?", fragte Grace.

Ben sah sie überrascht an, dann grinste er. „Ich würde Sie zum Beispiel gerne besser kennenlernen, Grace."

Das hatte sie von ihrer Neugier. Grace seufzte und atmete dabei den herben Duft ein, der Ben umgab, ein markanter und verführerischer Duft, der sie erregte, ein Duft nach Abenteuer und Gefahr, der so gar nicht in ihr ruhiges und beschauliches Leben zu passen schien.

Nachdenklich betrachtete sie den jungen Mann. Er hatte alles, was sie am anderen Geschlecht faszinierte. Nicht wie die langweiligen Typen, mit denen sie sich früher verabredet hatte, Milchknaben in Anzug und Krawatte, denen mehr daran gelegen war, Grace' Vater zu beeindrucken, als Grace zu gefallen. Und selbst in New York, wo sie nur mehr eine unter tausenden von gut aussehenden, ungebundenen Frauen war, hatte sie ziemlich bald die Nase voll von Verabredungen. Alle Männer, die sie dank wohlmeinender Freundinnen kennengelernt hatte, hatten sich nämlich als grässliche Nieten entpuppt.

Ben dagegen war nichts weniger als langweilig. Bei ihm

stimmte einfach alles, und es wäre ein Jammer, solch ein Musterexemplar seiner Art einfach entwischen zu lassen. Obendrein konnte ihr Privatleben eine Veränderung vertragen. Ob sie überhaupt noch wusste, wie man einen Mann umgarnt? Nun, einen Versuch war dieser Ben Callahan auf jeden Fall wert.

Grace erwiderte sein Lächeln. Seine direkte Art gefiel ihr. Die Typen, die ihre wahren Absichten hinter penetranter Höflichkeit verschleierten, gingen ihr auf den Wecker. Wie erfrischend war da doch ein Mann, der geradeheraus sagte, was er wollte. Er wollte sie kennenlernen. Was nun? Sie konnte ihm ja wohl schlecht verraten, dass sie sich ihrerseits brennend für ihn interessierte.

Ihre Lippen waren ganz trocken geworden, deshalb befeuchtete sie sie mit der Zunge. Überrascht bemerkte sie, wie Bens Blick gebannt jede Bewegung ihrer Zungenspitze verfolgte.

Auch Grace konnte die Augen kaum von Ben abwenden, denn nett anzusehen war ihr Herr Nachbar, ein richtiggehender Adonis. Wenn sie ihn so ansah, fielen ihr Dinge ein, die ihr die Schamesröte auf die Wangen trieben.

Plötzlich senkte er den Blick und kehrte Grace abrupt den Rücken zu, um mit unverhohlener Neugier die Wohnung zu mustern. „Zwei Zimmer, Küche und Bad?", fragte er. Er hörte sich an wie jemand, der vorhatte, eine Wohnung zu mieten, und Grace fragte sich, ob sie den Flirt von eben nur geträumt hatte.

„Richtig."

„Sie haben Geschmack, das sieht man." Er deutete ins Wohnzimmer, das Grace mit farbenprächtigen Perserteppichen ausgelegt hatte.

„Danke." Das Kompliment machte sie verlegen. Sie hatte die Wohnung eingerichtet, als sie noch von ihrem Vermögen lebte, und das konnte man nicht übersehen. Angefangen von den Teppichen über die Möbel bis zu den kostbaren Vasen zeugte alles vom Reichtum ihrer Familie. Aber das musste sie ja ihrem neuen Bekannten nicht gleich auf die Nase binden. Sie hatte ohnehin ihre liebe Not, bei dem Tempo, mit dem er von heißem Flirt zu nichtssagendem Small Talk wechselte, mitzuhalten. Was ging bloß in ihm vor? War er von ihrer ersten Begegnung genauso aufgewühlt wie sie?

„Ich bin leider ziemlich beschäftigt", meinte Grace befangen und machte sich daran, die Tüten auszupacken. „Es war schön, Sie kennenzulernen, Ben."

„Ganz meinerseits." Ben trat auf sie zu, zögerte kurz, hob dann die Hand und strich sanft über ihre Wange. Grace konnte keinen Muskel rühren, sie stand da wie gelähmt, nur in ihrem Kopf herrschte Chaos. Sie verstand die Welt nicht mehr. War jetzt wieder Flirten angesagt? Wie auch immer, auf jeden Fall ruhte Bens Hand einen Moment an ihrer Wange, ehe er sie, ebenso überraschend, wieder fallen ließ. Grace hatte den Eindruck, als sei er völlig überwältigt.

„Bis bald, Gracie", flüsterte er zum Abschied und ging. Grace stand mit hängenden Armen da und sah ihm nach, bis die Tür hinter ihm ins Schloss fiel.

Sie war stets eine gehorsame Tochter gewesen. Einmal nur hatte sie sich dem Willen ihres Vaters widersetzt, und es hatte ein Desaster gegeben: Sie hatte sich heimlich aus dem Haus geschlichen, um mit Freunden durch die Kneipen zu bummeln. Ihr Vater hatte Wind von der Sache bekommen und nicht nur Grace Hausarrest aufgebrummt, sondern auch dafür gesorgt, dass ihre Freunde nicht ungestraft davonkamen. Grace war unsterblich blamiert und wurde noch wochenlang von allen Bekannten geschnitten. Sie hatte danach nie wieder aufbegehrt.

Aber jetzt, mit fast dreißig Jahren, trug sie sich wieder mit dem Gedanken an Revolte. Es schien, als hätte ihr das Schicksal in der Gestalt dieses attraktiven Mannes noch einmal die Möglichkeit geboten, sich endgültig von der Familie abzunabeln, und Grace war wild entschlossen, diese Gelegenheit beim Schopf zu packen.

2. Kapitel

Wütend schmetterte Ben die geballte Faust gegen die Wand. War er noch ganz bei Trost? Er hatte die Wirkung, die Grace aus der Nähe auf ihn ausüben würde, total unterschätzt. Dabei hatte er sie doch fünf Tage lang von Weitem observiert, um ganz sicherzugehen. Und nun das! *Ich würde Sie gern besser kennenlernen, Grace!* Krasser konnte man kaum gegen eine der obersten Regeln seiner Zunft verstoßen, die da lautete: Lass dich nie von deinen Gefühlen leiten!

Er hatte Grace im Korridor abgepasst, weil er sich mit ihr bekannt machen wollte, und schon war es geschehen: Grace hatte ihn schlichtweg überwältigt. Der erste Blick aus ihren funkelnden braunen Augen hatte ihn mit einem Bann belegt. Ihre sanfte Stimme und der betörende Duft ihres Parfüms hatten ausgereicht, um ihn seiner fünf Sinne zu berauben und völlig willenlos zu machen. Als er die Kraft aufgebracht hatte, sich zu verabschieden, war es bereits zu spät. Jetzt stand er fluchend unter der Dusche, doch nicht einmal das eiskalte Wasser konnte die fatalen Folgen seiner ersten Begegnung mit der leibhaftigen Grace Montgomery mildern.

Es war nur ein schwacher Trost, dass er Emma, wenn sie ihn, wie jeden Tag, anrief, um seinen Bericht entgegenzunehmen, heute beachtliche Fortschritte melden konnte. Die Einzelheiten seiner ersten Begegnung mit ihrer Enkelin behielt er lieber für sich. Genauso wenig würde er ihr verraten, dass ihr Detektiv auf dem besten Wege war, sich unrettbar in die Person, der seine Nachforschungen gelten sollten, zu verlieben. Ben legte nämlich großen Wert darauf, dass seine Klienten mit dem Ergebnis seiner Bemühungen zufrieden waren und ihn weiterempfahlen. Ein Flirt mit der Enkelin einer Auftraggeberin passte ganz und gar nicht in sein Konzept.

Immerhin hatte er bereits zahlreiche unverfängliche Informationen gesammelt. Zum Beispiel konnte er fast lückenlos über Grace' Tagesablauf Auskunft geben. Sie arbeitete in einem Fotostudio in einem der Randbezirke von New York. Ihre Mittagspause verbrachte sie regelmäßig in einem Park in der Nähe des Studios, den sie offenbar auch am Wochenende gerne aufsuchte. Leider grenzte dieser Park an ein ziemlich heruntergekommenes Wohnviertel. Und das bereitete Ben Kopfzerbrechen.

Er war in einer ähnlichen Gegend aufgewachsen und kannte die Gefahren, die dort lauerten, zur Genüge. Die Kerle, die sich da herumtrieben, machten nicht viel Federlesens, wenn eine Frau sie interessierte. Und Grace war unbestreitbar eine ganz außergewöhnlich interessante Frau.

Aber auch diese Bedenken wollte er Emma gegenüber nicht sofort äußern. Sie hatte ein schwaches Herz und musste nach Kräften geschont werden. Zuerst wollte Ben herausfinden, was Grace ausgerechnet in diese zwielichtige Gegend zog. Dann würde er den Auftrag so schnell wie möglich zu den Akten legen und sich Grace aus dem Sinn schlagen. Andernfalls, so fürchtete Ben, würde er womöglich sein Herz an sie verlieren, und dieser Gedanke behagte ihm gar nicht.

Klar, Grace' Versuch, auf eigenen Füßen zu stehen, verdiente Anerkennung. Aber Ben hätte keinen Cent darauf gewettet, dass sie die Sache bis in die letzte Konsequenz durchziehen würde. Sicher würde sie sich bald nach den Annehmlichkeiten ihres früheren Lebens sehnen. Allein die Wohnung! Die teure Einrichtung des Apartments verriet deutlich, dass sie sich von den alten Lebensgewohnheiten nicht vollständig verabschiedet hatte. Nicht dass sich Ben daran störte. Nur hatte er nicht die Absicht, sich auf eine Sache einzulassen, bei der schon von vornherein feststand, wer am Ende der Dumme war.

Mit schnellen Schritten verließ Grace die düstere U-Bahn-Station. Sie liebte diesen Moment, wenn sie mit der Kamera um den Hals ins Freie trat, die laue Frühlingsluft über ihre Arme streifte und die ersten Sonnenstrahlen warm auf ihre Haut schienen. Endlich frei! Beschwingt lief sie an verfallenen Gebäuden vorbei zum Park. Einer Gruppe von Kindern, die sie von ihren täglichen Besuchen kannte, winkte sie fröhlich zu, und erreichte schließlich hinter einer Kurve ihr Ziel, den Spielplatz, ihren Lieblingsort in diesem Park.

Wie immer in der Mittagspause herrschte auf den Basketballfeldern reges Treiben. Grace blieb einen Moment an dem Zaun stehen, der die Felder abgrenzte, und sah zu. Der dumpfe Aufprall der Bälle auf dem schwarzen Asphalt vermischte sich mit den aufgeregten Rufen der Spieler zu einer bunten Geräuschkulisse. Die Sportler trugen fast ausnahmslos weiße T-Shirts, sodass Grace die jungen Leute kaum auseinanderhalten konnte. Nur ein graues Hemd stach deutlich aus der Menge hervor. Grace kniff die Augen zusammen, um seinen Träger besser auszumachen. Nanu? Das rabenschwarze, schulterlange Haar, die durchtrainierte Gestalt, das konnte doch nur ...

Genau in diesem Augenblick rief der Mann, dem ihre Aufmerksamkeit galt, seinen Mitspielern etwas zu, und Grace' Vermutung bestätigte sich: Da spielte doch tatsächlich ihr neuer Nachbar Ben Callahan in „ihrem" Park Basketball.

Schnell zückte sie die Kamera. Die Gelegenheit, einen derart attraktiven Mann in Aktion zu fotografieren, durfte sie sich nicht entgehen lassen. Herausfinden, welcher Zufall ihn ausgerechnet hierher verschlagen hatte, konnte sie später immer noch.

Mit geübten Griffen schraubte sie die Schutzkappe vom Objektiv, doch ehe sie auslösen konnte, wurde das Match unterbrochen. Erschöpft ließen sich die Spieler auf den Bänken entlang des Zauns nieder, nur Ben blieb mit einem Jungen unter dem Korb stehen.

Von ihrem schattigen Standort am Rand des Spielfelds aus betrachtete Grace das Bild, das sich ihr bot: Ben stand im gleißenden Sonnenlicht. Er trug graue Shorts, unter denen sich die gut ausgebildeten Muskeln seiner langen Beine zeigten. Mit der Hand wischte er sich den Schweiß von der Stirn – eine typisch männliche Geste, fand Grace, aber auch das Einzige, was er mit dem Rest dieser Gattung gemein hatte. In jeder anderen Hinsicht unterschied er sich von allen Männern, die ihr jemals begegnet waren. Dieser Mann faszinierte sie, und sie nahm sich vor, das, was ihn so speziell machte, auf Film zu bannen.

Er verstand es hervorragend, sich in seine Umgebung einzufügen. Zum Beispiel jetzt: Er hob sich kaum aus der Menge der jugendlichen Basketballspieler auf dem Feld ab. Er war gekleidet wie sie, sprach ihre Sprache, verwendete ihre Gesten. Die Jugendlichen schienen ihn auch durchaus als einen der Ihren zu akzeptieren, obwohl Grace sicher war, ihn noch nie im Park gesehen zu haben. Wer war er, und was tat er hier? Woher kannte er die Kids?

Doch wozu sich den Kopf zerbrechen, Grace war hier, um zu fotografieren. Sie stellte scharf und drückte ab. Wieder und wieder löste sie aus, um jede Bewegung des Spielers einzufangen. Durch ihr Zoom-Objektiv war es, als befände sie sich mitten im Spiel. Ihr Herz raste, als tobte sie selbst übers Spielfeld, und ihr Puls hämmerte im gleichen Takt, wie Ben den Ball dribbelte. Nach wenigen Minuten machte er eine Pause und erklärte seinem Mitspieler einen Spielzug.

Gespannt verfolgte Grace im Sucher das Spiel der Muskeln an Bens Armen und Beinen. Dunkle Flecken zeichneten sich auf seinem T-Shirt ab. Grace fühlte, wie ihr selbst der Schweiß aus allen Poren drang und ihre Bluse auf der Haut klebte. Ihr Atem ging schnell und unregelmäßig, doch ihr Finger drückte wie von selbst auf den Auslöser, bis sie die Kamera schließlich absetzen musste, um nach Atem zu ringen. Zufrieden verriegelte sie die Kamera. Sie hatte fantastische Bilder gemacht, voll Kraft und Schönheit. Allerdings würden diese Fotos niemals veröffentlicht werden, sondern waren für ihr ganz persönliches Album gedacht.

Ben stand immer noch auf dem Spielfeld. Eine Hand auf der Schulter des Jungen, erklärte er eine komplizierte Technik. Welcher Mann fand schon Zeit, um mit den Jugendlichen eines Armenviertels zu trainieren? Ben Callahan war also nicht nur ungemein attraktiv, sondern er besaß auch Verantwortungsgefühl. Er wirkte so aufrichtig und lebendig, ganz anders als die Menschen, die Grace sonst kannte.

In den Kreisen, aus denen sie stammte, galten andere Gesetze. Alles war erlaubt, solange nichts davon nach außen drang. Die Menschen ihrer Umgebung erachteten es als normal, wenn sie ihre Gefühle unterdrückten, ihre Ehepartner betrogen oder gar ihre Kinder vernachlässigten. Daher quälte sich Grace oft mit der Frage, was für ein Mensch sich wohl hinter der Fassade verbarg, die sie selbst nach außen zeigte?

Plötzlich schmunzelte sie. Tief in meinem Inneren schlummert auf jeden Fall eine gehörige Portion Sinnlichkeit, dachte sie, während sie Ben mit Blicken verfolgte. Und ich müsste mich gehörig täuschen, wenn Ben nicht genau der Richtige wäre, um diese Sinnlichkeit aus ihrem Dornröschenschlaf zu erwecken. Wenn das nicht überhaupt die Lösung war!

Entschlossen sprang sie auf und betrat das Spielfeld. Als Ben sie bemerkte, warf er dem Jungen den Ball zu. „Üb schon mal den Abwurf. Wir machen gleich weiter", forderte er ihn auf. Dann wandte er sich an Grace. „Was tun Sie denn hier?"

Seine Stimme klang überrascht, aber Grace meinte auch Ärger herauszuhören. Verwundert zog sie die Augenbrauen hoch. „Das Gleiche könnte ich Sie fragen. Ich komme sehr oft hierher. Und Sie?"

Statt einer Antwort deutete er auf den Fotoapparat. „Warum schleppen Sie denn dieses Ding offen mit sich herum?"

„Ich arbeite. Und was für eine Ausrede haben Sie sich ausgedacht? Nehmen Sie es mir nicht übel, aber ich halte es für äußerst merkwürdig, dass wir uns hier über den Weg laufen."

Ben hielt ihrem Blick stand, ohne die Miene zu verziehen, für Grace ein Zeichen, dass er die Wahrheit sagte. Sie war sich aber bewusst, dass sie ihn nicht gut genug kannte, um sich völlig sicher zu sein.

„Kein Grund zur Aufregung. Ich habe mich halt ein wenig erschrocken, als Sie so plötzlich aufgetaucht sind. Dieses Viertel ist nicht ungefährlich." Seine Stimme klang so sanft und einschmeichelnd, dass Grace nicht einmal merkte, wie dürftig seine Erklärung im Grunde war.

„Sicher, es ist nicht die feinste Wohngegend, aber wenigstens trifft man hier Menschen, die mit beiden Beinen fest auf dem Boden stehen." Sie deutete auf ihre Ausrüstung. „Deshalb die Kamera. Ich mache Fotos für einen Spendenaufruf für Kinder aus den ärmeren Vierteln ..." Sie verstummte vor Ärger, weil sie ihm gleich so viel verraten hatte.

„Warum tun Sie das?", fragte Ben leise. Wieder fiel Grace auf, wie aufregend seine Stimme klang. „Hat es damit zu tun, dass Sie aus einer wohlhabenden Familie stammen?"

Grace horchte auf. „Wie kommen Sie darauf?" Sie hatte ihre Familie bisher mit keinem Wort erwähnt. Hatte er den Möbeln angesehen, dass sie ein Vermögen gekostet hatten, oder wusste er mehr über sie, als sie ihm erzählt hatte?

Ben lachte, drehte ihr Gesicht zum Licht und tat, als würde er sie genau mustern. Grace' Wangen wurden glühend heiß. Erstaunlich, welche Kraft die Sonne um diese Jahreszeit bereits hat, redete sie sich ein.

„Ihre Art zu sprechen verrät Sie", sagte er, „und außerdem sieht man es Ihnen an der Nasenspitze an."

Grace stöhnte innerlich. Ausgerechnet der Mann, für den sie nicht das verwöhnte reiche Gör sein wollte, hatte sie also von Anfang an durchschaut.

„Woher haben Sie Ihre Menschenkenntnis?", fragte sie. Ihr wurde fast schwindelig, wenn Ben so nahe bei ihr stand. Der herbe Duft, den er verströmte, raubte ihr den Verstand.

„Die braucht man in meinem Beruf. Ich bin Privatdetektiv."

Interessant! „Arbeiten Sie gerade an einem Fall?" Grace warf einen verstohlenen Blick auf den Jugendlichen, den Ben unter seine Fittiche genommen hatte. Hoffentlich war er nicht auf diesen Jungen angesetzt und hatte sich mit ihm angefreundet, um ihn später in Schwierigkeiten zu bringen. Hier im Park stieß man an jeder Ecke auf Jugendliche, die mit Drogen handelten und früher oder später Bekanntschaft mit der Polizei machen würden. Genau diesen jungen Menschen sollte das Geld von „Chances" zugutekommen.

Das war mit ein Grund, warum Grace sich mit Feuereifer für „Chances" engagierte: Sie sah darin eine Möglichkeit, ihre Schuldgefühle zu lindern und Wiedergutmachung zu leisten. Ihr war so viel in den Schoß gefallen, während andere sich mit fast gar nichts begnügen mussten.

„Hallo, Grace, Sie haben meine Frage noch nicht beantwortet!"

Grace schmunzelte. „Aber, aber, lieber Sherlock Holmes: Ich habe *Sie* zuerst gefragt, aber bisher keine Antwort erhalten. Raus mit der Sprache, dann sehen wir weiter."

„Okay! Als ich eingezogen bin, habe ich mich beim Hausverwalter erkundigt, in welchen Stadtteilen man sicher ist, und wo man sich besser nicht herumtreibt. Vor diesem Viertel hat er mich besonders gewarnt: hohe Kriminalitätsrate, Drogenhandel, Straßenkinder und so weiter. Das hat mich neugierig gemacht. Wissen Sie, ich bin selbst in so einer Umgebung aufgewachsen. Deshalb zieht es mich in jeder Stadt, in die ich komme, als Erstes in diese Viertel. Ich hab's geschafft, der Armut zu entkommen, aber ich möchte denen helfen, die noch nicht so weit sind."

Grace' Herz tat einen Satz. Das war ja zu schön, um wahr zu sein: Der Mann ihrer Träume war nicht nur unglaublich attraktiv, er hatte obendrein ein Herz aus Gold.

„Jetzt aber zu Ihnen! Wie kommt's, dass sich ein Mädchen wie Sie mutterseelenallein und schutzlos in dieser verruchten Gegend herumtreibt?"

Grace musste lachen. „Schutzlos? Warum sollte mir jemand etwas antun?"

„Unterschätzen Sie niemals Ihren Wert, Grace."

Seine Worte jagten Grace einen Schauer über den Rücken. Er hatte ihren wunden Punkt getroffen, denn von jeher war es Grace' größte Furcht, nicht als Person geachtet zu werden, sondern nur wegen ihres Geldes.

„Wer sieht mich denn schon an, so schlampig, wie ich herumlaufe?" Sie deutete auf ihre abgewetzte Jeans und das unauffällige T-Shirt. „Ich trage weder Schmuck noch Make-up, nur damit ich keine unnötige Aufmerksamkeit errege", setzte sie achselzuckend hinzu.

„Aber eine Kamera mit allem möglichen technischen Schnickschnack, die jeder Hehler in Gold aufwiegt. Außerdem sieht man Ihnen, wie gesagt, die Herkunft an der Nasenspitze an." Wie zur Bestätigung versetzte ihr Ben bei seinen Worten einen sanften Nasenstüber. Sie empfand die Berührung seiner rauen Hände wie einen Schock, aber zu ihrem eigenen Erstaunen musste sie gleichzeitig daran denken, wie es sich wohl anfühlen würde, wenn diese Hände ihre Brüste streiften.

Entsetzt räusperte sie sich und sagte verlegen: „Nett, dass Sie sich Gedanken um meine Sicherheit machen, aber ich kann schon auf mich aufpassen. Jetzt muss ich weiter, sonst ist meine Mittagspause vorüber, ohne dass ich ein einziges Foto gemacht habe."

Zu ihrer großen Erleichterung trat Ben einen Schritt zurück und ließ ihr wieder Raum zum Atmen. „Sie schulden mir immer noch ein paar Antworten, Gracie."

Aber Grace hatte sich schon abgewandt und steuerte auf den Spielplatz zu. „Keine Angst, ich laufe Ihnen nicht davon", rief sie über die Schulter hinweg. Ich habe die Absicht, dir sogar noch näher zu kommen, fügte sie im Stillen hinzu.

Kopfschüttelnd blickte Ben hinter ihr her. Der Name passte hervorragend zu ihr, fand er: Grace, die Anmutige. Leider war Anmut in dieser Umgebung eher von Nachteil. Ben hasste diesen und alle anderen Parks, die ihn an seine Jugend erinnerten. Darin hatte er Grace nicht die Wahrheit gesagt. Er hatte den größten Teil seiner Jugend auf einem Basketballplatz in einem Park zugebracht, weil für kostspieligere Hobbys kein Geld vorhanden war. Wenn er den Ball gedribbelt hatte, konnte er für einen Moment vergessen, dass er am Ende des Tages in eine leere Wohnung zurückkehren würde, wo ihn nichts erwartete als das ständige Gekeife der Nachbarn.

Er konnte nachfühlen, was in diesen Jugendlichen vorging. Das war auch der Grund, weshalb er sofort Anschluss an die Basketballmannschaft gefunden hatte. Dieser Leon hatte ihn mächtig beeindruckt. Der Junge war ein echtes Naturtalent. Mit etwas Glück würde ihm seine Begabung eines Tages einen Weg aus den Slums weisen – vorausgesetzt, dass es ihm gelang, die Versuchungen der Straße zu meiden. Ben wollte ihm gerne helfen, solange er in der Gegend zu tun hatte. So würde er zwei Fliegen mit einer Klappe schlagen: Während er mit dem Jungen trainierte, konnte er keinen Gedanken an Grace verschwenden.

Ben machte sich ernsthaft Sorgen um die Sicherheit der jungen Frau. So edelmütig ihr Engagement auch war, Ben wurde den Verdacht nicht los, dass gute Taten an Orten wie diesem nicht honoriert wurden. Wo bleibt denn da die Professionalität, fragte er sich beunruhigt und versuchte, sich wieder auf das Spiel zu konzentrieren. Dennoch überrumpelte ihn Leon mit dem ersten Pass. Nur mit einem gekonnten Satz erwischte Ben den Ball und dribbelte über den Platz.

„Bleib cool", flüsterte er, während er den Ball auf den harten Asphalt prellte. „Lass dich nicht auf etwas ein, das du später bereust." Dann setzte er zum Wurf auf den Korb an. Da hörte er einen gellenden Schrei! Die Stimme einer Frau, eine vertraute Stimme!

Bens Magen verkrampfte sich. Er ließ den Ball fallen und stürmte in die Richtung, aus der der Schrei gekommen war. Bereits nach wenigen Schritten bot sich ihm ein kurioser Anblick.

Grace lieferte sich mit einem jungen Mann von kräftiger Statur ein erbittertes Tauziehen um die Kamera. Sie hatte die Füße fest in den Boden gestemmt und umklammerte wild entschlossen den Gurt, an dem sie die Kamera um den Hals trug. Ganz klein und zerbrechlich wirkte sie neben dem bärenstarken Kerl im roten Sweatshirt, doch sie verteidigte ihre wertvolle Ausrüstung mit dem Mut einer Löwin. Viel hätte nicht gefehlt, und der Angreifer hätte die Kamera mitsamt Grace vom Boden hochgezerrt.

„Lass die Frau sofort los, du Schuft", brüllte Ben verzweifelt schon von Weitem. Tatsächlich: Der Heranwachsende ließ von seinem Opfer ab und machte sich aus dem Staub. Als er so unerwartet losließ, verlor Grace das Gleichgewicht, fiel nach hinten um und schlug mit dem Kopf auf den Asphalt. Jetzt stand Ben vor der Wahl, den Übeltäter zu verfolgen oder sich um das Opfer zu kümmern. Fast augenblicklich entschied er sich für Grace.

Er kniete neben ihr nieder. „Haben Sie sich wehgetan?" Bei aller Besorgnis bemerkte er, wie seidig sich ihr Haar anfühlte, als er ihr ein paar Strähnen aus dem Gesicht strich.

Sie lächelte gequält und schüttelte den Kopf. „Sagen Sie jetzt bloß nicht ‚Ich hab's ja gleich gesagt', sonst schrei ich", warnte sie.

„Keine Angst, Sie wissen's ohnehin", antwortete er lächelnd und wollte ihr aufhelfen. Grace zuckte zusammen. Behutsam nahm Ben ihre Hände und untersuchte die Handflächen. Sie waren böse aufgeschürft.

„Sieht übel aus, aber wir werden's wieder hinkriegen." Ben hoffte, dass seine Stimme ganz ruhig klang, auch wenn sich ihm beim Anblick ihrer Verletzungen der Magen umdrehte. Er durfte gar nicht daran denken, was alles hätte passieren können, wenn er nicht in der Nähe gewesen wäre.

Verstohlen wischte sich Grace eine Träne aus den Augen. Ben vermerkte es mit Genugtuung. Vielleicht konnte er sie ja doch überzeugen, dass sie den Park meiden musste, wenn er nicht in der Nähe war, um sie zu beschützen. Vorsichtig half er Grace auf die Beine.

„Die Kamera hätten Sie nicht freiwillig aus den Händen gegeben, oder?"

„Darauf können Sie Gift nehmen. Was glauben Sie, was so ein Gerät kostet. Im Augenblick kann ich es mir nicht leisten, Ersatz zu beschaffen. Was bildet sich dieser Kerl eigentlich ein? Glaubt er, er kann sich einfach nehmen, was ihm gefällt?"

Ihre Naivität amüsierte Ben. „Wie wollten Sie ihn denn daran hindern, sich das zu nehmen, was ihm gefällt?"

„Er hat es ja gar nicht geschafft, mir die Kamera abzunehmen. Falls es zum Schlimmsten gekommen wäre, hätte ich ihm ganz schnell ein Bein gestellt."

„Der Schurke hätte Ihnen fast den Hals gebrochen."

„Hat er aber nicht." Zum Beweis schob sie die blonde Mähne zur Seite und präsentierte ihm ihren langen, weißen Hals.

So leicht kam sie bei Ben nicht davon. Er zog den Kameragurt über ihren Kopf und erschrak über den Anblick, den ihre Haut an der Stelle bot, wo der Gurt in den Hals eingeschnitten hatte. „Das sieht übel aus, Grace. Haben Sie schon mal daran gedacht, einen Kurs in Selbstverteidigung zu belegen?"

„Schon, leider bin ich noch nicht dazu gekommen."

Hatte Emma also richtig getippt. Was hatte Grace wohl noch alles erfunden, um die alte Dame zu beruhigen? Und was zum Teufel hatte sie in diesem Elendsviertel wirklich verloren?

Langsam dämmerte Grace, welcher Gefahr sie gerade

entronnen war. Sie fiel sichtlich in sich zusammen und zitterte am ganzen Körper. „Ich muss mich wirklich bei Ihnen bedanken, Ben", stammelte sie, machte kehrt und ging mit schleppenden Schritten davon.

Mit zwei Sätzen hatte Ben sie eingeholt. Er konnte verstehen, dass sie allein sein wollte, aber nach allem, was passiert war, konnte er sie jetzt nicht sich selbst überlassen. Jemand musste ihr doch beistehen, sie trösten, und wer könnte es wohl besser als er selbst, auch wenn ihn das in Teufels Küche bringen mochte.

Die Hände in den Hosentaschen, schlenderte er neben ihr her. Er hatte den Eindruck, dass Grace kein bestimmtes Ziel ansteuerte, sondern einfach in Bewegung bleiben musste. Er wollte bei ihr sein, wenn sie aus ihrem Schock erwachte.

„Wohin gehen Sie?", fragte er schließlich.

„Zur U-Bahn."

Oje, ausgerechnet heute war er mit dem Auto in den Park gekommen, um ihr Treffen zufällig aussehen zu lassen.

„In der U-Bahn kann es ganz schön gefährlich werden", warf er ein.

Grace blieb stehen und sah ihn trotzig an. „Ich habe mich dort aber bisher immer sicher gefühlt."

„Das Gleiche haben Sie auch von dem Park behauptet. Bitte nehmen Sie doch Vernunft an. Mein Auto steht gleich um die Ecke, ich kann Sie nach Hause fahren."

Grace zögerte. Erst schien es, als würde sie sein Angebot ernsthaft in Erwägung ziehen, doch dann schüttelte sie den Kopf. „Das ist nett, aber ich komme auch alleine zurecht."

„Das glaube ich Ihnen aufs Wort." Ehe Ben wusste, was er tat, hatte er die Hand schon auf Grace' Wange gelegt, gerade als sie sich zu ihm drehte. Sie stockte, und eine Sekunde lang verharrten sie reglos.

„Sie vergeben sich nichts, wenn Sie gelegentlich die Hilfe anderer annehmen", murmelte er.

„Ist mir schon klar."

„Dann wäre jetzt nämlich so eine Gelegenheit. Ich bringe Sie heim, und dann dürfen Sie mich hinauswerfen." Ben lächelte zwar, als er das sagte, aber er meinte seine Worte bitterernst. Er wusste, dass ihm die Kraft fehlen würde, von allein zu gehen.

3. Kapitel

Mit zittrigen Fingern kramte Grace die Schlüssel hervor und reichte sie Ben, damit er aufschließen konnte. Insgeheim war sie heilfroh, dass er darauf bestanden hatte, sie nach Hause zu fahren. Die Wunden an ihren Händen brannten höllisch. Sie fühlte sich zerschunden und zerschlagen und hatte nur noch einen Wunsch: sich auf dem Sofa ausstrecken und ausgiebig selbst bemitleiden. Aber die Drohung, die der Angreifer ausgesprochen hatte, ließ ihr keine Ruhe.

„Lass dich hier nie wieder blicken, sonst wirst du es schrecklich bereuen", hatte der Typ ihr zugeraunt, ehe er vor Ben geflüchtet war. Sein Tonfall hatte keinen Zweifel daran gelassen, dass mit ihm nicht zu spaßen war. Im ersten Augenblick war Grace zu Tode erschrocken. Doch allmählich gewann ihr Eigensinn wieder die Oberhand. Von so einem Kerl würde sie sich nicht einschüchtern lassen!

Aber zuerst musste Grace ihre Wunden verarzten und Ben abwimmeln. Ben! Leicht machte er es ihr wirklich nicht. Er wirkte so stark, und die Versuchung, sich von ihm beschützen zu lassen, war groß. Nur hieße das, die hart erkämpfte Unabhängigkeit aufgeben. War er das wert?

Ben hatte inzwischen die Tür geöffnet und ließ Grace den Vortritt. Im Vorbeigehen musterte Grace ihren Begleiter von Neuem. Wie bei ihrer ersten Begegnung war er nachlässig gekleidet und unordentlich frisiert. Trotzdem, er war und blieb der attraktivste Mann, der ihr jemals unter die Augen getreten war.

Zum Teufel mit der Unabhängigkeit, lockte eine zarte Stimme in ihrem Kopf. Ben ist wie geschaffen für dich. Lass dir von ihm helfen, gib ihm das Gefühl, dass er dich beschützt. Dann warte ab, was geschieht!

Warum eigentlich nicht? Bei Ben fühlte sie sich geborgen: Nach dem Überfall hatte er ihr auf die Füße geholfen, den Arm um sie gelegt und sie auf dem Weg zu seinem Wagen gestützt. Seine Fürsorge faszinierte Grace nicht weniger als sein Aussehen.

An so viel Fürsorglichkeit war Grace nicht gewöhnt. Ihr Vater herrschte mit militärischer Strenge über die Familie. Es war verpönt, Gefühle zu zeigen. Jedes Mal, wenn ihre Mutter versucht hatte, Grace in den Arm zu nehmen, hatte ihr Vater sie davon abgehalten, aus Furcht, seine Tochter zu verwöhnen. Seinen Erziehungsmethoden verdankte Grace es auch, dass sie immer noch mit Unsicherheit und Minderwertigkeitsgefühlen zu kämpfen hatte. Nur ihr Bruder Logan und ihre Großmutter hatten ihr die Geborgenheit gegeben, nach der sie sich sehnte.

„Legen Sie die Schlüssel einfach dort drüben auf die Ablage." Grace wies auf eine Platte aus geätztem Glas, die ohne sichtbare Befestigung an der Wand zu schweben schien. Die Schlüssel klirrten laut, als Ben sie auf das Glas fallen ließ.

„Verbandmaterial finden Sie in der Küche, in dem Schränkchen links neben der Mikrowelle."

Grace folgte Ben in die kleine Küche und wartete geduldig, bis er ihren Bestand an Medikamenten durchforstet und eine Flasche Antiseptikum, eine Wundsalbe und ein Päckchen Heftpflaster gefunden hatte.

Schmunzelnd betrachtete er das Päckchen. „Was haben wir denn da? Kinderpflaster? Ernie und Bert höchstpersönlich?"

Grace errötete. „Es gab leider kein anderes mehr, und ich dachte, irgendwas muss man ja für Notfälle im Haus haben", gestand sie verlegen.

Ben lachte, und Grace bemerkte ein Grübchen auf seiner rechten Wange, das ihr bisher noch nicht aufgefallen war, eine aparte kleine Kuhle in seinem markanten Gesicht. Ohne sich bewusst zu werden, was sie tat, hatte sie schon den Finger ausgestreckt und berührte die Stelle. Bens Haut fühlte sich heiß an, seine Bartstoppeln kratzten.

Überrascht zuckte Ben zurück. „Sie sollten nicht mit dem Feuer spielen, Gracie, sonst ..."

„Sonst verbrenn ich mir die Finger?" Grace blickte ihm fest in die Augen. „Das klingt interessant. Wissen Sie, ich habe lange genug das brave Mädchen gespielt. Warum sollte ich nicht langsam mal ein Wagnis eingehen?"

Es entstand eine peinliche Pause, ehe Ben sich wieder auf den Grund seiner Anwesenheit in Grace' Küche besann. „Ich muss mir Ihre Hände genau ansehen", meinte Ben dann etwas zu beflissen. Wenn er Grace' Wunden verarztete, konnte er sich eine Erwiderung sparen. Denn das, was Grace gerade so freimütig angedeutet hatte, brachte ihn völlig aus der Fassung.

Grace war selbst verblüfft über ihr Verhalten. Jedes Mal, wenn sie mit Ben zusammen war, tat sie die unglaublichsten Dinge. Sie erkannte sich selbst kaum wieder. War das vielleicht die echte Grace? Wenn ja, dann gefiel sie ihr ganz ausgezeichnet.

Grace war so in ihre Gedanken vertieft, dass sie gar nicht merkte, wie Ben sie hochhob und auf die Theke setzte, die die Küche vom Wohnzimmer trennte.

„Handflächen nach oben, bitte."

Grace gehorchte. Sorgfältig schrubbte Ben seine Hände unter fließendem Wasser, dann tränkte er ein sauberes Tuch mit der Jodtinktur. Sanft, aber gründlich reinigte er die Wunden. Beim ersten Kontakt mit der scharfen Flüssigkeit war Grace zusammengezuckt, danach aber ließ sie die schmerzhafte Prozedur klaglos über sich ergehen.

„Es scheint, Sie machen so etwas häufiger", bemerkte Grace.

„Warum fragen Sie denn nicht rundheraus, ob ich jüngere Geschwister habe? Die Antwort lautet Nein", entgegnete Ben trocken. Er tupfte die überschüssige Flüssigkeit ab und trug die

Salbe auf. Mit leichtem Druck massierte er sie in die Haut ein. Es fiel ihm auf, wie zart und gepflegt Grace' Hände waren, wenn man mal von dem hässlichen Schorf absah, den die unsanfte Berührung mit dem harten Asphalt hinterlassen hatte.

„Haben Sie wenigstens Kinder?"

Ben hatte gerade überlegt, was wohl geschehen würde, wenn er Grace in die Arme nahm und versuchte, ihre Schmerzen wegzuküssen, so wie seine Mutter es getan hatte, als er ein kleiner Junge gewesen war. Grace' überraschende Frage weckte ihn unsanft aus diesen Gedanken. Unwillkürlich verstärkte er den Druck seiner Finger, bis Grace aufschrie.

„Tut mir schrecklich leid, Grace. Aber Sie sind auch selber schuld. Wenn Sie wissen wollen, ob ich verheiratet bin, fragen Sie mich bitte direkt danach."

Grace grinste verlegen. „Nicht sehr geschickt, wie?"

Ihre verdutzte Miene brachte Ben zum Lachen. „Drücken wir's mal so aus: Ihre Fragetechnik kann noch verbessert werden."

„Fein, bringen Sie's mir bei! Das heißt ... wenn Sie Ihre Freizeit nicht lieber mit Frau, Kindern oder Freundin verbringen."

War das bloß Neugier, oder steckte mehr hinter dem Verhör? Ben beschloss, die Antwort darauf später zu ermitteln.

„Weder Frau noch Exfrau oder Kinder, und eine Freundin habe ich auch nicht. Aber ich fürchte, Sie müssen noch viel üben, ehe Sie wissen, wie man die Leute richtig aushorcht."

Er schnitt einen breiten Streifen Pflaster zurecht – einfach lächerlich, diese Figuren aus der „Sesamstraße" –, zog die Schutzfolie ab und bedeckte die Abschürfungen, so gut es ging.

„Später besorge ich Ihnen geeigneteres Verbandmaterial. Das Zeug taugt nur für kleine Wunden." Der Abstecher zur Apotheke würde ihm zudem die perfekte Ausrede liefern, um von ihr loszukommen, wenn alles getan war.

„Lassen Sie nur, ich mag Ernie." Grace drehte und wendete

die Hände, um den Verband von allen Seiten bewundern zu können.

„Okay, dann ist jetzt der Nacken an der Reihe." Die Verletzungen durch den Kameragurt waren zum Glück nicht sehr schwer. Zur Sicherheit wollte Ben ein wenig von der Salbe auftragen. Dazu musste er allerdings Grace' langes blondes Haar beiseiteschieben und sie bitten, die Beine zu spreizen, damit er nahe genug an sie herantreten konnte. Doch es war wie verhext: Kaum fühlte er die seidige Masse ihres Haares unter seinen Fingern, spürte die Wärme, die ihr Körper ausstrahlte, wurden ihm die Knie weich, und sein Atem ging schneller.

Ganz ruhig, ermahnte er sich und begann vorsichtig, die Salbe aufzutupfen. Wieder fuhr Grace beim ersten Kontakt zusammen. Automatisch schloss sie dabei auch die Beine ... und Ben saß fest.

Mit verzweifelter Anstrengung versuchte er, sich auf einen Witz zu besinnen, um die Situation zu entschärfen, aber im letzten Moment versagte ihm die Stimme. Wie hypnotisiert starrte er in Grace' Gesicht, das sich nur wenige Millimeter vor seinen Augen befand. Lauf weg, befahl sein Verstand, doch sein Körper reagierte nicht. Das hatte fatale Folgen: Während Ben noch mit sich rang, hatte sich Grace bereits vorgebeugt und küsste ihn.

Ihr Mund war heiß, ihre Lippen schmeckten süß. Obwohl sie Bens Mund zunächst nur sanft berührte, schien sie Ben zu necken, ihn herauszufordern. Das weckte die widersprüchlichsten Gefühle in ihm. Er versuchte krampfhaft, ihrem Drängen nicht nachzugeben, brachte aber von sich aus nicht die Kraft auf, sich von Grace zu lösen. Trotz ihrer verbundenen Hände klammerte sie sich an ihn wie eine Ertrinkende. Gegen Grace' Leidenschaft war Ben machtlos. Er erkannte, dass Widerstand zwecklos war, und fügte sich ins Unvermeidliche. Gierig wühlte er mit den Fingern durch ihr seidiges Haar und erwiderte den Kuss mit Inbrunst.

Das hartnäckige Schrillen der Alarmglocken in seinem Kopf versuchte er zu verdrängen, aber sie lärmten und lärmten – bis Ben merkte, dass es sich bei dem Geräusch in Wirklichkeit um das Läuten des Telefons handelte. Hastig schüttelte er Grace' Hände ab. Er packte sie beinahe grob an den Schultern und rüttelte sie, um sie auf das Klingeln aufmerksam zu machen. Da sie nicht weiter reagierte, wollte er zum Apparat eilen, um das Gespräch anzunehmen, doch weit kam er nicht: Immer noch steckte er in Grace' Umklammerung fest.

„Lass doch! Der Anrufbeantworter ist eingeschaltet", murmelte sie. Ihr Atem ging hastig, nicht anders als Bens. In der Tat sprang nach dreimaligem Läuten das Band an. Man hörte erst die rauchige Stimme von Grace, dann den Piepton, der den Beginn der Aufnahme anzeigte, und schließlich eine Stimme, bei deren Klang sich Bens schlechtes Gewissen unverzüglich meldete.

„Liebste Grace, schade, dass ich dich nicht erreiche. Du unartiges Ding, lässt gar nichts von dir hören, obwohl du weißt, wie sehr ich mich um dich sorge. Was treibst du in der großen Stadt? Hast du jemanden kennengelernt? Vergiss trotzdem nicht, dich gelegentlich mal bei mir zu melden. Schließlich habe ich dich aufgezogen und …"

Der zweite Piepton schnitt Emma glücklicherweise das Wort ab. Ben verkniff sich gerade noch einen Kommentar über Emmas Schwatzhaftigkeit. Seine Bekanntschaft mit Emma durfte er vor Grace unter gar keinen Umständen erwähnen, genauso wie er vor Emma unbedingt die Tatsache verbergen musste, dass er Grace geküsst hatte.

„Das war meine Großmutter. Sie hatte schon immer eine Begabung dafür, zur Unzeit hereinzuplatzen. Kann man nichts machen!", sagte Grace und zuckte hilflos die Achseln. Dabei lockerte sie automatisch den Druck ihrer Beine. Ben zögerte nicht lange, sondern ergriff die Gelegenheit und brachte einen sicheren Abstand zwischen sich und Grace.

„Eine außergewöhnliche Dame", stellte er fest.

„Kann man wohl sagen. Man muss sie einfach gern haben."

„Ist es richtig, dass sie dich aufgezogen hat?"

„Meinen Bruder und mich. Meinen Eltern kam es ausschließlich darauf an, dass wir nach außen hin als glückliche Familie auftraten. Aber Großmutter wollte, dass wir glücklich waren. Ich liebe sie von ganzem Herzen. Nur manchmal kommt sie ungelegen." Grace kicherte verlegen.

Ben war anderer Meinung. Emmas Anruf hatte ihn gerade noch rechtzeitig an seine Pflichten erinnert, deshalb war er mehr als dankbar für die Unterbrechung.

„Sie macht sich Sorgen um dich. Nicht zu Unrecht, wie ich meine."

Grace warf ihm einen vernichtenden Blick zu.

„Wieso besuchst du sie nicht ab und zu? Sie würde sich sicher freuen."

„Sie lebt in der Nähe von Boston, das sind fast vier Stunden Fahrt."

„Ach so, dann bist du eine waschechte Neu-Engländerin. Daher dein Akzent." Ben verabscheute sich für das Theater, das er vor Grace spielte. Aber der Job verlangte es nun mal.

„Tja, was soll man machen? Ich habe fast mein ganzes Leben in Massachusetts verbracht. Ach, Ben, lass uns lieber von was anderem reden."

Ben zögerte. „Du musst mir aber versprechen, dass du das, was eben zwischen uns vorgefallen ist, mit keinem Wort erwähnst. So etwas wird nie wieder vorkommen, deshalb streichen wir es am besten gleich aus unserem Gedächtnis."

„Ach ja? Darf man erfahren, weshalb?" Grace schmunzelte und rutschte von der Arbeitsplatte. Sie schien kein bisschen empört.

„Du warst verletzt, und ich habe die Situation ausgenutzt."

„War's nicht eher umgekehrt?" Grace stützte eine Hand auf

die Theke, vergaß aber, dass sie verletzt war. Laut schimpfend schüttelte sie die Hand.

„Zum Glück ist heute Freitag. Bis Montag ist alles verheilt", tröstete Ben. „Oder arbeitest du am Wochenende?", fügte er nicht ohne Hintergedanken hinzu.

„Das Studio ist auch samstags geöffnet, aber ich habe morgen frei. Da fällt mir ein, ich muss schleunigst anrufen und erklären, warum ich nach der Mittagspause nicht zur Arbeit erschienen bin."

Ben hörte die Nachricht mit Erleichterung. Zwei Tage lang brauchte er sich keine Sorgen um Grace zu machen! Leider hatte er die Rechnung ohne Grace gemacht. Sie hatte noch kaum den Hörer auf die Gabel gelegt, als sie auch schon begann, Pläne fürs Wochenende zu schmieden.

„Heute bleibe ich zu Hause. Ich muss mich von dem Schreck erst mal erholen. Mehr Zeit zum Ausruhen habe ich aber nicht zur Verfügung. Ich kann mein Projekt nicht wegen ein paar Schrammen vernachlässigen."

Überrascht hob Ben die Brauen. „Soll das heißen, dass du morgen wieder im Park arbeiten willst?"

„Kannst du mir einen triftigen Grund nennen, der dagegenspricht?", erwiderte Grace hitzig. Ihre Augen schossen wütende Blitze.

„Na ja", antwortete er vage. Die Frage, ob sie Begleitung wünschte, verkniff er sich unter diesen Umständen lieber.

„Von den Drohungen eines Minderjährigen lasse ich mich nicht einschüchtern."

„Drohungen? Der Kerl hat dir gedroht? Davon hast du bisher kein Wort erwähnt, Grace."

Grace wollte zu einer heftigen Erwiderung ansetzen, überlegte es sich im letzten Moment aber. Sie kniff die Lippen zusammen und schwieg verbissen. Heute würde Ben von ihr nicht erfahren, was sich wirklich im Park zugetragen hatte. Aber er würde schon dahinterkommen, schließlich war genau das sein Job.

Nachdenklich beobachtete er Grace, die missmutig auf der Unterlippe kaute. Er musste daran denken, dass er diese Lippen erst vor wenigen Augenblicken geküsst hatte, schob die Erinnerung daran aber hastig beiseite. Im Moment beschäftigten ihn dringendere Probleme. Wie Emma gesagt hatte: Grace brauchte jemanden, der auf sie aufpasste. Und egal, ob es ihr passte oder nicht, er, Ben, würde ihr auf den Fersen bleiben, bis er herausgefunden hatte, was hinter dem Überfall und den Drohungen, die sie gerade erwähnt hatte, steckte. Er hatte das dumpfe Gefühl, dass jemand es auf Grace abgesehen hatte.

„Wir wollten von was anderem sprechen, okay?" Grace ließ so leicht nicht locker. „Was hältst du davon, wenn wir jetzt mal über dich reden, Ben. Wer bist du, woher kommst du? Ich will alles über dich erfahren."

Ben seufzte, beschloss aber, auf ihr Spiel einzugehen. Er schuldete ihr den Gefallen, und es konnte nicht schaden, sie bei Laune zu halten. „Was willst du wissen?"

„Zuerst sag mir, wie lange du hier wohnen wirst."

Bens Kopf fuhr hoch. Alles hatte er erwartet, nur nicht diese Frage. Misstrauisch sah er Grace an und versuchte, in ihrem Gesicht zu lesen. Aber er wurde nicht schlau aus dem Ausdruck ihrer Augen. „Wieso fragst du, Gracie?"

Langsam kam sie näher, bis sie ihn fast berührte. Sie blickte ihm tief in die Augen und hauchte: „Ich will wissen, wie viel Zeit mir bleibt, um dich zu verführen."

Noch am nächsten Morgen ging Ben die Szene in Grace' Küche pausenlos durch den Kopf. Nachdem Grace ihre Absichten angekündigt hatte, hatte er feige die Flucht ergriffen. Grace' schallendes Gelächter hatte ihn bis in den Korridor verfolgt. Mit klopfendem Herzen hatte er sich in seinem Apartment eingeschlossen und erfolglos versucht, seinen überstürzten Abschied vor sich selbst zu rechtfertigen.

Grace würde leichtes Spiel mit ihm haben. Ein Wink von ihr,

und er wäre rettungslos verloren. Er wagte kaum, sich auszumalen, was geschehen wäre, wenn Emmas Anruf sie nicht unterbrochen hätte. Wie er Grace einschätzte, würde sie alles daransetzen, um eine ähnliche Situation möglichst bald wieder herbeizuführen. Schließlich blieben ihr höchstens drei Wochen Zeit.

Ben verstand die Welt nicht mehr. In seinem Beruf hatte er häufig mit Frauen zu tun, die ihm gefielen oder die ihm offen zeigten, dass sie einer näheren Bekanntschaft nicht abgeneigt waren. Doch immer war es ihm gelungen, die gebührende Distanz zu wahren. Nur bei Grace lagen die Dinge anders: Sie war warmherzig, großzügig und mutig. Und vor allem unglaublich sexy. Aber mehr noch als ihre Schönheit bewunderte er ihre Charakterstärke. Anstatt das bequeme Leben zu führen, das ihr ihre finanzielle Situation ermöglichte, fühlte sie sich verpflichtet, etwas für die vom Schicksal benachteiligten Menschen zu tun.

Ben saß wirklich in der Klemme. Was sollte er antworten, wenn Grace ihn nach den Gründen für seinen hektischen Rückzug fragte? Ohne Emmas ausdrückliche Zustimmung durfte er weder über seinen Auftrag sprechen, noch den Namen seiner Klientin preisgeben. Andererseits würde Grace es ihm niemals verzeihen, wenn herauskam, dass er sie belogen hatte. Schon jetzt fühlte er sich ganz elend, wenn er die Situation im Geiste durchspielte. Wenn das kein Zeichen war, dass er bis über beide Ohren im Schlamassel steckte.

Verdrießlich schloss er den Schlauch an den Wasserhahn und zog ihn zum Auto. Der Verwalter des Gebäudes, in dem Grace lebte, war ein ausgesprochener Autonarr. Es hatte Ben deshalb keine große Mühe gekostet, ihm die Erlaubnis abzuringen, seinen wertvollen Oldtimer, den schwarzen Mustang, der Grace am ersten Tag aufgefallen war, in der Auffahrt zum Eingang des Gebäudes von Hand zu waschen, anstatt ihn einer Waschstraße anzuvertrauen. Für Ben gab es keine bessere Ablenkung.

Mit geübten Bewegungen schraubte er den Sprühkopf auf den Schlauch und spritzte den Wagen ab. Dann bückte er sich nach dem Eimer mit Seifenwasser. Plötzlich lief es ihm kalt über den Rücken. Er wurde beobachtet! Verstohlen musterte er die Fassade, doch hinter den Fenstern des Hauses blieb alles ruhig.

Einbildung, nichts als Einbildung, sagte sich Ben und machte sich an die Arbeit. Doch das unbehagliche Gefühl blieb.

4. Kapitel

Grace ließ die Kamera sinken. Ihr Herz klopfte zum Zerspringen, kleine Schweißperlen bedeckten ihre Stirn mit einem feinen Film. Das kommt davon, wenn man heimlich einen jungen Mann beobachtet, dachte sie. Sie gähnte herzhaft und streckte sich. Jede Bewegung schmerzte und erinnerte sie auf unangenehme Weise an ihr Abenteuer im Park.

Sie schauderte bei dem Gedanken, wie knapp sie davongekommen war. Aber nichts würde sie daran hindern, heute wieder in den Park zu gehen.

Wenn du vom Pferd fällst, musst du gleich wieder aufsitzen, hatte ihr ihr Reitlehrer eingetrichtert. In der Tat machte es keinen Sinn, sich in der Wohnung zu verschanzen. Sie hatte schon zu viel in das Projekt investiert, um es einfach hinzuwerfen, nur weil sie sich nicht mehr so unbefangen im Park bewegen konnte wie vorher. Ganz zu schweigen von den Kindern, die auf die Unterstützung durch „Chances" warteten.

Als kleines Zugeständnis an das schreckliche Erlebnis vom vergangenen Tag würde sie heute allerdings die Kamera zu Hause lassen. Für den Anfang wollte sie sich nur beweisen, dass sie sich immer noch im Park bewegen konnte – alleine.

Doch dazu musste sie erst einmal an Ben vorbeikommen. Der Moment schien günstig. Eben hatte Ben den Wagen dick mit Seife eingeschäumt. Eine Weile würde er sicher zu beschäftigt sein, um ihr nachzulaufen. Also verließ Grace zügig das Gebäude, nickte Ben freundlich zu und strebte, so schnell es ging, in Richtung U-Bahn. Zumindest hatte sie das vor. Doch wieder einmal kam es ganz anders.

Ben war heiß geworden. Er hatte sein T-Shirt abgelegt und

arbeitete mit entblößtem Oberkörper. Jedes Mal, wenn er ausholte, um den Schwamm über den schimmernden Lack des Autos zu führen, tanzten die Muskeln auf seinem Rücken, ein Anblick, der Grace nicht kaltließ. Sie blieb wie gebannt stehen und sah ihm zu.

Wieder einmal fragte sie sich, was für ein Mann er eigentlich war, dieser attraktive Privatdetektiv. Dass er sich nicht scheute, in die Armenviertel, aus denen er stammte, zurückzukehren, wusste sie bereits, und sie bewunderte ihn dafür. Denn wer wüsste besser als sie, welche Überwindung es kostete, zu seinen Wurzeln zurückzukehren.

„Na, fleißig bei der Arbeit?"

Langsam drehte Ben sich zu ihr. Er hatte einen Arm lässig auf den Außenspiegel gestützt und schenkte ihr ein höfliches Lächeln.

„Arbeit würde ich das nicht nennen. Es ist einfach eine angenehme Beschäftigung an einem herrlichen Tag wie heute. Und was hast du vor?" Während er sprach, musterte er Grace von Kopf bis Fuß. Was er sah, gefiel ihm ganz und gar nicht.

Grace trug ihr Lieblingshemd, ein Baseballtrikot, das sie vor vielen Jahren ihrem Bruder abgeschwatzt hatte und dessen Farben im Lauf der Zeit ziemlich verblasst waren. Ihre Füße steckten in Turnschuhen, die auch schon bessere Zeiten gesehen hatten. Es war nicht schwer zu erraten, wohin sie unterwegs war.

Aber dieses eine Mal lag der Meisterdetektiv völlig daneben: Grace hatte ihre Pläne nämlich spontan geändert. Der Park konnte warten. Was sollte sie dort, wenn sich hier die Chance bot, einen strahlend schönen Frühlingstag mit einem netten jungen Mann zu verbringen?

Sie lächelte verschmitzt und inspizierte das Auto von allen Seiten. „Saubere Arbeit! Bist du innen schon fertig?"

„Noch nicht mal angefangen." Ben beobachtete sie erstaunt.

„Fein, dann lass mich mal ran." Ehe er sich's versah, krempelte Grace die Ärmel hoch und wollte sich den Schwamm nehmen.

„Pass auf! Deine Hände!"
„Die beschützt Ernie!"

Doch Ben hatte bereits ihre Hände gepackt und überprüfte den Sitz der Pflaster. Da, wo seine Finger Grace' Haut berührten, brannte sie wie Feuer. Grace hatte den Eindruck, als wollte er sie nie mehr loslassen. Da das ihren Absichten sehr entgegenkam, unternahm sie auch keinen Versuch, ihm die Hand zu entziehen.

Die langweilige, wohlerzogene Grace Montgomery existierte nämlich nicht mehr. An ihre Stelle war eine vorwitzige, kecke, mitunter sogar unartige junge Frau getreten. Hoffentlich schätzt Ben die Ehre, als Erster ihre Bekanntschaft zu machen, dachte Grace. Leider stand er ihr nur für kurze drei Wochen zur Verfügung. Höchste Zeit, etwas zu unternehmen!

Mit diesem Vorsatz begann Grace, erst zaghaft, dann immer mutiger, mit dem Daumen sanft über Bens schwielige Hand zu streichen. Ben zuckte zurück, erwähnte ihr Verhalten aber mit keinem Wort. Stattdessen wechselte er das Thema.

„Ich könnte wirklich Hilfe brauchen. Wenn du willst, kannst du das Wageninnere übernehmen."

Zufrieden schnappte sich Grace ein trockenes Tuch und eine Dose mit Reinigungsmittel und kletterte auf den Fahrersitz des Mustangs. Sofort umhüllte sie der markante Duft, den sie inzwischen mit Ben verband. Zum ersten Mal bedauerte sie, dass sie im Chemieunterricht nie aufgepasst hatte und die heftigen chemischen Reaktionen, die zwischen Ben und ihr abliefen, weder verstehen noch beeinflussen konnte.

Während sie die Windschutzscheibe polierte, überlegte sie angestrengt, wie sie Ben aus der Reserve locken konnte. Verstohlen warf sie einen Blick durch die Scheibe – und was entdeckte sie? Anstatt zu arbeiten, lehnte Ben am Kotflügel und beobachtete sie. Als er merkte, dass sie ihn ertappt hatte, gab er vor, beschäftigt zu sein. Doch kaum hatte sich Grace abgewandt, spürte sie schon wieder seine Blicke auf sich ruhen.

Nach einer Weile stieg sie aus. „Ganz schön heiß, was?" Sie fuhr sich mit der Hand über die Stirn.

„Genau das richtige Wetter für den Frühjahrsputz", entgegnete Ben, der so tat, als würde er die Radkappen polieren, und ihr demonstrativ den Rücken zuwandte.

„Ja, aber man kommt ganz schön ins Schwitzen, nicht wahr?" Grace packte den Saum ihres Trikots und verknotete es vor der Brust, sodass sie plötzlich mit nacktem Bauch vor ihm stand. Ben gönnte ihr keinen Blick, also beschloss sie, noch dicker aufzutragen.

„So ist's doch gleich viel besser." Mit hektischen Handbewegungen fächelte Grace sich Luft zu, und endlich wurde Ben aufmerksam. Er sah auf und stutzte. Die Augen fielen ihm schier aus dem Kopf, während er Grace von oben bis unten betrachtete – genau so, wie sie es sich erhofft hatte. Um auch kein Detail zu übersehen, nahm er zuletzt sogar die Sonnenbrille ab.

„Inspektion beendet?", fragte Grace übermütig. Ein Muskel in Bens Gesicht zuckte, und er schien schwer zu atmen. Auch Grace' Herz spielte plötzlich verrückt. Endlich hatte sie ihn da, wo sie ihn haben wollte. Und nun?

„Wie siehst du denn aus?", brummte Ben. „Steig schnell ein, ehe uns der Hausmeister wegen Erregung öffentlichen Ärgernisses von hier vertreibt."

Gehorsam kletterte Grace zurück ins Auto. Im Stillen gratulierte sie sich. Anscheinend hatte sie eine natürliche Begabung als unartiges Mädchen. Ihr erster Auftritt hatte sich jedenfalls als voller Erfolg erwiesen und zudem riesigen Spaß gemacht. Jetzt galt es, darauf aufzubauen.

„Ehrlich gesagt habe ich schon ewig nicht mehr Auto gewaschen. Ich bin ein bisschen aus der Übung", erzählte sie, während sie weiterputzte. „Mein Bruder hat sein erstes Auto zum sechzehnten Geburtstag bekommen. Das war ein nagelneuer …"

Entsetzt schlug sie die Hand auf den Mund und verwünschte ihre vorlaute Zunge. Wenn sie mit Ben sprach, begann sie sich oft für Dinge zu schämen, die ihr bislang ganz normal vorgekommen waren. Erbost schüttelte sie den Kopf. Nur nicht den Kopf hängen lassen, ermunterte sie sich, versuch, aus deinen Fehlern zu lernen.

Ben wunderte sich über ihr abruptes Schweigen. „Was für ein Auto war es denn?", fragte er neugierig.

Grace wäre vor Verlegenheit am liebsten im Boden versunken. Sie brachte den Namen der Nobelmarke kaum über die Lippen.

„Ein Porsche." Hoffentlich war das Thema damit abgehakt.

Weit gefehlt! „Nicht schlecht!" Anerkennend pfiff Ben durch die Zähne. „Und was schenkt man einer Prinzessin zum sechzehnten Geburtstag?"

„Welcher Prinzessin? Ich kann mich nicht entsinnen, dass von einer Prinzessin die Rede war", entgegnete Grace scharf. Zum Kuckuck, wieso verglich er sie mit einer Prinzessin? Sie war eine Frau, die mit beiden Beinen fest auf dem Boden stand, das musste er doch erkennen!

„Ich meine dich, Prinzessin Gracia."

Als Ben das sagte, beugte er sich zu ihr ins Wageninnere. Fast streiften seine Bartstoppeln ihre Wangen. Sofort erwachte in Grace der Wunsch, ihn zu berühren, das Feuer, das er in ihrem Inneren entfachte, zu schüren. Doch diesmal bremste sie sich.

Sie wusste auf einmal, dass sie mehr zu Ben hinzog als körperliche Begierde, auch wenn ihr schleierhaft war, woher diese plötzliche Einsicht kam. Sie bewunderte ihn und wünschte sich vor allen Dingen, dass er sie respektierte. Ben erinnerte sie immer mehr an den stolzen Ritter aus den Märchen ihrer Kindheit, der für die Rechte der Armen kämpfte und stets zur Stelle war, wenn es galt, ein edles Fräulein aus der Bedrängnis zu befreien.

Sie schmunzelte bei der Vorstellung. Vielleicht war das Bild doch etwas zu weit hergeholt. Denn eines war sicher: Den Part der unerreichbaren Jungfrau im Elfenbeinturm würde sie keinesfalls übernehmen.

„Hältst du den Vergleich für angemessen?"

Etwas am Klang ihrer Stimme zeigte Ben, dass er eine empfindliche Seite berührt hatte. „Gefällt er dir nicht?", fragte er enttäuscht.

„Nein", flüsterte Grace, berührte sanft seine Wange und sah ihm tief in die Augen, „denn in der Regel sind Prinzessinnen für gewöhnliche Sterbliche unerreichbar."

Ben konnte ihrem traurigen Blick nicht standhalten. Er hatte sich schon etwas dabei gedacht, als er Grace als *Prinzessin* bezeichnete. Zum einen konnte es nicht schaden, wenn er sich daran erinnerte, dass Grace in der Tat aus einer Familie stammte, die Leute wie ihn nur milde belächelte. Außerdem hatte sie es nicht besser verdient. Sie hatte ihn wieder einmal überrumpelt und in die Defensive gedrängt, eine Situation, die ihm überhaupt nicht behagte. Im Nachhinein schämte er sich jedoch für die unfeine Retourkutsche. Zu spät erkannte er, dass er Grace tiefer getroffen hatte als beabsichtigt.

„Ich hab's nicht so gemeint", entschuldigte er sich matt.

„Von wegen!" Grace' Betroffenheit hatte sich in blanke Wut verwandelt. Sie schnaubte. „Es ist ja nicht das erste Mal, dass du dich auf geradezu unfaire Weise über meine Herkunft lustig machst. Damit du's ein für alle Mal weißt: Ich komme tatsächlich aus einer stinkreichen Ostküsten-Familie. Wir sind konservativ und bieder, stolz auf unseren Stammbaum und unseren guten Ruf. Schon seit Anfang des Jahrhunderts engagieren wir uns in der Politik, verabscheuen aber ansonsten jede Art von Aufsehen. Nicht einmal der Makel einer Scheidung befleckt das Ansehen der Familie. Willst du wissen, warum?"

Es schien Grace ungeheure Anstrengung zu kosten, darüber zu reden. Andererseits hatte es den Anschein, als wollte sie sich nun, da sie einmal begonnen hatte, darüber zu sprechen, alles von der Seele reden.

„Warum denn?", fragte Ben gehorsam.

„Weil ein Montgomery sich nicht scheiden lässt. Er schweigt

und leidet. Es ist gute alte Familientradition, dass wir Montgomerys immer das tun, was von uns erwartet wird. Wir heiraten nur in Kreise ein, die zu uns passen. Dass wir dabei nicht glücklich sind, dem Partner untreu werden oder unseren Kindern das Leben zur Hölle machen, spielt keine Rolle, solange wir nach außen hin gut dastehen."

Ben konnte förmlich spüren, wie weh es ihr tat, über diese Dinge zu sprechen, aber er unterbrach sie nicht.

„Nur mein Bruder Logan hat es gewagt, mit dieser Tradition zu brechen. Er ist vermutlich der Einzige von uns, der ein wirklich glückliches Leben führt. Du kannst dir nicht vorstellen, wie ich ihn darum beneide. Aber ich bastle eifrig an meinem eigenen Glück, glaub mir! Wenn ich dir manchmal wie eine Prinzessin vorkomme, dann liegt es daran, dass mir von klein auf eingebläut wurde, wie man sich nach außen hin zu benehmen hat. Diese Kunst beherrsche ich perfekt. Zu perfekt! Meistens nehme ich gar nicht wahr, welchen Eindruck das auf andere macht."

Erschöpft schwieg sie. Eine Zeit lang saß sie stumm da und ließ die Schultern hängen wie jemand, der lange eine schwere Bürde mit sich herumgeschleppt hatte.

Ben dachte über ihre Worte nach. Was sie über ihre Umgangsformen gesagt hatte, konnte er bestätigen. Auch die Art, *wie* sie etwas tat, zeugte von guter Erziehung. Von dem, *was* sie tat, konnte man das allerdings weniger behaupten, und dieser Widerspruch reizte ihn.

Wie war es möglich, dass er zwar die Kreise, aus denen Grace stammte, verachtete, Grace selbst aber so sehr begehrte? Wie kam es, dass er gerade in diesem Moment das dringende Bedürfnis verspürte, sie in die Arme zu nehmen und vor ihren Erinnerungen zu beschützen? Nur weil er wusste, dass er alles komplizieren würde, unterließ er es.

„Ich bin noch nicht fertig", kündigte Grace an.

Aber Ben hatte genug gehört und winkte ab. „Dein Vertrauen ehrt mich, aber ich sehe, wie schwer es dir fällt, darüber zu sprechen. Du musst mir nichts mehr erzählen."

„Oh doch. Eines musst du unbedingt noch erfahren." Eine zarte Röte überzog ihre Wangen, und ihre Augen blickten trotzig. „Ich habe die Erfahrung gemacht, dass alles Geld der Welt nichts nützt, wenn du deine Seele dafür verkaufen musst."

Ben ließ sich ihre Aussage durch den Kopf gehen. Aus diesem Blickwinkel erhielt Grace' Geschichte, die er bereits von Emma kannte, eine völlig andere Bedeutung. Er war nun doch fast geneigt zu glauben, dass Grace der Familie Montgomery endgültig den Rücken gekehrt hatte. Fast! Es lag ihm fern, an Grace' gutem Willen zu zweifeln. Doch warum sollte sie, wenn sie ihre Ziele erst erreicht hatte, nicht zu ihrem gewohnten Lebensstil zurückkehren? Schließlich war er ihr, wie sie selbst sagte, in Fleisch und Blut übergegangen.

Doch wozu sich darüber den Kopf zerbrechen? Bis dahin war Grace längst aus seinem Leben verschwunden. Viel wichtiger war, dass Ben sich überlegte, wie er sich in der nahen Zukunft verhalten sollte.

Grace hatte eine Saite in seinem Herzen angerührt, von der er nicht einmal geahnt hatte, dass es sie gab. Sie hatte Gefühle in ihm geweckt, die er bei sich niemals vermutet hätte, und das verhieß nichts Gutes. Er musste unter allen Umständen verhindern, dass er sich in eine Beziehung verstrickte, die über das nachbarschaftliche Verhältnis hinausging. Ein Grund mehr, sich den Fall so schnell wie möglich vom Hals zu schaffen.

Wie zur Bekräftigung seiner Absicht suchte Ben Grace' Hand und drückte sie ganz fest. Dann richtete er sich auf. „Genug geredet, los, an die Arbeit", befahl er.

„Alter Sklaventreiber!" Obwohl sie protestierte, war Grace erleichtert, dass er das Thema fallen ließ.

Ben lachte rau. „Wenn's weiter nichts ist." Er konnte sich weitaus weniger schmeichelhafte Bezeichnungen für seine Person vorstellen. Das Wort *Lügner* zum Beispiel würde mindestens ebenso gut auf ihn zutreffen. Dieser Fall entwickelte sich in einer Art und Weise, die ihm Unbehagen bereitete.

Nur gut, dass ihn die Autowäsche vor längerem Grübeln bewahrte. Eine Stunde lang arbeiteten sie schweigend Seite an Seite – vielmehr, Grace schuftete, und Ben sah ihr bewundernd dabei zu. Ihm gefiel ihre Genauigkeit, die Sorgfalt, mit der sie jeden noch so winzigen Kaffeefleck vom Armaturenbrett wischte, und nicht zuletzt die Art, wie ihr knackiger Po wippte, wenn sie sich, wie gerade eben zum Beispiel, auf alle viere niederließ, um die Unterseite der Konsole zu schrubben.

Jede ihrer Bewegungen war genau berechnet und zielte nur darauf ab, seine Aufmerksamkeit zu gewinnen, darüber machte Ben sich gar keine Illusionen. Und, Ehre, wem Ehre gebührt, Grace machte ihre Sache nicht schlecht.

„Geschafft!" Verstrubbelt und verschwitzt, mit Schmutzstreifen auf der Wange krabbelte Grace aus dem Auto.

Mit Grace Kelly, der Fürstin von Monaco, mit der Ben sie gerne verglich, hatte sie in diesem Moment nichts mehr gemein. Bens Grace war keine Märchenprinzessin, sondern eine Frau aus Fleisch und Blut, so echt, dass er in ihrer Gegenwart jedes Mal drauf und dran war, seine guten Vorsätze zu vergessen.

So wie in diesem Augenblick: Mit großer Sorgfalt wischte Grace die schmutzigen Finger an der Jeans ab. Wie unter einem Zauberbann folgte Bens Blick den Bewegungen ihrer Hände. Seine Augen wanderten von Grace' flachem Bauch zu ihren langen Beinen und wieder zurück, sein Mund wurde knochentrocken, und das Schlucken fiel ihm schwer.

Plötzlich riss sie den Schlag weit auf. „Wenn der gnädige Herr die Güte hätte, einen Blick hineinzuwerfen, um festzustellen, ob alles zu seiner Zufriedenheit ausgefallen ist?"

Sie verbeugte sich tief, als Ben einstieg. So tief, dass Ben, als er sich bückte, förmlich gezwungen war, einen Blick in ihren Ausschnitt zu werfen. Was er sah, raubte ihm den Atem: die sanften Rundungen ihrer Brüste, knapp verhüllt von einem

Hauch feinster Spitze. Diesem Anblick hatten weder die blank geputzten Ledersitze noch der frische Limonenduft, der das Innere des Wagens erfüllte, etwas entgegenzusetzen. Es dauerte eine Weile und bedurfte gewaltiger Anstrengung, ehe Ben in die Gegenwart zurückfand. Schließlich richtete er sich auf.

„Glänzende Arbeit, Grace", lobte er.

Ein Leuchten ging über Grace' Gesicht. „Im Ernst? Findest du wirklich? Danke sehr!"

Sie schien ehrlich erfreut über sein Kompliment.

War es möglich, dass sich hinter ihrem sicheren Auftreten in Wirklichkeit eine unsichere Persönlichkeit verbarg? Nun, das konnte Ben schnell herausfinden.

„Sag mal, du tust gerade so, als ob es was Besonderes sei, wenn man dich für gute Arbeit lobt", bemerkte Ben.

„Ist es ja auch. Daran, dass mich jemand lobt, dessen Meinung mir ... etwas bedeutet, kann ich mich gar nicht erinnern." Grace' Wangen färbten sich rosa bei diesem Geständnis.

Ben beglückwünschte sich zu seinen Instinkten. Mit einer kleinen Aufmerksamkeit hatte er Grace anscheinend eine echte Freude bereitet. Aber was mochte die Ursache für ihr eigenartiges Verhalten sein? Emma tat sicher alles in ihrer Macht Stehende, um das Selbstwertgefühl ihrer Enkelin aufzubauen. Lag es vielleicht an den Eltern? Nach dem, was Grace erzählt hatte, konnten sie in der Tat Nachhilfe in Sachen Erziehung vertragen. Voll Mitleid schüttelte Ben den Kopf. Grace hatte schon recht: Liebe und Anerkennung konnte man mit Geld nicht kaufen.

Jäh wurden seine Gedanken unterbrochen. „Ich geh dann mal", hörte er Grace sagen. Eine dumpfe Ahnung beschlich ihn.

„Wohin denn?"

„Ich muss unbedingt auf den Spielplatz im Park. Der Wetterbericht hat für morgen Regen gemeldet, da muss ich die letzten Sonnenstrahlen nutzen."

„So? Na gut, ich komme mit. In zehn Minuten bin ich startklar."

„Kommt nicht infrage." Grace schüttelte den Kopf, dass ihre blonde Mähne nur so flog. „Ich muss das alleine durchstehen, das weißt du ganz genau. Glaub mir, ich kann auf mich selbst aufpassen."

„Du kannst da nicht alleine hingehen." Ben konnte ihren Wunsch durchaus nachvollziehen, nur durfte er sie nicht gewähren lassen. Das verbot ihm zum Ersten Emmas Auftrag, und zweitens regte sich schon wieder dieser verwünschte Beschützerinstinkt.

„Kann ich wohl! Bis später, Ben." Trotzig winkte Grace ihm zu und wandte sich zum Gehen.

Nun war guter Rat teuer. In seiner Verzweiflung griff Ben zu dem Wasserschlauch, der hinter ihm auf dem Boden lag. Laut rief er Grace' Namen, und sie, wohlerzogenes Mädchen, das sie nun einmal war, blieb gehorsam stehen.

„Wie oft soll ich es dir noch erklären, Ben? Sieh mal, ich muss mich meinen Ängsten stellen, und zwar alleine, ohne Bodyguard im Hintergrund."

Im Stillen gab Ben ihr recht, aber das änderte nichts an seinem Plan.

„Hast du nicht erzählt, dass du deinem Bruder früher beim Autowaschen geholfen hast?", fragte er.

„Wie kommst du denn jetzt darauf?" Grace wurde ärgerlich. Bens Ablenkungsmanöver waren so einfach zu durchschauen.

Ben grinste hinterhältig. „Hat das auch immer mit einer Wasserschlacht geendet?", fragte er, drehte den Wasserhahn voll auf und richtete den scharfen Strahl auf Grace. Sie japste vor Schreck, als das eiskalte Wasser auf ihre Arme spritzte. Dann ging sie zum Angriff über: Mit einem Satz stand sie neben Ben und versuchte, ihm den Schlauch aus den Händen zu reißen. Ben, der damit gerechnet hatte, wich der Attacke aus.

Doch er hatte zu langsam reagiert: Grace hatte den Schlauch bereits gepackt.

Die Wut verlieh ihr ungeahnte Kräfte. Sie zog und zerrte, bis der Schlauch aus Bens Fingern glitt und auf den Boden fiel, wo er, durch den Druck des ausströmenden Wassers wie eine Kobra über den Asphalt tanzte.

Ehe es Ben gelang, den Hahn abzudrehen, waren die beiden Kontrahenten bis auf die Haut durchnässt. Klatschnass standen sie da und sahen einander betroffen an. Dann begann Grace lauthals zu lachen, und Ben stimmte erleichtert ein. Sie löste den Knoten an ihrem Oberteil und wrang es aus, während Ben den Schlauch einrollte.

„Das hast du absichtlich gemacht", schimpfte sie gut gelaunt.

„Ich hatte keine andere Wahl." Ben lächelte verschmitzt. Eine Sekunde lang kreuzten sich ihre Blicke, doch plötzlich wanderten Bens Augen an Grace' Körper entlang.

Sie folgte seinem Blick und erstarrte. So etwas konnte dem Herrn Detektiv natürlich nicht entgehen: Nass geworden, klebte ihr T-Shirt eng am Körper, sodass jedes Detail ihres BHs deutlich zu erkennen war. Zu allem Unglück frischte ausgerechnet in diesem Moment der Wind auf, und Grace fröstelte in ihrer durchnässten Kleidung. Die Spitzen ihrer Brüste wurden hart und richteten sich – für jeden deutlich sichtbar – zu kleinen Gipfeln unter dem fast durchscheinenden Trikot auf.

Grace wand sich unter Bens durchdringendem Blick, zwang sich jedoch, die Arme nicht vor der Brust zu verschränken. Diese Blöße wollte sie sich vor ihm nicht geben, im Gegenteil. Eigentlich sollte sie jetzt aufs Ganze gehen und die Situation zu ihrem Vorteil nutzen. Die Gelegenheit war günstig. Endlich bot sich die Chance, Bens Selbstbeherrschung auf die Probe zu stellen.

„Es gibt immer eine Alternative." Dass Grace sich nicht mehr auf den Spaziergang im Park bezog, wussten beide. Sie spielte auf die Möglichkeiten an, die sie Ben in Bezug auf sich selbst eröffnete, und darauf, was er daraus machen würde – oder auch nicht.

Ben schluckte. „Unter diesen Umständen wähle ich den Rückzug, ehe ein Unglück geschieht", kündigte er an und wollte zu seinem Auto gehen.

Aber so einfach ließ sich Grace nicht abspeisen. Sie packte seinen Arm und hielt ihn zurück. „Wovor läufst du eigentlich davon?", wollte sie wissen.

Ben zögerte. Inzwischen herrschte ein reges Kommen und Gehen in der Auffahrt, und die Passanten warfen dem nassen Paar neugierige Blicke zu. Besonders Grace erntete einige Aufmerksamkeit.

„Was hältst du davon, wenn wir die Unterhaltung an einem Ort fortsetzen, wo wir ungestört sind", meinte er schließlich mit einem beredten Blick auf ihr nasses T-Shirt.

„Wie du meinst." Ohne weiteren Kommentar öffnete Grace die Autotür und setzte sich auf die Rückbank. Natürlich hatte sie Bens Absicht sofort durchschaut: Er wollte sie verunsichern, sie dazu bringen, sich in ihr Apartment zurückzuziehen. Aber damit kam er bei ihr an die Falsche.

„Was ist? Steig schon ein, ich will hier nicht versauern!" Ungeduldig klopfte Grace auf das Polster neben sich. „Oder sollen wir unser Gespräch auf ein andermal verschieben, damit du dir trockene Sachen anziehen kannst? Mir soll's recht sein, dann muss ich meinen Ausflug nicht verschieben."

Das konnte Ben nicht zulassen, zumal ihm überhaupt nicht gefiel, wie schnell Grace das Kommando wieder übernommen hatte.

„Das wagst du nicht, nass wie du bist!"

„Willst du es darauf ankommen lassen?"

Im Stillen hoffte Grace, dass sie nicht so weit zu gehen bräuchte. Sie hatte keineswegs vor, in ihren tropfnassen Klamotten durch die Straßen von New York zu wandern. Eigentlich wollte sie so schnell wie möglich in ihre Wohnung zurück.

Am liebsten in Begleitung von Ben. Aber wenn der sich stur stellte und nicht zu ihr ins Auto stieg, damit sie endlich ein paar Dinge klären konnten, würde sie auch vor drastischen Maßnahmen nicht zurückschrecken.

Zum Glück lenkte Ben ein, ließ sich auf den Fahrersitz fallen und startete den Wagen.

„Wohin fahren wir?"

Er gab keine Antwort, sondern chauffierte sie schweigend um ein paar Ecken, bis er schließlich in einer ruhigen Seitenstraße gleich hinter ihrem Wohnblock parkte. Er stieg aus und setzte sich zu Grace auf den Rücksitz, achtete aber peinlich darauf, ihr nicht zu nahe zu kommen.

„Nun denn, verehrte Prinzessin. Wir sind allein, wie du es gewünscht hast. Was hast du jetzt mit mir vor?"

5. Kapitel

Die Herausforderung in Bens Stimme war nicht zu überhören. Er hielt Grace für zu feige, den ersten Schritt zu tun. Unter normalen Umständen würde sie dem nicht einmal widersprechen. Aber jetzt hing alles von ihr ab. Sie wusste, eine zweite Chance würde sie nicht erhalten. Sie musste handeln. Grace fröstelte unter ihrem nassen T-Shirt.

„Ist dir kalt?", fragte Ben aus seiner Ecke des Wagens.

Grace nickte. „Keine Angst, ich weiß mir zu helfen." Mit dem Mut der Verzweiflung rutschte sie quer über die Rückbank und setzte sich auf Bens Schoß, sodass sie ihm in die Augen sehen konnte. Auch für eine Person war nur wenig Platz hinter dem Fahrersitz, aber Grace machte sich die beengte Situation zunutze und schmiegte sich ganz dicht an Bens Brust. „Körperwärme hilft am besten", erklärte sie.

Der arme Ben! Ihre Maßnahme hatte ihn völlig überrumpelt. Grace fühlte, wie hastig er atmete. Außerdem konnte sie sogar durch den dicken Stoff ihrer Jeans hindurch spüren, dass ihn ihre Nähe nicht unbeteiligt ließ. Das verlieh ihr neue Zuversicht, und sie drückte sich noch fester an ihn.

Doch so leicht gab sich Ben nicht geschlagen. Er versuchte, die Signale, die sein Körper aussandte, zu ignorieren, so schwer es ihm auch fiel. Zwischen zusammengebissenen Zähnen stieß er hervor: „Ich sehe schon, die Prinzessin nimmt sich mal wieder das, was sie haben will."

Grace lachte nur. „Gib dir keine Mühe. Ein zweites Mal falle ich nicht auf deine Masche herein." Wie leicht er zu durchschauen war: Er nannte sie doch nur *Prinzessin*, eine Anspielung auf ihren schwachen Punkt, ihre Herkunft, um ihre Annäherungsversuche von vornherein abzublocken.

„Ach nein?"

„Nein, nur weil ich aus einer wohlhabenden Familie stamme, heißt das noch lange nicht, dass ich grundsätzlich immer das bekomme, was ich will. Ich habe eher das Gefühl, dass du derjenige bist, der es gewohnt ist, seinen Willen durchzusetzen. Glaub mir, ich beneide dich! Ich bin sicher, dass deine Eltern dich sehr geliebt haben."

Ben nickte. Er war nachdenklich geworden.

„Siehst du, du bist derjenige, der eine schöne Kindheit hatte. Aber ich warne dich, ich beabsichtige, alles nachzuholen, was mir als Kind vorenthalten wurde."

Ben starrte sie unverwandt an. Der Ausdruck seiner Augen verriet, dass er die gleichen Gefühle empfand wie Grace. Doch anstatt ihnen nachzugeben, Grace in die Arme zu nehmen und sie zu küssen bis zum Wahnsinn, ballte er die Hände zu Fäusten.

Grace, die ihn genau beobachtete, erkannte mit leisem Bedauern, dass sie noch einmal die Initiative ergreifen musste. Auch gut, dachte sie. So lerne ich wenigstens, für meine Ziele zu kämpfen.

Sie seufzte laut und legte beide Hände auf Bens nackte Brust. Seine Haut war glatt und fühlte sich heiß an. Einen kurzen Augenblick lang schloss sie die Augen, um sich zu sammeln. Eine Chance wollte sie ihm noch geben.

„Sieh mal, Ben, warum machst du es mir so schwer? Wir wollen doch beide dasselbe, also warum sträubst du dich so? Der Ausgang der Geschichte steht bereits fest, du kannst daran ohnehin nichts ändern."

Als er auch darauf nicht einging, startete sie den Angriff. Sie begann, mit dem Daumen über Bens Brust zu streicheln, bis sie merkte, dass die Spitzen hart wurden.

Jetzt konnte Ben nicht länger stillhalten. Er rutschte unruhig auf seinem Sitz hin und her, und Grace fühlte, wie ihre Erregung wuchs. Aufreizend langsam fuhr sie mit der Zunge über ihre trockenen Lippen. „Ich seh schon, du willst nicht. Dann muss ich eine härtere Gangart anschlagen."

Bens Mundwinkel zuckten. „Ich glaube kaum, dass das noch möglich ist, Prinzessin", frotzelte er mit kaum verhohlenem Vergnügen und legte ganz plötzlich die Hände um ihre Taille.

„Stimmt, ich bin, glaube ich, ziemlich forsch." Grace lächelte. Bis jetzt war sie sehr zufrieden mit der Entwicklung, die die Dinge nahmen. Während sie sprach, hatte Ben die Hände unter ihr T-Shirt geschoben und streichelte die nackte Haut knapp unterhalb ihres BHs.

Was hatte er vor? Wollte er sie auf die Probe stellen oder gar einschüchtern? Oder hatte er beschlossen, dem Spiel seine eigenen Regeln aufzuzwingen? Das musste Grace verhindern, so verlockend die Aussicht auch sein mochte. Sie hatte sich vorgenommen, Ben zu verführen, und würde nicht zulassen, dass er ihre Pläne durchkreuzte. Dennoch musste sie ihre ganze Selbstbeherrschung aufbieten, um nicht der Versuchung nachzugeben, die Augen zu schließen und sich ihm hinzugeben.

„Prima, ich steh auf Frauen, die wissen, was sie wollen." Bens Hände glitten noch weiter nach oben. Für einen kurzen Moment berührten seine Finger die Spitzen von Grace' Brüsten, eine flüchtige Liebkosung nur, aber sofort erwachte in Grace der Wunsch nach mehr.

„Wusste ich's doch, wir passen hervorragend zueinander." Grace bewegte die Finger sanft über Bens Wange und sah ihm tief in die Augen.

„Mhm", brummte er nur, ohne den Blick zu senken.

So weit, so gut, doch was würde ein unartiges Mädchen nun tun? Grace zermarterte sich das Gehirn, bis ihr schließlich die rettende Idee kam. Sie verstärkte den Druck ihrer Schenkel und begann, sich sachte auf Bens Schoß hin und her zu wiegen. Ben stöhnte leise, machte aber nicht den Eindruck, als wäre ihm die Berührung unangenehm, im Gegenteil. Und auch Grace entdeckte Gefallen an den Empfindungen, die die sanften Bewegungen in ihr weckten.

„Wie du siehst, beherrsche ich dieses Spiel fast ebenso gut wie du", hauchte sie ihm atemlos ins Ohr. „Ich werde dich so lange quälen, bis du um Gnade flehst, so lange, bis du zugeben musst, dass es zwischen uns beiden gefunkt hat."

„Da hast du dir mächtig was vorgenommen." Ben hoffte, dass seine Stimme zuversichtlicher klang, als er sich fühlte. Er war hin- und hergerissen zwischen der Verpflichtung gegenüber seiner Klientin und seinen Gefühlen für Grace und konnte sich nicht zu einer Entscheidung durchringen. Verständlich, dass Grace wissen wollte, woran sie war. Unter anderen Umständen hätte er sich über die eigenwillige Art, wie sie ihr Ziel zu erreichen versuchte, königlich amüsiert. Leider brachte sie ihn damit nur noch mehr in Bedrängnis. Aber sie machte ihre Sache gut, sehr gut sogar! Wenn nicht bald ein Wunder geschah, würde sie bekommen, was sie sich wünschte.

Zähneknirschend unterdrückte Ben einen Fluch. Inzwischen passte kein Blatt Papier mehr zwischen ihre Körper, und Grace hatte den Rhythmus ihrer Bewegungen beschleunigt. Es war nur noch eine Frage von wenigen Sekunden, bis sie Ben da hatte, wo sie ihn haben wollte. Er war nicht mehr Herr über sich selbst und würde alles verraten, obwohl er wusste, was er damit anrichtete.

„Ben?" Grace' warme Stimme weckte ihn aus seinen Gedanken. „Ich bin verrückt nach dir." Ihre sanften braunen Augen waren nur wenige Zentimeter von seinem Gesicht entfernt. Irgendwo in der Tiefe meinte Ben, eine Spur Unsicherheit zu erkennen. Konnte es sein, dass sie nicht nur mit ihm spielte, sondern echte Gefühle für ihn hegte, Gefühle, deren Heftigkeit sie selbst erschreckte?

Ben atmete schwer. Kalter Schweiß stand auf seiner Stirn, er musste hart mit sich ringen, um Grace nicht doch in die Arme zu schließen, sie zu küssen, bis ihr die Sinne schwanden, ihr die nassen Kleider vom Leib zu streifen und ihr zu beweisen, was er für sie empfand. Er sah nur einen Ausweg, um sich aus der misslichen Lage, in die Grace ihn gebracht hatte, zu befreien.

„Ich muss dich warnen, Grace. Ich bin kein Mann, der feste Bindungen eingeht."

Das war nicht einmal gelogen. Keine Frau hielt es länger als einen Monat mit ihm aus. Wenn er nicht arbeitete, besuchte er seine kränkelnde Mutter. Zeit, um eine Beziehung zu festigen, war bei diesem Pensum nicht drin. Es könnte natürlich auch sein, räumte er mit einem Seitenblick auf Grace ein, dass ich bisher einfach noch nicht die Richtige getroffen habe.

Grace tat so, als ließe sie diese Ankündigung kalt. „Wer spricht denn gleich von einer festen Beziehung? Ich bin selbst nicht der Typ dafür." Damit war das Thema für sie erledigt, und sie wandte ihre Aufmerksamkeit wieder Bens Körper zu. Mit den Nägeln zog sie eine feine Linie von Bens Brust bis zu seinem Nabel. Gedankenverloren zupfte sie an den krausen Haaren, die in einer schmalen Linie von dort bis unter den Bund von Bens Jeans verliefen. Jede Berührung sandte Schauer durch Bens gemarterten Körper.

„Aber das wollt ihr Frauen doch in der Regel", stammelte Ben verdattert.

„Tatsächlich?", entgegnete Grace und machte sich zielstrebig an Bens Jeans zu schaffen. „Verzeih, wenn ich widerspreche." Schon hatte sie den Knopf geöffnet.

Ihr Tempo war zu viel für Ben. Mit eisernem Griff packte er ihre Handgelenke. Die Gedanken in seinem Kopf überschlugen sich. Sein Körper verzehrte sich nach Grace. Sie hatte ihm eindeutig zu verstehen gegeben, dass sie keine Forderungen an ihn stellte. Aber konnte er es vor seinem Gewissen verantworten, wenn er sich mit einer Frau einließ, die er schamlos belog?

Vom beruflichen Standpunkt aus sprach alles für eine Beziehung mit Grace. Ihrem Liebhaber konnte sie es kaum abschlagen, sie auf ihren Ausflügen in den Park zu begleiten. Es würde viel einfacher sein herauszufinden, wer sie bedrohte und weshalb. Denn die Zeit drängte. Ihm blieben nur noch wenige Tage, und er wollte Grace in Sicherheit wissen, wenn sein Auftrag abgeschlossen war.

Das gab den Ausschlag! Ben flüsterte mit rauer Stimme: „Du verdienst nur das Allerbeste, Prinzessin."

Sofort schmiegte sich Grace noch enger an ihn und warf einen bedeutsamen Blick auf ihre Hände. „Dann lass mich los."

Ben gehorchte. Er löste das Band, mit dem Grace ihr Haar zusammengebunden hatte. Die seidigen blonden Strähnen fielen locker auf ihre Schultern und umrahmten ihr Gesicht mit einem goldenen Kranz.

„Ich stehe ganz zu deiner Verfügung", bekannte er und lehnte sich ins Polster zurück, gespannt, wie weit sie gehen würde.

Grace' Wangen waren von einem zarten Rot überzogen, ihre Augen glänzten vor Aufregung. Nach kurzem Zögern rutschte sie zurück, bis sie den Reißverschluss von Bens Hose erreichte. Langsam und bedächtig, Millimeter für Millimeter, öffnete sie ihn.

„Weißt du wirklich, was du da tust?", fragte Ben, dem die Sache langsam unheimlich wurde. Was sich hier abspielte, stellte alles in den Schatten, was er bisher mit dem anderen Geschlecht erlebt hatte. Und er war beileibe kein unbeschriebenes Blatt.

„Glaubst du, ich mache so was zum ersten Mal?" Aufgebracht blickte Grace ihn an. Ihre Stimme klang trotzig, doch in ihren Augen entdeckte Ben dieselbe Unsicherheit wie eben. Er versuchte, sie zu beschwichtigen.

„Sieht nicht danach aus, würde ich sagen."

Zitternd vor Erregung wartete er ab, was dieser überraschenden jungen Frau als Nächstes einfiel. Er musste sich nicht lange gedulden. Mit einem Ruck riss Grace den Reißverschluss vollständig auf und befreite Bens Männlichkeit endlich aus der drangvollen Enge seiner Jeans.

„Behaupte hinterher bloß nicht, du hättest nicht gewusst, worauf du dich einlässt", stöhnte er.

„Das ist inzwischen kaum mehr zu übersehen", murmelte Grace zweideutig und berührte ihn sanft. „Nur gut, dass du uns in diese menschenleere Gasse kutschiert hast. Hier wird uns niemand stören."

Ben stöhnte erneut, diesmal jedoch vor Schreck. Sie war wirklich zu allem entschlossen! Dann musste es wohl so kommen. An mir soll's nicht liegen, entschied er und gab jeden Widerstand auf.

Mit gegenseitiger Unterstützung befreiten sie sich aus ihren Jeans. Nur noch mit dem nassen Top und einem seidenen Slip bekleidet, saß Grace neben Ben auf dem Rücksitz. Ben konnte sich an ihrem herrlichen Körper nicht sattsehen. Alles an ihr war perfekt: ihr Haar, ihre makellose Haut und die weichen Rundungen ihrer Brüste, die sich unter dem T-Shirt deutlich abzeichneten. Unwillkürlich stieß er einen anerkennenden Pfiff aus.

„Soll das ein Kompliment sein?", fragte Grace mit kindlicher Überraschung.

Immer diese Unsicherheit! Die Draufgängerin von vor wenigen Minuten war verschwunden. Ihren Platz nahm jetzt das von Selbstzweifeln gequälte Mädchen ein, das er neulich erlebt hatte.

Ben schmunzelte, sah ihr tief in die Augen und nickte bedächtig. „Du weißt genau, dass du mich in den Wahnsinn treibst, Gracie. Wie lange willst du mich noch schmachten lassen?"

Mit einem strahlenden Lächeln nahm Grace wieder ihren Platz auf seinem Schoß ein. Diesmal bremste nur noch eine Barriere aus hauchdünner Seide ihre Begierde. Ben fühlte die Hitze, die von Grace' Körper ausstrahlte. Als sie langsam, aber unaufhaltsam die Schenkel zusammenpresste, überflutete ihn eine Welle der Lust.

„Jetzt übernehme ich zur Abwechslung mal das Kommando", murmelte er heiser und presste die Lippen auf ihren Mund. Er schmeckte süß und verheißungsvoll und wartete nur darauf, eingehend erforscht zu werden. In diesem Augenblick klopfte es wütend an die Autotür.

Grace erschrak, doch Ben behielt einen kühlen Kopf. Geistesgegenwärtig peilte er die Lage. Zum Glück konnte, wer immer da draußen stand, praktisch gar nicht in das Auto einsehen. Ihre feuchte Kleidung, aber auch ihre Körper hatten so viel Feuchtigkeit abgestrahlt, dass die Fensterscheiben fast völlig beschlagen waren. Trotzdem musste der Störenfried ja nicht mehr zu sehen bekommen, als nötig war, und Ben bemühte sich, Grace mit seinem Körper von neugierigen Blicken abzuschirmen.

„Ist das denn die Möglichkeit?", schimpfte eine laute Stimme. „Müssen Sie sich in aller Öffentlichkeit vergnügen?"

Der Hausverwalter! Grace bückte sich hastig und fischte mit hochrotem Kopf nach ihrer Hose, und Ben ließ sich mit einem lauten Stöhnen gegen die Lehne fallen. Kaum auszudenken, was passiert wäre, wäre der Kerl eine Minute später vorbeigekommen.

Heiß? Kalt? Kalt? Heiß? Ratlos stand Grace in der Dusche. Heißes Wasser, um das Kältegefühl loszuwerden, das die nasse Kleidung auf ihrer Haut hinterlassen hatte, oder lieber kaltes Wasser, von dem sie hoffte, dass es gegen das Feuer, das in ihrem Körper loderte, ankäme? In ihrer Verzweiflung wechselte Grace geschlagene fünf Minuten lang zwischen beiden Möglichkeiten, dann musste sie einsehen, dass es ein aussichtsloses Unterfangen war.

Sobald der kalte Strahl nämlich auf ihre Brüste prasselte, erwachte in ihrem Körper die Sehnsucht nach Bens Berührungen.

Stellte sie das Wasser warm, erinnerte sie der Dampf, der daraufhin die Duschkabine erfüllte, schmerzlich an die schwüle Feuchtigkeit, die in Bens Wagen geherrscht hatte.

Es war wie verhext: Ihr Körper prickelte und bebte, und nichts konnte Abhilfe schaffen – außer vielleicht Ben selbst. Aber der hatte sich mit einer lahmen Ausrede verzogen. Duschen wollte er, dabei hätten sie genauso gut gemeinsam duschen können. Sollte angeblich ganz nett sein, und mit jemandem wie Ben hätte Grace das gerne einmal ausprobiert.

Nachdenklich nahm sie ein weiches Badetuch vom Haken und fing an, sich abzutrocknen. Ursprünglich war sie ja nur auf ein erotisches Abenteuer aus gewesen. Aber bei Ben hatte sie viel mehr gefunden. Erstens hatte sie entdeckt, dass es ihr Spaß machte, die Zügel in die Hand zu nehmen, zu verführen, statt sich verführen zu lassen. Und zweitens hatte ihr Ben endlich die Anerkennung und Zuwendung geschenkt, nach der sie sich ihr ganzes Leben lang sehnte.

Denk dran, ermahnte sich Grace, die Zeit läuft. Er hat dir von Anfang an erklärt, dass er sich nicht binden will. Schade eigentlich, denn ich hätte ihn gerne mit Logan und Catherine bekannt gemacht.

Verblüfft richtete sie sich auf. Was spinnst du dir denn da zusammen? Mal ganz abgesehen von dem, was Ben will, willst du denn überhaupt eine feste Beziehung eingehen?

Das schrille Läuten des Telefons erlöste sie aus ihren Gedanken. „Ja?"

„Na endlich! Du bist schwieriger zu erreichen als der Präsident."

„Granny! Tut mir leid, dass ich nicht zurückgerufen habe. Ich war so beschäftigt." Grace schmunzelte, als sie daran dachte, womit sie sich die Zeit vertrieben hatte.

„Keine faulen Ausreden. Schließlich bin ich deine alte Großmutter und mache mir Sorgen um dich."

„Hast ja recht, Granny. Du fehlst mir sehr."

„Wann besuchst du mich mal wieder? Weißt du, dass wir uns zum letzten Mal an Logans Hochzeit gesehen haben?"

Grace krümmte sich vor Verlegenheit. Sie hatte jede freie Minute in der nächsten Zukunft für Ben reserviert. Erst wenn er fort war, hatte sie Zeit für ihre Großmutter. Dann jedoch würde sie den liebevollen Trost der alten Dame nötiger haben denn je.

„Weißt du, ich fange gerade an, mich einzugewöhnen. Es hat sich so viel verändert."

„Das klingt spannend. Was gibt's denn Neues? Hast du eine Stelle? Einen Freund?"

„Vielleicht." Aus Erfahrung wusste Grace, dass es nicht ratsam war, Emma Einzelheiten aus ihrem Liebesleben anzuvertrauen.

Emma seufzte. „Undank ist der Welt Lohn! Findest du nicht, dass ich als deine Großmutter ein Anrecht darauf habe, informiert zu werden? Nun gut! Ich hoffe ja nur, dass dein Verehrer an deinen Geburtstag denkt und dich mal so richtig verwöhnt. Das muss ja kein teures Geschenk sein. Zum Beispiel hab ich mir sagen lassen, dass die Preise in den New Yorker Sexshops ganz vernünftig ..."

„Also, Granny!"

„Was denn? Ihr jungen Leute tut immer so prüde. Sag bloß, du hast die Seifen und Kerzen, die ich dir letztes Jahr geschenkt habe, noch nicht benutzt?"

Grace kicherte beim Gedanken an all die ausgefallenen erotischen Spielereien, mit denen Emma sie seit Jahren zum Geburtstag beglückte. Um abzulenken, erkundigte Grace sich nach ihrem Bruder und seiner Frau.

„Denen geht's gut. Sie haben übrigens vor, dich zu besuchen, weil man dich anders ja nicht mehr zu Gesicht bekommt. Soll ich ihnen erzählen, dass du doch mal wieder heimkommst?"

„Alles zu seiner Zeit, Granny. Leider muss ich jetzt aufhören, aber du fehlst mir. Ich hab dich lieb!"

„Ich dich auch. Alles Gute, mein Schatz! Eines musst du mir zum Schluss aber noch versprechen: Wenn dir ein Mann gefällt, musst du ihm das zeigen. Spiel nicht die Spröde, sonst läuft er dir davon."

Grace schnitt eine Grimasse in den Hörer, als sie auflegte. Wenn sie es nicht besser wüsste, könnte man fast meinen, dass Emma Ben kannte. Die Spröde – pah! Grace dachte daran, was sie vor knapp einer Stunde nur spärlich bekleidet in Bens Wagen getrieben hatte, und lächelte. Nicht einmal Emma hätte dieses Verhalten als spröde bezeichnet. Insgeheim schmiedete Grace auch bereits Pläne für eine Fortsetzung.

Wäre ja noch schöner, wenn sie sich von ihrer achtzigjährigen Großmutter Tipps für ihr Liebesleben geben lassen musste! „Ich werde dir alle Ehre machen, Granny", murmelte Grace, und ein hintergründiges Lächeln umspielte ihre Lippen.

6. Kapitel

Nichts als Ärger mit Grace, schimpfte Ben. Er stand noch kaum unter der Dusche, als der Dienst habende Pförtner ihn anrief, um ihm mitzuteilen, dass Grace soeben nach dem Aufzug geklingelt hatte und auf dem Weg nach unten war.

Es ging ihm gehörig gegen den Strich, Tricks aus seiner Überwachungspraxis auf Grace anzuwenden, aber er sah keine andere Möglichkeit. Durch den Türspion beobachtete er, wie sie in den Lift stieg, dann raste er die Treppen hinunter.

Im Foyer wies ihm der Portier mit einem breiten Grinsen die Richtung, die Grace eingeschlagen hatte.

„Wenigstens einer, der sich amüsiert", brummte Ben. Immer auf Deckung bedacht, verfolgte er Grace, eine Aufgabe, die ihm nicht schwerfiel, da er den Blick ohnehin nicht von ihrem knackigen Po wenden konnte. Hinter einer Hausecke verborgen, wartete Ben, während Grace ein Stehcafé betrat und es kurze Zeit darauf mit einem Pappbecher wieder verließ. Zielstrebig steuerte sie den Eingang zur U-Bahn an. Damit war für Ben alles klar. Kaum war sie außer Sichtweite, winkte er sich ein Taxi herbei und ließ sich in den Park bringen.

Um eine Konfrontation mit Grace von vornherein auszuschließen, nahm Ben sich vor, sich bedeckt zu halten. Auf diese Weise würde er es auch ziemlich schnell spitzbekommen, falls ihr noch jemand nachstellte. Wenigstens war Grace heute ohne Kamera unterwegs und bot somit kein ganz so augenfälliges Ziel für die Bösewichte, die sich hier herumtreiben mochten. Was aber nicht heißen sollte, dass Grace ohne Kamera wie eine graue Maus wirkte. Allein durch die Art, wie sie sich bewegte, hob sie sich aus der Menge der Spaziergänger heraus. Nun schien auch noch die Sonne auf ihr blondes Haar und verlieh ihm einen Glanz, der alle Augen förmlich auf sich zog. Ben wurde es ganz flau im Magen: Grace war eine wandelnde Zielscheibe.

Sie ging direkt zum Spielplatz, wo etliche Mütter sich versammelt hatten und ihre Kinder beim Rutschen und Schaukeln beaufsichtigten. Da alle Bänke belegt waren, setzte sich Grace ohne Rücksicht auf ihre weiße Hose zu einer dunkelhaarigen Frau ins Gras.

Die Selbstverständlichkeit, mit der sie sich in diese Umgebung einfügte, überraschte Ben immer wieder. Wer hätte geglaubt, dass sich jemand mit Grace' Familienstammbaum im Staub eines New Yorker Spielplatzes wohler zu fühlen schien als auf dem frisch gebohnerten Parkett eines Herrenhauses in Neu-England. Selbst die Frauen, zu denen sie sich gesellt hatte, schienen sie als eine der Ihren zu akzeptieren.

Von seinem Versteck hinter einem Zaun aus sah Ben zu, wie Grace die Beine von sich streckte und sich entspannt zurücklehnte. Bens Nerven dagegen waren aufs Äußerste gespannt. Eine Frau wie Grace, so natürlich und zugleich so verführerisch, hatte er noch nie getroffen.

Da riss ihn ein spitzer Schrei aus seinen Überlegungen. Ein kleiner Junge baumelte kopfunter von der Sprosse eines Klettergerüsts und brüllte aus Leibeskräften. Schon war eine der Frauen aufgesprungen, doch Grace kam ihr zuvor. Mit ein paar Sätzen stand sie unter dem Spielgerät und befreite den Kleinen geschickt aus seiner misslichen Lage.

Sie stellte ihn vor sich auf den Boden und vergewisserte sich, dass er unversehrt war. Dankbar schlang das Kind die Arme um Grace' Hals und drückte sie an sich. Grace erwiderte die Umarmung und zerraufte dem Jungen liebevoll das Haar, ehe sie ihn zu seiner besorgten Mutter zurückbrachte.

Auch Ben hatte der Vorfall eigentümlich berührt. Ein dicker Kloß saß plötzlich in seiner Kehle, und er musste sich heftig räuspern. Die Szene hatte ihn in seine Kindheit zurückversetzt. Wie erschöpft seine Mutter nach einer langen Woche sein mochte, immer hatte sie am Sonntag einen Picknickkorb gepackt und war mit ihm in den Park um die Ecke gepilgert. Sie hatte mit ihm gescherzt, ihm beim Ballspielen zugejubelt, ihn verarztet und hie und da eine heimliche Träne abgewischt, so wie Grace das eben bei dem kleinen Jungen getan hatte.

Mütterliche Instinkte hätte er Grace, der Frau, die sich so verzweifelt von ihrer Familie lösen wollte, nun wirklich nicht zugetraut. Vermutlich versuchte sie, auch diese Regung zu unterdrücken. Dabei war Familiensinn in Bens Augen eine der wichtigsten Eigenschaften. Ben hatte Grace ja bereits in verschiedenen Rollen erlebt – mal als Nachbarin, als Kumpel, als Prinzessin. Aber nicht einmal, als sie ihn halb nackt auf dem Rücksitz seines Autos verführen wollte, war sie ihm so betörend vorgekommen wie in dem Augenblick, als sie das Kind bei der Hand nahm.

Ben wandte der Szene den Rücken. Er war schockiert über die eigenen Gedanken. Genau in diesem Moment blickte Grace in seine Richtung. Da die Sonne in seinem Rücken stand, konnte er nicht sicher sein, ob sie ihn erkannt hatte. Wenn ja, würde er das bald herausfinden.

Wieder und wieder las Grace die Nachricht auf dem schmuddeligen Stück Papier: „Das ist die letzte Warnung! Lass dich nie wieder hier blicken, sonst wirst du es bereuen!" Mit einem Schaudern zerknüllte sie den Zettel und warf ihn in den Papierkorb neben ihrem Bett. Was für ein Scheusal, das nicht davor zurückschreckte, ein Kind für seine Machenschaften einzuspannen. Die Nachricht hatte ihr nämlich der kleine Cal zugesteckt, gerade als sie Ben am Zaun bei den Baseballfeldern entdeckt hatte.

Aber mit dem Drohbrief würde sie sich später befassen. Heute Abend hatte sie etwas ganz anderes vor: Sie hatte sich vorgenommen, Ben zu erobern.

Natürlich hatte sie bemerkt, dass er ihr in den Park gefolgt war. Zu seinen Gunsten sprach, dass er sie nicht offen bewacht, sondern ihr den Freiraum gewährt hatte, den sie benötigte. Im Grunde war es ein beruhigendes Gefühl gewesen zu wissen, dass er sich in Rufweite aufhielt. Trotzdem hatte sie ihm den anonymen Brief lieber vorenthalten. Ben hätte ihn sicher als Vorwand benutzt, um ihr die Ausflüge zum Park endgültig auszureden. Dabei fühlte sie sich dort nach wie vor in keiner Weise bedroht.

Dennoch hatte er kein Recht, ihr nachzuspionieren. Sein Verhalten war unentschuldbar, und er hatte eine Lektion verdient, eine Lektion, die er so schnell nicht vergessen würde.

Nachdem sie von ihrem Spaziergang zurückgekommen war, hatte Grace erst einmal die Wohnung gründlich aufgeräumt. Danach hatte sie ausgiebig geduscht und Emmas Seifen und parfümierte Lotionen freizügig angewendet, auch wenn sie im Stillen an ihrem Nutzen zweifelte. Emma schwor ja Stein und Bein auf die anregende Wirkung dieser Mittelchen, aber Grace hätte gerne gewusst, woher ihre Großmutter diese Informationen bezog.

Sie machte sich sorgfältig zurecht und stellte mit viel Bedacht aus ihrer umfangreichen Garderobe ein Outfit zusammen, das den Erfolg ihrer Aktion garantieren würde. Ben würden die Augen aus dem Kopf fallen. Zufrieden und beschwingt verließ sie schließlich das Apartment.

Nicht schon wieder! Ben hatte sich noch nicht von Grace' letztem Ausflug erholt, als ihn der Anruf des Portiers erneut in Alarmbereitschaft versetzte. Zum ersten Mal in seinem Leben sehnte er den Montag herbei. Dann musste Grace wieder zur Arbeit gehen und verfügte nur mehr in begrenztem Umfang über Freizeit. Aber bis dahin musste er ihr folgen, wann immer sie beschloss auszugehen.

Diesmal wartete er, bis sich die Tür des Lifts hinter ihr geschlossen hatte, ehe er selbst auf den Knopf drückte. Wie versprochen hatte sich der Portier gemerkt, welche Richtung Grace eingeschlagen hatte. Natürlich wollte sie in die Stadt, ganz wie Ben befürchtet hatte.

Missmutig trat Ben aus dem Gebäude und blickte suchend in die Richtung, in die Grace verschwunden war. Er erhaschte gerade noch einen Blick auf ihren Rücken, als sie um eine Ecke bog, aber das genügte, um seinen Puls zu beschleunigen. Sie hatte sich wieder selbst übertroffen! Was dachte Grace sich dabei, in diesem Aufzug ohne Begleitung abends in der Stadt herumzuziehen? Sie war wirklich selbst schuld, wenn sie in Schwierigkeiten geriet.

Grace hatte die Haare hochgesteckt, nur ein paar blonde Strähnen umspielten neckisch ihre Schultern. Sie trug ein knappes Trägertop und einen aufregend kurzen Rock. Ihre samtige Haut, ihr geschmeidiger Körper, die langen schlanken Beine, all das wurde in dieser Aufmachung mehr enthüllt als verborgen. So konnte sie sich unmöglich alleine auf die Straßen von New York wagen, fand Ben und machte sich aufs Schlimmste gefasst. Wehe dem Mann, der es riskieren sollte, sie auch nur schief anzusehen! Er würde es mit ihm zu tun bekommen.

Unfähig, die Augen auch nur eine Sekunde abzuwenden, folgte Ben Grace bis in die U-Bahn. Seine Fantasie gaukelte ihm Bilder vor, in denen Grace die langen Beine um ihn schlang, doch diesmal trennte keine Barriere ihre erhitzten Körper. Schwer atmend fragte er sich, wohin sie in diesem Aufzug überhaupt wollte. Nach ihrer Kleidung zu urteilen, hatte sie wohl ein Rendezvous. Aber das, so schwor sich Ben, würde er zu verhindern wissen.

Als Ben hinter Grace in den Waggon stieg, war sein ganzer Körper schweißbedeckt, aber heute lag das nicht nur an der feuchtwarmen Luft, die üblicherweise in der New Yorker U-Bahn herrschte. Von den Rücken seiner Mitreisenden verdeckt, beobachtete er Grace, die gedankenverloren eine blonde

Strähne zwischen den Fingern zwirbelte. Er ertappte sich bei dem Wunsch, ihr Haar zu berühren, und ganz automatisch wanderten seine Gedanken zurück zu der Szene, die sich hinter den beschlagenen Scheiben des Mustangs abgespielt hatte. Sein Atem ging immer schneller, während er sich vorstellte, was noch hätte geschehen können.

Erst als die Bremsen quietschten und der Zug zum Stillstand kam, zwang sich Ben in die Gegenwart zurück. Gerade noch rechtzeitig, denn Grace lief schon den Bahnsteig entlang auf den Ausgang zu. Doch anstatt, wie Ben es erwartet hatte, den Weg zum Park einzuschlagen, schlug sie ein paar Haken, betrat die U-Bahn durch einen anderen Eingang und fuhr in die Richtung zurück, aus der sie gerade gekommen waren. Erst als sie sich auf einem freien Sitz niederließ, sich zu Ben umdrehte und ihm mit einer Geste bedeutete, sich zu ihr zu setzen, fiel der Groschen. Sie hatte die ganze Zeit gewusst, dass er sie beschattete!

Mit verlegenem Grinsen winkte er zurück.

Grace lächelte. Ihre rot geschminkten Lippen glänzten einladend und weckten in Ben das Verlangen, sie zu küssen. Insgeheim hätte er nichts dagegen, eine Beziehung zu Grace einzugehen. Wie er die Sache mit seinem Gewissen klären würde, musste sich zeigen. Das Problem war, ob Grace überhaupt noch etwas von ihm wissen wollte. Sie hatte ihm jede erdenkliche Chance gegeben, und er hatte sie alle ungenutzt verstreichen lassen. Gut möglich, dass sie inzwischen die Nase voll hatte und sich auf die Suche nach einem anderen Glücklichen machte.

Doch da erhob sich Grace, kam auf ihn zu und ergriff die Halteschlaufe, die neben seiner Schulter von der Decke baumelte. Ihr betörendes Parfüm übertönte die anderen, weniger angenehmen Gerüche, die in dem Waggon herrschten, und Ben war kurz davor, den Verstand zu verlieren.

„Hast du etwas vergessen?", stammelte er verwirrt.

„Nö."

„Wie, du fährst nur zum Spaß in der Gegend rum?"

Grace schwieg. Ben musterte stumm ihre hochhackigen Schuhe, die langen Beine und ihr gewagtes Outfit. Er fragte sich, ob sie überhaupt etwas darunter trug, und, wenn ja, ob diese Teile genauso erotisch waren wie alles andere an dieser Frau.

„Komm schon, du hast bestimmt eine romantische Verabredung", bohrte er nach.

Grace spielte mit ihrem Haar und sah Ben herausfordernd an. „Das hängt davon ab", antwortete sie schließlich.

Unwillkürlich musste Ben die Mühelosigkeit bewundern, mit der es Grace jedes Mal aufs Neue gelang, ihn zu fesseln und zu erregen.

„Wovon?"

„Na, von dir. Ich muss dir doch nicht erst sagen, dass ich ziemlich auf dich abfahre – außer zu den Zeiten, wo du mir auf ziemlich auffällige Weise nachspionierst."

Ben ignorierte die Spitze. Er grinste. „Du fährst auf mich ab?"

Auch Grace lachte, und einige Passagiere drehten sich nach ihr um. „Ich dachte mir schon, dass dir das gefällt", meinte sie.

Der Zug hielt an, und die meisten Leute stiegen aus. Jetzt waren sie fast alleine in dem großen Abteil. Ben schlug vor, sich hinzusetzen, aber Grace lehnte ab.

„Ich möchte lieber ganz nahe bei dir bleiben." In diesem Augenblick fuhr die Bahn mit einem heftigen Ruck an, und Grace wurde in Bens Arme geschleudert. Mit einer Hand hielt er sie fest, während er mit der anderen verzweifelt mit der Schlaufe kämpfte. Seine Handflächen waren feucht geworden, und er drohte den Halt zu verlieren.

„Wo waren wir stehen geblieben?", fragte Grace und runzelte nachdenklich die Stirn. „Ach ja ... Ehrlich, du bist ein außergewöhnlich attraktiver Bursche." Sie streckte die Hand aus und zog mit einem ihrer frisch lackierten, feuerroten

Fingernägel einen weiten Bogen von Bens Augenbrauen bis zu seinen Lippen. Ihr Finger verweilte einen Augenblick, dann ließ sie die Hand abrupt fallen.

Ben schluckte trocken. Um sich von dem brennenden Gefühl abzulenken, das ihr Finger auf seinen Lippen hinterlassen hatte, betrachtete er ihre Nägel. Die Farbe des Nagellackes stimmte genau mit der Farbe ihres Lippenstiftes überein. Es war ein sattes, verführerisches Rot. Diese Farbe trug sie heute zum ersten Mal, andernfalls hätte er es zweifellos bemerkt. Nein, Grace' Fingernägel oder ihre Lippen halfen ihm mit Sicherheit nicht über die Situation hinweg, im Gegenteil. Je länger sein Blick darauf verweilte, desto intensiver wurde er sich eines nicht unangenehmen Ziehens in seinen Lenden bewusst.

„Willst du mich auf diese Art dafür bestrafen, dass ich dir gefolgt bin?", fragte er mit heiserer Stimme.

„Hältst du mich für so kleinlich?"

Ben wusste überhaupt nicht, was er von ihr halten sollte. Sie hatte diese Begegnung sorgfältig geplant, so viel war klar. Aber weshalb? Schließlich dämmerte es ihm.

„Deine Verabredung, das bin doch nicht etwa ich?"

Grace warf ihm einen Blick zu, der die Glut, die in seinem Körper herrschte, noch anfachte. „Schon möglich", hauchte sie ihm ins Ohr, „wenn du versprichst, mich nicht wie ein Kind zu behandeln."

Sie musste sich vorbeugen, und Ben erhaschte einen kurzen Blick auf den sanften Ansatz ihrer Brüste. Die Zunge wurde ihm schwer.

„Du bist kein Kind. Versteh doch, was ich tue, geschieht zu deinem Besten."

Grace betrachtete ihn nachdenklich, dann strich sie ihm mit der Hand über die Wange. „Ich weiß, du meinst es nur gut, Ben. Aber gelegentlich scheinst du zu vergessen, dass ich eine Frau bin, und dann muss ich dich eben wieder daran erinnern."

Nervös blickte Ben sich in dem Waggon um. Die übrigen Passagiere saßen in ihren Sitzen und unterhielten sich oder lasen die Zeitung. Niemand beachtete sie auch nur im Geringsten.

„Du täuschst dich, Grace. Ich bin mir sehr wohl bewusst, dass du eine Frau bist."

„Aber was bedeutet das für dich?"

„Soll ich es dir zeigen?" Langsam gewann Ben Spaß an diesem Spiel. Sie hatte ihn herausgefordert, warum sollte er nicht darauf eingehen? Er drängte sich ganz nahe an sie, bis sie spüren konnte, wie erregt er war.

Überrascht schnappte Grace nach Luft. Eine Hitzewoge flutete durch ihren Körper und staute sich da, wo ihre Körper sich berührten. Sie stand kurz vor dem Ziel, doch auf einmal wurde sie nervös.

„Du kannst es dir immer noch überlegen", flüsterte ihr Ben ins Ohr. „Ich wäre zwar enttäuscht, aber als echter Gentleman werde ich es überleben."

„Du, ein Gentleman?"

„Natürlich, dank der guten Erziehung meiner Frau Mama. Ich muss allerdings zugeben, dass man es mir nicht auf den ersten Blick ansieht."

Grace musterte ihn eindringlich. Dann schüttelte sie den Kopf. „Nun, du kannst ihr von mir ausrichten, dass sie gute Arbeit geleistet hat."

„Danke, das hört sie sicher gerne. Überhaupt freut sie sich, wenn sie etwas über das Leben um sie herum erfährt."

Grace horchte überrascht auf. Es war das erste Mal, dass er freiwillig von seiner Familie erzählte. Schnell hakte sie nach: „Das klingt, als lebte sie im Gefängnis."

„Die offizielle Bezeichnung der Einrichtung lautet ‚Heim für betreutes Wohnen'. Nur leidet meine Mutter an einer unheilbaren Augenkrankheit und kommt daher kaum mehr unter die Leute."

Grace fiel auf, mit wie viel Wärme er von seiner Mutter sprach. Noch ein Punkt zu seinen Gunsten, fand sie.

„Aber du besuchst sie regelmäßig?"

„Natürlich, jeden Sonntag und wann immer es meine Zeit sonst erlaubt."

„Du bist wirklich etwas ganz Besonderes", sagte Grace mehr zu sich selbst. Erst die Jugendlichen im Park, jetzt seine Mutter. Dieser Mann hat wirklich ein Herz aus Gold. Sie fühlte, dass sie viel mehr für ihn empfand als körperliche Anziehung.

„Du aber auch", erwiderte er.

„Wie bitte?"

„Na, du hast deine Fragetechnik in Rekordzeit verbessert."

„Schon wieder ein Kompliment! Hast du noch mehr davon?" Grace wusste, dass sie schamlos nach Lob heischte, aber was hatte sie schon zu verlieren? Ihrem Selbstbewusstsein konnte es nur guttun.

„Lass mich nachdenken, dann fällt mir sicher noch was ein ... Genau, wie wär's damit: Du bist eine umwerfende Frau."

Grace' Herz tat einen Sprung. Dieser Mann war der Erste, der ihr das Gefühl vermittelte, dass er sie als eigenständige Person respektierte. Anders als alle anderen Männer, die Grace kennengelernt hatte, war Ben Callahan grundehrlich. Ihm durfte sie glauben, wenn er versicherte, dass weder ihre Herkunft noch ihr Vermögen eine Rolle spielten.

Mit einem harten Ruck blieb der Zug stehen. Grace verlor das Gleichgewicht und landete an Bens Brust. Sofort legte er schützend den Arm um sie, und, in seinen Armen geborgen, eingehüllt in seinen Duft, fragte Grace sich für einen Moment, wer hier wen verführte.

„Wir sind da! Raus mit dir!"

Mit zitternden Fingern strich Grace ihren Rock glatt, dann stieg sie hastig aus und wartete mit klopfendem Herzen am Bahnsteig auf Ben. Er verkörperte das krasse Gegenteil von allem, was sie von früher kannte. Mit seinem Dreitagebart, der zerrissenen Jeans und dem ausgeleierten T-Shirt sah er aus wie ein Revoluzzer. Er verkörperte alles, wonach sie sich so lange gesehnt hatte, aber nie den Mut aufgebracht hatte, danach zu greifen. Bis jetzt.

Nervös fuhr sie mit der Zunge über die Lippen und stellte sich vor, sie könnte statt des Lippenstifts Bens Mund schmecken. Erwartungsvoll blickte sie ihm entgegen. Sie war nicht der Mensch, der sich auf Beziehungen für eine Nacht einließ, auch wenn sie das vor Ben behauptet hatte. Trotz seines blendenden Aussehens hätte sie sich niemals ernsthaft für Ben interessiert, wenn sie entdeckt hätte, dass sich hinter der hübschen Fassade ein mieser Charakter verbarg.

„Dann nichts wie los", meinte sie, und hoffte, dass ihre Stimme nicht verriet, wie nervös sie eigentlich war.

„Grace!" Beruhigend tätschelte Ben ihre Hand. „Du bist zu nichts verpflichtet. Du hast schon genug für mich getan. Du hast mich als deinen neuen Nachbarn willkommen geheißen und in deine Wohnung eingeladen."

Grace holte tief Luft und erteilte der neuen, vorlauten Grace das Wort. „Deshalb bist zur Abwechslung mal du dran, oder? Willst du mich nicht endlich in dein Bett einladen?"

7. Kapitel

Unter lautem Dröhnen fuhr der Zug ab, und Grace und Ben blieben allein am Bahnsteig zurück. Sanft nahm Ben ihre Hand. Ihre Handflächen waren klamm, aber das war das einzige Anzeichen, dass auch Grace nervös war. Sie wollte ihn, aber sie war sich über seine Gefühle nicht im Klaren, das spürte er. Höchste Zeit, ihr Gewissheit zu verschaffen. Stürmisch legte er die Arme um sie und hob sie hoch.

„Was soll denn das?", rief sie ungehalten, doch sie lächelte dabei.

Ben konnte den Blick nicht von ihren vollen Lippen wenden. „Das ist die Antwort auf deine Frage. Ich will nichts lieber, als dich in mein Bett einladen, und zwar so schnell wie möglich." Er senkte den Kopf und küsste sie.

Grace erwiderte den Kuss erst zögerlich, dann immer leidenschaftlicher. Ihre Lippen waren warm und feucht. Sie öffnete den Mund und fuhr mit der Zunge über Bens Lippen. Bei jeder Berührung zuckte ein Stromstoß durch seine Lenden.

Wenn Ben gehofft hatte, dass ihn dieser Kuss von seiner Begierde erlösen würde, so hatte er sich getäuscht. Er konnte gar nicht mehr aufhören, Grace' Mund zu erforschen. Nur die Tatsache, dass sie immer noch auf dem Bahnsteig standen und öffentliches Aufsehen erregten, bewegte ihn dazu, sich von Grace' Lippen zu lösen. Widerstrebend hob er den Kopf.

„Mmm, nicht schlecht für den Anfang." Grace konnte kaum mehr sprechen. Ihre Stimme klang heiser.

„Ich hab auch mein Bestes gegeben."

Plötzlich legte Grace den Kopf zurück, sah ihn scharf an und fing an zu lachen. „Ich werde verrückt", rief sie, „er hält tatsächlich!" Mit den Fingerspitzen zog sie die Konturen von Bens Lippen nach und entfachte ein Feuerwerk an Gefühlen in seinem ohnehin schon empfindlichen Körper.

„Wovon sprichst du?"

„Von meinem Lippenstift, Ben. Ich habe ihn extra für dich gekauft, mit gewissen Hintergedanken natürlich. Die Hersteller werben nämlich damit, dass er nicht abfärbt. Und das hat sich eben bestätigt!"

Immer noch, wie um ihn zu necken, ruhte ihr Zeigefinger federleicht auf seiner Unterlippe. Da konnte Ben sich nicht mehr zurückhalten. Er öffnete den Mund, schloss die Lippen um den Finger und begann, sanft daran zu knabbern, bis er den salzigen Geschmack ihrer Haut kostete.

„Lass uns von hier verschwinden", flüsterte Grace.

„Gute Idee." Unter den erheiterten Blicken der Umstehenden machte sich Ben, der Grace noch immer auf Händen trug, auf den Weg zum Ausgang. Möglich, dass er mit seiner Ritterlichkeit etwas übertrieb, aber diese Frau trieb ihn zum Äußersten.

Mit einiger Mühe quetschte er sich mit seiner süßen Last durch das Drehkreuz und erreichte über eine kurze Treppe endlich das Tageslicht.

„Lass mich runter", protestierte Grace. „Ich kann selber laufen."

„Keine Chance!" Nicht, wenn sie so spärlich bekleidet war, dass alle Männer, egal welchen Alters, die an ihnen vorübergingen, sie mit Blicken förmlich verschlangen. Grace hatte mit ihrer kleinen Komödie einen tief verwurzelten Instinkt in ihm geweckt. Sie hatte das alles eingefädelt, um ihn zu verführen, jetzt musste sie auch mit den Konsequenzen leben. Bis zu ihrer Wohnung war es nicht weit, und je schneller sie dort eintrafen, desto besser.

„Na gut, wenn du darauf bestehst, dann lass ich mich gerne verwöhnen", erwiderte Grace und zerzauste sein Haar.

„Genau das habe ich vor", flüsterte Ben mit einem zweideutigen Lächeln.

Grace verstand die Anspielung und schmiegte ihren Kopf an seine Schulter. Ihr Haar duftete ganz frisch. Ihre Haut war warm und seidig, und ihr heißer Atem streifte seine Wange. Mit einem wonnigen Schauer dachte Ben an das, was sie zu Hause erwartete ...

Von dieser Vorstellung beflügelt, betrat er mit seiner Last die Eingangshalle ihres Apartmentgebäudes und stürmte mit großen Schritten an der Portierloge vorbei. Der Dienst habende Pförtner blickte ihnen fassungslos nach.

„Meinen Ruf hast du jetzt rettungslos ruiniert", meinte Grace kichernd.

Ben lachte. „Aber mich nennt man von nun an sicher den Casanova des Gebäudes."

„Das wirst du mir büßen."

„Versprich mir nicht zu viel."

Der Lift wartete schon auf sie, und kaum hatten sich die Türen geräuschlos hinter ihnen geschlossen, drückte sich Grace enger an Ben und begann, an seinem Ohrläppchen zu knabbern. Ihm wurde fast schwindlig vor Lust, seine Erregung wuchs ins Unermessliche. Sein Herz raste wie wild, und als der Aufzug sie auf der richtigen Etage entließ, konnte er kaum noch atmen vor Aufregung.

„Gehen wir zu mir?", fragte Grace leise.

„Gerne, meine Wohnung ist längst nicht so gemütlich." Er zog es vor, Grace an einem Ort zu lieben, wo ihn nichts an das Täuschungsmanöver erinnerte, das er in diesem Augenblick vollführte. Schnell schob er den unangenehmen Gedanken beiseite.

„Hast du die Schlüssel?", fragte er.

Grace biss sich auf die Lippen. „Ich hab nicht abgeschlossen", flüsterte sie schuldbewusst. „Kannst du mir vielleicht verraten, wo ich in diesen Klamotten meine Schlüssel hätte aufbewahren sollen? Ich bin davon ausgegangen, dass du meine Wohnungstür von einer Videokamera überwachen lässt."

Ihre Worte erinnerten ihn unliebsam an seinen Auftrag. „Verlass dich lieber nicht auf mich", murmelte er verlegen und drückte die Klinke.

„Halt!"

Überrascht sah er sie an. Was mochte sie noch auf dem Herzen haben?

„Hast du es dir anders überlegt?" So bedauerlich das auch wäre, es würde Ben eine Menge Schwierigkeiten ersparen.

Grace verneinte energisch. „Ich habe das alles natürlich genau geplant", gestand sie, und Ben bemerkte, dass ihre Wangen glühten. „Das ist dir sicher nicht entgangen. Aber das soll nicht bedeuten, dass ich ständig Männer aufreiße, verstehst du? Es mag abgedroschen klingen, aber für mich ist es wichtig, dass du mir morgen früh noch in die Augen sehen kannst."

„Mach dir deswegen keine Sorgen, Gracie." Ben musste sich eher mit dem Problem herumschlagen, ob er sich selbst am nächsten Tag noch im Spiegel betrachten konnte. Dennoch stieß er die Tür auf und trat in das kleine Apartment.

Was für eine Überraschung! Der Raum war abgedunkelt, aber überall brannten Kerzen und verbreiteten ihr geheimnisvolles Licht. Ein himmlischer Duft stieg ihm in die Nase. Was es war, wusste er nicht, aber es stieg ihm zu Kopfe und vergrößerte seine Begierde.

„Das ist unglaublich", hauchte er Grace ins Ohr. Er konnte sich nicht erinnern, dass sich eine Frau für das erste Beisammensein mit ihm jemals so viel Mühe gegeben hatte. Vorsichtig ließ er Grace aus seinen Armen gleiten, hielt sie aber fest an sich gepresst, um sie spüren zu lassen, wie sehr er sie begehrte.

„Du aber auch", flüsterte Grace und schmiegte sich an seinen Körper. Eine prickelnde Hitze machte Ben das Nachdenken unmöglich, das Blut rauschte laut in seinen Ohren. Wenn er noch Bedenken gehabt hätte, in diesem Augenblick hätten sie sich aufgelöst.

„Wie schön du alles arrangiert hast." Er hob die Hand und löste ihre raffinierte Frisur. Was für ein Genuss, endlich in der seidigen Flut ihres Haares zu wühlen.

„Danke. Der Portier hat die Kerzen angezündet, während wir unterwegs waren. Deshalb war auch die Tür nicht abgeschlossen."

Grace trat einen Schritt zurück und griff nach Bens Hand. Es gefiel ihm gar nicht, dass er ihren Körper nicht mehr spüren durfte, aber er ließ sich willig tiefer in die Wohnung hineinführen.

Das flackernde Licht der Kerzen schuf eine warme und intime Atmosphäre im Raum. Die Fenster waren abgedunkelt, doch durch kleine Spalten in den Jalousien konnte man erahnen, dass draußen inzwischen die Dämmerung hereingebrochen sein musste. Bens Atem ging schnell, und mit jedem Zug sog er mehr von dem berauschenden Duft ein, der in der Luft lag.

Grace zog ihn zu einem kleinen Tisch, wo sie alles aufgereiht hatte, was nur irgendwie dazu dienen konnte, das Liebesspiel noch reizvoller zu gestalten. „Hier findest du alles, was die Sinne betört", erklärte sie. „Bitte bedien dich."

Aber Ben hatte keine zusätzliche Anregung nötig. Er war Grace vom ersten Augenblick an verfallen und musste seine Leidenschaft nicht durch irgendwelche Hilfsmittel anstacheln. Ohne einen weiteren Blick auf das Tischchen schloss er Grace in die Arme und küsste sie mit einer Intensität, die selbst Grace überraschte. Ihre Lippen empfingen ihn mit einer Wärme, die ihm fast die Sinne raubte. Nur mit Anstrengung konnte er sich lösen, um den Verschluss von Grace' Oberteil zu öffnen. Langsam streifte er es über ihre Schultern und ließ es zu Grace' Füßen auf den Boden fallen. Schließlich wagte er es, den Blick auf Grace zu richten.

Ihre vollen Brüste schienen den cremefarbenen BH aus feinster Spitze fast zu sprengen. Der Schein der Kerzen verlieh dem seidigen Material einen unwirklichen Glanz. Ben hatte beinahe den Eindruck, das edle Stück wäre durchscheinend, denn die harten, dunklen Spitzen von Grace' Brüsten zeichneten sich deutlich darunter ab. Schwer atmend hob er die Hand, um den dunklen Hof unter dem glatten Stoff nachzufahren. Immer wieder kreisten seine Finger über die spitze Erhebung.

Grace beobachtete ihn unverwandt. Auf ihrem Gesicht spiegelte sich blanke Begierde. Ben zwang sich, ruhig zu bleiben, um ihren Genuss nicht zu stören. Was er in diesem Moment empfand, hatte er noch nie zuvor gefühlt.

Schließlich umschloss er beide Brüste mit den Händen. Grace gab einen leisen Laut von sich, schloss die Augen und ließ die Hand langsam an Bens Körper entlanggleiten, bis sie sie auf den Reißverschluss seiner Jeans legte und Bens Erregung fühlte. Fest presste er die Hüften in ihre Handfläche. Immer noch standen sie neben dem Tischchen, aber nichts hätte in diesem Augenblick ihre Leidenschaft zu steigern vermocht.

Aufreizend langsam zog Grace Bens T-Shirt aus der Jeans. Sie ließ sich Zeit, kostete die Verzögerung aus, doch Ben konnte sich kaum noch zurückhalten. Ihre Finger streiften über seinen Brustkorb und seine Schultern. Dann hatte sie ihm das Hemd auch schon über den Kopf gezogen und warf es hinter sich. Nun neigte sie den Kopf und begann, seine nackte Brust mit heißen, feuchten Küssen zu bedecken. Überall dort, wo die weichen Lippen oder ihre scharfen Zähne seine Haut berührten, setzten sie kleine Wellen der Erregung frei, die sich durch Bens Körper bis in seine Lenden ausbreiteten.

Länger konnte er diese Qualen nicht ertragen. Er tastete nach dem Haken an Grace' BH und öffnete ihn. Endlich konnten sich seine Augen am Anblick ihrer vollen Brüste weiden, seine Finger sie ertasten und seine Lippen die dunklen Spitzen liebkosen, bis Grace vor Lust erzitterte. Ihre Finger suchten

Halt in seinem Haar und drückten seinen Kopf fest gegen ihre Brust mit der stummen Bitte weiterzumachen. Ben tat ihr den Gefallen. Es erregte ihn, zu beobachten, wie sie unter seiner Berührung in immer größere Ekstase geriet, bis sie sich schließlich kaum mehr auf den Beinen halten konnte. Sie taumelte.

„Sachte, sachte", murmelte Ben und nahm sie auf die Arme, ehe sie stürzte. „Wohin jetzt?"

Grace klammerte sich an ihn. Ihre Brüste rieben sich an seinem entblößten Oberkörper. „Wenn du willst, ins Schlafzimmer", flüsterte sie. „Aber es ist ein weiter Weg bis dahin. Zu weit für mich."

Mit einem rauen Lachen stellte Ben sie auf die Füße und half ihr, sich auf dem dicken Teppich auszustrecken. Dann ließ er sich behutsam auf ihr nieder. „Jetzt hast du's geschafft, meine Kontrolle zu durchbrechen, Gracie."

„Wurde auch langsam Zeit."

Mit hastigen Bewegungen knöpfte Grace seine Jeans auf und versuchte, ihm die Hose zusammen mit dem Slip von den Beinen zu streifen. Zunächst verhaspelte sie sich dabei, aber mit seiner Hilfe hatte sie es bald geschafft. Endlich waren alle Barrieren beseitigt, und Grace konnte Ben von Kopf bis Fuß betrachten. Es war nicht zu übersehen, dass er sie mindestens ebenso sehr begehrte wie sie ihn. Ihr Herz klopfte zum Zerspringen.

Ben richtete sich auf. Ohne die Augen von Grace zu nehmen, tastete er nach dem Bund ihres Rockes und zog ihr das Kleidungsstück vom Körper. Jetzt bedeckte nur noch ein Tangahöschen aus Seide ihre Blöße.

„Wenn ich geahnt hätte, was du drunter anhast, wären wir niemals aus der U-Bahn gekommen", murmelte er. Er schob die Hand unter das hauchdünne Material und begann, Grace mit langsamen Bewegungen zu streicheln. Allmählich steigerte er den Rhythmus der Berührung, wurde schneller und immer drängender, bis Grace schließlich von einer Welle der Lust erfasst wurde und laut aufstöhnte.

Ben wartete, bis sie wieder zu Atem kam, dann begann er von Neuem mit seiner erregenden Massage. Grace ließ es geschehen, obwohl sie bezweifelte, dass sie Ähnliches ein zweites Mal erleben konnte. Doch es schienen Zauberkräfte in seinen Händen zu schlummern. Mühelos erreichte sie erneut einen Höhepunkt von ungeahnter Kraft.

Ermattet lag sie schließlich da und betrachtete staunend diesen Mann, der ihr zu solch einzigartigen Empfindungen verholfen hatte. Sie merkte, dass er sie mit liebevollem Blick ansah, dann fühlte sie, wie sich seine Finger von Neuem regten, und schon wieder überlief sie ein Schauer der Erregung.

„Noch einmal?", fragte sie ungläubig.

Ben schüttelte den Kopf. „Gemeinsam", flüsterte er. Seine Stimme war rau und kehlig, und ihr Klang jagte Wonneschauer durch Grace' Körper. Er setzte sich auf, beugte sich vor und presste seine warmen Lippen auf das Dreieck aus zartem Stoff, das an ihren Hüften klebte. Dann riss er es ihr mit einem Ruck vom Leib. Er tastete nach einem der Kondome, die Grace vorsorglich ebenfalls auf dem Tisch bereitgelegt hatte, zerfetzte die Folie mit den Zähnen und streifte es sich über. Binnen weniger Sekunden lagen seine Hände wieder heiß auf ihren Schenkeln.

Grace hatte jede seiner Bewegungen gespannt verfolgt. Sie zitterte unkontrolliert und rief leise seinen Namen.

Ben verstand. Er streichelte ihre Schenkel, dann wanderten seine Hände immer höher und höher, bis sie schließlich die empfindsamste Stelle von Grace' Körper erreichten. Er beugte sich über Grace und küsste sie zärtlich. Dann drang er in sie ein.

Grace wagte kaum zu atmen. Ihre Körper klebten aneinander, untrennbar schienen sie ineinander verschmolzen. Sie hatte das Gefühl, als hätte Ben in diesem Augenblick nicht nur von ihrem Körper, sondern auch von ihrem Herzen Besitz ergriffen.

Ben musste Ähnliches empfinden, denn auch er verharrte zunächst regungslos. Schließlich aber siegte die Begierde. Er fühlte, wie Grace erschauerte, und wappnete sich innerlich.

„Tu mir einen Gefallen", hörte er da plötzlich Grace' Stimme ganz dicht an seinem Ohr. „Ich möchte, dass wir uns aufsetzen."

Überrascht sah er sie an.

„Bitte, Ben, vertrau mir."

Mit viel Geschick gelang es ihnen, sich zum Sitzen aufzurichten, ohne sich voneinander zu lösen. Grace saß rittlings auf Bens Schoß und hatte die Beine um seine Taille geschlungen. Ihre Brust berührte seinen Oberkörper, die Spitzen rieben über seine Haut. Für Ben war das eine völlig neue Position, die ihm bislang ungeahnten Genuss verschaffte.

„Wer dich zum ersten Mal sieht, käme nie auf den Gedanken, dass du solche Überraschungen parat hast", meinte er und strich ein paar Strähnen aus Grace' Gesicht.

Auch Grace schien überrascht von der Intensität der Gefühle, die in dieser Stellung möglich war. Sie errötete. „Ich habe zufällig in einer Zeitschrift darüber gelesen. Aber ich hätte nicht gedacht, dass es so fantastisch ist." Verlegen biss sie sich auf die Unterlippe.

„Mach mir nichts vor, mein Liebling. Ich fühle mich sehr geschmeichelt, dass du dich auf unsere Begegnung so gut vorbereitet hast." Genüsslich knabberte Ben an Grace' Lippen. Auch das war ein Vorteil der Stellung, die sie vorgeschlagen hatte: Ihr Gesicht war nur wenige Zentimeter von seinem entfernt.

Grace schlang die Arme um seine Taille. Ihre Pupillen waren geweitet, ihr Körper bebte – sie war für ihn bereit. Auch Ben konnte seine Leidenschaft kaum mehr zügeln und presste die Hände auf ihre Brüste. In diesem Augenblick bog Grace den Oberkörper weit zurück, um Ben noch tiefer in sich aufzunehmen. Sie stöhnte laut, warf den Kopf zurück und ließ die Hüften in immer wilderen Bewegungen kreisen. Ihre Ekstase riss Ben mit. Er ließ alle Hemmungen fallen und konzentrierte sich ganz auf den Rhythmus ihrer Körper. Plötzlich erfasste ein Schauer Grace' Körper, der auf Ben übergriff und ihn mitriss. Der Höhepunkt überwältigte sie beide.

Eine Weile hielten sie einander danach schwer atmend in den Armen. Grace war es, die das Schweigen schließlich brach. „Unglaublich", stieß sie hervor.

Ben wusste keine Erwiderung. Es war in der Tat eine unbeschreibliche Erfahrung für ihn gewesen, nicht zu vergleichen mit allem, was er bisher erlebt hatte. Genauso neu für ihn war, dass er jetzt, nachdem sein Körper befriedigt war, immer noch sehr starke Gefühle für Grace empfand, Zuneigung und Zärtlichkeit zum Beispiel, und noch vieles andere mehr, das er gar nicht erst lange ergründen wollte.

Bewusst zwang er sich zu einem lockeren Tonfall. „Stets zu Diensten, Gnädigste." Er wollte sich erheben, doch Grace hielt seine Taille fest umklammert. Sofort regte sich sein Körper von Neuem.

„Lauf nicht gleich weg. Keine Sorge, ich erwarte nicht mehr von dir als vielleicht eine Wiederholung dessen, was wir eben gemeinsam erlebt haben ... Aber, um ehrlich zu sein, auch das wird schon ziemlich schwierig werden", meinte sie und kicherte.

„Ja, es war unvergleichlich", gab Ben zu. Doch statt froh zu sein, weil Grace es ihm so einfach machte, ärgerte er sich fast ein wenig über die Freiheit, die sie ihm ließ.

„Pass auf, warum entspannst du dich nicht und genießt den Rest des Abends? Oder hast du Angst, dass dich mein Vater gleich morgen mit vorgehaltenem Gewehr vor den Altar schleppt, weil du seine Tochter verführt hast?"

Ben stimmte in ihr Lachen ein, auch wenn ihn ihre Worte keineswegs beruhigten. Sie zwangen ihn auf schmerzliche Art, sich wieder auf die Kluft zu besinnen, die zwischen ihnen herrschte. Ihr Vater würde sie ihm nicht einmal dann zur Frau geben, wenn er sie entehrt hätte. Außerdem waren da noch die

Lügen, mit denen er sich in ihr Leben eingeschlichen hatte und die sie ihm niemals würde verzeihen können.

Heftig schüttelte Ben den Kopf. Solche Gedanken passten gar nicht zu ihm. Warum konnte er nicht einfach den Augenblick genießen, ohne sich Sorgen um die Zukunft zu machen?

„Was ist los, Ben?"

„Nichts", log er und legte den Arm um sie. „Ich habe mir nur eben vorgestellt, was wir noch für Möglichkeiten haben. Wie wär's zum Beispiel mit einer Dusche?" Ben deutete auf die Fläschchen und Tuben, die auf dem kleinen Tisch standen.

Grace konnte aufatmen. „Hab ich's mir doch gedacht, dass du dich ganz leicht überreden lässt", triumphierte sie.

8. Kapitel

Dicke Dampfwolken, die den betörenden Duft von Jasmin verströmten, hüllten das kleine Bad in dichten Nebel. Grace konnte kaum die Hand vor Augen sehen. Tief atmete sie das Parfüm ein, bis sie in eine Art Rausch verfiel und in den Nebelschwaden erregende Bilder ausmachte, die alle auf irgendeine Art mit Ben zu tun hatten. Nicht dass Grace es nötig gehabt hätte, ihren Appetit auf Ben künstlich zu stimulieren. Nein, diese Fantasien steigerten nur die gespannte Vorfreude auf die Genüsse, die Ben ihr versprochen hatte.

Warum war ihnen nur so schrecklich wenig Zeit gegönnt? Grace wurde es angst und bange, wenn sie daran dachte, wie Ben sie vorhin angesehen hatte. Die Panik in seinen Augen! Mit diesem Blick hatte er das letzte Fünkchen Hoffnung erstickt, das Grace allen widrigen Umständen zum Trotz für ihre Beziehung gehegt hatte. Ben war drauf und dran gewesen, sie zu verlassen.

Sie hatte keinen blassen Schimmer, warum er sich so gegen eine feste Bindung sträubte, aber sie hatte sofort erkannt, dass sie ihn keinesfalls drängen durfte. Wenn sie ihn nicht verlieren wollte, musste sie ihm zu verstehen geben, dass sie seine Gefühle respektierte. Die locker dahingesagten Worte, mit denen sie ihn daraufhin freigegeben hatte, wollten ihr in Wahrheit fast nicht über die Lippen kommen. Aber der Einsatz hatte sich gelohnt: Ben war immer noch da. Jetzt hieß es herausfinden, was hinter seinen Ängsten steckte. Wie gut, dass sie gerade erst einen Schnellkurs in Sachen Ermittlungstechnik absolviert hatte.

„Ich bin so weit", rief sie durch die halb geöffnete Tür. Ben war im Wohnzimmer zurückgeblieben, um die Kerzen auszublasen. Er hatte etwas über Brandgefahr gemurmelt, eine ziemlich fadenscheinige Ausrede, die Grace sofort durchschaut hatte. Aber wenn er Zeit brauchte, um sich zu sammeln, würde sie sie ihm gerne gewähren.

Als Ben das Bad betrat, stand Grace bereits unter der Dusche. Selbst durch den mit silbernen Sternen übersäten Duschvorhang konnte Grace deutlich erkennen, dass er einen viel ruhigeren Eindruck machte als noch vor wenigen Minuten, und sie atmete erleichtert auf. Nun konnte sie das „Notfallprogramm", das sie sich insgeheim zurechtgelegt hatte, um ihn auf andere Gedanken zu bringen, für ein andermal aufheben.

Bens Körper zog ihre Blicke magisch an. Seine Art, sich zu bewegen, die erotische Ausstrahlung, die ihn wie eine Aura umgab, hatte sie von Anfang an fasziniert. Aber sie wollte mehr als ihn nur betrachten. Es kribbelte und zuckte in ihren Händen. Sie sehnte sich danach, endlich seine muskulösen Beine berühren zu dürfen, mit den Händen an ihnen entlangzuwandern und die Finger in dem Dreieck aus dunklen Haaren zu vergraben, das seine harte Männlichkeit umgab.

Lass ihn glauben, dass alles nur ein Spiel ist, ermahnte sie sich und unterdrückte ihre Begierde. Sie streckte die Hand durch die Öffnung im Duschvorhang und winkte ihn heran.

Ben schob den Duschvorhang beiseite und stellte sich zu ihr unter den prasselnden Strahl. Seine Augen brannten vor Leidenschaft, als er Grace von oben bis unten betrachtete. Dann umfing er ihre Taille mit beiden Händen und zog sie wie selbstverständlich an sich. Da mochte er noch so oft beteuern, keine feste Bindung eingehen zu wollen – diese Geste strafte ihn Lügen.

„Wenn du vor mir stehst, gehen alle guten Vorsätze flöten. Ich kann einfach nicht die Finger von dir lassen", gestand er verlegen.

„Ist mir auch schon aufgefallen, dass deine Taten nicht so ganz zu deinen Worten passen."

Ben lachte. „Ach ja? Kannst du mir ein Beispiel nennen?"

Grace wurde rot und schwieg verlegen. Dass aber auch jeder Versuch, ihn aus der Reserve zu locken, misslingen musste! Gib's einfach auf, schalt sie sich. Eine Meisterdetektivin wirst du nie.

„Na ja, lassen wir das Thema. Wir haben Besseres zu tun." Ben beugte sich über Grace und begann, die Wassertropfen auf ihrem Nacken und ihren Schultern abzulecken. Sie schauderte, als sein Mund über ihre Brust wanderte, sich schließlich um eine der steil aufgerichteten Spitzen schloss und dort verweilte.

Brennend heiße Reize jagten durch Grace' ganzen Körper und sammelten sich an einer Stelle zwischen ihren Schenkeln. Ben schlang die Arme noch fester um ihre Taille, als wüsste er, dass ihre Knie gleich nachgeben würden. Er drehte sie herum und brachte sie mit sanftem Druck dazu, sich hinzusetzen und mit dem Rücken gegen die Wanne zu lehnen. Dann ging er selbst vor ihr in die Hocke.

Gespannt wartete Grace, was er als Nächstes tun würde. Sie dachte an die anderen Männer, mit denen sie vor Ben zusammen gewesen war. Von jedem hatte sie geglaubt, sie würde ihn lieben. Und immer hatte sie sich schnell eines Besseren belehren lassen müssen. Aber mit Ben war das etwas anderes. Sie stand ihm näher als je einem Mann zuvor. Nur weil sie tiefer für ihn empfand als für jeden anderen, vertraute sie ihm. Nur deshalb gab sie sich ihm bedingungslos hin und erlebte mit ihm Momente, die sie sich niemals hätte vorstellen können.

„Fasst du immer so leicht Vertrauen zu einem Menschen, Grace?", fragte Ben leise.

Grace sah ihn aus großen Augen an. „Erwartest du eine ehrliche Antwort?"

Ben wich zurück. „Warum sollte ich sonst fragen?", meinte er nach kurzem Zögern.

Seine Reaktion erboste Grace. Sie fuhr ihn an. „Das hättest

du wohl gerne: Ich soll aufrichtig sein, aber du weichst allen ehrlichen Antworten aus. Hältst du das für fair?"

„Reg dich doch nicht gleich so auf!" Ben schüttelte amüsiert den Kopf, dass seine langen Haare flogen. „Ein Vorschlag zur Güte: Wenn du meine Frage beantwortest, darfst du mich später nach allen Regeln der Kunst ausquetschen."

Lange ließ sich Grace seinen Vorschlag durch den Kopf gehen. Wollte er sie für dumm verkaufen? Natürlich würde er später hunderttausend Ausreden erfinden, um sich um seinen Teil der Abmachung zu drücken.

„Überleg's dir gut, Grace, aber zögere nicht zu lange. Auf die Dauer wird's ganz schön kühl hier drin."

Ben hatte die ganze Zeit über Grace' Brust gestreichelt. Bei seinen letzten Worten wurde die Berührung drängender, und Grace, die wusste, dass sie bald keinen klaren Gedanken mehr würde fassen können, sah sich zu einer Entscheidung gezwungen.

„Na gut, hör zu! In der Regel bin ich sehr misstrauisch anderen gegenüber. Aber bei dir ist das anders. Du bist der Erste, der auf meine Gefühle eingeht."

Behutsam strich ihr Ben das feuchte Haar aus dem Gesicht. „Was für Trottel hast du denn bisher kennengelernt?"

In seiner Stimme schwang so viel Empörung mit, dass Grace schmunzeln musste. „Du bist der Erste, der mich als eigenständige Person wahrnimmt und nicht nur den Namen und das Vermögen der Montgomerys sieht. Du bringst so viel Positives in mir zum Vorschein..." Sie konnte nicht weitersprechen, denn Ben hatte sich vorgebeugt und verschloss ihre Lippen mit einem leidenschaftlichen Kuss.

Grace hatte den leisen Verdacht, dass Ben sie absichtlich am Weitersprechen hindern wollte, aber insgeheim war sie ganz froh darüber. Sie war drauf und dran gewesen, ihm ihre verborgensten Sehnsüchte anzuvertrauen, und das hätte sie hinterher vermutlich bitter bereut.

Schließlich löste sich Ben von ihr. Er setzte sich und zog sie auf seinen Schoß. Diesmal wandte sie ihm den Rücken zu.

„Sitzt du bequem?", flüsterte er in ihr Ohr.

Grace nickte. Ihr Herz klopfte bis zum Hals, und ihr ganzer Körper vibrierte vor Erwartung. Sie lehnte sich an ihn und spürte seine Wärme und seine Erregung.

„Vertrau mir, Grace, entspann dich."

Grace atmete fest aus und versuchte, sich ganz locker zu machen. Sie ließ sich an seine Brust sinken und lauschte dem Pochen seines Herzens. Ganz warm und wohlig wurde ihr dabei, sie fühlte sich sicher und geborgen bei ihm. Ja, sie vertraute ihm mehr, als gut für sie war.

„Bist du bereit?"

„Wofür?"

„Wart's ab." Vorsichtig rutschte Ben auf dem Wannenboden vorwärts, bis die Wassertropfen genau auf das samtene Dreieck zwischen Grace' Schenkeln prasselten.

Grace erschrak und wollte sich im ersten Moment gegen die Empfindung verschließen, aber Ben bremste sie.

„Entspann dich", hauchte er ihr noch einmal ins Ohr, „genieß es." Dabei strich er sanft und beruhigend über ihre Schenkel.

Grace ließ ihn gewähren, sie hatte ja versprochen, ihm zu vertrauen. Sie schloss die Augen und konzentrierte sich ganz auf die Wasserperlen, die auf ihren Körper rieselten, und auf die immer drängenderen Liebkosungen ihres Geliebten. Völlig neue Gefühle setzten ein, ein Ziehen und Pulsieren – sie glaubte, vor Lust zerspringen zu müssen.

Sie reagierte kaum, als Ben sie beim Namen rief. „Lass dich treiben", beschwor er sie. „Hör nur auf deinen Körper."

Gehorsam kam sie seinem Befehl nach. Etwas Vergleichbares hatte sie noch nie erlebt. Bens Berührung und der sanfte Druck des Wassers entfachten ein Feuerwerk an Gefühlen. Unbewusst wölbte sich Grace dem erregenden Druck entgegen, verlangte nach mehr, und Ben gab ihr alles, was er zu geben hatte. Ihr Körper wand sich und zuckte, bis sich ihre Anspannung in einem gellenden Schrei Luft machte. Schwer atmend lag sie in Bens Armen. Nur langsam kam sie wieder zur Besinnung, und die Nacht war noch lange nicht vorüber.

In ein weiches Badetuch gewickelt, ließ sich Grace von Ben ins Schlafzimmer tragen. Ausgelaugt, aber so glücklich wie noch nie kuschelte sie sich an ihn und hätte am liebsten wie ein Kätzchen geschnurrt.

Ben dagegen haderte mit sich selbst. Wie hatte er nur so naiv sein können? Er hatte sich eingeredet, dass es genügte, Grace nicht in die Augen zu sehen, wenn er sie liebte, um zu verhindern, dass seine Gefühle für sie noch stärker wurden. Nun, jetzt wusste er es besser! Leider kam die Erkenntnis viel zu spät. Er war auf dem besten Wege, sich rettungslos in eine Frau zu verlieben, die er nach Strich und Faden belog.

Behutsam legte er Grace auf dem Bett ab und wollte den Raum verlassen.

Grace erschrak. „Wohin gehst du?", fuhr sie ihn an, und bedauerte im selben Atemzug ihren barschen Tonfall.

„Ich hol mir rasch ein Handtuch, ehe ich hier eine Überschwemmung verursache." So schnell er konnte, ging Ben ins Bad, riss ein Badetuch vom Haken und trocknete sich ab. Auf dem Rückweg entdeckte er im Wohnzimmer seinen Slip und streifte ihn hastig über, als könnte ihn das dünne Baumwollgewebe vor seinen Gefühlen beschützen.

Grace erwartete ihn bereits ungeduldig. „Ich hätte dich nicht anfauchen dürfen", entschuldigte sie sich. „Ich hatte nur schreckliche Angst, dass du schon gehst, wo ich dich doch gerade bitten wollte … die Nacht hier zu verbringen." Sie sah ihn flehend an. „Es würde mir sehr viel bedeuten."

Ben ließ sich ihren Vorschlag gründlich durch den Kopf gehen. Wenn ich nur diese eine Nacht mit ihr verbringe, heißt das noch lange nicht, dass ich mich zu irgendetwas verpflichte, versuchte er sich einzureden. Wenn er ganz ehrlich war, schreckte ihn der Gedanke an eine dauerhafte Bindung mit Grace nicht im Geringsten. Nur würde es niemals so weit kommen.

Schließlich nickte er bedächtig – und wurde mit einem strahlenden Lächeln belohnt. Grace war wunderschön, die schönste Frau, die Ben jemals gesehen hatte. Anders als bei den meisten, kam ihre Schönheit jedoch von innen heraus, denn nicht einmal das verschmierte Make-up und ihr klitschnasses Haar, das strähnig in ihrem Gesicht klebte, konnten ihrer Schönheit in Bens Augen Abbruch tun.

„Du erwartest aber nicht im Ernst, dass ich das Bett mit einem nassen Frosch teile." Ben packte die Enden des Badetuchs, in das Grace sich eingewickelt hatte, und riss es ihr vom Leib. Dann begann er, sie sorgfältig von Kopf bis Fuß abzutrocknen.

Grace kicherte genüsslich. „Daran könnte ich mich tatsächlich gewöhnen, Ben."

„Tu doch nicht so! In deinem luxuriösen Zuhause hattest du sicher deinen ganz persönlichen Leibeigenen, der auch für solche Dienstleistungen zuständig war."

„Da täuschst du dich ganz gewaltig. Wir hatten zwar ein ganzes Heer von Bediensteten für die allgemeinen Arbeiten, aber Emma wachte mit Argusaugen über Logan und mich. Wehe, einer von uns machte auch nur den Versuch, lästige Dinge wie Aufräumen auf die Dienstboten abzuwälzen."

Ben schmunzelte, als er sich die Szenen ausmalte, die sich da abgespielt haben mochten. Doch warum erzählte Grace nie von ihren Eltern? Er fragte sie danach, und sofort wurde Grace hellhörig.

Sie schob seine Hand beiseite und richtete sich auf. „Wenn ich offen zu dir sein soll, erwarte ich aber, dass du anschließend meine Fragen beantwortest."

„Versprochen! Schieß los!"

Grace holte tief Luft und begann ihre Geschichte. „Ich hatte nie ein inniges Verhältnis zu meinen Eltern. Ihnen bedeutet der Name Montgomery und alles, was damit verbunden ist – die Familientradition, das Geld –, mehr als die eigenen Kinder. Zu bestimmten Anlässen präsentierte mein Vater uns Kinder stolz der Öffentlichkeit, den Rest des Jahres aber kümmerte er sich nicht um uns. Mit fünfzehn wollte ich unbedingt Klassensprecherin werden. Ich dachte, dass ich auf diese Weise endlich Gnade vor den Augen meines Vaters finden würde. Wie dem auch sei, vor meiner Familie hielt ich meine Kandidatur geheim, denn ich wollte sie überraschen, wenn ich in das Amt gewählt war."

Ihre Stimme klang gepresst, und Ben machte sich Vorwürfe, weil er das Thema angeschnitten hatte.

„Irgendwie hat Dad trotzdem davon erfahren. Daraufhin hat er sich persönlich in der Schule für mich eingesetzt. Natürlich habe ich die Wahl gewonnen, aber ich war schrecklich enttäuscht, weil ich es nicht aus eigener Kraft geschafft hatte."

Ben traute seinen Ohren nicht. Die arme Grace! Kein Wunder, dass sie länger brauchte als andere, um die eigene Persönlichkeit zu entwickeln. Aber soweit er das beurteilen konnte, machte sie gute Fortschritte.

„Meinst du nicht, dass dich deine Mitschüler gewählt haben, weil sie dich für die fähigste Kandidatin hielten?"

„Nein, wieder einmal hat man den Namen gewählt, nicht die Person."

Sie schwiegen eine Zeit lang.

„Es tut mir leid, dass ich an diese alte Wunde gerührt habe", meinte Ben schließlich sanft.

„Schon gut, ich bin froh, dass ich einmal darüber sprechen konnte. Außerdem hört es sich schlimmer an, als es war. Emma und Logan standen ja immer auf meiner Seite – he, was soll das?"

Ben war mit dem Badetuch bewaffnet über sie hergefallen. Unter dem Vorwand, sie trockenzurubbeln, stürzte er sich auf sie und hatte sie im Nu in eine übermütige Rangelei verwickelt.

„Ich weiß genau, was du vorhast", schimpfte Grace, die klar die Unterlegene war. „Du willst mich nur ablenken, weil du jetzt an der Reihe bist."

„Böswillige Unterstellung! Was erwartest du denn von einem Mann, der dich in all deiner Schönheit vor sich sieht?"

Behutsam zwang Ben Grace auf die Matratze und streckte sich neben ihr aus. Ganz schnell hatte er sie davon überzeugt, ihr Verhör noch eine Weile aufzuschieben. Diesmal liebten sie sich langsam und zärtlich, und Grace hatte das Gefühl, dass sie sich so nahe waren wie nie zuvor.

9. Kapitel

Mitten in der Nacht wachte Grace auf, weil sie fror. Sie waren vor Erschöpfung eingeschlafen, ehe sie unter die Decke kriechen konnten. Zunächst hatten sie sich gegenseitig gewärmt, dann aber hatte sie wohl den Schutz von Bens Körper verlassen und war von der Kälte geweckt worden.

„Alles in Ordnung?", murmelte Ben verschlafen.

„Mir ist nur kalt." Außerdem fehlst du mir, fügte sie für sich hinzu und schmunzelte. War es nicht lächerlich, einen Menschen zu vermissen, der sich nur eine Armeslänge entfernt befand?

In dem dämmrigen Licht, das im Schlafzimmer herrschte, nahm Grace Ben nur schemenhaft wahr. Sie konnte es immer noch nicht ganz glauben, dass ein attraktiver und zärtlicher Mann wie er sich zu ihr hingezogen fühlte.

„Dann schlüpf doch unter die Decke, Schatz."

„Gleich!" Sie rollte sich an die Bettkante, drehte sich auf den Bauch und tastete den Boden unter dem Nachttisch ab, bis sie das Fotoalbum fand, das sie gesucht hatte.

Ben stöhnte entsetzt auf. „Sag nicht, dass du schon ausgeschlafen hast!"

„Hab ich vergessen, dich zu warnen? Tja, so ist das eben: Ein paar Stündchen Ruhe und schon bin ich zu neuen Taten aufgelegt."

„Denkst du dabei an etwas Spezielles? Unter Umständen ließe ich mich überreden mitzumachen."

Grace knipste die kleine Lampe neben ihrem Bett an und schlüpfte unter die Decke, die Ben für sie aufgeschlagen hielt.

„Nicht, was du schon wieder denkst, mein Lieber", erwiderte sie in vorwurfsvollem Ton. Sie zwang sich, ihn anzulächeln, obwohl ihr bei dem Gedanken, wie einsam es schon bald ohne ihn sein würde, beinahe die Tränen kamen.

„Was hast du denn da?"

Verlegen drehte Grace das kleine Album in den Händen. Vielleicht war es ja doch keine gute Idee, ihm die Fotos zu zeigen, die sie im Park gemacht hatte. Wie kam sie überhaupt darauf, dass er sich für ihre Arbeit interessieren könnte? Dass er verstand, was sie antrieb? Sie beide verband doch nichts außer dieser einen kurzen Nacht, so leidenschaftlich die auch gewesen war. Zu mehr war Ben nicht bereit, das hatte er ihr sehr deutlich zu verstehen gegeben. Zum Kuckuck, warum musste sie sich ausgerechnet in so einen Kerl verlieben? Verlieben?

Erschrocken drückte Grace das Album an sich und stammelte: „Ach, nichts Wichtiges."

„Zeig doch mal." Ben riss ihr die Mappe aus den Händen, öffnete sie aber nicht. „Fotos von dir?", fragte er, ohne das Album zu öffnen.

Grace nickte stumm.

„Sie bedeuten dir wohl sehr viel?"

„Mein ganzer Stolz. Sie beweisen, dass ich nicht völlig nutzlos bin." Sie zuckte hilflos die Achseln. „Oje, das klingt ziemlich dramatisch. Aber so empfinde ich eben."

„Darf ich sie sehen?"

„Es sind hauptsächlich Fotos von Kindern. Ich hab dir ja erzählt, dass ich für eine Organisation arbeite, die sich für Kinder armer Eltern einsetzt. Damit schlage ich zwei Fliegen mit einer Klappe: Ich kann einen kleinen Beitrag für diese Kinder leisten und kassiere gleichzeitig mein erstes Honorar als Fotografin."

Sie lachte verlegen und fuhr fort: „Kinder faszinieren mich. Wenn sie spielen, vergessen sie die Welt rundum und sind ganz leicht zu fotografieren."

„Willst du selbst mal Kinder haben?"

„Vielleicht." Schnell wandte Grace den Blick ab. Sie wünschte sich nichts sehnlicher als eine große, fröhliche Familie, und am liebsten zusammen mit Ben, dem Mann, der sich nicht binden wollte.

Sie räusperte sich und schlug das Album auf. „Sieh dir die Aufnahmen ruhig an. Von den besten mache ich Abzüge, die ich den Eltern schenke, damit sie sich später an die Zeit mit ihren Kindern erinnern können."

Ben rutschte näher. „Weißt du, du erinnerst mich an meine Mutter. Selbst als es uns finanziell wirklich schlecht ging und sie den ganzen Tag für andere schuften musste, konnte sie sich über eine Schneeflocke oder einen schönen Schmetterling freuen."

Grace wagte kaum zu atmen vor Überraschung. Soeben hatte Ben zum ersten Mal freiwillig etwas von sich selbst preisgegeben. Sanft berührte sie seinen Arm. „Jammerschade, dass sie die schönen Dinge bald nicht mehr sehen kann. Aber sie hat die Erinnerungen. Die werden sie niemals verlassen."

Überrascht und dankbar blickte Ben sie an. „Ich hätte wissen müssen, dass du mich verstehst."

„Hast du etwas anderes erwartet? Aber du hast deinen Vater noch nie erwähnt. Was ist mit ihm?"

„Er starb, als ich acht Jahre alt war. Herzinfarkt."

„Oh! ... Und ich dummes Ding jammere dir was vor, weil meine Eltern mich vernachlässigt haben."

„Schon gut."

Ben drückte sachte ihre Hand, und Grace erkannte mit einem Schlag, dass sie hier nicht nur Erinnerungen austauschten, sondern sich gegenseitig Trost spendeten. Ein unglaublich gutes Gefühl! Fast wie früher, wenn ihr Bruder nachts an ihrem Bett gesessen und sich ihre Kümmernisse angehört hatte. Aber das war lange her. Nun war sie erwachsen und hatte keine Schulter mehr, an der sie sich ausweinen konnte. Oder doch? Grace lehnte vorsichtig den Kopf an Bens Schulter und versuchte, die Stimmen in ihrem Kopf zu überhören, die sie erbarmungslos daran erinnerten, wie hoffnungslos ihre Lage war.

Grace seufzte laut. „Du musst mich doch für total verrückt halten. Ich erzähle nur von Bediensteten und schicken Autos und beklage mich im gleichen Atemzug über meine schreckliche Kindheit. Aber glaub mir, es steckt ein Körnchen Wahrheit hinter dem Spruch vom Geld, das nicht glücklich macht."

„Du bist nicht verrückt. Du hattest es wirklich nicht leicht, und trotzdem ist aus dir ein wunderbarer Mensch geworden. Darauf kannst du dir was einbilden."

Grace wusste nicht, wie sie mit diesem Lob umgehen sollte. „Du weißt gar nicht, wie viel mir deine Worte bedeuten", flüsterte sie schließlich.

Doch Ben hörte sie kaum. Er hatte sich bereits in Grace' Fotos vertieft. Sie verrieten mehr über Grace und ihre geheimen Sehnsüchte, als sie es vermutlich wahrhaben wollte. Die Bilder zeigten Kinder beim Schaukeln, Kinder beim Eisessen oder Mütter mit lachenden Babys auf dem Arm – Situationen, die Grace aus der eigenen Kindheit sicher nicht kannte. Kein Zweifel, Grace wünschte sich nichts sehnlicher als eine ganz normale Familie mit Häuschen, zwei Kindern und Hund. Und fast konnte sich Ben vorstellen, in dieser Idylle die Rolle des treu sorgenden Hausherrn zu übernehmen.

Grace riss ihn aus diesen Überlegungen. „Heute ist Sonntag. Hast du vor, deine Mutter zu besuchen?"

Überrascht blickte Ben von den Bildern auf und nickte. Grace würde sich blendend mit seiner Mutter verstehen – aber aus Rücksicht auf die alte Dame durfte er sie nicht bitten, ihn zu begleiten. Seine Mutter mochte blind sein, aber deswegen konnte er ihr noch lange nichts vormachen. Wie es zwischen Grace und Ben stand, hätte sie im Nu herausgefunden – und würde sich falsche Hoffnungen machen. Dann musste er zwei gebrochene Herzen heilen, wenn die Zeit, die ihm mit Grace verblieb, abgelaufen war.

Ben zuckte die Achseln und blätterte zum nächsten Foto. Wie auf den meisten Bildern, war es Grace auch hier gelungen, die Trostlosigkeit der Umgebung mit der Fröhlichkeit der abgebildeten Personen in scharfen Kontrast zu setzen. Die Aufnahme zeigte einen kleinen Jungen, der in einer Allee spielte. Das Kind winkte mit spitzbübischem Lächeln in die Kamera, gerade so, als hätte Grace es bei einem Streich auf frischer Tat ertappt. Im Hintergrund bemerkte Ben einen roten Fleck, der seine Aufmerksamkeit erregte. Um das Foto genauer unter die Lupe zu nehmen, löste er es von der Seite.

„Sieh mal!" Er hielt die Aufnahme gegen das Licht und schloss ein Auge. „Das ist doch ..."

„Was denn?" Grace beugte sich vor, um das Bild ebenfalls zu betrachten. Dabei streifte ihre Brust Bens Arm, und jetzt erst fiel ihnen auf, dass sie beide nackt waren.

„Wann hast du dieses Bild gemacht?"

„Am Tag des Überfalls."

„Wenn mich nicht alles täuscht, ist das da hinten nämlich der Kerl, der es auf deine Kamera abgesehen hatte. Trug er nicht ein rotes Shirt?" Noch einmal kniff Ben angestrengt die Augen zusammen. „Was hält der bloß in der Hand?"

Grace rückte näher. „Keine Ahnung. Ich habe nur auf den kleinen Jungen geachtet. Das ist Cal, ein richtiges Schlitzohr! Kaum sieht die Mutter mal weg, ist er auch schon verschwunden. Er hat einen großen Bruder, den er sehr bewundert. Er würde ihm auf Schritt und Tritt nachlaufen, wenn er es könnte."

„Kennst du den Großen?"

„Bobby? Nein. Den sieht man selten, nicht nur im Park, sondern leider auch in der Schule, sagt seine Mutter ... Das ist übrigens eines meiner Lieblingsfotos. Sieh dir mal den Gesichtsausdruck von Cal an. Er wusste sofort, dass ich ihn zu seiner Mutter zurückbringen würde."

„Du hast auf dem Foto aber nicht nur einen kleinen Ausreißer eingefangen. Erkennst du da hinten den Jugendlichen, der ein Tütchen mit weißem Zeug in der Hand hält?"

„Zeig mal." Grace riss Ben das Foto aus der Hand und studierte es. Kopfschüttelnd gab sie es Ben zurück. „Tut mir leid, ich kann nichts erkennen."

„Wie solltest du auch. Dir fehlt die Erfahrung in diesen Dingen", sagte Ben. Er wusste, wovon er sprach. Wie leicht hätte er selbst in schlechte Kreise geraten können. Wenn seine Mutter nicht gewesen wäre, säße er inzwischen längst wegen irgendwelcher Vergehen, höchstwahrscheinlich Drogen, hinter Gittern. „Dieses Foto kann einigen Leuten arge Bauchschmerzen verursachen."

„Jetzt verstehe ich", murmelte Grace.

„Was?"

Grace hüpfte aus dem Bett und begann, im Papierkorb zu wühlen, bis sie das zerknitterte Stück Papier ausgegraben hatte. „Den Wisch hier! Cal hat ihn mir am Nachmittag auf dem Spielplatz zugesteckt. Er hat getan, als sei es ein Bild, das er für mich gemalt hat."

Ben unterdrückte nur mühsam einen Fluch. „Hast du eine Ahnung, was das bedeutet?", fragte er und schwenkte das Foto vor ihren Augen hin und her.

„Nun, Cals großer Bruder dealt mit Drogen, und Cal wird vermutlich den gleichen Weg einschlagen."

„Exakt, und du kannst das mit dieser Aufnahme beweisen. Unglücklicherweise wissen die Jungs aber, dass dieses Bild existiert, oder sie vermuten es wenigstens. Du bist in Gefahr, Grace!"

Grace überlief eine Gänsehaut bei seinen Worten, und Ben legte tröstend den Arm um sie. „Aber ich brauche noch ein paar Fotos, Ben … Könntest du mich eventuell begleiten, wenn ich das nächste Mal in den Park gehe?"

„Alle Achtung, du lernst schnell! Ich hab auch eine Idee: Während du arbeitest, höre ich mich ein wenig um. Ich habe mich mit einem der Basketballspieler angefreundet, der gute Kontakte hat. Bis du zur Mittagspause in den Park kommst, habe ich mit Leons Hilfe vielleicht schon etwas herausgefunden."

„Wie? Ich soll alleine in den Park gehen?"

„Kann ich dich davon abhalten?"

Grace lachte. „Versuch's gar nicht erst."

„Na also, dann bleibt's dabei. Ich verspreche dir, immer in deiner Nähe zu bleiben. Hab keine Angst, mein Schatz. Ich pass schon auf dich auf."

„Ich nehm dich beim Wort", murmelte Grace hintergründig und schlang die Arme um Bens Nacken. „Aber bis morgen ist es zum Glück noch lange."

Schrilles Läuten riss Ben aus tiefem Schlaf. Er brummte missmutig, machte aber keine Anstalten, etwas gegen den Lärm zu unternehmen. Zu gemütlich fand er es, neben Grace im warmen Bett zu liegen. Dann hämmerte jemand gegen die Tür.

„O nein! Ruhe da draußen!" Das kam von Grace.

„Einen wunderschönen guten Morgen, mein kleiner Brummbär. Noch nicht ausgeschlafen?" Ben strich ihr die Haare aus dem Gesicht und küsste sie liebevoll auf die Wange. „Kein Wunder, die Nacht war herrlich, aber nicht besonders geruhsam."

Keine Antwort.

Ben schmunzelte. Selbst unausgeschlafen und mürrisch wie jetzt fand er Grace einfach bezaubernd. Immer noch lächelnd, schlüpfte er in seine Hose und zog in der Eile den Reißverschluss nur ein Stück weit hoch.

„Soll ich aufmachen, Grace? Was werden wohl die Nachbarn dazu sagen?"

Statt einer Antwort zog sich Grace das Kissen über die Ohren.

Laut lachend ging Ben zur Tür und spähte durch den Spion. Schlagartig verflog seine gute Laune: Auf dem Gang wartete ungeduldig ein elegant gekleidetes Paar. Die Leute kamen Ben bekannt vor, aber er konnte sie nicht gleich einordnen, bis ihm schlagartig klar wurde, dass er Fotos von ihnen in Grace' Wohnung gesehen hatte.

Was nun? Ben wollte gerade umkehren, als von draußen eine laute Männerstimme zu vernehmen war.

„Mach auf, Grace! Ich weiß, dass du da bist! Wir sind's, Logan und Catherine."

Der Mann brüllte laut genug, um die übrige Nachbarschaft aus dem Schlaf zu reißen. Um also noch größeres Unglück zu verhindern, riss Ben die Tür auf.

„Du ... Sie sehen aber nicht wie meine Schwester aus." Mit kritischem Blick unterzog Logan Ben einer gründlichen Musterung. Nichts, von den unrasierten Wangen über die notdürftig geschlossene Jeans bis zu den nackten Füßen, entging seiner Aufmerksamkeit. Ben wäre am liebsten im Erdboden versunken. An Logans Stelle wäre ihm in dieser Situation der Kragen geplatzt, deshalb machte er sich auf das Schlimmste gefasst.

Doch ehe es zu Handgreiflichkeiten kommen konnte, griff Logans Begleiterin ein. Sie war ganz in Schwarz gekleidet und hatte ihr blondes Haar unter einem Stirnband im Leopardenlook gebändigt. „Ich bin Grace' Schwägerin Catherine, und das ist ihr Bruder Logan. Ich fürchte, wir kommen ziemlich ungelegen."

Sie stupste ihren Mann leicht in die Seite und zischte: „Nun starr den jungen Mann nicht so an. Grace ist längst kein kleines Mädchen mehr. Sie weiß selbst am besten, was sie tut. Untersteh dich, dich als Moralapostel aufzuführen, mein Lieber!" Dann reichte sie Ben freundlich lächelnd die Hand. „Darf man Ihren Namen erfahren?"

Ben, der die Szene gebannt verfolgt hatte, entspannte sich. Diese Catherine gefiel ihm.

„Natürlich, ich heiße Ben Callahan und wohne gleich nebenan", sagte er. Den Rest konnten sich die beiden selbst zusammenreimen. Er besann sich auf seine gute Erziehung und streckte auch Logan die Hand hin, und dieser ergriff und schüttelte sie.

„Glauben Sie ja nicht, dass ich so etwas gutheiße", stieß er zwischen den Zähnen hervor.

„Was für ein Pech! Gut, dass ich dich nicht um Erlaubnis fragen muss, Bruderherz."

Grace, die schnell einen Bademantel übergeworfen hatte, war hinter Ben aufgetaucht. Sie begrüßte ihre Gäste stürmisch. „Was führt euch denn nach New York?"

„Erstens haben wir uns Sorgen um dich gemacht und wollten uns mit eigenen Augen überzeugen, dass es dir gut geht. Zweitens hat hier bald jemand Geburtstag, wenn ich mich recht erinnere."

„Wie bitte?" Ben glaubte, sich verhört zu haben.

„Meine Schwester hat morgen Geburtstag, wussten Sie das etwa nicht?" Logan runzelte die Stirn. Wo hatte Grace denn diesen Kerl aufgegabelt? Schlief mit seiner Schwester, kannte aber nicht einmal ihr Geburtsdatum? Kannte er sie überhaupt?

Ben konnte Logans Gedanken fast hören und schnaubte verächtlich. Was spielte es schon für eine Rolle, ob er wusste, wann Grace geboren war? Sie legte keinen Wert auf derlei Äußerlichkeiten. Aber er merkte, dass er störte. Höchste Zeit, sich zu verabschieden. Als Grace ihre Gäste ins Wohnzimmer führte, flüchtete er ins Schlafzimmer, um sich fertig anzukleiden. Nur weg von hier!

Auf dem Weg zur Wohnungstür musste Ben allerdings noch einmal durchs Wohnzimmer. Auch wenn Grace in Windeseile Ordnung gemacht hatte, hing die erotische Atmosphäre des vergangenen Abends noch im ganzen Raum. Ben sah, dass sich Logan nur mit Mühe einen Kommentar verkniff.

Grace winkte Ben zu sich. „Komm her und lass dir erzählen, wie Catherine und Logan sich kennengelernt haben. Großmutter hat Catherine nämlich entdeckt und sie mit Logan verkuppelt, indem sie die beiden auf einer Party in einen Schrank gesperrt hat."

„Deine Großmutter hat ziemlich ausgefallene Ideen, scheint mir."

„Das kann man laut sagen. Wenn Emma ein Paar zusammenbringen möchte, schreckt sie vor nichts zurück." Catherine schmunzelte bei der Erinnerung.

Einladend klopfte Grace auf den freien Platz auf dem Sofa. „Jetzt setz dich schon zu mir. Logan wird dich nicht beißen. Er hat endlich kapiert, dass ich kein kleines Mädchen mehr bin." Grace lachte, als sie das sagte, ein perlendes Lachen, das wie Musik in Bens Ohren klang.

„Tut mir leid, aber ich habe eine Verabredung." Selbst Ben erkannte, dass die Ausrede ziemlich lahm klang, aber etwas Besseres war ihm spontan nicht eingefallen.

Auch Grace durchschaute ihn sofort. „Ach was, das hat noch Zeit. Jetzt frühstücken wir erst mal gemütlich. Ich ziehe mir schnell was über und hole frische Brötchen vom Bäcker."

Ben jubilierte innerlich. Unbeabsichtigt hatte Grace ihm die Ausrede geliefert, die er brauchte. „Ich weiß was Besseres", schlug er vor. „Ich kümmere mich um das Frühstück, dann kannst du in Ruhe mit deinen Gästen plaudern."

Mit schlechtem Gewissen verließ er das Apartment. Er kam sich richtig schäbig vor: Erst erschlich er sich Grace' Vertrauen und belog sie nach Strich und Faden. Als Nächstes schlief er mit ihr, und zu guter Letzt würde er alles, was er über Grace erfahren hatte, brühwarm an ihre Großmutter weitergeben.

Kaum hatte Ben die Tür hinter sich zugezogen, fiel Logan auch schon über Grace her. „Wer ist denn dieser Kerl?", herrschte er seine Schwester an.

Catherine sah sich gezwungen, ihrer Schwägerin zu Hilfe zu eilen. „Lass Grace in Ruhe!"

Logan warf seiner Frau einen bösen Blick zu. „Darf ich dich daran erinnern, wie du dich gefühlt hast, als deine Schwester mit einem Kerl angebandelt hat, der dir nicht ganz geheuer war?"

Grace lehnte sich zurück und lauschte halbherzig dem harmlosen Geplänkel der Eheleute. Sosehr sie sich über den überraschenden Besuch freute, der Zeitpunkt war alles andere als günstig. Ben war so kurz davor gewesen, sich ihr zu öffnen. Aber das Eintreffen ihres Bruders hatte alles zunichtegemacht, und Grace musste wieder ganz von vorne anfangen. Ob Ben so leicht zurückzuerobern sein würde?

Schon früh am Nachmittag verabschiedeten sich Catherine und Logan. Was sollte Grace mit dem langen Sonntagnachmittag anfangen, der nun leer vor ihr lag?

Nach langem Kopfzerbrechen hatte sie die Idee: Sie würde Cals Mutter aufsuchen, um sie zu warnen. Die Frau hatte ein Recht zu erfahren, was ihren Jüngsten erwartete, wenn er in die Fußstapfen seines großen Bruders trat. Grace konnte doch nicht tatenlos zusehen, wie ein unschuldiges Kind in Schwierigkeiten geriet. Schnell suchte sie ihre Kamera und machte sich auf den Weg.

10. Kapitel

Genau in dem Moment, als Ben die Wohnungstür aufschloss, klingelte das Telefon. Er stöhnte leise. Wer konnte das anderes sein als Emma? Mit großen Schritten durchquerte er den Raum und griff zum Hörer. Der Besuch bei seiner Mutter hatte ihn auf andere Gedanken gebracht, und er war fest entschlossen, sich von dem bevorstehenden Verhör durch seine Auftraggeberin die Stimmung nicht verdrießen zu lassen.

„Callahan."

„Einen wunderschönen guten Tag." Emmas Stimme drang laut und deutlich durchs Telefon.

„Tag, Emma."

„Gestern ist's anscheinend spät geworden, Ben!"

„Woher ...? Haben Sie etwa schon früher angerufen?"

„Richtig. Ich wollte lieben Besuch ankündigen, Emmas Bruder Logan. Das hat sich inzwischen vermutlich erledigt."

Hatte die alte Frau einen sechsten Sinn? Sie konnte unmöglich wissen, dass er die Nacht mit Grace verbracht hatte, sonst hätte sie ihn längst von dem Fall abgezogen. Ob Logan ihr von dem merkwürdigen Empfang am Morgen berichtet hatte?

„Seit neun Uhr heute Morgen versuche ich, Sie ans Telefon zu kriegen. Belegt Sie der Fall dermaßen mit Beschlag? Alle Achtung, junger Mann, Sie sind Ihr Geld wirklich wert."

„Das ist doch selbstverständlich." Ben sah nicht ein, warum er Emma auf die Nase binden sollte, dass er den größten Teil des Tages mit seiner Mutter verbracht hatte. Grace war mit ihrem Besuch beschäftigt und kam wenigstens heute nicht auf dumme Gedanken.

„Wie geht's denn meiner Enkelin?"

Ben räusperte sich schuldbewusst. Wieder einmal steckte er in einer Zwickmühle. Wenn er Emma Dinge erzählte, die Grace ihr vorenthalten wollte, beging er Verrat an Grace. Andererseits schuldete er seiner Klientin von Rechts wegen völlige Aufklärung über den Stand der Dinge. Sie hatte ihm einen Vorschuss gewährt, den er fest eingeplant hatte, und zahlte im Augenblick sogar seine Miete.

„Der Fall ist fast abgeschlossen. Sie können beruhigt sein, was Ihre Enkelin betrifft. In ein bis zwei Tagen erhalten Sie meinen abschließenden Bericht."

Zuvor würde die Polizei einen Hinweis auf die illegalen Aktivitäten von Cals großem Bruder erhalten. Wenn Ben sich davon überzeugt hatte, dass die Polizei ein Auge auf Grace' Angreifer und die Jungs vom Park hatte, konnte er den Job als beendet betrachten.

Vom anderen Ende der Leitung hörte er einen überraschten Ausruf. „Ich bin sehr angetan von der Geschwindigkeit, mit der Sie arbeiten, Ben. Den Bericht können Sie sich sparen, Ihr Wort genügt mir."

„Danke. Ihr Vertrauen ehrt mich." Aber war er es auch wert? Selbst während er mit Emma telefonierte, kreisten seine Gedanken unaufhörlich um Grace. „Der Abschlussbericht gehört aber zum Service."

„Wenn das so ist, will ich Ihre Routine nicht durcheinanderbringen. Es war sehr angenehm, mit Ihnen zu arbeiten. Vielleicht haben wir ja bald wieder das Vergnügen." Mit dieser rätselhaften Bemerkung legte Emma auf.

Sie hatte es leider doch geschafft, Ben die Laune zu verderben. Anstatt seinen Gewissensbissen nachzuhängen, beschloss er, lieber die Wohnung aufzuräumen. Aber nicht einmal dazu war er in der Lage. Ständig schweiften seine Blicke zur Tür, und er spitzte die Ohren, um nur ja keinen Hinweis darauf zu verpassen, was sich in diesem Moment in Grace' Apartment abspielte.

Da läutete das Telefon ein zweites Mal. Kann Emma mich nicht mal am Sonntag in Ruhe lassen? Verstimmt riss Ben den Hörer von der Gabel.

„Ich habe Ihnen alles erzählt, was Sie wissen müssen", rief er mürrisch hinein.

„Hey, Mann, reiß mir nicht gleich den Kopf ab! Kann's sein, dass du mich verwechselst?"

Verblüfft erkannte Ben die Stimme von Leon, seinem neuen Freund aus dem Park. Sein Erstaunen wuchs, als er hörte, was der Junge zu berichten hatte. Als er den Hörer auflegte, schlug ihm das Herz bis zum Hals.

Dass man die Frau auch keine fünf Minuten aus den Augen lassen kann, schimpfte er, während er bereits in seine Joggingschuhe schlüpfte. Was denkt sie sich eigentlich?

Hatte er Grace nicht fest versprochen, die Sache in die Hand zu nehmen? Trotzdem, so hatte er gerade erfahren, trieb sie sich schon wieder allein im Park herum. Hoffentlich kam er diesmal nicht zu spät. Mit klopfendem Herzen zog Ben die Tür hinter sich zu und raste los.

Leon hatte ihm genaue Anweisungen gegeben, sodass Ben die Stelle rasch gefunden hatte. Vor einem der abbruchreifen Gebäude ganz in der Nähe des Parks stieß er auf eine Ansammlung von Neugierigen, die sich um ein Polizeiauto scharten. Kalter Schweiß brach ihm aus allen Poren, er sah seine schlimmsten Befürchtungen bereits bestätigt. Doch dann entdeckte er mitten in der Menge Grace. Sie schien unverletzt, und Ben fiel ein Stein vom Herzen.

Von hinten tippte ihm jemand auf die Schulter. Ben sah sich um und bemerkte Leon. Er versetzte dem schlaksigen jungen Mann einen freundschaftlichen Klaps auf die Schulter. „Ich schulde dir was, Kumpel. Was genau ist denn passiert?"

„Deine hübsche Freundin hat vielleicht Nerven. Kommt mit ihrer Kamera anspaziert und fragt nach Bobby. Als sie keine Auskunft erhält, weil niemand sich's mit Bobby verderben will, packt sie einfach Bobbys kleinen Bruder, du weißt schon, den, der für ihn die Botengänge erledigt, und macht sich auf die Suche."

Ben murmelte ein paar deftige Schimpfwörter, zu denen Leon verständnisvoll nickte.

„Das kannst du laut sagen! Aber du weißt noch nicht alles. Kaum hat sich deine Freundin den kleinen Cal geschnappt, taucht wie durch ein Wunder der liebe Bobby auf und schnappt sich deine Freundin, wenn du verstehst, was ich damit sagen will."

Ben fühlte sich, als hätte er einen Schlag in die Magengrube versetzt bekommen. „Weiter!"

„Jetzt kommt's: Irgendwie hat die Mutter der beiden, Mrs. Ramone, Verdacht geschöpft und die Polizei verständigt. Und ob du's glaubst oder nicht: Die Bullen sind tatsächlich rechtzeitig auf der Bildfläche erschienen. Deshalb mach ich mich lieber unsichtbar, ehe mich jemand bemerkt, dem ich nicht begegnen will."

„Wir treffen uns morgen beim Basketball, ja?", rief Ben dem Jungen hinterher, war sich aber nicht sicher, ob er ihn gehört hatte.

Die Menge hatte inzwischen das Interesse verloren und löste sich allmählich auf. Auch die Polizisten stiegen in ihr Auto und fuhren davon. Nur Grace saß wie ein Häufchen Elend vor dem Eingang des heruntergekommenen Gebäudes. Als sie Ben erblickte, sprang sie überrascht auf.

Bens Erleichterung hatte sich inzwischen in blanken Zorn verwandelt. Er hatte jedoch nicht vor, Grace in der Öffentlichkeit zur Rede zu stellen, deshalb begrüßte er sie wortlos mit einem kurzen Nicken. Aber Grace musste nur einen Blick auf seine zu Fäusten geballten Hände werfen, um zu wissen, was ihr bevorstand.

Instinktiv wich sie vor ihm zurück, stolperte dabei über eine

Stufe und landete, wieder einmal, unsanft auf dem Po. Sie verzog zwar das Gesicht, aber wie immer siegten ihre guten Manieren. Während sie mit einer Hand die schmerzende Stelle massierte, deutete sie mit der anderen auf die ältere Frau, die neben ihr stand und die Ben für eine besonders hartnäckige Gafferin gehalten hatte.

„Ben, das ist Cals Mutter, Mrs. Ramone. An Cal kannst du dich noch erinnern? Das ist der Junge, dessen Foto ich dir gezeigt habe."

„Natürlich." Nachdenklich musterte Ben die Frau mit dem tränenverschmierten Gesicht und dem stumpfen Blick. Genauso hätte seine Mutter enden können. Nur ihr heiteres Gemüt und Bens eiserne Entschlossenheit hatten sie vor einem ähnlichen Schicksal bewahrt.

Mit erstickter Stimme berichtete Mrs. Ramone, wie Grace plötzlich mit dem belastenden Foto auf ihrer Schwelle stand. Grace hatte ihr die Augen über ihren ältesten Sohn geöffnet. Der Junge stellte eine echte Gefahr für seinen kleinen Bruder dar.

Inzwischen hatte Grace sich wieder gefasst und meldete sich ebenfalls zu Wort: „Zum Glück war die Polizei gleich zur Stelle und hat Bobby festgenommen. Ich hoffe nur, dass es für Cal noch nicht zu spät ist. Der Junge muss eine solide Ausbildung erhalten, damit er später nicht auf dumme Gedanken kommt." Ihre Stimme zitterte, und sie sprach hastig, als fürchte sie sich davor, Ben zu Wort kommen zu lassen.

Nicht zu Unrecht. Eigentlich sollte ich sie übers Knie legen, weil sie sich trotz meiner eindringlichen Warnung in diese gefährliche Lage gebracht hat, fand er. Aber ein Blick in ihre ängstlich geweiteten Augen, und er änderte seine Meinung. Im Grunde war er stolz auf Grace. Sie hatte sich wacker geschlagen. Dass er sich bei ihrer eigenmächtigen Aktion zu Tode erschreckt hatte, lag nur daran, dass er sie liebte.

Ich liebe sie! Die plötzliche Einsicht erschütterte Ben bis ins

Mark. Doch mit seinen Lügen hatte er jeden Anspruch auf ihre Liebe verwirkt. Höchste Zeit also, die Dinge ins Lot zu rücken.

Aus seiner Brieftasche holte er eine Visitenkarte und reichte sie Cals Mutter. „Bitte rufen Sie mich an, wenn Sie Hilfe benötigen", bat er sie. „Ich habe gute Bekannte bei den staatlichen Fürsorgestellen, die Sie gerne beraten. Auch Ihr Sohn sollte sich mit mir in Verbindung setzen, sobald er wieder auf freiem Fuß ist. Er kann mir bei meiner Arbeit ein wenig unter die Arme greifen, und dabei könnte ich ihn gleichzeitig im Auge behalten."

Gerührt dankte ihm Mrs. Ramone und verabschiedete sich. Nun standen die beiden allein auf der Straße. Ben reichte Grace die Hand. „Ab nach Hause!", befahl er.

Grace musterte ihn misstrauisch. „Spar dir die Strafpredigt, ja? Glaub mir, inzwischen habe sogar ich kapiert", meinte sie zaghaft.

Ben half ihr auf die Beine. Er war froh, dass sie sich endlich einsichtig zeigte. Dennoch konnte er den Vorfall nicht stillschweigend übergehen. Bei passender Gelegenheit würde er noch ein Hühnchen mit ihr rupfen.

„Die Polizei hat Kokain bei Bobby Ramone gefunden. Jetzt ist er dran wegen Drogenbesitz und Drogenhandel. Das heißt doch wohl, dass er für die nächste Zeit aus dem Verkehr gezogen ist, oder?" Grace warf Ben einen verstohlenen Blick zu. Er hatte während der ganzen Fahrt in der U-Bahn kein Wort mit ihr gewechselt. Noch wenige Schritte bis zur Wohnungstür, dann würden sich ihre Wege zweifellos trennen.

Was für ein Tag, dachte sie wütend. Erst die unangemeldeten Besucher, vor denen Ben am Morgen geflüchtet war, dann die Geschichte mit Bobby ... Kein Wunder, wenn Ben wütend war und nichts mehr von ihr wissen wollte. Dabei brauchte sie doch gerade jetzt so dringend eine – seine – starke Schulter, an der sie sich ausweinen konnte.

„Verlass dich lieber nicht darauf. Bobby ist nur ein kleiner Fisch. Sobald er der Polizei die Namen seiner Lieferanten verrät, kommt er frei, und alles ist wieder wie vorher."

„Glaubst du, ich bin gerne alleine losgezogen? Ich wollte dich bitten, mich zu begleiten, aber du warst nicht da." Grace hoffte, er würde ihr dieses Märchen abkaufen. In Wahrheit hatte sie den Zeitpunkt für ihren Besuch bei den Ramones mit Absicht so gewählt, dass Ben nichts davon mitbekam.

„Erspar mir deine Lügen!" Ben packte ihr Handgelenk mit eisernem Griff. „Und vor allem, mach dir selbst nichts vor. Diese Geschichte ist noch längst nicht ausgestanden. Versprich mir, dass du von jetzt an gefährliche Situationen meidest. Ich werde dir Bescheid sagen, wenn du aus dem Schneider bist."

Grace nickte zögernd und folgte ihm in den Aufzug. Schweigend fuhren sie nach oben. War das das Ende?

Bens Laune hatte sich um keinen Deut gebessert. Immer wieder malte er sich neue, schreckliche Dinge aus, die Grace hätten zustoßen können. Daher blieb er auch wie vom Blitz getroffen stehen, als er einen Fremden vor der Tür zu Grace' Apartment erblickte. Der Mann trug einen Koffer in der Hand. Weitere Gegenstände, ein Kassettenrekorder und etwas, das aussah wie ein Klapptisch, lehnten an der Wand.

Auch Grace war erschrocken, aber sie erholte sich rasch und lief dem Fremden freudig entgegen. Kannte sie den Kerl etwa?

Der Mann machte einen mürrischen Eindruck. „Na endlich! Grace, Sie haben doch nicht etwa die alljährliche Geburtstagsüberraschung Ihrer Großmutter vergessen?", fragte er beleidigt. Ben hielt es für angebracht, einzuschreiten.

„Wer sind Sie eigentlich, und was wollen Sie?"

Jetzt erst bemerkte ihn der Fremde und stellte sich vor. „Marcus Taylor, Massagen aller Art, stets zu Ihren Diensten."

Verblüfft ergriff Ben die dargebotene Hand und schüttelte sie. Plötzlich fiel ihm ein, was dieser Mann in wenigen Minuten mit Grace' perfektem Körper anstellen würde. Augenblicklich ließ er die Hand des anderen fallen, als hätte er sich verbrannt, und begann hektisch, seine Taschen abzuklopfen. Profi hin oder her, er würde es nicht zulassen, dass ein anderer Mann Grace berührte.

„Wie viel bringt Ihnen der Spaß denn ein?", fragte er den Masseur unfreundlich.

Bereitwillig nannte Marcus eine Summe, die nur jemand wie Emma Montgomery für eine knappe Stunde Arbeit berappen würde.

„Das ist ein Sonderpreis", fügte er hinzu.

Schweren Herzens blätterte Ben ihm das Geld hin. „Jetzt spitzen Sie mal die Ohren, guter Mann: Die junge Dame hat es sich anders überlegt. Wir wollen alleine sein. Nehmen Sie sich die Stunde frei, aber lassen Sie uns Ihre Ausrüstung hier. Sie können sie später unten an der Pforte abholen."

Grace beobachtete die Verhandlungen zwischen den Männern mit offenem Mund. Wortlos sah sie zu, wie Marcus sich anschickte, unverrichteter Dinge wieder abzuziehen, nachdem Ben ihn ausgezahlt und seinen letzten Hunderter als Trinkgeld draufgelegt hatte.

„Damit kann ich meiner Freundin endlich den Verlobungsring kaufen, den sie sich so lange wünscht", meinte Marcus und strahlte.

„Dann hat jeder was davon", erwiderte Ben mit einem wehmütigen Gedanken an sein eigenes Konto. Aber dann sah er das Leuchten in Grace' Augen und erkannte, dass manches im Leben ein kleines Opfer wert war.

11. Kapitel

Voll Erwartung tigerte Grace im Wohnzimmer auf und ab. Ben hatte sich im Schlafzimmer eingeschlossen, um sich in Ruhe vorzubereiten. Was hatte er nur vor? Ganz verziehen hatte er ihr ihr letztes Abenteuer noch nicht, so viel wusste sie. Aber dass er Marcus abgewimmelt hatte, hatte sie wirklich überrascht. War da vielleicht Eifersucht im Spiel? Grace hatte die Szene im Gang in höchsten Zügen genossen. Es gefiel ihr, dass Ben plötzlich die Initiative ergriff, auch wenn sie sonst großen Wert auf ihre Unabhängigkeit legte.

Aber sie machte sich auch Vorwürfe. Wie hatte sie nur Emmas alljährliches Geschenk vergessen können! Zu jedem Geburtstag, seit Grace achtzehn Jahre alt war, gehörte eine ausgiebige, professionelle Massage, getreu Emmas Devise: Ein gesunder Geist wohnt in einem gesunden Körper. Die Idee war entstanden, weil Grace jahrelang unter Migräne litt, eine Reaktion auf die Spannungen innerhalb der Familie. Sogar als Grace bereits in New York lebte, hatte sie sich einmal die Woche Marcus' heilenden Händen anvertraut. Erst seit sie selbst für ihren Lebensunterhalt aufkam, gönnte sie sich diese Art von Luxus nicht mehr.

„Du kannst jetzt reinkommen! Zieh dich schon mal aus, ich bin gleich bei dir."

Gespannt betrat Grace ihr Schlafzimmer. In ihrem Magen kribbelte und prickelte es. Gehorsam entkleidete sie sich, hüllte sich in ein Tuch, das Ben bereitgelegt hatte, und streckte sich bäuchlings auf dem Massagetisch aus. Ganz wie es sich gehörte, hatte Ben sich unterdessen diskret ins Bad zurückgezogen.

„Fertig", rief Grace. Ihre Stimme zitterte vor Aufregung. Leise öffnete Ben die Tür. Im Zimmer herrschte gespannte

Stille, sodass selbst das verhaltene Geräusch seiner Schritte unnatürlich laut erschien.

„Möchtest du Musik hören?", flüsterte er.

„Ja bitte, nimm die Kassette mit dem Wasserfall." Nichts entspannte Grace so sehr wie die zarten Violinenklänge vor dem Hintergrund der Geräusche eines Wasserfalles. Nachdem Ben die Kassette gefunden und eingelegt hatte, schloss er die Vorhänge, um das Tageslicht auszusperren, und dämpfte die Beleuchtung.

Schlagartig änderte sich die Atmosphäre im Raum. Grace kam es vor, als befände sie sich nicht mehr in ihrem Schlafzimmer, sondern auf einer kühlen, einsamen Waldlichtung. Dann roch sie den Duft von Kokosöl und versetzte sich im Geist an einen sonnenbeschienenen Strand. Reglos lag sie da und versuchte sich zu entspannen.

Endlich begann Ben mit der Massage. Mit kräftigen, kreisenden Bewegungen massierte er zunächst ihre Fußsohlen, dann die Waden und schließlich die Schenkel. Er macht seine Sache sehr gut, fand Grace. Alle Anspannung fiel von ihr ab, und sie fiel in einen Zustand ruhiger Zufriedenheit. Zunächst!

Dann nämlich drangen Bens Finger an Stellen vor, die kein professioneller Masseur jemals berühren würde. Grace' Kopf ruckte hoch, sie war wieder hellwach.

„Sprengt das nicht den Rahmen einer Massage?", beschwerte sie sich halbherzig.

„Sag bloß, es gefällt dir nicht?" Ben hatte sich bei seinen Worten über ihren Nacken gebeugt. Sein heißer Atem wärmte ihre Haut, seine Lippen streiften ihr Ohr.

„Mmm", schnurrte Grace. „Wie oft muss ich noch betonen, dass ich keine Lust mehr habe, ein anständiges Mädchen zu sein?"

Eine Weile hingen ihre Worte in der Luft. Dann, völlig unerwartet, begann Ben, sie auf erregende Weise zu streicheln. Doch kaum hatte Grace begonnen, die Liebkosung zu genießen, ließ er die Hand sinken.

Was um alles in der Welt hatte er vor? Grace drehte den Kopf, um ihn zu beobachten. Er war gerade dabei, seine Hände mit duftendem Massageöl einzureiben. Täuschte sie sich, oder waren seine Bewegungen nervös und fahrig? Was war los?

Sie war sich ziemlich sicher, dass Ben nach seiner unglücklichen Begegnung mit Logan nichts mehr von ihr wissen wollte. War das seine Art, sich zu verabschieden? Oder wollte er auf diese Weise die Anspannung abbauen, die sich durch ihr Abenteuer mit Bobby Ramone in ihm aufgestaut hatte?

Wie dem auch sei, ihr eigenes Verlangen nach Ben war schier unbändig. Diesem Mann konnte sie vertrauen, in jeglicher Beziehung, und sie würde alles tun, damit er sich ein Leben lang an Grace Montgomery erinnerte. Mit diesem Vorsatz sah sie ihm fest in die Augen und schenkte ihm ihr verführerischstes Lächeln.

„Aber wie unartig ich sein kann, bleibt unser Geheimnis, nicht wahr?"

Ben nickte zustimmend und nahm die Massage da wieder auf, wo er sie unterbrochen hatte. Er brauchte nur ihre Haut zu berühren, schon lief ein Schauer der Erregung durch Grace' Körper.

„Wie mache ich mich als Masseur?", fragte er.

„Nicht schlecht, aber du hast noch andere Qualitäten."

„Das stimmt!" Ben hob Grace hoch und trug sie mühelos zum Bett, das das Gewicht von zwei Menschen besser tragen würde als der leichte Klapptisch von Marcus.

„Leider habe ich erst zu spät von deinem Geburtstag erfahren, deshalb konnte ich nichts wirklich Ausgefallenes vorbereiten. Ich hoffe, du bist nicht enttäuscht."

Sein Herz klopfte zum Zerspringen, als er das sagte. Gleich morgen, das nahm er sich fest vor, würde er reinen Tisch machen. Grace durfte nicht einfach aus seinem Leben verschwinden, das war ihm inzwischen klar geworden. Im Augenblick jedoch waren ihm die Hände gebunden. Er konnte nur hoffen, dass Grace ihm vergeben würde. Falls nicht, sollte dieser Abend wenigstens zu einem unvergesslichen Erlebnis für sie werden.

„Du kannst mich gar nicht enttäuschen, Ben", antwortete Grace und sah ihm tief in die Augen. Es kostete Ben große Anstrengung, nicht wegzusehen. „Ich will auch keine Geschenke, ich will nur dich."

Im ersten Moment schwieg Ben betreten. Ihr Geständnis machte ihn verlegen, zumal er es nicht verdient hatte. Er räusperte sich. „Das trifft sich gut. Ich habe mir nämlich etwas Besonderes ausgedacht. Aber ich brauche deine Hilfe und dein uneingeschränktes Vertrauen."

„Kein Problem."

Wenn sie wüsste, dachte Ben. Er wollte Grace kein Geschenk im herkömmlichen Sinn machen, nichts, was sie auspacken und bestaunen konnte. Er wollte sie auf andere Art und Weise überraschen, ihr sozusagen Gefühle schenken. Einmal in ihrem Leben sollte sie die Erfahrung machen, dass es möglich war, die Kontrolle über sich selbst aufzugeben, sich ganz in die Hände eines anderen Menschen zu begeben und nicht enttäuscht zu werden. Das klang ganz einfach, war aber in Wahrheit sehr kompliziert.

Ben neigte den Kopf und küsste Grace. Sofort schlang sie ihm die Arme um den Hals, doch er schüttelte den Kopf und entzog sich sanft der Umarmung.

Jetzt wurde Grace neugierig. Reglos lag sie da, doch sie verfolgte aufmerksam jede seiner Bewegungen. Unter ihren neugierigen Blicken schlug Ben zuerst das Tuch zurück, in das Grace gehüllt war. Jetzt lag sie nackt vor ihm. Er beugte sich über sie und begann, ihre Brüste mit der Zunge zu liebkosen. Langsam und genüsslich spielte er mit den harten, rosafarbenen Spitzen und dem weichen Fleisch, das sie umgab. Dazwischen kühlte er die heiße Haut sanft, indem er seinen Atem darüberhauchte.

Er wollte Grace ein Geburtstagsgeschenk bereiten, das sie

für immer an ihn erinnern würde, und ihre Reaktionen zeigten, dass es funktionieren könnte. Er spürte, wie ihre Erregung wuchs, und in gleichem Maße steigerte sich auch sein Verlangen. Doch als Grace erneut versuchte, die Arme um seinen Nacken zu legen und ihn aufs Bett zu ziehen, riss er sich wieder los. So stand es nicht in seinem Drehbuch.

„Du zwingst mich zu drastischen Maßnahmen, mein Liebling", meinte er leichthin.

„Was willst du damit andeuten?"

„Deine Hände sind mir nur im Weg. Ich würde gerne etwas ganz Neues ausprobieren. Du sollst erfahren, wie es ist, wenn man sich völlig hilflos und ausgeliefert fühlt – ungefähr so, wie es mir heute Nachmittag ging, als du plötzlich verschwunden warst."

Den Zwischenfall hatte er ihr tatsächlich noch nicht verziehen. Dennoch würde es ihm im Traum nicht einfallen, ihr wirklich wehzutun, auch wenn der Eindruck zunächst vielleicht entstehen könnte. Denn während er noch sprach, zog er die Schublade des Nachttischs auf und holte zwei lange Schals heraus, die er vorher dort versteckt hatte.

Grace verfolgte sein Tun mit weit aufgerissenen Augen, aber sie wirkte keineswegs verstört, im Gegenteil. Sie schien die Situation in vollen Zügen zu genießen.

Behutsam schlang Ben eines der Tücher um ihr Handgelenk. „Ich mache nur weiter, wenn du damit einverstanden bist", versicherte er ihr.

„Du hast mein volles Vertrauen", erwiderte Grace.

Ben wickelte den Schal um eine Stange am Kopfende des Bettgestells aus Messing und war froh, dass er ihr nicht in die Augen sehen musste. Ihr Geständnis bereitete ihm heftigste Gewissensbisse, doch er beschloss, sich später damit zu befassen. Im Augenblick ging es nur um Grace. Er verknotete die Enden des Tuchs um ihr Handgelenk, dann wiederholte er die Prozedur mit dem zweiten Schal.

„Kannst du's aushalten?", fragte er besorgt.

„Kaum noch, Liebster", stöhnte Grace heiser. Sie wollte es selbst kaum glauben. Sie befand sich in einer Lage, gegen die sie sich unter anderen Umständen nach besten Kräften gesträubt hätte: Ihre Hände waren ans Bett gefesselt, sie war bewegungsunfähig und völlig ausgeliefert. Trotzdem dachte sie keine Sekunde daran, dass Ben die Situation ausnutzen könnte. Er hatte versprochen, sie zu verwöhnen, und sie sah keinen Grund, an seinen Worten zu zweifeln.

Dennoch, zu leicht durfte sie es ihm nicht machen. Unter halb geschlossenen Lidern musterte sie Ben. Einen erotischeren Mann konnte sie sich nicht vorstellen. Nicht einmal sein wie üblich schlabberiges T-Shirt und die ausgeleierte Jogging-Hose mit dem Emblem der New Yorker Polizei, die er trug, taten seiner Attraktivität Abbruch. Er verfügte über ein vollkommen natürliches Verhältnis zur Sexualität, und Grace konnte sich nicht vorstellen, wie sie ohne ihn weiterleben sollte.

„Tust du mir einen Gefallen, Ben?", flüsterte sie heiser. „Zieh dich auch aus, bitte! Dann kannst du mit mir anstellen, was immer du willst."

Ben betrachtete sie lange, dann nickte er bedächtig. „Deine augenblickliche Position ermächtigt dich zwar nicht zu Forderungen, aber gut." Er lachte. „Es sei denn, du bestehst auf einem professionellen Strip." Mit einer einzigen, geschmeidigen Bewegung streifte er das Hemd ab und feuerte es quer durch den Raum. Die Hose folgte im Nu, und schon stand er nackt und in höchstem Maße erregt vor ihr.

„Wie, du trägst keine Wäsche?"

Ben zuckte die Achseln. „Du hast mich so auf Trab gehalten, dass ich zu primitiven Dingen wie Wäsche waschen einfach keine Zeit mehr hatte."

Grace stimmte in sein unbekümmertes Lachen ein. Sie konnte den Blick nicht von ihm wenden. Es war ja nicht das erste Mal, dass sie ihn nackt sah, aber sie konnte sich nicht sattsehen an seinem prächtigen Körper, und ihr eigener Körper reagierte heftig auf den Anblick.

Ben entging ihre wachsende Erregung nicht. Er streckte sich neben ihr auf dem Bett aus und legte die Hand auf ihre Hüfte. Langsam zuerst, doch bald schon immer drängender streichelte er sie.

„Du bist so schön", murmelte er dabei, „und du gehörst mir."

Grace erschauerte und schloss fest die Augen, um jeden anderen Reiz möglichst auszuschließen. Im Dunkeln, mit gefesselten Händen und weit geöffneten Beinen erwartete sie ihren Geliebten. Am Schaukeln der Matratze merkte sie, dass er sich bewegte. Dann fühlte sie ein sanftes Streicheln an ihren Schenkeln und erschrak: Das waren Bens Lippen und seine Zunge, die sich auf ihre geheimste Stelle zubewegten und ihr Empfindungen bescherten, die ihr schier den Verstand raubten.

Unnachgiebig und beharrlich trieben sie Bens Liebkosungen einem Höhepunkt entgegen. Kurz bevor sie den Gipfel erreichte, zog er sich aber zurück, um dann erneut einen Vorstoß zu wagen. Woge für Woge der köstlichsten Gefühle brandete über Grace hinweg, bis sie sich schließlich verzweifelt an den Stangen des Bettes festklammern musste, um nicht überwältigt zu werden.

Doch Ben ließ nicht locker. Unermüdlich trieb er sein Spiel. Er lockte und reizte Grace, bis sie es kaum noch aushielt, dann zog er sich unvermittelt zurück. Inzwischen litt Grace wahre Höllenqualen. Sie konnte die Folter nicht länger ertragen, ihr gemarterter Körper verlangte nach der endgültigen Vereinigung mit Ben, und sie hatte kaum noch die Kraft zu flüstern: „Komm doch endlich!"

Das wollte er hören. Ohne zu zögern, stürzte er sich auf Grace, die noch immer die Messingstangen umklammerte und die Augen fest geschlossen hatte, drang in sie ein und erfüllte das Verlangen, das sie beherrschte.

Noch nie hatte Grace jedes Detail seines Körpers so genau gefühlt wie diesmal. Doch viel zu früh verließ er sie.

„Nicht aufhören, bitte", hörte sie sich murmeln. Sie erkannte kaum die eigene Stimme, doch wie sollte sie. So wie in diesem Moment hatte sie noch niemals zuvor gefühlt.

Ben betrachtete sie schweigend. Verwirrt und ängstlich schlug Grace die Augen auf und begegnete seinem Blick. Die Gefühle, die sich darin widerspiegelten, waren so tief und ehrlich wie ihre eigenen. Ihre Kehle war wie zugeschnürt, und sie fühlte, dass ihre Augen feucht wurden. Sie war kurz davor, in Tränen auszubrechen. Ben schien auf etwas zu warten, nur worauf?

„Bitte, Ben", stöhnte sie und wölbte sich ihm entgegen.

Endlich packte Ben sie bei den Schultern und drang erneut in sie ein. Nichts konnte ihn jetzt noch aufhalten. Er hielt Grace fest in den Armen. Nichts sollte mehr zwischen ihnen stehen. In kürzester Zeit erreichten sie gleichzeitig einen Höhepunkt von ungeahnter Kraft und Leidenschaft.

Als es vorüber war, lag Grace völlig ermattet in Bens Armen. Er strich ihr die Haare aus dem Gesicht und küsste sie noch einmal, nicht sanft und zärtlich allerdings, sondern fordernd und besitzergreifend und flüsterte ihr sein „Happy Birthday" ins Ohr.

Ich liebe dich, hätte Grace am liebsten geantwortet, aber sie verschloss die Worte schnell in ihrem Herzen, um ihn nicht mit einer unbedachten Äußerung zu vertreiben.

Erst als Ben später die Fesseln löste und sanft ihre Handgelenke massierte, wurde ihm bewusst, was er von Grace verlangt hatte. Grace, die ihre Freiheit und Unabhängigkeit über alles schätzte, hatte sich ihm ohne Fragen völlig ausgeliefert.

„Geht's dir gut?"

Grace kuschelte sich an ihn. „Ich hab mich noch nie besser gefühlt."

Erschöpft kroch Ben zu ihr unter die Decke. Der Duft nach

Kokosöl und befriedigten Körpern umfing ihn und wirkte besänftigend auf sein Gemüt. In seinem Inneren tobte ein Aufruhr. Er konnte nicht länger vor sich selbst verbergen, dass er Grace so dringend brauchte wie die Luft zum Atmen. Ausgerechnet er, der sonst niemanden brauchte. Aber wenn er sie halten wollte, musste er ihr die Wahrheit sagen. Das wiederum konnte er nicht, ehe er einiges ins Reine gebracht hatte. Er holte tief Luft.

„Grace, ich muss dir was sagen."

Grace drehte sich zu ihm. Sie hatte die Hand auf seinen Bauch gelegt und ließ sie langsam tiefer gleiten. Sofort reagierte sein Körper, aber dafür war jetzt keine Zeit.

„Grace, es geht um deine Sicherheit, also hör bitte zu. Du bist heute ein enormes Risiko eingegangen."

„Weiß ich doch, aber die Sache duldete keinen Aufschub."

„Schon gut, nur falls du wieder auf die Idee kommen solltest, mich derart auszutricksen, könnte ich gezwungen sein, dich wieder zu fesseln."

„Willst du mir damit etwa Angst einjagen?", fragte Grace amüsiert, doch sie wurde gleich wieder ernst. „Ich gebe ja zu, dass es hätte schiefgehen können. Ich war wirklich heilfroh, als ich dich sah, und es tut mir furchtbar leid, wenn du dir Sorgen um mich gemacht hast."

Ben traute seinen Ohren nicht. „Wie bitte? Bist du nicht sauer auf mich?"

Grace zuckte die Achseln. „Ich hab nachgedacht und eingesehen, dass ich mich bei dir entschuldigen muss. Es ist gut, dass du mich beschützt. Was mich jedoch am meisten freut, ist die Tatsache, dass du das tust, weil du mich magst, und nicht, weil mein Vater dir eine Menge Geld dafür zahlt."

Zum Glück war es so dunkel im Raum, dass Grace nicht sehen konnte, wie Ben das Gesicht verzog. Ihre letzte Bemerkung hatte ihn getroffen.

„Vergiss doch einfach mal die Montgomerys", meinte er schließlich.

Grace schmiegte sich noch enger an ihn. „Ich kann's ja versuchen. Wenn du bei mir bist, fällt es mir sicher leichter."

Eine ganze Weile lagen sie schweigend nebeneinander und genossen die Nähe des anderen. Solche Situationen kannte Ben bisher nur aus Romanen. Fast hätte er laut aufgelacht. Da lag er zufrieden und glücklich neben einer Frau, die nicht nur die Enkelin seiner Auftraggeberin war, sondern auch die Person, über die er Ermittlungen anstellte, und die zudem aus einer Familie stammte, die Welten von seiner trennten. Und trotzdem konnte und wollte er Grace nicht aufgeben und war bereit, jede Schlacht für sie zu schlagen.

Grace erwachte ruckartig und konnte nicht mehr einschlafen. Sie sah zu dem Mann hinüber, der ihr Bett teilte und ihr Herz im Sturm erobert hatte. Wie war es möglich, dass sie sich neben ihm so wohl fühlte? Würde sie sich ebenso schnell wieder an die Einsamkeit gewöhnen wie an seine Nähe?

Sie stand auf und knipste die kleine Lampe an, die neben einem Sessel in der Ecke des Schlafzimmers stand. Ihr mattes Licht störte Bens wohlverdiente Ruhe nicht, er schlief weiter wie ein Murmeltier.

Grace lächelte, als sie an die Erlebnisse dieser Nacht dachte. Sie hatte sich Ben uneingeschränkt hingegeben, er hatte sie berührt wie nie ein anderer vor ihm, und sie bereute es nicht. Jetzt gehörte ihm ihr Körper, so wie er insgeheim schon lange ihr Herz besaß.

Selbst jetzt, schlafend und mit zerzaustem Haar, hatte Ben nichts von seiner erotischen Ausstrahlung eingebüßt. Er lag auf dem Rücken, einen Arm hatte er über den Kopf gestreckt, die Bettdecke war tief auf seine Hüfte gerutscht. Das dunkle Haar auf seiner Brust wurde zum Nabel hin immer dünner, bis es sich in einer schmalen Linie unter der Decke verlor. An das, was die Decke verbarg, würde Grace sich bis an ihr Lebensende mit einem wohligen Schauer erinnern. Schon jetzt bekam sie eine Gänsehaut, als sie an seinen herrlichen Körper dachte und daran, wozu er fähig war.

Sie seufzte leise und schlüpfte vorsichtig unter die Decke zurück. Um wie viel leichter wäre ihr Leben, wenn sie Ben nach diesem einmaligen Abenteuer einfach vergessen könnte. Aber er hatte sie unter die harte Schale des erfolgreichen Privatdetektivs blicken lassen, und sie hatte sich in den einfühlsamen, rücksichtsvollen und verletzlichen Mann, der sich darunter verbarg, hoffnungslos verliebt.

Geräuschlos erhob sie sich wieder und holte die Kamera. Auch wenn sie bereits Fotos von Ben besaß, wollte sie sich doch so, wie er jetzt war, an ihn erinnern.

Mit einem dicken Kloß im Magen machte sie sich an die Arbeit. Sie knipste wild drauflos, fest entschlossen, den schlafenden Ben aus jedem Blickwinkel zu fotografieren. Sie wusste genau, dass dies die besten Bilder waren, die sie jemals machen würde, denn sie war mit ganzem Herzen bei der Sache.

Die Kamera klickte und klickte, und jedes Mal hielt Grace den Atem an. Wenn Ben nur jetzt nicht aufwachte. Denn wer konnte schon sagen, ob sie jemals wieder die Gelegenheit erhielte, den Mann ihres Lebens im Bild festzuhalten? An diese Fotos konnte sie sich in den langen einsamen Nächten, die vor ihr lagen, klammern.

12. Kapitel

Schweren Herzens verabschiedete sich Ben am nächsten Morgen von Grace. Er glaubte nicht wirklich, dass sie immer noch in Gefahr schwebte. Was ihn bedrückte, war die Tatsache, dass ihre Beziehung zu Ende war. Aus und vorbei.

Einerseits war er erleichtert, dass er den Fall jetzt abschließen konnte. Er hatte alles erledigt, was Emma ihm aufgetragen hatte, und versuchte schon den ganzen Morgen, sie zu erreichen, um ihr seinen Abschlussbericht zu übermitteln. Inzwischen war es schon später Nachmittag, und immer noch erhielt er am Telefon nur die Auskunft, dass Emma nicht zu sprechen sei. Er schimpfte und tobte, doch es half nichts. So schwer es ihm auch fiel, er musste sich gedulden.

Nervös blickte Ben auf die Uhr. Was, schon fünf? Höchste Zeit, die Ausrüstung, die er sich von dem Masseur geborgt hatte, wie versprochen zur Pforte hinunterzubringen. Ben holte den Schlüssel, den Grace ihm gegeben hatte, und ließ sich in ihre Wohnung ein. In ihrem Schlafzimmer hing immer noch der atemberaubende Duft des Kokosöls. Nach der vergangenen Nacht würde ihn dieser Duft sein Leben lang an Grace erinnern, das wusste Ben. Das Fläschchen mit Öl stand auf dem Nachttisch. Als Ben es einpackte, fiel sein Blick auf das Bett. Er stutzte. Sieh mal an, Grace war schon fleißig gewesen!

Sie hatte sich in der Wohnung eine kleine Dunkelkammer eingerichtet, in der sie ihre privaten Bilder entwickelte. Offenbar hatte sie heute bereits darin gearbeitet, denn auf dem Bett lagen zahlreiche Fotos. Erst auf den zweiten Blick erkannte Ben, dass alle Bilder ihn selbst zeigten: Ben am Tag seines Einzugs, Ben beim Basketballspielen, bei der Autowäsche und ... Ben, wie er schlafend in Grace' Bett lag.

Fassungslos starrte Ben die Fotos an. So fühlt man sich also, wenn man beobachtet wird, heimlich beobachtet. Jetzt erinnerte er sich auch wieder an das Unbehagen, das ihn beschlichen hatte, während er seinen Wagen wusch. Schöner Privatdetektiv, der nicht einmal mitbekommt, wenn er selbst beschattet wird. Im Nachhinein regte sich fast ein wenig Mitleid mit den Personen, denen er im Lauf der Jahre nachspioniert hatte. Jetzt spürte er am eigenen Leib, wie verletzlich man sich fühlte.

Doch trotz aller Empörung musste er einmal mehr Grace' Talent im Umgang mit der Kamera bewundern. Nachdem er den ersten Schreck überwunden hatte, machte er es sich auf dem Bett bequem und betrachtete die Bilder genau. Grace hatte einen untrüglichen Blick für aussagekräftige, lebendige Szenen, das wusste er bereits von ihren Kinderfotos für „Chances". Sie erfasste mit einem Blick die ganze Persönlichkeit der Menschen, die sie abbildete.

Zum Beispiel Ben: Die Aufnahmen spiegelten alle Facetten seiner Persönlichkeit. Sie zeigten mal den großen Jungen beim Basketballspielen, den Autonarren beim Großputz, den erschöpften, aber zufriedenen Liebhaber. Grace hatte ihn vollkommen durchschaut!

Sie hatte ihm einmal erzählt, dass sie in ihren Fotos die Welt abbildete, so wie sie sie sah. Als er sich nun durch ihre Augen betrachtete, bemerkte er, wie viel Gefühl aus jedem Bild sprach, und plötzlich fiel es ihm wie Schuppen von den Augen. Grace liebte ihn!

Die Erkenntnis traf ihn wie ein Schlag. Im Traum hätte er nicht daran gedacht, dass Grace sich in ihn verlieben könnte. Er war so damit beschäftigt gewesen, sein eigenes Elend zu beklagen, dass er darüber Grace' Gefühle ganz vergessen hatte. Das Herz schlug ihm plötzlich bis zum Hals. Das war die Lösung!

Aber halt! In jedem Fall musste Grace die bittere Wahrheit erfahren. Und dann? Würde sie ihm seine Lügen verzeihen? Verständnis aufbringen für seine Lage? Glauben, dass er sich nicht nur im Auftrag ihrer Großmutter an sie herangemacht hatte? Darüber musste er erst einmal gründlich nachdenken. Sorgfältig legte er die Bilder zurück auf die Matratze und verließ die Wohnung.

Bei Licht besehen, befand er sich in einer ziemlich verfahrenen Situation: Grace musste die ganze Wahrheit erfahren, auch wenn er nicht beurteilen konnte, wie sie die aufnehmen würde. Der Anstand gebot jedoch, dass er die Lage erst mit Emma durchsprach. Dadurch konnten aber neue Komplikationen entstehen. Wenn nämlich Emma kein Verständnis für seine Rolle in diesem Fall aufbrachte – was ja nicht auszuschließen war –, konnte sie ihm mit Fug und Recht sein Honorar vorenthalten. Dieses Honorar hatte er aber bereits für seine Mutter eingeplant.

Wenn's hart auf hart kommt, hält Mom zu mir, dachte Ben. Sie weiß, wie es ist, wenn man verliebt ist, und ist für mich zu jedem Opfer bereit. Trotzdem, es muss doch einen Ausweg geben!

Allein wie er es auch drehte und wendete, alle seine Pläne scheiterten an dem einen Punkt, der größten Unbekannten, nämlich an Grace. Wie würde sie reagieren, wenn sie die Wahrheit kannte?

Grace hatte es sehr eilig, nach Hause zu kommen. Sie hatte die dumpfe Ahnung, dass Ben vielleicht nicht mehr da sein könnte, wenn sie sich verspätete. Dabei musste sie ihn doch so dringend sprechen! Sie hatte etwas auf dem Herzen, das sie unbedingt loswerden musste, selbst auf die Gefahr hin, ihn dadurch für immer zu verlieren.

Aber sie wollte ein für alle Mal Klarheit schaffen. Erst durch ihre Bekanntschaft mit Ben war ihr klar geworden, wer sie war und was sie wollte. Geld und alles, was man damit kaufen konnte, beeindruckten sie nicht. Für sie zählten nur die inneren Werte eines Menschen, seine Aufrichtigkeit und sein gutes Herz.

Zugegeben, auf Ben war sie in erster Linie wegen seines Aussehens aufmerksam geworden. Doch verliebt hatte sie sich erst in ihn, als sie herausgefunden hatte, was für ein offener und ehrlicher Mensch er war. Ben hatte sie nie belogen, er hatte sie vielmehr von Anfang an vor seiner Angst vor festen Bindungen gewarnt. Deshalb hatte er jetzt auch verdient, die Wahrheit zu erfahren. Sie musste ihm einfach sagen, wie sehr sie ihn liebte.

Die Tür zu ihrer Wohnung stand offen. Vielleicht hatte Ben die Sachen von Marcus geholt und vergessen abzuschließen? Aber das sah ihm gar nicht ähnlich! Gespannt betrat Grace den schmalen Flur und rief: „Hallo, bist du noch da?"

„Noch? Ich bin eben erst angekommen. Mein Gott, was für eine Fahrt! Kannst du dir vorstellen, dass der Chauffeur sich strikt an die Geschwindigkeitsbegrenzung gehalten hat? Dabei gibt der Wagen locker das Doppelte her. Drei Stunden hat der Kerl gebraucht! Ich hätte es leicht in weniger als zwei geschafft."

„Du, Granny?" Emma ließ ihre Taschen fallen und stürmte ins Wohnzimmer. Dort thronte Emma wie eine Königin auf dem Sofa und empfing Grace mit weit geöffneten Armen.

„Hast du denn jemand anderen erwartet?", fragte Emma, nachdem sie Grace herzlich begrüßt hatte.

Wie schon oft wunderte sich Grace, warum sie sich ausgerechnet bei dieser zerbrechlichen alten Dame so sicher und geborgen fühlte. Sie tat, als hätte sie die misstrauische Frage nicht gehört. „Was tust du denn hier? Ist das eine Verschwörung? Erst erscheinen Logan und Catherine, jetzt du?"

„Liebes Kind, wie könnte ich es versäumen, dich an deinem Geburtstag zu besuchen? Lass dich anschauen. Ein bisschen mehr Fleisch auf den Rippen täte dir gut, aber im Großen und Ganzen bist du schön wie immer, meine kleine Gracie."

Gracie, so nannte sie auch Ben. Grace fühlte, wie ein dicker Kloß ihre Kehle zuschnürte. Sie schluckte. „Das Kompliment kann ich nur erwidern, Granny."

Auch die Jahre hatten Emmas Schönheit nichts anhaben können. Sie trug das weiße Haar wie eh und je in einem Knoten, aus dem sich nicht eine Strähne zu lösen wagte. Ihr elegantes Kostüm hatte die strapaziöse Autofahrt überstanden, ohne eine Falte zu werfen.

„Danke", erwiderte Emma mit einem Lächeln. „Aber lenk nicht ab: Wer außer mir besitzt einen Schlüssel zu deiner Wohnung?"

Schweigend ergriff Grace Emmas Hand. Wie hatte sie es nur all die Monate ausgehalten ohne einen Menschen, dem sie ihr Herz ausschütten konnte? Emma war eine ausgezeichnete Zuhörerin und würde sie nicht verurteilen. Allerdings hatte sie die unangenehme Angewohnheit, Grace' Freunde bei der ersten Begegnung einem gnadenlosen Verhör zu unterziehen. Wenn Grace Ben vor diesem Schicksal bewahren wollte, musste sie Emma vorab alles über ihn erzählen.

„Also, Granny", begann sie zögerlich, „ich habe dir viel zu berichten. Es gibt da einen Mann in meinem Leben, den ich sehr gern habe ..."

Wie auf Stichwort klopfte es in diesem Augenblick an die Tür. Gleich darauf wurde der Schlüssel ins Schloss gesteckt. Eigentlich war Grace nicht abergläubisch, aber die Ereignisse der letzten Tage rüttelten an ihrer Einstellung. Sie hatte sich schon bei der Überlegung ertappt, ob nicht ein böser Fluch auf ihr laste, der bewirkte, dass Besucher grundsätzlich zum ungünstigsten Zeitpunkt bei ihr aufkreuzten.

„Wenn man von der Sonne spricht ...", meinte Emma.

Grace stieß eine leise Verwünschung aus. Jetzt blieb keine Zeit mehr, um Ben zu warnen oder Emma über Ben aufzuklären. Und wie sollte Grace mit Ben über ihre Gefühle sprechen, solange Emma mitten im Wohnzimmer saß?

„Versprich mir, dass du dich benimmst", beschwor sie Emma wider besseres Wissen. Wenn Emma beschloss, jemanden in die Zange zu nehmen, konnte sie keine Macht der Welt davon abbringen.

„Aber sicher doch. Ist das der Nachbar, den Logan kennengelernt hat?"

Oje, dachte Grace, hoffentlich hat Logan ihr nicht zu viel über Ben erzählt.

Schritte, dann Bens Stimme: „Gracie, bist du da? Ich muss dringend mit dir reden! Ich hoffe, du hast einen Augenblick …" Stocksteif blieb er unter dem Türrahmen stehen. Er wirkte nicht nur überrascht, sondern fast schockiert.

Der Ärmste, dachte Grace. Sicher hat er langsam genug von den überraschenden Besuchen meiner Familie.

„Darf ich dir meine Großmutter vorstellen? Ich hab dir viel von ihr erzählt."

Ben nickte und lächelte gequält. Dass er nicht glücklich war, konnte Grace gut verstehen. Sie selbst dagegen begann, der Situation allmählich eine positive Seite abzugewinnen. Immerhin ergab sich endlich die Gelegenheit, dass die beiden Menschen, die sie am meisten liebte, Bekanntschaft schlossen.

„Großmutter, das ist mein … Nachbar Ben Callahan."

Emma würde schon von alleine darauf kommen, was Ben ihr außerdem bedeutete. Um Bens willen hoffte sie allerdings inständig, dass Emma ihre Schlussfolgerungen für sich behalten würde.

„Es freut mich, Sie kennenzulernen." Emma strahlte, als sie Bens Hand schüttelte. Sie war bei Bens Eintritt förmlich aufgeblüht, und Grace ahnte Schreckliches. Nach langer Zeit hatte Emma endlich wieder einen von Grace' Verehrern leibhaftig vor sich, und sie würde ein gründliches Verhör mit ihm durchexerzieren.

„Setzen Sie sich zu mir, junger Mann, und erzählen Sie. Wissen Sie, in meinem Alter wird man ganz süchtig nach Geschichten, besonders wenn ein bisschen Romantik darin vorkommt. Man erlebt so was ja kaum mehr. Mein Sohn und seine Frau haben schon seit ewigen Zeiten getrennte Schlafzimmer."

Grace errötete. Auch wenn es den Tatsachen entsprach, musste Emma gleich darauf herumreiten? Was würde Ben dazu sagen? Einstweilen schwieg er, das war ganz untypisch für ihn. Grace seufzte tief. Bei ihrem Glück würde es noch so weit kommen, dass Emma Ben vergraulte, bevor Grace die Gelegenheit bekommen hatte, unter vier Augen mit ihm zu sprechen.

„Granny, denk an dein Versprechen!"

Emma schnaubte verstimmt. „Ist ja schon gut! Darf ich wenigstens sagen, wie sehr ich mich freue?" Sie wandte sich wieder an Ben. „Wenn es Ihnen gelungen ist, das Vertrauen meiner Enkelin zu gewinnen, müssen Sie ein ganz besonderer junger Mann sein. Gracie, bitte mach doch zur Feier des Tages eine Flasche Wein auf."

Irgendetwas stimmt da nicht, dachte Grace. Sie hatte durchaus damit gerechnet, dass Emma Ben mit Wohlwollen begegnete. Aber dass sie ihn so einfach vom Haken ließ, entsprach nicht ihrem Charakter. Selbst der junge Mann, der Grace zum Abschlussball begleitet hatte, hatte eine hochnotpeinliche Befragung über sich ergehen lassen müssen, obwohl es sich nur um einen Klassenkameraden gehandelt hatte.

Grace beschloss, die beiden im Auge zu behalten. „Gute Idee. Ich hole den Wein, und ihr beide schließt Bekanntschaft. Ben, lass dich nicht von meiner Großmutter einschüchtern."

Von düsteren Vorahnungen geplagt, ging sie in die Küche, um ihre spärlichen Vorräte nach etwas Trinkbarem zu durchforsten, das Gnade vor Emmas Augen finden würde. Von Zeit zu Zeit warf sie einen verstohlenen Blick über die Theke. Ben hatte sich neben Emma auf das Sofa gesetzt. Die beiden hatten die Köpfe zusammengesteckt und unterhielten sich angeregt. Worüber sie wohl sprachen?

Sie waren derart in ihr Gespräch vertieft, dass sie sich nicht einmal über Grace' langes Ausbleiben zu wundern schienen. Grace' Misstrauen wuchs. Je länger sie die beiden beobachtete, desto mehr verstärkte sich ihr Eindruck, dass sie Zeugin einer Verschwörung wurde.

Wie Grace es vorausgesehen hatte, gab ihr Vorrat nichts her, das Emmas Ansprüchen genügt hätte. Sie gab die Suche auf und kehrte ins Wohnzimmer zurück. Als sie eintrat, verstummte Emma abrupt. Das entsprach so gar nicht ihrer Art, und die Alarmglocken in Grace' Kopf schrillten lauter als je zuvor.

„Es ist leider kein Wein mehr da", murmelte Grace.

Emma zuckte bedauernd die Achseln, und Ben erhob sich. „Ihr habt sicher eine Menge zu besprechen", meinte er und machte Anstalten zu gehen. Grace hatte ihre liebe Not, ihn zum Bleiben zu bewegen. Schließlich nahm er mit sichtlichem Unbehagen wieder auf dem Sofa Platz und versuchte gezwungen, Konversation zu machen.

„Deine Großmutter interessiert sich für meinen Mustang", sagte er.

Grace starrte ihn befremdet an. Was sollte das schon wieder heißen?

„Im Ernst? Seit wann denn? Ich hätte schwören können, dass du glänzende, funkelnde Neuwagen bevorzugst, Granny! Je protziger, desto besser, nicht wahr? Weißt du noch, wie ungehalten du warst, als Vater sich nicht von seinem alten Lincoln trennen wollte? Du hast ihn ziemlich ausgelacht deswegen und sogar vorgeschlagen, ihn darin zu beerdigen."

„Das war doch nur ein Scherz. Ich bin sicher, dass Bens Auto ein Wagen mit Charakter ist." Emma klang unsicher und nervös.

„Wie kommst du denn darauf? Du kennst Ben doch erst ein

paar Minuten! Überhaupt finde ich es sehr eigenartig, dass du ihn nicht mit deinen neugierigen Fragen löcherst, wie du es sonst immer tust. Du triffst ihn heute zum ersten Mal ..."

Grace verstummte. Ein ungeheuerlicher Verdacht überfiel sie. Hatten sie nicht erst neulich darüber gesprochen, wie Emma Catherine und Logan verkuppelt hatte? Als „schamlose Kupplerin" hatte Catherine sie bezeichnet. Auf Logans Hochzeit hatte Emma scherzhaft damit gedroht, Grace ebenfalls unter die Haube zu bringen. „Meine letzte Pflicht auf dieser Erde", hatte sie gesagt. „Ich gehe nicht eher, als bis ich dich in guten Händen weiß."

Nein, das war ganz unmöglich, oder ...? Täuschte sich Grace, oder verheimlichten die beiden ihr etwas? Warum wirkten sie so schuldbewusst?

„Aber Grace, ich freue mich doch nur, dass alles sich so entwickelt, wie ich es mir gewünscht habe. Du weißt, dass ich es kaum erwarten kann, dich glücklich zu sehen."

Grace' Blicke wanderten unruhig zwischen Emma und Ben hin und her. Wie um ihre Worte Lügen zu strafen, rutschte Emma nervös auf dem Sofa herum.

„Tut mir leid, aber ich glaube dir kein Wort, Granny. Ich seh dir doch an der Nasenspitze an, das du irgendwie deine Hände im Spiel hattest."

Emma stritt alles energisch ab, aber sie konnte Grace dabei nicht in die Augen sehen. Also wandte sich Grace an Ben.

„Ben, sag du mir, was los ist!"

Auch von ihm erhielt sie keine Unterstützung, und da wusste sie Bescheid.

„Ihr habt euch gegen mich verschworen! Ich bestehe darauf, alles zu erfahren, und zwar sofort", rief sie, und ihre Stimme überschlug sich fast dabei.

Emma und Ben wechselten einen langen Blick. Keiner wollte den ersten Schritt tun.

Endlich erbarmte sich Ben. „Emma hat mich engagiert. Ich

sollte dich beobachten und ihr über deinen Tagesablauf berichten."

Grace konnte ihn nur mit weit aufgerissenen Augen ansehen. Ihr Herz schlug bis zum Hals, ihre Kehle brannte, und sie begann, am ganzen Körper zu zittern.

Ben fuhr sich nervös mit der Hand durchs Haar. „Bitte, Grace, wir können das doch später unter vier Augen besprechen", flehte er. „Sieh mal, deine Großmutter machte sich Sorgen um dich. Sie war überzeugt, dass du ihr etwas verheimlichst."

„Schön, dass du sie in Schutz nimmst. Aber für Entschuldigungen ist es jetzt zu spät." Grace' Knie gaben nach, und sie musste sich setzen. Eine Welt war für sie zusammengebrochen. Ben war dafür bezahlt worden, dass er sich um sie kümmerte. Seine Zuneigung war erkauft, in Wahrheit lag ihm nicht das Geringste an ihrer Person. Das war der Grund, weshalb er sich gegen eine dauerhafte Beziehung sträubte. Er wollte sich die Möglichkeit offenhalten, sich aus dem Staub zu machen, sobald die Geldquelle versiegte.

Im Raum herrschte Totenstille. Emma hielt die Augen starr auf einen Punkt am Boden gerichtet, aber Ben sah Grace durchdringend an. Fast glaubte sie, in seinem Blick etwas von der Wärme und Fürsorge zu entdecken, die sie früher hineingedeutet hatte. Aber das war unmöglich.

Sei nicht dumm, ermahnte sich Grace. Klammere dich nicht an etwas, das nicht existiert. Er hat dir etwas vorgegaukelt, und du bist darauf hereingefallen wie ein dummes Gänschen. Diese Erkenntnis schmerzte so stark, dass es ihr schier den Atem raubte.

„Grace, lass mich erklären." Bens Stimme war kaum mehr als ein Flüstern.

Aber Grace hatte vorerst genug gehört. Ben hatte sie betrogen und belogen, und dafür gab es keine Entschuldigung. Spätestens als sie Liebende geworden waren, hätte er ihr die Wahrheit sagen müssen.

„Hör wenigstens mich an!" Auch Emmas Stimme klang brüchig und rau, als könnte sie jeden Moment zerspringen.

Grace war erschüttert. Die beiden Menschen, die sie auf der Welt am meisten liebte, hatten ihr durch ihren arglistigen Betrug soeben das Herz gebrochen. Sie musste weg von hier.

13. Kapitel

Mit lautem Knall fiel die Wohnungstür hinter Grace ins Schloss. Ben hielt sie nicht zurück. Der verletzte Blick, den sie ihm zugeworfen hatte, hatte ihm tief ins Herz geschnitten. Er konnte verstehen, dass sie jetzt erst einmal allein sein wollte. Alles, was ihr helfen konnte, den Schock zu überwinden, war ihm recht.

„Sie nimmt es sehr schwer. Wir hätten es ihr schonender beibringen müssen", seufzte Emma.

Ben hatte da seine Zweifel. Er hatte vorgehabt, Grace über alles aufzuklären, und sich im Stillen gegen einen heftigen Gefühlsausbruch gewappnet. Dennoch hatte ihn ihre Reaktion überrascht.

Tröstend legte er die Hand auf Emmas knochige Schulter. „Machen Sie sich keine Vorwürfe", bat er. Er hatte mindestens ebenso viel Schuld auf sich geladen. Hätte er seine Arbeit getan und sich von Grace ferngehalten, wie es von ihm erwartet wurde, wäre nichts von alledem geschehen. Allerdings hätte er dann auch niemals die Frau seines Lebens kennengelernt.

Aber die alte Dame schüttelte seine Hand ungeduldig ab. „Setzen Sie sich wieder hin", befahl sie im gewohnten Kommandoton, und Ben erkannte, dass er sie einmal mehr gewaltig unterschätzt hatte. Kerzengerade saß sie da, ihre Augen blitzten unternehmungslustig, und es schien, als hätte die fürchterliche Szene von eben nicht den geringsten Eindruck auf sie hinterlassen.

„Hören Sie auf, Trübsal zu blasen. Natürlich nehme ich alles, was vorgefallen ist, auf meine Kappe. Sehen Sie, ich gebe viel auf meine Intuition. Als ich Sie das erste Mal sah, wusste ich, dass Sie der Richtige für Grace sind. Das war der Grund, weshalb ich Sie engagiert habe, nicht die Empfehlung meiner Freundinnen."

„Sie haben sozusagen damit gerechnet, dass ich mich mit Ihrer Enkelin … weit über das beruflich Maß hinaus anfreunde?"

Emma nickte.

Was für eine gerissene Person! Sie hatte ihn also genauso an der Nase herumgeführt wie Grace. Was war er doch für ein Narr gewesen. In hilfloser Wut ballte Ben die Fäuste. Warum hatte er nicht rechtzeitig die Notbremse gezogen?

„Ich hasse es, wenn man mich für dumm verkauft!"

„Stellen Sie sich nicht so an!" Emma schüttelte unwillig den Kopf. „Ich habe doch gesehen, wie Sie Grace' Foto angehimmelt haben. Wollen Sie das etwa abstreiten? Und dass Sie Grace lieben, sieht ja ein Blinder!"

Ben schnitt eine Grimasse. Sich eine Tatsache selbst einzugestehen oder sie aus dem Munde einer anderen Person laut und deutlich zu vernehmen waren zwei sehr unterschiedliche Dinge.

„Ich fürchte, meine Gefühle spielen im Moment keine Rolle. Es geht doch darum, ob Grace uns unsere Lügen verzeiht, und ich kann gut nachvollziehen, wenn sie uns nicht vergibt. – Aua!"

Emma hatte ihm ihren spitzen Ellenbogen mit voller Wucht in die Seite gerammt. Woher nahm diese zierliche Person so viel Kraft?

„Darf ich erfahren, wie ich mir das verdient habe?", keuchte Ben und rieb sich die schmerzende Stelle.

„Sie hören sich schon an wie Logan. Der sitzt auch lieber rum und jammert, anstatt zu kämpfen. Ich unterstütze Sie gerne dabei …"

„Lieber nicht, danke. Ich werde schon alleine damit fertig", stammelte Ben, der sich nichts Schlimmeres vorstellen konnte, als dass sich Emma erneut in sein Liebesleben einmischte. Aber widerstrebend gab er ihr recht: Er musste sich mit Grace aussprechen, ehe sie ihn für immer aus ihrem Leben verbannte. Sie sollte wenigstens erfahren, was ihn veranlasst hatte, ihr einen derartigen Berg an Lügen aufzutischen.

Mit neuem Mut stand er auf. „Kann ich Sie allein lassen?"

Emma sah ihn an. Sie wirkte plötzlich sehr alt und müde. „Selbstverständlich! Wichtig ist doch nur, dass es meiner Enkelin gut geht."

„Bis vor wenigen Minuten ging es ihr ausgezeichnet." Ben sah seiner Auftraggeberin fest in die Augen. „Hiermit ist der Auftrag für mich abgeschlossen. Ich werde Ihnen ab sofort keine Auskünfte über Grace mehr erteilen. Aber ich werde Ihnen den Vorschuss und Ihre Auslagen für die Miete erstatten. Einen Teil kann ich Ihnen gleich überweisen, den Rest erhalten Sie in monatlichen Raten."

Jetzt lächelte Emma wieder. „Reden Sie keinen Unsinn. Sie haben Ihren Auftrag erfüllt und sollen dafür bezahlt werden, wie es abgemacht war."

Ben schüttelte heftig den Kopf. Er konnte Emmas Geld, Geld, das den Montgomerys gehörte, nicht annehmen, wenn er Grace beweisen wollte, wie ernst er es meinte. „Jetzt ist wirklich nicht der geeignete Moment, um sich über Geld zu streiten", widersprach er.

„Richtig! Nun laufen Sie schon! Und dass Sie mir nicht ohne Grace zurückkommen, junger Mann!"

Ben rannte los. In der Tür blieb er noch einmal stehen. Eine letzte Frage brannte ihm noch auf dem Herzen. „Darf ich Sie etwas fragen, Emma?"

„Nur zu."

„Wie kommt es, dass Sie ausgerechnet mich für Grace ausgesucht haben? Ich habe weder einen bemerkenswerten Familienstammbaum noch ein Vermögen vorzuweisen. Grace' Vater würde mich nicht über seine Schwelle lassen."

„Das will ich Ihnen gerne sagen, Ben. Ich weiß genau, dass Sie meine Grace glücklich machen."

Ben fand Grace auf dem Spielplatz im Park. Sie stand im Sandkasten und stieß abwechselnd die Füße in den Sand, dass es nach allen Seiten stob. Ein Kind hätte man mit einem Stück Schokolade oder einer Umarmung trösten können. Aber Ben stand eine erwachsene Frau gegenüber, die den Glauben an den Mann verloren hatte, den sie liebte.

Er nahm seinen Mut zusammen, setzte sich auf die hölzerne Umfriedung des Sandkastens und sprach sie an. Grace gönnte ihm keinen Blick.

„Das kommt davon, wenn man sich mit einem Privatdetektiv einlässt", murrte sie. „Der spürt einen auf, auch wenn man mal alleine sein möchte."

„Um dich zu finden, musste ich meinen kriminalistischen Instinkt nicht extra bemühen, Grace. Ich wusste, wo ich dich antreffen würde, weil ich dich genau kenne."

„Was ich von dir leider nicht behaupten kann." Grace stieß ein verbittertes Lachen aus, bei dessen Klang Ben zusammenzuckte. Er kannte sie nur als fröhliche junge Frau und machte sich schwere Vorwürfe, weil er sie um ihr perlendes Lachen gebracht hatte.

„Anfangs kannte ich dich auch nicht. Es war ein Auftrag wie jeder andere."

„Außer dass Emma vermutlich viel besser zahlt."

Das ließ sich nicht leugnen, aber Ben gab noch nicht auf. „Und wenn schon. Du weißt doch, dass ich das Geld für meine Mutter brauche."

Emma hieb mit dem Schuh in den Sand, dass die feinen Körner wie eine dunkle Wolke aufstiegen. „Meinetwegen darfst du jeden Job annehmen, der dir angeboten wird. Es will mir nur nicht in den Kopf, was du dir dabei gedacht hast, dich für Geld an mich heranzumachen. Mit mir zu schlafen! Ich habe dir vertraut, und du hast nicht einmal den Versuch unternommen, mir die Wahrheit zu sagen."

Eine dicke, glänzende Träne kullerte jetzt über ihre Wange.

Ben wusste nicht, was er sagen sollte. Worte allein reichten nicht aus, um ihr Leid zu lindern.

Grace sah ihn mit feuchten Augen an. „Das Allerschlimmste ist, dass du mich die ganze Zeit über in dem Glauben gelassen hast, dass das, was wir beide erleben, nicht das Geringste mit meiner Familie zu tun hat." Sie schluchzte laut. „Du wusstest doch, wie viel mir meine Unabhängigkeit bedeutet. Du wusstest auch, dass ich mich von meiner Familie und ihrem Geld lösen wollte. Und dann lässt ausgerechnet du dich mit eben diesem Geld kaufen. Das hätte ich nie für möglich gehalten."

„Bitte, Grace, lass mich erklären …"

Aber Grace beachtete ihn nicht und sprach stockend weiter. „Emma hat dich gekauft", wiederholte sie. „Dieser sogenannte Auftrag war nur ein Vorwand, um dich zu ködern. Sie brauchte nur mit ein paar Scheinen zu winken, um mich in deinen Augen unglaublich attraktiv zu machen."

Ben war starr vor Entsetzen. Erst jetzt dämmerte ihm, wie sich die Dinge aus Grace' Sicht darstellten. Was sie sagte, klang plausibel. Nur einen Haken hatte ihre Version der Geschehnisse: Emmas Geld hatte nicht das Geringste damit zu tun, dass er sich in Grace verliebt hatte.

„Darf ich jetzt mal was sagen?", fragte er zerknirscht.

„Bitte." Grace zuckte verächtlich die Achseln. „Aber glaub mir: Für Entschuldigungen ist es zu spät."

Ben nahm ihre Hand. Sie war eiskalt. „Ich weiß gar nicht, wo ich anfangen soll", begann er und räusperte sich. „In meinem Kopf und in meinem Herzen geht's drunter und drüber. Aber ich werde mein Bestes tun, um dir meine Version der Geschichte zu erklären."

Es wurde Abend, die Sonne versank hinter den Hochhäusern, und ein kühler Wind vertrieb die letzten Spaziergänger. Nur Grace und Ben harrten aus. Ben wusste, was auf dem Spiel stand. Die Umstände sprachen gegen ihn, doch er wollte sich nicht kampflos geschlagen geben und die Frau, die er liebte, verlieren.

„Es war nie nur ein Routinefall für mich. Von dem Augenblick an, als Emma mir dein Foto zeigte, war es um mich geschehen. Mein Gewissen riet mir auszusteigen, aber ich konnte einfach nicht."

„Wegen des Geldes."

„Wegen des Geldes, wegen meiner Mutter und vor allem deinetwegen. Mit Emmas Geld kann ich meiner Mutter bessere Betreuung bieten, ohne Fälle zu übernehmen, von denen ich normalerweise die Finger lasse."

Überrascht unterbrach er sich, denn Grace hatte die Hand auf seinen Arm gelegt und sah ihn mit Tränen in den Augen an. „Ich versteh dich schon, Ben. Du liebst deine Mutter über alles."

„Ich weiß nicht, ob du mich verstehen kannst. Schließlich bist du selbst in einer ganz anderen Welt aufgewachsen."

Grace empfand tiefes Mitgefühl für Ben. Sie konnte nachvollziehen, warum Ben alles daransetzte, um seine Mutter auf ihre alten Tage für all die Entbehrungen zu entschädigen, die sie für ihn auf sich genommen hatte. Doch das rechtfertigte sein Verhalten Grace gegenüber noch lange nicht.

„Gut, ich weiß jetzt, weshalb du den Fall übernommen hast, aber ich verstehe immer noch nicht, was dich davon abgehalten hat, mir reinen Wein einzuschenken, nachdem wir uns nähergekommen waren."

Verlegen fuhr sich Ben durch die Haare. „Es ist wirklich ziemlich verzwickt und mag sich wie eine lahme Ausrede anhören: Ich hatte Emma versprochen, die Sache geheim zu halten, und musste Wort halten. Mein Ruf als Privatdetektiv stand auf dem Spiel."

Da Grace schwieg, fuhr er fort: „Dann wurdest du überfallen, und ich war gezwungen, noch länger zu schweigen. Sei mal ehrlich: Du hättest mich doch hochkant hinausgeworfen, wenn du erfahren hättest, dass ich für Emma arbeite. Und wer hätte dann für deine Sicherheit garantiert?"

„Meine Sicherheit war dir doch nur wichtig, weil Emma dich gut dafür bezahlt hat."

„Nein!" Bens Stimme wurde weich, und seine Augen flehten um Verständnis. „Deine Sicherheit war mir wichtig, weil du selbst mir inzwischen so viel bedeutet hast, dass ich es nicht übers Herz gebracht hätte, dich schutzlos zurückzulassen."

Grace hielt seinem Blick stand. Wie gerne hätte sie ihm geglaubt, sich in seine Arme gestürzt und ihm alles verziehen. Aber Tatsache war, dass er sich von ihrer Familie hatte anheuern lassen, um sich, knallhart ausgedrückt, in ihr Bett einzuschleichen. Das war unverzeihlich. Wieder stieß sie den Fuß heftig in den Sand, und diesmal staubte sie Ben von oben bis unten voll.

„Lass mich zusammenfassen: Du hast Geld von meiner Großmutter erhalten und fühltest dich ihr deshalb verpflichtet. Außerdem fühlst du dich für deine Mutter verantwortlich. Und wo, bitte schön, bleibe ich?"

Grace war an einem Punkt angelangt, wo ihr alles gleichgültig war. Sollte er ruhig zusehen, wie sie vor Selbstmitleid zerfloss. Sie ärgerte sich über ihre Naivität und darüber, ihre Liebe an einen Mann vergeudet zu haben, der nichts für sie empfand. In diesem einen Punkt hatte er ihr allerdings nie etwas vorgemacht.

Ben war aufgesprungen und trat auf sie zu. „Du hast das alles missverstanden, Grace." Er packte sie bei den Schultern und zog sie an sich. „Was ich damit sagen wollte, war, dass ich zu dumm war, um zu erkennen, dass nicht immer der Beruf an erster Stelle kommt."

Er streichelte ihre nackten Arme. Grace spürte die Wärme seines Körpers und die Anziehung, die er trotz allem auf sie ausübte. Sie liebte ihn ja, auch wenn er ihre Gefühle nicht erwiderte.

„Glaub mir, Grace, dieser Schlamassel hat überhaupt nichts mit dir zu tun. Ich habe alles falsch gemacht: Ich hätte den Fall abgeben sollen, ehe es zu spät war, anstatt ein Verhältnis mit der Person, die ich beschatten sollte, anzufangen."

„Dein Gewissen regt sich reichlich spät, findest du nicht?" Grace war wieder wütend geworden und schüttelte seine Hände ab.

Ben trat einen Schritt zurück. „Ich wollte dich doch nicht verletzen. Und selbst wenn du jetzt zornig bist, ändert das nichts an deinen wahren Gefühlen für mich."

Grace funkelte ihn böse an. „Ich habe keine Ahnung, wovon du jetzt schon wieder sprichst."

„O doch! Du liebst mich, gib's doch zu. Ich bin auf die Fotos gestoßen, die du von mir gemacht hast. Solche Bilder kann man nur von einem Menschen machen, dem man ganz nahesteht. Natürlich bist du im Augenblick tief gekränkt, aber darüber kommst du eines Tages hinweg. Was dann?"

Grace wollte etwas erwidern, doch sie brachte kein Wort über die Lippen. Sie fühlte sich ausgepumpt und leer.

„Was ist? Warum sagst du nichts?", fragte Ben.

„Weil ich, im Gegensatz zu dir, nicht lügen kann", stieß sie mit rauer Stimme hervor.

Ben verstand. Er betrachtete sie lange nachdenklich, dann hob er grüßend die Hand und ging. Grace war wieder allein, wie sie es gewesen war, ehe sie Ben traf, und wie sie es für den Rest ihres Lebens wieder sein würde.

Endlich war die letzte Kiste im Kofferraum des Mustangs verstaut. Eigentlich sollte Ben sich jetzt erleichtert fühlen, denn er durfte nach Hause, zurück in seine eigene Wohnung. In dem kalten, modernen Yuppie-Apartment hatte er sich nie richtig wohl gefühlt. Aber die Bekanntschaft mit Grace hatte ihn für diese Unannehmlichkeit mehr als entschädigt.

Eine Frau wie sie hatte er nicht verdient, deshalb war es gut, dass er jetzt aus ihrem Leben verschwand. Er hatte seine Chancen auf eine Zukunft mit Grace verspielt, als er Emmas Geld akzeptiert hatte. An dieser Tatsache ließ sich leider nicht mehr rütteln. Deshalb würde Grace auch nie erfahren, dass er Emmas Geld am Ende zurückgewiesen hatte. Aus dem gleichen Grund hatte er es auch für klüger gehalten, Grace nichts davon zu verraten, dass er sie liebte.

Ben knallte den Deckel des Kofferraums zu, und wollte noch einmal nach oben gehen, um einen letzten Blick durch die Wohnung zu werfen. Plötzlich hatte er das Gefühl, beobachtet zu werden. Genau wie damals, dachte er und lachte bitter. Doch welchen Grund hätte Grace wohl noch, ihn zu fotografieren? Dafür hatte er sie viel zu sehr enttäuscht.

Schnell setzte Grace die Kamera ab. Sie hatte gehofft, die traurige Geschichte zu einem würdigen Abschluss zu bringen, wenn sie Ben bei der Abreise fotografierte, aber sie hatte sich getäuscht. Statt den inneren Frieden wiederzufinden, litt sie Höllenqualen.

„Du kannst ihn noch aufhalten, meine Liebe."

Mit tränenblinden Augen drehte sich Grace zu ihrer Großmutter um. Sie hatte sich nach einer langen Aussprache mit ihr ausgesöhnt. Grace hatte eingesehen, dass sie zu weit gegangen war, als sie den Kontakt mit der Familie auf ein Minimum beschränkte. Nur deshalb hatte sich Emma Sorgen gemacht und war auf die Idee verfallen, einen Privatdetektiv auf ihre Enkelin anzusetzen.

„Es geht doch gar nicht mehr darum, dass er dich belogen hat, oder? Du bist auch nicht gerade ein Muster an Aufrichtigkeit. Ich könnte aus dem Stand eine ganze Hand voll faustdicker Lügen aufzählen, die du mir seinerzeit aufgetischt hast. Trotzdem spreche ich immer noch mit dir."

Grace blickte stumm aus dem Fenster. Ben verabschiedete sich gerade vom Portier. Wie an dem Tag, als sie ihn zum ersten Mal gesehen und sich in ihn verliebt hatte, trug er ein ausgefranstes T-Shirt und lehnte lässig an seinem Wagen.

Nein, es ging nicht mehr darum, dass er sie belogen hatte. Im Grunde ihres Herzens wusste Grace, dass Ben ein zutiefst aufrichtiger Mann war. Und da lag die Wurzel des Übels.

Grace hatte sich in der vergangenen Nacht lange im Bett gewälzt und nachgedacht. Sie war zu der Einsicht gelangt, dass Ben ein unschuldiges Opfer von Emmas schamlosen Verkuppelungsversuchen geworden war. Wie hätte Emma ahnen könnten, dass Ben seine Mutter zu versorgen hatte und deshalb auf ihr Geld angewiesen war? Wer wollte andererseits Ben einen Strick daraus drehen, dass er Rücksicht auf seine Mutter nahm und sich die Chance, ihre Lage zu verbessern, nicht entgehen lassen wollte?

Grace dachte auch an die Stunden voller Leidenschaft, die sie mit Ben verbracht hatte. Sie hatte ihm nicht nur ihren Körper, sondern auch ihr Herz geschenkt, obwohl sie wusste, dass er ihre Gefühle nicht erwiderte.

„Er liebt mich nicht, Granny. Er mag mich zwar und sorgt sich um mich, aber er liebt mich nicht."

„Was macht dich so sicher?"

Grace räusperte sich verlegen. „Ich habe ihm gesagt, dass ich ihn liebe, aber er hat nicht reagiert."

Aber hatte sie ihm ihre Liebe wirklich klipp und klar gestanden? Plötzlich fing Grace' Herz an, wie wild zu hämmern.

„Er wäre nicht der erste Mann, der seine wahren Gefühle geschickt verbirgt", meinte Emma und blinzelte Grace zu. „Weißt du, Grace, nicht viele Menschen zeigen ihre Gefühle so offen wie ich, aber die wenigsten verschließen sich so, wie es dein Vater tut."

Grace starrte wieder zum Fenster hinaus. Ben lehnte immer noch am Wagen und plauderte mit dem Portier. Mit einem Mal fiel es Grace wie Schuppen von den Augen: Ben konnte gar nicht wissen, was sie für ihn empfand. Sie hatte sich zwar vorgenommen, mit ihm zu sprechen, aber dann war ja Emma aus dem Nichts aufgetaucht und hatte so viel Verwirrung gestiftet, dass sie nicht dazu gekommen war. Ben hatte gar keine Gelegenheit gehabt, ihre Liebe anzunehmen oder zurückzuweisen.

Als könnte sie ihre Gedanken lesen, sprach Emma weiter. „Dein Vater liebt dich auf seine Weise, auch wenn er dir das nie gezeigt hat. Die meisten Männer haben schreckliche Angst, sich zu blamieren, deswegen sprechen sie ungern über ihre Gefühle. Schon bei Adam und Eva war es die Frau, die den ersten Schritt tun musste. Worauf wartest du also noch, Gracie!"

Grace ließ sich Emmas Worte durch den Kopf gehen. Je länger sie darüber nachdachte, desto klarer sah sie, wie recht die alte Dame hatte. Über ihrem Kummer hatte Grace ganz vergessen, dass es ja jetzt die neue Grace Montgomery gab. Daran war Ben nicht ganz unbeteiligt. Diese andere Grace war sinnlich, warmherzig und vor allen Dingen ehrlich. Sie wusste auch, dass sie nicht Offenheit verlangen durfte, wo sie selbst ihre Gefühle verbarg.

Stürmisch fiel Grace Emma um den Hals und rannte zur Tür. Sie hörte noch, wie die alte Dame ihr nachrief: „Übrigens weigert er sich, sein Honorar anzunehmen!" Dann lief sie nach draußen.

Ben warf noch einen letzten Blick auf das Apartmentgebäude. Aus und vorbei, dachte er, und öffnete die Autotür. Nichts wie weg, ehe mich die Reue packt! Schnell öffnete er die Tür des Mustangs und wollte einsteigen, als ihn eine helle Stimme zurückhielt.

„Was hast du denn vor?"

Vor ihm stand, etwas atemlos, Grace. Sie trug Baumwollshorts und ein T-Shirt, das sie, wie neulich, vor der Brust verknotet hatte. Bei ihrem Anblick wurde Bens Mund ganz trocken, und sein Puls beschleunigte sich.

„Hat's dir die Sprache verschlagen?" Mit verschränkten Armen baute Grace sich vor ihm auf und blickte ihn fragend an.

Sie sieht sehr verführerisch aus, fand Ben, denn in dieser Haltung kamen ihre schmale Taille, ihre wohlgeformten Brüste und der Schwung ihrer Hüften besonders gut zur Geltung.

„Ich fahre nach Hause, ins Village", murmelte Ben, und merkte zu seiner Verlegenheit, dass ihm das Sprechen schwerfiel. Es behagte ihm nicht, hier zu stehen und höfliche Konversation mit Grace zu betreiben, wenn er sie doch viel lieber in die Arme genommen und geküsst hätte. Deshalb kehrte er ihr den Rücken zu und wollte einsteigen.

Aber sie packte sein Handgelenk. „Läufst du wieder vor mir davon?", fragte sie spöttisch.

Überrascht blickte Ben sie an. Wenn Grace ihn aufhielt, hatte sie sicher einen Grund dafür, und er wäre ein Narr, wenn er sie nicht anhörte. Aber nicht hier, denn wie jeden Morgen herrschte reges Kommen und Gehen in der Auffahrt.

„Wir reden lieber an einem Ort weiter, wo wir ungestört sind", meinte Ben, der Grace' Anspielungen auf den Beginn ihrer Beziehung durchaus verstanden hatte. Es konnte nichts schaden, sie an die angenehmen Zeiten ihrer kurzen Liebe zu erinnern. Vielleicht war noch nicht alles verloren.

In der Tat lächelte Grace. „Gute Idee", sagte sie und stieg unaufgefordert in seinen Wagen, wo sie auf der Rückbank Platz nahm.

Bens Herz klopfte immer schneller. Wenn das nicht die alte Grace war, vergnügt, abenteuerlustig und optimistisch. Er nahm in aller Eile hinter dem Lenkrad Platz und fuhr los. Wie damals steuerte er die ruhige Seitenstraße an, parkte am Straßenrand und begab sich zu Grace auf den Rücksitz.

„Nanu, hast du es dir anders überlegt mit dem Weglaufen?" Grace versuchte, ihre Stimme forsch klingen zu lassen, doch Ben bemerkte die Unsicherheit, die darin mitschwang. Er sah ihr fest in die Augen.

„Lass die Spielchen, Grace, und sag mir, was dir auf dem Herzen liegt. Danach sehen wir weiter."

Grace schluckte und nickte tapfer. Sie konnte kaum sprechen vor Nervosität, aber sie merkte, dass es Ben wenig besser ging. Fast meinte sie, sein Herz pochen zu hören. Auf in den Kampf! ermunterte sie sich.

„War es dein Ernst, als du gesagt hast, dass du keine feste Beziehung eingehen willst?"

Ben war überrascht. Mit dieser Frage hatte er nicht gerechnet. „Natürlich", stammelte er, „aber ..."

„Es ist nämlich so, dass ich dich liebe, Ben Callahan. Du weißt, das ist ein schreckliches Gefühl, wenn es nicht erwidert wird." Grace atmete erleichtert auf. Es war heraus, und jetzt hing alles von ihm ab.

Ben sah sie mit offenem Mund an. Es dauerte lange, bis er den Sinn ihrer Worte verstanden hatte, aber dann fiel ihm ein Stein vom Herzen. Auf diese Worte hatte er gewartet. Nun würde alles gut werden!

„Aber ich liebe dich doch, seit ich dein Foto gesehen habe. Nur deinetwegen habe ich diesen Fall übernommen, nicht für meine Mutter. Verstehst du, was das bedeutet?"

Grace hatte den Atem angehalten, während er sprach. Was er gesagt hatte, klang gut, aber sie wagte noch nicht, aufzuatmen. Doch schon zog Ben sie in die Arme und küsste sie leidenschaftlich, und nun wusste Grace, dass nichts sie mehr trennen konnte. Blieb nur noch eine Kleinigkeit zu erledigen.

Sie schob ihn von sich. „Du nimmst Emmas Geld an, keine Widerrede, hörst du? Und dann stellst du mich deiner Mutter vor."

Ben vergrub sein Gesicht an ihrer Schulter. „Nicht jetzt", murmelte er undeutlich, „wir haben Wichtigeres zu tun." Er legte die Hände um ihre Taille und zog sie auf seinen Schoß. Sie spreizte die Beine und rutschte hoch, bis sie genau dort saß, wo sie hingehörte. Sie spürte seine Erregung an der Stelle, die ebenfalls vor Verlangen pochte, und schmiegte sich an ihn. „Dann bleibst du?"

„Für immer, wenn du willst." Er küsste ihr eine Träne von der Wange.

„Du machst mich so glücklich", flüsterte sie.

„Weinst du immer, wenn du glücklich bist?"

Grace lachte unter Tränen. „Bleib einfach bei mir, dann weißt du's."

– ENDE –

Jennifer Crusie

Beim zweiten Mann ist alles anders

Roman

Aus dem Amerikanischen von
Eleni Nikolina

1. Kapitel

„Ich kenne außer dir niemanden, der bei seiner eigenen Scheidung versetzt wurde", sagte Tina Savage zu ihrer Schwester. „Wie fühlt man sich denn dabei?"

„Nicht gut." Lucy Savage Porter strich nervös ihren Rock glatt. „Können wir jetzt nicht gehen? Ich amüsiere mich nicht sonderlich." Sie drückte ihre Tasche an sich, während sie sich in der Marmorhalle des Gerichts von Riverbend umsah. „Bradley hat die Scheidungspapiere unterschrieben. Eigentlich bräuchten wir gar nicht hier zu sein."

Tina schüttelte den Kopf. „Aus rein psychologischen Gründen müssen wir das sehr wohl. Du hattest eine Hochzeitszeremonie, also brauchst du auch eine Scheidungszeremonie. Ich möchte, dass du dich geschieden fühlst – und frei. Und jetzt setz dich auf die Bank dort drüben, während ich Benton frage, warum das hier so lange dauert."

Ich würde mich viel freier fühlen, wenn du mich nicht dauernd herumkommandieren würdest, dachte Lucy, sagte es aber nicht laut. In letzter Zeit hatte sie häufig solche rebellischen Augenblicke, aber die hielten auch nur diesen einen Augenblick an, und wenn sie doch einmal ihrem Impuls folgte, endete es in einer Katastrophe. Im Moment war sie dazu verdammt, mit stumpf messingfarbenem Haar durch die Gegend zu laufen, weil sie beschlossen hatte, als Zeichen ihrer neuen Freiheit eine Blondine zu werden.

Das wahre Problem war wahrscheinlich, dass sie nun einmal nicht zu der unabhängigen Sorte von Menschen gehörte. Abgesehen von dem Haarfiasko hörte Lucy sonst immer auf die kühle Stimme der Logik. Und deshalb hatte Tina auch recht:

Die Bank dort war der beste Ort zum Sitzen. Es wäre unlogisch, zu widersprechen, nur um zu widersprechen – so schön es auch gewesen wäre.

Lucy ging zu der Bank und setzte sich.

Tina war schon dabei, in der Flut von tadellos gekleideten Anwälten ihren eigenen herauszufinden. Armer Benton. Er hatte mehr als seine juristische Pflicht getan und die Scheidung in knapp zwei Wochen durchgezogen, aber für Tina war das nicht genug. Tina wäre erst dann zufrieden, wenn Benton ihr Bradleys Kopf auf einem Tablett servieren würde. Einen Moment hatte Lucy das Bild vor Augen, wie Tina in ihrem eleganten weißen Leinenkostüm vor Benton stand und dieser ihr Bradleys gut aussehenden Kopf auf einem silbernen Tablett servierte.

Die Vorstellung gefiel ihr.

Plötzlich stand ihre Schwester dann wieder vor ihr, nachdem sie sich ohne Probleme einen Weg durch die Menge gebahnt hatte.

„Es gibt eine Verzögerung von etwa einer Stunde. Danach können wir essen gehen."

Himmel, noch eine Stunde. „Na gut. Im ‚Harvey's'?"

Tina zuckte die Achseln. „Wie du willst."

„Danke." Lucy holte ihr Physikbuch aus der Tasche.

„Was machst du denn da?"

„Ich unterrichte morgen Plancks Konstantentheorie." Suchend blätterte Lucy herum. „Es ist ein ziemlich schwieriges Thema, das ich vorher noch einmal durchgehen möchte."

„Das Nächste, das ich dir unbedingt besorgen muss, ist ein neuer Job", erklärte Tina.

„Ich liebe meinen Job", sagte Lucy, aber Tina war schon wieder verschwunden.

Okay, jetzt reicht's, beschloss Lucy und schlug ihr Buch mit einem Knall zu. Niemand soll mich mehr herumkommandieren. Von jetzt an werde ich unabhängig sein. Ich will ein neuer Mensch werden.

„Okay, jetzt reicht's. Ich steige aus", verkündete Tom Warren seinem Partner. Das dunkle Haar fiel Tom in die Stirn und fast in die Augen, aber er war zu wütend, um es zurückzustreichen.

„Sag das nicht mir, sag das Jerry." Anthony Taylor, der wie immer kühl und gefasst war, nickte zu dem Mann hinüber, der sie beide mit einer Pistole bedrohte.

Tom betrachtete die Pistole in Jerrys Händen, dem Betrüger, der zitternd hinter dem Schreibtisch stand. „Ich steige aus, Jerry", wiederholte er. „Du kannst mich gehen lassen, weil ich nun ja kein Polizist mehr bin. Du kannst meine Marke haben." Er wollte in seine abgetragene schwarze Lederjacke greifen.

„Pfote weg!", schrie Jerry.

„Okay. Kein Problem." Tom wägte die Möglichkeiten ab, Jerry hier in seinem Büro zu überwältigen. Sie waren nicht gut, denn Jerry war sehr nervös und der Raum sehr klein. Es gäbe nichts, wohinter man in Deckung gehen könnte, außer dem Metallschreibtisch, zwei Plastikstühlen und Jerry. Anthony und er hatten diesen Schlamassel verdient. Nur weil der Kerl ein bemitleidenswerter Hohlkopf war, waren sie unvorsichtig geworden. Erneut betrachtete er die Pistole. Ein beeindruckendes Kaliber. Das Büro hatte zwar keine Fenster, konnte aber schnell welche erhalten, denn diese Waffe hinterließ normalerweise ziemlich große Löcher – in Wänden oder in Menschen.

„Warum tun wir das hier eigentlich?", fragte Tom stirnrunzelnd. „Ist das Leben nicht so schon deprimierend genug?"

„Hör auf, dich zu beschweren", erwiderte Anthony ruhig. „Wahrscheinlich bist du an dem Ganzen selbst schuld. Kommst hier einfach herein in deiner schwarzen Lederjacke und siehst aus, als ob du dich eine Woche nicht rasiert hättest. Jerry hat dich bestimmt für irgendein übles kriminelles Subjekt gehalten." Er lächelte Jerry zu. „Ich hätte auch 'ne Pistole gezogen, Jerry. Ich verstehe dich. Warum reden wir nicht in Ruhe darüber?"

Jerry schüttelte den Kopf, aber er hörte Anthonys leiser, entspannter Stimme wie hypnotisiert zu.

Im Zeitlupentempo bewegte Tom sich nach rechts und übernahm dann das Gespräch. „Wenn ich also einen feinen Zuhälteranzug getragen hätte wie du, dann hätte er die Pistole nicht gezogen. Sag schon, Jerry, war's die Jacke oder die Marke?"

Jerry starrte ihn finster an, und Anthony bewegte sich nun fast unmerklich nach links.

„Keine Bewegung!" Nervös schwankte Jerry vor und zurück. „Die Hände oben lassen!"

„Wir bewegen uns doch gar nicht, Jerry", meinte Anthony beruhigend. „Du bewegst dich. Entspann dich, dann fühlst du dich besser."

„Schluss mit dem Gerede!" Jerry schwenkte die Pistole erregt von Tom zu Anthony. „Oder ich schieße."

„Lass das lieber, man bekommt einen höllischen Ärger, wenn man einen Polizisten erschießt. Du würdest es nicht glauben", sagte Tom gedehnt.

Jerry drehte sich zu ihm, und Anthony gelang es, noch ein paar Zentimeter nach links zu gehen. „Und wenn man dreißigtausend unterschlägt, bekommt man keinen Ärger?", brummte er.

„Ist gar nichts im Vergleich dazu", antwortete Anthony, und Jerry richtete den Blick wieder auf ihn. „Bei Polizistenmord schmeißen sie den Schlüssel zu deiner Zelle weg, und das willst du doch nicht, Jerry, oder? Also, leg das Schießeisen weg."

Jerry atmete immer schneller und blickte hastig zu Tom hinüber, der plötzlich gefährlich dicht an ihn herangekommen war. „Und ihr Typen bewegt euch doch!" Er zielte auf Tom und drückte leicht auf den Abzug.

Bevor der Schuss losging, lag Tom schon der Länge nach auf dem Boden, und Anthony schrie: „Jerry!" Der fuhr nervös zu ihm herum, doch bevor er schießen konnte, hatte Tom sich quer über den Schreibtisch geworfen und ihn gepackt. Anthony bückte sich, und der Schuss ging direkt durch die Tür.

Mit ein paar schnellen, geschickten Bewegungen warf Tom seinen Gegner zu Boden und hielt ihm die Arme auf dem Rücken fest.

„Alles in Ordnung, Tom?", fragte Anthony.

„Mir geht's gut", erwiderte Tom, der leicht außer Atem war, und holte die Handschellen hervor. „Auf jeden Fall besser als Jerry, möchte ich wetten."

„Da waren Leute im Flur." Anthony vergewisserte sich, dass Jerry niemanden getroffen hatte.

„Du hast das Recht, die Aussage zu verweigern, du Laus." Während er Jerry seine Rechte zitierte, setzte Tom sich rittlings auf ihn.

„Gratuliere, Jerry", bemerkte Anthony trocken, als er wieder hereinkam. „Du hast eine Kaffeemaschine erschossen."

„Ach, geh doch zum Teufel", stieß Jerry gepresst hervor.

Tom seufzte. „Wir müssen anfangen, uns mit höflicheren Gangstern abzugeben."

„Der hier gehört doch schon zur Elite." Anthony suchte seine Jacke nach einem eventuellen Schaden ab. Doch wie immer war sie tadellos. „Möchtest du lieber bei der Sitte oder im Morddezernat arbeiten?"

„Nein", entgegnete Tom. „Ich möchte Leute verhaften, die nicht mit der Pistole auf mich zielen. Im Grunde möchte ich gar keinen mehr verhaften. Zur Abwechslung würde ich gern mal so was wie einen guten Menschen kennenlernen. Gibt es das überhaupt noch – gute Menschen?"

„Nun, da gäbe es dich und mich", meinte Anthony geduldig. „Wir gehören zu den Guten, erinnerst du dich? Was ist überhaupt los mit dir? Du benimmst dich so seltsam in letzter Zeit."

„Könnt ihr Typen nicht ein bisschen schneller machen?", jammerte Jerry vom Boden her. „Es ist nicht sehr bequem hier unten."

„Weißt du, Jerry", Toms Stimme klang gefährlich leise. „So wie du da liegst, könnte ich dir mit einem Tritt das Licht ausblasen und behaupten, du hättest dich der Verhaftung widersetzt. Also, fordere dein Glück nicht heraus."

Jerry hielt den Mund.

Anthony beugte sich über ihn und brachte ihn auf die Füße. „Ein guter Rat, Jerry, werd nicht frech zu einem Mann, den du gerade mit der Pistole bedroht hast. Alles spricht dafür, dass der dir nicht sehr gewogen ist. Und um ehrlich zu sein, wir haben dich auch ohne Pistole schon nicht besonders gemocht."

„Ich habe gehofft, er würde sich widersetzen", brummte Tom.

„Nein, das hast du nicht. Du hast nämlich Pläne für heute Mittag. Du wirst einen Meister der Unterschlagung im ‚Harvey's' festnehmen. Was ist nur los mit dir?"

„Nichts." Tom schob Jerry unsanft vor sich her in den Flur. „Das Wetter. Ich hasse den Februar. Vielleicht werde ich wirklich aussteigen und mir einen schönen Job irgendwo weit weg suchen. Meinst du, ich würde einen guten Ranger abgeben?"

„Du machst mir ernsthaft Sorgen."

„Dein Problem", erwiderte Tom und drängte seinen Gefangenen vorwärts.

Kopfschüttelnd folgte Anthony ihnen. „Na, Jerry, was hast du mit all dem Geld denn gemacht?"

Lucy saß ihrer Schwester gegenüber in einer Nische mit lilafarbenen Plastiksitzen im „Harvey's", einem ziemlich schäbigen Lokal, und stocherte in einem Salat herum. Tina betrachtete finster ihren eigenen Teller. „Bist du sicher, dass es ungefährlich ist, hier zu essen? Ich glaube, lila Plastik ist ungesund, und dieses Grünzeug ist mir eindeutig nicht geheuer." Sie holte eine Zigarette aus einem silbernen Etui und zündete sie sich so elegant an wie ein Kinostar der vierziger Jahre.

Lucy beugte sich vor, stützte das Kinn in die Hand und gab vor, Tina zuzuhören. Ihr messingfarbenes Haar fiel ihr dabei ins Gesicht. Tinas Haar war wie immer seidig und dunkel und perfekt frisiert, wie Lucy in einem Anflug von Neid registrierte. Vielleicht waren Tina und sie ja gar keine Schwestern. Vielleicht hatte ihre Mutter sie angelogen. Nein, sie hatten beide das gleiche schmale, katzenartige Gesicht mit der hohen Stirn, den großen Augen, dem kleinen Mund und dem spitzen Kinn. Aber Tina sah aus wie eine reinrassige Katze, während man sie, Lucy, wohl eher im Teich ersäuft hätte.

Hör schon auf, befahl Lucy sich. Hör auf, dich selbst zu bemitleiden. Du hast nur einen schlechten Tag gehabt. Okay, da war die Scheidung gewesen – also hast du einen schlechten Monat gehabt. Reiß dich trotzdem zusammen. Der Frühling steht vor der Tür.

„Du wirst natürlich sofort seinen Namen ablegen, Lucy. So vergisst du schneller, dass du mit einem Mistkerl verheiratet warst, der dich nach Strich und Faden mit einer blöden Blondine betrogen hat."

„Ach, sei doch ruhig, Tina." Lucy blinzelte. „Können wir nicht von etwas anderem reden?" Sie strich sich das Haar aus der Stirn und spähte verlegen um sich. Das Lokal war nicht nur schwach beleuchtet, sondern auch eng, und die Möglichkeit, dass jemand sie hörte, war groß. Doch glücklicherweise war es fast leer. Nur eine gelangweilte Kellnerin lehnte an der Theke, und zwei Männer saßen in einer Nische wie ihrer auf der gegenüberliegenden Seite.

Der eine war hoch gewachsen, schlank und elegant, und sein perfekt sitzender Anzug hatte keine einzige Falte.

Der andere Mann war sein genaues Gegenteil. Er war nicht ganz so groß, muskulöser und wirkte ziemlich angespannt. Seine Lederjacke war zerknittert, und er stieß mit dem Finger wiederholt auf die Plastikoberfläche des Tisches. Er war unrasiert, und sein Haar war dunkel und unordentlich. Er hatte eine sehr intensive Ausstrahlung, und gegen ihren Willen war Lucy sich seiner bewusst seit dem Augenblick, als er hereingekommen war. Sie machte sich innerlich Vorwürfe, dass sie immer wieder zu ihm hinübersah, aber es gelang ihr einfach nicht, ihn zu ignorieren. So ein Mann würde einer Frau sicher viel zu schaffen machen. Wie gut, dass sie nicht jemanden wie ihn statt Bradley geheiratet hatte!

Andererseits – wie aufregend wäre das Leben dann gewesen!

„Nein, das wäre ausgesprochen dumm gewesen", sagte sie laut.

„Was wäre ausgesprochen dumm gewesen?", fragte Tina sofort.

„Ach, nichts. Das ist wirklich ein hübsches Kostüm, das du da anhast."

„Das muss es auch sein. Es hat mich ein Vermögen gekostet. Du könntest es dir nicht leisten. Warum konntest du nicht wenigstens jemanden heiraten, der Geld hat?"

„Nein." Lucy stocherte wieder in ihrem Salat herum und verfehlte dabei absichtlich ein Stück Gurke. „Geld ist nicht wichtig."

„Ach! Und was ist wichtig? Und warum hast du geglaubt, dass ausgerechnet der Versager Bradley der Richtige für dich wäre? Warum hast du ihn bloß geheiratet?"

Lucy fielen mehrere bissige Bemerkungen zu Tinas zweitem und drittem Ehemann ein, aber sie behielt sie für sich. „Ich habe ihn aufgrund des zweiten Hauptsatzes der Thermodynamik geheiratet."

„Wie bitte? Du bist diese Ehe wegen eines physikalischen Gesetzes eingegangen?" Tina drückte heftig ihre Zigarette aus und zündete sich sofort eine neue an. „Wenigstens behauptest du nicht, es aus Liebe getan zu haben", erwiderte sie sarkastisch. „Und was, bitte sehr, ist das für ein Gesetz?"

„Vereinfacht ausgedrückt besagt es, dass isolierte Systeme sich auf einen Zustand der Unstabilität zubewegen, doch nur bis zu einem gewissen Punkt. Danach bleiben sie konstant."

„Auch wenn ich das nicht ganz begreife, was hat das mit Bradley zu tun?"

„Nichts. Aber es hat alles mit mir zu tun." Lucy schob ihren Salat von sich. „Ich war ein isoliertes System. Ich meine, ich lebte allein in meiner kleinen Wohnung. Einstein war meine einzige Gesellschaft. Der ist zwar sehr lieb, aber eben nur ein Hund."

„Ich habe mich schon gefragt, ob du das bemerkt hast."

„Natürlich habe ich das bemerkt. Also, da war ich nun, hatte zwölf Jahre als Physiklehrerin hinter mir, war den ganzen Tag mit Kindern zusammen und am Abend allein im Haus, um bis in die Nacht hinein Arbeiten zu korrigieren. Die einzigen sozialen Kontakte, die ich hatte, waren die auf deinen Hochzeiten."

Tina streckte ihr die Zunge heraus.

„Und eines Tages im Unterricht, als wir gerade zu dem besagten Gesetz kamen, fiel mir auf: Das trifft auch auf mich zu. Ich bin ein isoliertes System, und den Punkt, ab dem sich nichts mehr tut, habe ich vermutlich schon jetzt erreicht, wo ich nur mit Einstein zusammenlebe. Also beschloss ich, mich von einem abgeschlossenen System in ein offenes zu verwandeln. Und genau zu dem Zeitpunkt sprach Bradley mich in der Bibliothek an, und ich dachte: Das muss es sein. Die Physik hat uns zusammengebracht. Ich meine, sein Timing war perfekt. Es war so logisch."

Tina verdrehte die Augen. „Kein Wunder, dass dein Leben ein einziger Fehlschlag ist. Das Leben ist nicht logisch und eine Ehe ganz bestimmt nicht. Hör auf, alles zu analysieren, und versuch es mal mit etwas Impulsivität."

„Einmal war ich ja impulsiv. Ich heiratete Bradley nach nur zwei Monaten Bekanntschaft." Lucy wurde rot vor Scham. Himmel, was war sie doch für ein Schaf gewesen! „Jetzt bin ich das eben nicht mehr. Nichts für ungut, aber ich finde nicht, dass deine Impulsivität dir so viel Gutes gebracht hat."

Tina lächelte. „Ich besitze zwölfeinhalb Millionen Dollar, Liebling. Und was besitzt du? Ein altes Haus und drei Hunde.

Meine Impulsivität hat mir mehr gebracht als dir deine Logik. Sieh dich doch an. Hast du jemals Spaß?"

„Spaß?" Unwillkürlich blickte Lucy zu dem dunkelhaarigen Mann am anderen Ende des Raums. Dann griff sie nach der Gabel und attackierte wieder ihren Salat. „Ich glaube nicht, dass ich der Typ dafür bin."

„Und ich glaube, dass du das Leben zu ernst nimmst. Es wird Zeit, dass du etwas lockerer wirst. Tu etwas Wildes, etwas Spontanes."

Lucy runzelte die Stirn. „Ich habe dir schon gesagt, meine spontane Handlung war, Bradley zu heiraten. Das Ergebnis kennst du."

„Bradley zu heiraten, war nicht spontan. Du hast mir gerade einen sehr vernünftigen Grund genannt, warum du ihn genommen hast. Spontan bedeutet, dass es nicht vernünftig ist, du es aber trotzdem tust, weil du es tun möchtest."

„Das ist nicht spontan, das ist verantwortungslos."

„Na gut, dann tu etwas Verantwortungsloses. Am besten tust du etwas Spontanes und Verantwortungsloses. Tu es ganz einfach, weil es dich glücklich macht. Sei endlich einmal selbstsüchtig, Lucy."

Erneut spähte Lucy zu dem dunkelhaarigen Mann. „Ich weiß nicht", murmelte sie zögernd.

„Wie solltest du auch, wenn du es nicht ausprobierst? Du hast noch nie etwas Egoistisches in deinem Leben getan."

„Doch", sagte Lucy leise. „Ein Mal. Ich glaube, das ist der wahre Grund, weswegen ich Bradley geheiratet habe. Ich bin mit ihm wegen des zweiten Gesetzes ausgegangen, aber ich habe ihn geheiratet, um mein Haus zu bekommen."

Tina horchte interessiert auf. „Wirklich? Das sieht dir gar nicht ähnlich."

Lucy nickte. „Ich glaube, ich habe mir eingeredet, dass ich ihn liebe, weil es so am vernünftigsten war, und als er mir dann das Haus anbot, war es einfach zu viel." Sie wich Tinas Blick aus. „Das Haus bedeutet mir mehr, als Bradley es je getan hat. Wahrscheinlich hat er das schließlich gespürt und mich deswegen betrogen."

„Ich bin sprachlos." Tina lehnte sich zurück. „Das erklärt eine Menge. Habt ihr deswegen letzten Oktober diesen Streit gehabt?"

„Woher weißt du ..."

„Das war doch, als du in das Dachzimmer umgezogen bist. Ich habe dir die Geschichte über Bradleys Schnarchen natürlich nie abgekauft. Da musste ein Streit gewesen sein."

„Nein, wir haben nicht gestritten. Wir hatten nur eine ... Meinungsverschiedenheit wegen der Hunde."

Tina verzog das Gesicht. „Bei jedem anderen würde ich sagen, das ist eine Ausrede, aber bei dir ... Dass Bradley deine Hunde nicht mochte, erklärt auch, weswegen dir die Scheidung nicht viel ausmacht. Du bist zwar aufgebracht, aber nicht wegen Bradley. Du bist froh, dass er weg ist, stimmt's?"

„Ja", antwortete Lucy leise. „Es ist schlimm, aber es stimmt."

„Nein, es ist nicht schlimm, es ist gesund. Aber dann verstehe ich nicht, wieso du so bedrückt bist. Du bist frei. Du kannst tun und lassen, was du willst. Was ist los mit dir?"

„Ich komme mir so dumm vor."

„Du?" Impulsiv beugte Tina sich vor. „Du hast mehr Verstand als ..."

„Nur wissenschaftlichen Verstand. Aber was das wahre Leben betrifft ..." Lucy schüttelte den Kopf. „Ich weiß nicht mal, was in meiner Ehe schiefgegangen ist. Für mich war sie fürchterlich, aber ich hätte schwören können, dass Bradley glücklich war und mich liebte. Und dann komme ich nach Haus und finde ihn mit einer Blondine. In meinem Haus. Sie sagt, sie hätten eine Affäre, und er druckst offensichtlich schuldbewusst herum, und als ich wütend werde, geht er. Er geht ganz einfach."

„Männer", warf Tina verächtlich ein.

„Also habe ich nicht die geringste Ahnung, was ich falsch gemacht habe", fuhr Lucy fort. „Bisher habe ich mich für klug gehalten, und jetzt begreife ich gar nichts mehr. Es ist wirklich ärgerlich. Und nicht genug, dass er mich betrogen hat, jetzt will er nicht mal mit mir reden." Sie biss sich auf die Unterlippe. „Er hat nicht mal seine restlichen Sachen und Papiere abgeholt. Ein Stück meines Lebens ist plötzlich weg."

„Oh." Tina senkte den Blick. „Daran bin ich wahrscheinlich nicht ganz unschuldig."

Lucy erstarrte. „Was hast du getan?"

„Na ja. Du warst so erregt an dem Tag, als du mich angerufen und mir von dieser Blondine erzählt hast ..."

„Was hast du getan?"

„Ich habe die neuen Schlösser anbringen lassen ..."

Lucy nickte. „Und du hast all seine Sachen auf den Rasen vors Haus geworfen. Sicher, das weiß ich. Aber was hast du noch getan?"

„Nun, als er kam und mit dir sprechen wollte ..."

„Er wollte mit mir sprechen?"

„Du warst oben und hast geweint." Tina zögerte. „Und ich war ... wütend."

„Oh, nein."

„Okay, okay, ich verliere die Selbstbeherrschung, wenn ich wütend bin", gab Tina zu, zündete sich eine weitere Zigarette an und inhalierte tief. „Ich habe ihm gesagt, dass er nie wieder versuchen soll, mit dir in Kontakt zu treten, sonst würde ich Privatdetektive auf ihn hetzen, die jede schleimige Tat in seinem Leben ans Tageslicht bringen würden, und dann würde ich persönlich dafür sorgen, dass sie auf alle Titelblätter kommen."

Lucy war aufrichtig verblüfft.

„Ich glaube, ich habe auch beiläufig erwähnt, dass er körperlichen Schaden davontragen könnte. Ich war verdammt wütend. Du weinst sonst nie."

„Also deswegen hat er nicht angerufen. Du bist echt unmöglich, Tina."

„Tut mir leid, aber ich wollte nicht riskieren, dass er dich dazu bringt, diese verdammte Ehe weiterzuführen. Ich konnte nicht ertragen, dich unglücklich zu sehen."

„Ich hätte ihn nicht wieder aufgenommen, aber ich hätte gern mit ihm geredet." Lucy holte tief Luft. „Ich liebe dich, Tina, aber du musst aufhören, dich in mein Leben einzumischen."

Tina spielte mit ihrer Zigarette. „Aber du brauchst Hilfe, Liebling. Ich meine, du wählst dieses Restaurant aus ... Schau dich doch mal um, wo wir gelandet sind."

„Ich hatte einen Grund für meine Wahl. Bradley hat mir geschrieben, ich solle herkommen, dann würde er mir alles erklären."

„Willst du ihn etwa doch zurückhaben?", fragte Tina alarmiert.

„Nein."

„Was willst du dann? Sag es, und ich arrangiere es."

Lucy schlug mit der Gabel auf den Tisch. „Das wirst du nicht. Ich möchte mein eigenes Leben und meine eigenen Fehler machen. Du bist meine Schwester, nicht mein Wärter. Du musst nicht auf mich aufpassen."

„Ich weiß, dass ich das nicht muss", erwiderte Tina stirnrunzelnd. „Aber ich möchte es. Ich will, dass du glücklich bist."

Lucy holte erneut tief Luft. „Weißt du, was ich will?"

Tina schüttelte den Kopf und sah sie gespannt an.

„Ich will unabhängig sein. Wirklich unabhängig. Ich will auf mich selbst aufpassen, ohne dass du gleich mit Geld oder Anwälten zu Hilfe eilst. Du sagst mir immer, was ich tun soll, und meistens macht es mir nichts aus, aber dann habe ich Bradley geheiratet, und er war noch schlimmer als du. Seit mehr als einem Jahr habe ich keine eigene Entscheidung getroffen, und in welchem Zustand ist mein Leben? Es ist fürchterlich."

Lucy reckte das Kinn vor. „Deshalb werde ich mich ändern.

Ich werde meine eigenen Fehler machen und sie hinterher allein ausbaden. Ich möchte meinen Exmann sprechen können, ohne dass du ihm mit Mord drohst. Und wenn ich mein Haar purpurrot färben oder weitere zehn Hunde adoptieren will oder ...", ihr Blick glitt zu dem Mann mit der Lederjacke, „... oder mit unpassenden Männern ausgehen will, dann möchte ich, dass du dich da heraushältst. Es ist mein Leben, und ich will es zurückhaben."

„Oh."

„Ich weiß zu schätzen, was du für mich getan hast, aber bitte hör jetzt damit auf."

„In Ordnung. Unpassende Männer willst du also."

Lucy sank etwas in sich zusammen. „Wahrscheinlich nicht. Ich habe nur den Mund zu voll genommen."

„Und was ist mit dem Typen da drüben, den du ständig anstierst?"

„Oh, nein", flüsterte Lucy und schloss die Augen. „Ist es so deutlich?"

„Er scheint nichts bemerkt zu haben." Tina warf einen kurzen Blick hinüber. „Dein Instinkt ist nicht schlecht, der Mann ist attraktiv."

„Er ist umwerfend."

„Na ja, vielleicht ein bisschen langweilig. Aber wenn es das ist, was du willst ... Mal sehen, was ich tun kann." Entschieden stand Tina auf.

„Langweilig?", wiederholte Lucy entgeistert. „Wohl eher wild."

Tina hielt inne. „Du redest doch von dem im Tweed-Anzug, oder? Den mit der Lederjacke wirst du ja wohl nicht meinen."

„Er ist mein Tagtraum. Und jetzt setz dich wieder. Du machst mich lächerlich, wenn du da rübergehst."

Tina setzte sich wieder. „Er wäre nicht gut für dich."

„Ich kann dir gar nicht sagen, wie satt ich es habe, ständig zu hören, was gut für mich ist."

„Okay, okay, aber deswegen musst du noch lange nicht emotionales Harakiri begehen. Der Kerl ist total unbeständig."

Lucys Blick glitt erneut zu der gegenüberliegenden Nische. „Im Grunde verkörpert er genau das, was du mir verschrieben hast. Und was ich für ihn empfinde, ist eindeutig spontan und unverantwortlich."

„Du kannst ja seinen Körper genießen und ihn dann wegschicken."

„Nein, das könnte ich nicht. Du weißt, dass ich überhaupt nicht der Typ dafür bin." Mühsam riss Lucy ihren Blick los. „Niemals. Am besten konzentriere ich mich allein auf meine Unabhängigkeit und vergesse den Teil über unpassende Männer."

Aber dann sah sie doch noch einmal zu dem Mann in der schwarzen Lederjacke hinüber, und sie seufzte.

„Ich spüre es in den Knochen." Ungeduldig trommelte Tom mit den Fingern auf die Tischplatte. „Bradley ist hier. Entweder er war's, oder jemand, den er kennt. Oder ..."

Anthony seufzte. „Also gut, er ist hier, und wir sind auch hier. Aber jetzt ist schon eine Stunde vergangen, und ich langweile mich. Also, zeig ihn mir einfach, und ich nehme ihn fest. Er ist als eine der beiden Frauen verkleidet, nicht wahr?"

„Schon gut." Tom starrte ihn finster an. „Es geht auch ohne deine Hilfe." Er trommelte weiter auf den Tisch.

„Tom, ich will ihn ebenso wie du. In den letzten neun Monaten ist er uns immer wieder entwischt und schleppt immer noch unbehelligt anderthalb Millionen mit sich herum. Aber dein Instinkt allein hält mich nicht länger in diesem Loch."

„Wir haben einen bombensicheren Tipp, dass er hier ist, und leider ist das unser einziger in dieser Sache, und deshalb ..."

„Tom, du machst mich verrückt."

„Was? Oh, die Finger." Tom hörte mit dem Trommeln auf.

„Es sind nicht nur die Finger, es ist die ganze Art, wie du dich in letzter Zeit aufführst." Anthony schüttelte den Kopf. „Das heute mit Jerry hat mir nicht gefallen. Ich dachte, du würdest ihn wirklich treten."

„Ich? Ach, was", brummte Tom. Er stockte. „Wahrscheinlich nicht."

„Genau dieses ,wahrscheinlich' beunruhigt mich. Und dein Gerede, dass du aussteigen willst, auch. Das gefällt mir nicht. Du warst schon immer etwas verrückt, aber damit kann ich leben. In letzter Zeit allerdings bist du verrückt und deprimiert. Und das wird mir eindeutig zu viel."

„Ich bin nicht deprimiert." Tom riss heftig ein Tütchen Zucker auf und entleerte es in seinen Kaffee. „Ich bin zwar nicht direkt in Hochstimmung, aber auch nicht deprimiert."

„Du hast gerade eine Zuckertüte enthauptet. Das sollte dir zu denken geben."

„Tony, der alte Jerry hat mich heute verdammt enttäuscht. Das ist der Punkt. Einfach auf uns zu schießen ... Manchmal glaube ich wirklich, es gibt keine anständigen Menschen mehr." Tom runzelte die Stirn. „Okay, der Job macht mir etwas zu schaffen, aber deswegen bin ich noch lange nicht deprimiert."

„Du bist deprimiert", wiederholte Anthony klar und deutlich, als spräche er mit einem geistig Zurückgebliebenen. „Und das beeinträchtigt deine Arbeit. Ich weiß, was los ist."

Verärgert sah Tom ihn an. „Ich hasse das. Habe ich jemals erwähnt, wie sehr ich es hasse, dass du diesen Psychologiekurs mitgemacht hast? Verdammt, mit deiner Küchentisch-Psychologie dürftest du nicht mal einen Hund analysieren."

„Du machst dir Sorgen über das Älterwerden", blieb Anthony beharrlich beim Thema. „Es hat mit deinem sechsunddreißigsten Geburtstag angefangen."

„Ich möchte nicht darüber sprechen." Tom wandte seine Aufmerksamkeit wieder auf das Lokal. „Sehen die beiden Frauen nicht verdächtig aus? Die Blonde ist irgendwie seltsam. Ich glaube, es liegt an ihrem Haar. Die Farbe ist nicht echt."

„Seitdem du sechsunddreißig bist, fährst du die jüngeren Männer auf dem Revier gnadenlos an."

„Es ist nicht das Alter. Außerdem bist du doch genauso alt."

„Ja, aber mich deprimiert das nicht."

„Nun, das sollte es aber. Im Moment fährt mit dem alten Falk ein Grünschnabel Streife, der geboren wurde, als ich auf der Highschool war. Er wohnte nur ein paar Häuser weiter."

„Tom, du wirst dich damit abfinden müssen, dass es Menschen gibt, die jünger sind als du."

„Ich bin nicht mehr so schnell wie früher."

„Das bildest du dir nur ein. Ich habe nichts davon bemerkt."

„Weil du auch langsamer wirst."

Anthony kniff die Augen zusammen. „Hast du etwas dagegen, diese Depression auf dich zu beschränken? Ich persönlich werde besser, nicht älter."

„Du wirst älter, aber es macht dir nichts aus, weil du das Köpfchen in unserem Team bist."

„Ach! Und du hast die Muskeln?", fuhr Anthony empört auf. „Ich kann dich jederzeit aufs Kreuz legen."

„Nein, kannst du nicht, weil ich ein Instinktmensch bin und blitzschnell und instinktiv handle. In letzter Zeit klappt es allerdings nicht mehr so. Gestern zum Beispiel, als wir diesen Kerl übers Dach jagten, vierzig Stock über der Erde, da bin ich stehen geblieben und habe gedacht: Das ist Wahnsinn. Ich werde vom Dach fallen, weil irgendein Blödian einen Videorecorder geklaut hat. Das ist es nicht wert. Und dann das mit Jerry heute. Ich habe den verflixten Schreibtisch beäugt und gedacht: Das wird ganz schön wehtun, wenn ich da rüberhechte. Die ganze Zeit habe ich gehofft, dass Jerry sich ergibt, damit ich da nicht drüber muss. Ich sag' dir, ich werde langsam alt."

„Hör zu, Tom. Du wirst nicht langsamer, dein Instinkt hat dich nicht verlassen, und du beißt auch nicht gleich morgen ins Gras. Du wirst ganz einfach erwachsen, und das wurde allmählich auch Zeit."

„Ich meine es ernst, Tony …"

„Ich auch, Tom. Seit ich dich kenne, und das sind immerhin achtzehn Jahre, jagst du mit hundertachtzig Stundenkilometern durchs Leben. Früher habe ich mich immer gefragt: Wie schafft er das nur? Mittlerweile bin ich erwachsen geworden, und nun frage ich mich: Warum tut er das? Du musst niemandem etwas beweisen, trotzdem benimmst du dich wie ein durchgedrehter Cop aus einer Fernsehserie." Anthony beugte sich vor. „Dass du den Typen mit dem Videorecorder nicht weiter über die Dächer verfolgt hast, war gut. Es war ein Zeichen für Reife."

„Sprich das Wort nicht aus. Reife bedeutet Tod."

„Was ist denn das für ein Quatsch?" Anthony schüttelte den Kopf. „Weißt du, was du nötig hast?"

„Nichts. Ich habe nichts nötig. Das wird schon wieder."

„Aber bestimmt nicht so, wie's war. Bisher hast du nur für deinen Job gelebt, aber das reicht dir jetzt nicht mehr. Und das ist gut. Es zeugt von Reife, und Reife bedeutet nicht Tod, sondern ist ganz einfach der nächste Schritt im Leben. Die meisten Menschen tun diesen Schritt eher als du, aber du wirst ihn auch noch schaffen." Anthony nahm einen Schluck von seinem Kaffee. „Du wirst dir allerdings eine andere Sorte von Freundinnen zulegen müssen."

„Was stimmt denn nicht mit meinen Freundinnen?", fuhr Tom auf und sah Anthony so wütend an, dass der schnell den Blick senkte.

„Sie sind jünger als dein Wagen, tragen Messer mit sich herum und fahren halb nackt auf Motorrädern durch die Gegend."

„Sie sind auf jeden Fall besser als die korrekten Kunststoffpuppen, mit denen du herumziehst. Wie heißt die letzte noch? Cheryl? Ich bitte dich." Tom verdrehte die Augen.

„Cheryl hat viele gute Eigenschaften."

„Nenn mir nur eine."

„Sie kann lesen. Hast du dich je an eine herangemacht, die mal einen Blick in ein Buch wirft?"

„Hör zu, du Schlaumeier, ich möchte mich im Moment an keine heranmachen."

„Du hast zurzeit keine Frau?", fragte Anthony beunruhigt.

„Ich ruhe mich aus und konzentriere mich auf meinen Job."

„Wie lange ist es her, dass du mit einer ausgegangen bist?"

„Neujahr."

„Tom, das ist zwei Monate her! Kein Wunder, dass du deprimiert bist."

„Können wir dieses Thema bitte fallen lassen?", knurrte Tom und trommelte wieder ungeduldig auf die Tischplatte.

„Na gut, für eine Beziehung bist du also noch nicht reif. Dann fang doch klein an. Schaff dir einen Hund an."

„Einen Hund?" Tom schlug mit der flachen Hand auf den Tisch. „Das hat mir gerade noch gefehlt! Ein blöder Hund mit großen, traurigen Augen, der mir wortlos sagt, dass ich nie zu Hause bin!"

„Tom ..."

„Außerdem hatte ich mal einen Hund. Ich bekam ihn, als ich drei war. Er ist gestorben. Ich ging aufs College, und er starb. Hunde sind eine große Verantwortung. Man darf sie nie allein lassen."

„Ich traue meinen Ohren nicht. Wenn du ihn bekommen hast, als du drei warst, war er fünfzehn, als er starb. Das sind einhundertfünf Jahre für einen Hund. Er starb, weil er uralt war, nicht weil du aufs College gegangen bist."

Tom beachtete Anthonys Einwand nicht und fuhr fort: „Wenn man für jemanden die Verantwortung übernimmt, gehen sofort die Sorgen los. Ich kann ohne das leben. Sorgen machen einen langsam, und man überlegt sich jeden Schritt zehnmal, bis jedes Gefühl für Instinkt verloren ist."

„Also gut, vergiss die Idee mit dem Hund, aber ..."

„Wollen wir uns nicht wieder unserem Job zuwenden? Die Unterhaltung fängt an, mich wirklich zu deprimieren."

„Okay, aber denk darüber nach, was ich dir gesagt habe."

Tom warf ihm einen finsteren Blick zu, und Anthony hob beschwichtigend die Hand. „Schon gut, zurück an die Arbeit. Welche der beiden Frauen ist denn nun unser Herzchen John Bradley? Was sagt dein sechster Sinn? Die heiße Brünette hat einen harten Zug an sich, aber die Blondine wäre auch eine Möglichkeit."

„Du findest die Blonde nicht heiß?", fragte Tom überrascht. „Du hast wirklich überhaupt keinen Geschmack. Das Haar ist etwas komisch, aber das Gesicht ist nicht übel, und die Figur ist fantastisch. Ich werde vielleicht älter, aber ich bin noch nicht tot. Die Blonde wäre eindeutig ein bisschen Zeit wert."

Verstohlen spähte Tom zu ihr hinüber. „Weißt du was? Ich glaube, sie sieht schon die ganze Zeit zu mir her."

„Stimmt."

„Frauen sehen sich doch noch tatsächlich nach mir um."

„Na, wenigstens bist du nicht mehr deprimiert." Anthony blickte auf seine Uhr. „Wir sitzen nun seit einer Stunde nutzlos hier herum. Möchtest du die Blondine jetzt verhaften, um sie abtasten zu können, oder wollen wir einfach gehen?"

„Mach dich ruhig lustig über mich." Tom warf ein paar Münzen auf den Tisch. „Aber hier gibt es etwas, das uns im Bradley-Fall weitergeholfen hätte. Und jetzt werden wir es nie erfahren."

„Damit kann ich leben", meinte Anthony ungerührt.

„Weil du keinen Funken Instinkt hast."

„So", sagte Tina entschieden. „Und nun lass uns über dein neues Leben reden."

„Oh, bitte nicht", antwortete Lucy bedrückt.

„Zuerst einmal musst du alle Sachen von Bradley loswerden", blieb Tina hartnäckig. „Dann müssen wir etwas mit deinem Haar anstellen. Und dann stelle ich dich einigen präsentablen Männern vor. Alle haben viel Geld, also wirst du wenigstens in anständigen Restaurants essen und nicht in einem Loch wie diesem."

„Moment mal! Keine Kuppelei. Mein Haar werde ich in Ordnung bringen, weil es fürchterlich aussieht, aber ich will mit keinem deiner Freunde zusammengebracht werden."

„Und Bradleys Sachen? Ich finde, du solltest sie auf dem Rasen anhäufen, in Brand setzen und darum herumtanzen."

„Das ist ja lächerlich. Du übertreibst mal wieder wahnsinnig."

„Nein, es wird dir sehr guttun. Auf diese Weise wirst du seine Sachen und gleichzeitig ihn los."

„Ich bin ihn schon los. Ich möchte nur noch mal mit ihm reden. Zurückhaben will ich ihn bestimmt nicht."

„Na prächtig, und vergiss das nicht." Tina stand auf und reichte Lucy deren Jacke und Tasche. „Was schleppst du mit dir herum? Diese Tasche wiegt mindestens eine Tonne."

„Meine Physikbücher, erinnerst du dich nicht? Ich dachte, falls die Scheidung langweilig ist, könnte ich …"

Tina verdrehte entnervt die Augen. „Ich muss dich wirklich retten. Geh sofort nach Hause und schmeiß Bradleys Sachen auf den Rasen. Ich besorge dir einen Termin beim Friseur."

„Das werde ich selbst tun, Tina."

„Aber ich kenne eine tolle …"

„Tina, nein!"

„Na gut, aber schaff dir wenigstens Bradleys Sachen vom Hals."

„Vielleicht", entgegnete Lucy und atmete ein paarmal tief durch, als wollte sie sich von etwas befreien. „Vielleicht."

„Verdammt, ich war mir so sicher, dass wir hier etwas über Bradley finden", sagte Tom einige Meter entfernt.

„Deine Blondine geht", bemerkte Anthony, und sie sahen zu der Nische auf der anderen Seite.

Die Blonde ging Richtung Vordertür und die Dunkelhaarige zum Hinterausgang, der auf den Parkplatz führte. Kurz davor drehte sie sich noch einmal um.

„Lucy …", rief sie in befehlendem Ton, „… hör auf das, was

ich gesagt habe ... ich meine es ernst. Sobald du zu Hause bist, wirst du ..."

„Ja, ja", unterbrach die Blonde sie. „Sobald ich zu Hause bin, schaffe ich mir Bradley vom Hals." Damit ging sie hinaus.

„Intuition", sagte Tom prahlerisch und folgte ihr.

„Ich hasse dieses Wort", knurrte Anthony und ging seufzend zur Hintertür, um die Dunkelhaarige aufzuhalten.

2. Kapitel

Der scharfe Februarwind blies Lucy ins Gesicht, und die schwere Tasche schlug ihr beim Gehen gegen die Beine. Sie hatte schon fast die Nebenstraße erreicht, wo sie ihr Auto geparkt hatte, als jemand sie am Arm packte und herumwirbelte. Erschrocken wich sie zurück und fiel dabei gegen eine Hauswand.

Vor ihr stand der Mann mit der Lederjacke. „Verzeihen Sie ...", sagte er, „... aber wir müssen miteinander reden." Er verstellte ihr den Weg und griff dann in seine Jackentasche. „Ich bin ..."

„Nein." Nervös schüttelte sie den Kopf. „Ich habe es eilig. Sie haben wahrscheinlich bemerkt, dass ich Sie angesehen habe. Das hätte ich nicht tun sollen, und es tut mir leid. Aber jetzt muss ich gehen." Sie versuchte, an ihm vorbeizuschlüpfen, aber er hielt sie fest.

„Ich muss Sie über Bradley ausfragen."

„Bradley?" Sie blinzelte verblüfft. „Oh, Sie meinen, was ich zu meiner Schwester gesagt habe, von wegen vom Hals schaffen? Das war nur ein Scherz. Sozusagen."

Der Mann lächelte zu ihr hinunter, und sie hielt unwillkürlich den Atem an. „Ich liebe Scherze, erzählen Sie."

Dir würde ich alles erzählen, dachte sie spontan, und dann hörte sie plötzlich einen kleinen dumpfen Knall wie von einer Fehlzündung. Im nächsten Moment löste sich ein Stückchen von der Wand hinter ihr und traf sie an der Wange. Der Mann fluchte leise und zerrte sie zu Boden. Er schubste sie hinter einen Mülleimer und presste sie mit seinem Körper dagegen. Er war jetzt so nah, dass sie seinen heftigen Herzschlag fühlen konnte. Entschlossen wollte sie ihn wegschieben, aber er rührte sich nicht vom Fleck.

„Was tun Sie denn da?" Sie gab nicht auf, von ihm freizukommen. „Lassen Sie mich los!"

„Seien Sie leise." Er holte ruhig eine Pistole aus der Jacke.

Sie erstarrte. Beweg dich, sagte sie sich, aber es ging nicht. Sie betrachtete den Mann, konnte aber nicht erkennen, ob er nur wahnsinnig oder auch gewalttätig war. Wahrscheinlich Ersteres.

Halbherzig begann sie, sich wieder zu wehren, natürlich erfolglos, und während er aufmerksam die Straße hinuntersah, flüsterte er ihr zu: „Würden Sie bitte stillhalten?"

Bitte? Zumindest war er höflich.

„Sie zerquetschen mich", wies sie ihn darauf hin, und er rückte tatsächlich ein Stück von ihr weg, sodass sie sich freimachen und zur Straße laufen konnte.

Aber dort holte er sie ein, packte sie am Saum ihrer Jacke und zerrte sie zurück. „Sind Sie wahnsinnig?"

„Ich?", schrie sie und entriss ihm ihre Jacke. „Und was sind Sie?"

„Hören Sie zu, Lady, ich bin …"

„Es ist mir egal, wer oder was Sie sind. Lassen Sie mich los!" Sie holte schwungvoll mit ihrer Tasche aus, und drei Kilo Physikbücher trafen seine Magengrube.

Er schnappte nach Luft und ließ sie los. Sie stolperte zurück, und diesmal landete ihre Tasche auf seinem Mund. Stöhnend taumelte er rückwärts, und sie rannte weiter. Sie war so aufgeregt, dass sie fast in einen vorbeikommenden Polizeiwagen gelaufen wäre, als sie um die nächste Ecke bog.

„Ein Mann hat mich gerade gepackt und da hineingezerrt", berichtete sie den beiden Polizisten und deutete keuchend hinter sich. „Er ist groß, hat dunkles Haar und ein markantes Kinn. Er ist unrasiert und trägt eine alte schwarze Lederjacke. Wahrscheinlich ist er ein Drogenhändler. Sie müssen ihn sofort festnehmen."

Der jüngere Polizist sprintete schon los, während der ältere, rundlichere ihr zurief, sie solle warten, bevor er ihm folgte.

Erregt ging sie neben dem Streifenwagen auf und ab. Sie vibrierte vor Energie. Was für ein Gefühl! Das war es, was Tina gemeint hatte: Spontaneität. Es war toll, es war wundervoll. Aber natürlich konnte sie nicht durch die Gegend rennen und jeden Mann zusammenschlagen, der ihr über den Weg lief. Doch sie fühlte sich wirklich wahnsinnig gut.

Im nächsten Moment musste sie sich an den Wagen lehnen. Der Energieschub schien wieder vorbei zu sein. Wenn sie den Mann nun getötet hatte? Er hätte es zwar verdient, aber wenn sie ihn nun wirklich ernsthaft verletzt hatte? Die Physikbücher waren recht schwer. Oh Gott, was hatte sie bloß getan? Sie durfte auf keinen Fall bleiben. Sie musste hier weg.

Völlig durcheinander fuhr sie sich an die Wange. Als sie den Arm dann wieder senkte, war Blut an ihrer Hand. Wieso blutete sie denn?

Hastig riss sie ein Blatt aus ihrem Adressbuch, schrieb Namen, Adresse und Telefonnummer darauf und steckte es unter die Scheibenwischer des Streifenwagens. Dann eilte sie zu ihrem Auto und fuhr immer noch zitternd vor Aufregung nach Hause.

„Sie sagt, du seist ein Drogenhändler."

„Nehmt sie fest." Tom lehnte an der Wand und versuchte, zu Atem zu kommen. „Sperrt sie ein. Sie weiß etwas über Bradley."

„Die sah so aus, als ob sie nicht mal ihren eigenen Namen wüsste", schnaubte Matthews.

Tom sah ihn missbilligend an. Der junge Polizist war hoch gewachsen und blond und sah nicht übel aus, wenn man den glatten Filmstartyp mochte, aber vor allem war er jung. „Hör zu, Junior. Wenn du erst so lange dabei bist wie ich, wirst du begreifen, dass es nicht wichtig ist, wie sie aussehen, sondern was sie tun." Er berührte seine aufgeplatzte Lippe. „Au."

Matthews grinste. „Falk hat dich gleich bei ihrer Beschreibung erkannt und mir gesagt, dass ich nicht auf dich schießen soll, auch wenn du noch so sehr wie ein gefährlicher Drogenhändler ausschaust. Auf der Wache werden sie sich schieflachen."

Tom blickte ihn kühl an, bis seinem jungen Kollegen das Grinsen verging. Der schluckte und sagte: „Falk wird sicher gleich hier sein ... Da kommt er schon", fügte er dann erleichtert hinzu.

Tom stieß sich vorsichtig von der Wand ab und sah suchend in den Streifenwagen, der vor ihm hielt. „Wo ist sie?"

Falk stieg aus und gab ihm ein Blatt Papier. „Bleib ganz ruhig. Sie hat ihre Adresse hinterlassen. Sollen Matthews und ich sie holen?"

„Lucy Savage", las Tom. „Nein, das werde ich selbst erledigen, weil ihr sie nicht festhalten könntet. Ich kümmere mich darum."

„Sollen wir dir Rückendeckung geben? Sie war mindestens eins siebzig groß und bestimmt ganze fünfundfünfzig Kilo schwer. Somit schlägst du sie nur mit zehn Zentimetern und dreißig Kilo."

„Wahnsinnig komisch", sagte Tom gereizt. „Ruft die Spurensuche. Eine Kugel steckt in der Wand."

„Sagt dir das deine Intuition?"

„Nein", knirschte Tom. „Jemand hat auf die kleine Wildkatze geschossen und die Wand getroffen."

Matthews suchte die Wand ab. „Er hat recht."

„Natürlich habe ich recht. Dass grüne Jüngelchen meine Arbeit überprüfen, hat mir gerade noch gefehlt. Vielleicht setzt du dich mal in Bewegung und meldest den Zwischenfall." Tom funkelte Matthews wütend an, bis der missmutig zum Wagen ging.

„War ich auch mal so unausstehlich?", fragte er Falk.

„Wieso *war*? Du bist es immer noch. Bist du sicher, dass sie nicht auf dich geschossen haben? Nicht jeder hängt so an dir wie wir auf dem Revier", fügte Falk lächelnd hinzu.

„Nein, die wollten eindeutig sie haben. Mir ist nur schleierhaft, wieso sie am helllichten Tag danebenschießen."

„Brauchst du Hilfe?"

Tom verzog verärgert den Mund. „Ich glaube, mit einer Frau ihrer Größe kann ich gerade noch selbst fertigwerden."

„Ich weiß nicht. Sie hat dich ganz gut abgefertigt, wenn du mich fragst. Ich denke, du brauchst uns."

„Klar brauche ich dich und Junior, aber hier, wo ihr seid."

„He, ich bin schon zwanzig und war zwei Jahre auf dem College", verkündete Matthews, der wieder zu ihnen getreten war.

Tom drehte sich nur wortlos um und ging zu seinem Auto.

„He, Warren", rief Falk ihm nach. „Hat deine Intuition dich gewarnt, kurz bevor die Frau dich umgehauen hat, oder gleich danach?"

Tom ging einfach weiter. Er wusste, dass seine Intuition ihn nicht trog, was Bradley betraf. Lucy Savage würde es noch bedauern, dass sie und John Bradley sich je mit ihm angelegt hatten – sobald er eine Aspirintablette geschluckt und etwas Eis auf seine schmerzende Lippe gelegt hatte.

Lucy schloss die schwere Eichentür ihres Hauses auf und danach die Innentür, die aus Glas war. Gleich dahinter erwarteten ihre drei Hunde sie.

Müde setzte Lucy sich auf den Boden und streichelte jeden einzelnen. Einstein, der große Schäferhund, schmiegte sich an sie, Heisenberg, der an einen wandelnden Mopp erinnerte, und Maxwell, die kleine Promenadenmischung, kletterten auf ihren Schoß und leckten ihr das Gesicht ab. Liebevoll drückte sie alle an sich und genoss es, wieder in ihrem schönen alten Haus zu sein.

Sie ließ ihre Tasche auf dem Boden liegen, befreite sich von den Hunden und ging dann zum Telefon, um ihre Schwester anzurufen. Geistesabwesend kraulte sie Einstein hinterm Ohr, während sie auf den Klingelton lauschte.

„Tina?" Aber am anderen Ende war der Anrufbeantworter, und so hinterließ sie eine Nachricht. „Ich bin's, Lucy. Ich wollte dir nur sagen, dass ich eben wahrscheinlich einen Drogenhändler verprügelt habe. Das ist wirklich wahr, und es war einfach wundervoll. Mach dir also keine Sorgen, ich bin okay. Mir geht es sogar fantastisch. Du hattest recht. Ich liebe dich!"

Danach setzte sie sich völlig entspannt in ihren Lieblingssessel. Sie war zwar müde, aber glücklich.

Ihr Blick fiel auf die Einkaufstüte. Auf dem Heimweg war sie noch schnell in dem Supermarkt an der Ecke gewesen. „Seht mal", rief sie den Hunden zu und öffnete die Tüte. „Ich habe mir Jod für meine Wange besorgt. Und das hier ...", triumphierend hielt sie eine Schachtel hoch, „... habe ich mir auch gekauft!"

Einstein argwöhnte, dass es sich nicht um Hundekuchen handelte, und legte sich enttäuscht hin. Maxwell stierte in die Luft, und Heisenberg rollte sich auf den Rücken.

Lucy betrachtete die Schachtel, auf der eine schöne Frau mit nachtschwarzen Locken herausfordernd unter schweren Lidern aufschaute. „Das ist mein neues Ich. Meine Haare aufzuhellen, war ein Fehler. Ich habe nicht bedacht, dass Blond nicht zu mir passt."

Maxwell und Einstein sahen sich vielsagend an, Heisenberg blieb auf dem Rücken liegen.

„Ihr lacht vielleicht, aber mit meiner Haarfarbe ändere ich zugleich mein Leben. Kein Mausbraun mehr und bestimmt kein Messingblond. Ich werde von jetzt an dunkelhaarig sein. Dunkel, faszinierend und gefährlich. Und unabhängig. Alle Männer werden mich begehren. Alle Männer werden mich fürchten."

Die Hunde gähnten.

„Na ja, auf jeden Fall werden sie nicht voller Unglauben auf mein Haar starren. Ich werde mich ein bisschen stärker fühlen und bald mit aufregenden Männern ausgehen." Sie dachte an den letzten aufregenden Mann, von dessen Anblick sie sich kaum hatte losreißen können und der sie dann auf der Straße überfallen hatte.

„Na ja, vielleicht halte ich mich besser nur an euch. Ihr seid ja auch ganz toll."

Also keine Männer, zumindest für eine Weile. Aber eins war sicher: Sie würde von jetzt an ihr Leben selbst in die Hand nehmen. Maxwell und Einstein sahen sie verständnisvoll an. Heisenberg lag immer noch auf dem Rücken.

„Oh, entschuldige bitte, Heisenberg." Eilig folgte sie seiner stummen Aufforderung und sagte: „Toter Hund."

Heisenberg sprang begeistert auf, und sie lächelte. „Du bist total verzogen, Heisenberg. Und wisst ihr, was wir jetzt tun werden?"

Die Hunde spitzten gespannt die Ohren.

„Wir schaffen uns Bradley vom Hals!"

Die Hunde rasten vor Freude.

„Genau meine Meinung!"

Ausgelassen lief Lucy die Treppe hinauf, um ihr neues Leben in Angriff zu nehmen.

Anderthalb Stunden später hielt Tom vor Lucys Haus. Es war eine ruhige Gegend in der Nähe der Universität mit wunderschönen alten und restaurierten Gebäuden im Stil der Jahrhundertwende.

Tom blickte sich prüfend um. Lucy Savages Haus war zweistöckig und aus hellem Backstein. Ein blauer Kleinwagen stand in der Auffahrt. Niemand war zu sehen.

Tom stieg aus und ging die wenigen Stufen zum Haus hinauf. Seinem Gefühl nach war es hier viel zu ruhig. Aber dann folgte ein höllisches Bellen auf sein Klingeln, das von tausend Hunden zu kommen schien. Erst beim zweiten Klingeln wurde die Tür von einer dunkelhaarigen Frau geöffnet.

Sie hatte das schwärzeste Haar, das er je gesehen hatte. Es

war die Sorte von totem, stumpfem Schwarz, das jedes Licht aufsaugte. Doch er erkannte die Frau an ihrem kleinen Kinn und den großen Augen, die sie nun erschrocken aufriss. Sie wollte die Tür zuschlagen, aber er stellte blitzschnell den Fuß in die Öffnung.

Leider hatte er vergessen, dass er weiche Turnschuhe trug. Sie hatte das natürlich sofort bemerkt, schlug die Tür noch einmal gegen seinen Fuß und schrie: „Verschwinden Sie! Ich habe bissige Hunde im Haus. Ich rufe die Polizei!"

„Ich bin von der Polizei!" Er biss vor Schmerz die Zähne zusammen und hielt seine Polizeimarke an den Türspalt. „Wissen Sie, was auf Körperverletzung eines Polizisten steht?"

„Was?" Sie starrte auf die Marke und öffnete dann flink die Tür. „Ich glaube es nicht", murmelte sie und stöhnte. „Ich glaube es einfach nicht."

„Glauben Sie es ruhig, Lady. Kann ich nun hereinkommen, oder wollen Sie noch ein bisschen auf mich einschlagen?"

Kleinlaut trat sie beiseite.

„Danke." Er humpelte in den Flur, und sie schloss die Tür. Im nächsten Moment griffen die Hunde ein. Der große Schäferhund schmiegte sich an ihn und rieb den Kopf an seinem Schenkel. Ein kleiner Brauner ließ sich auf seinem Fuß nieder und sah ins Leere. Und ein moppähnliches Wesen bellte ihn kurz an und warf sich dann auf den Rücken.

„Das sollen bissige Hunde sein?"

„Ich habe Sie für einen Straßenräuber oder Schlimmeres gehalten. Und zumindest Ihre Stimme hörte sich ja auch gefährlich an."

„Was ist mit dem Mopp los?"

„Er ist kein Mopp", stellte sie entschieden klar und wollte dann wissen: „Stehe ich unter Arrest, weil ich Sie verprügelt habe?"

„Sie haben mich nicht verprügelt, Lady. Sie haben mich nur deswegen schlagen können, weil ich mich nicht verteidigt habe, um Sie nicht zu verletzen." Er betrachtete den Hund, der immer noch unbeweglich auf dem Rücken lag.

„Ist er krank?"

„Nein. Das ist nur der einzige Trick, den er beherrscht."

„Trick?"

„Ja. Man sagt die passenden Worte, und er steht sofort wieder auf."

Er sah sich im Flur um. Der Raum, der am nächsten lag, war hell, mit einer hohen Decke, gemütlich und voll bequemer Möbel. Irgendwo glaubte er das Knistern eines Kaminfeuers zu hören. Er blickte wieder zu der zerknirschten Schwarzhaarigen mit ihren drei Hunden. Wenn diese Frau eine Verbrecherin war, dann war er die Königin von England.

Er lächelte sie an, was sie offenbar überraschte, denn sie blinzelte. „Sie sind keine Verbrecherin, nicht wahr?"

„Nicht, wenn Sie mich nicht wegen Körperverletzung festnehmen", antwortete Lucy und war erleichtert, dass seine Stimme nun fast sanft klang. „Ich verdiente das zwar, aber Sie haben mich wirklich erschreckt." Sie runzelte die Stirn. „Warum haben Sie mich in diese Straße gezerrt?"

„Wir müssen miteinander reden." Tom reichte ihr die Hand. „Ich bin Detective Thomas Warren."

Sie nahm seine Hand. „Ich bin Lucy Savage, und es tut mir aufrichtig leid, dass ich Sie verprügelt habe. Ihre Lippe sieht fürchterlich aus."

„Sie haben mich nicht verprügelt. Und würden Sie diesem Hund hier bitte die passenden Worte sagen, damit wir uns endlich setzen können?"

„Toter Hund", sagte Lucy gehorsam, und Heisenberg sprang auf und bellte beglückt.

Tom blickte stumm von Lucy zu Heisenberg. Dann seufzte er und brummte: „Könnten wir uns jetzt setzen? Mein Fuß bringt mich um."

„Wenn Sie nichts dagegenhaben, möchte ich Ihnen zuerst ein

paar Fragen stellen", sagte Tom, nachdem er auf dem Sofa vor dem Kaminfeuer Platz genommen hatte.

„Natürlich", erwiderte Lucy und setzte sich ihm gegenüber auf einen großen, hässlichen olivgrünen Stuhl, der irgendwie nicht zu der übrigen harmonisch abgestimmten Einrichtung passte.

„Geht es Ihnen nicht gut?", begann Tom. „Sie sehen bedrückt aus."

„Ich bin heute geschieden worden, und mein Exmann hat mich versetzt. Meine Schwester ist entschlossen, mein Leben zu verändern, ein Drogenhändler hat mich angegriffen, ich habe ihn zusammengeschlagen und gedacht, dass ich endlich einmal etwas richtig gemacht habe, und dann stellt sich heraus, dass es ein Polizist ist." Lucy blinzelte. „Ein schlechter Tag, mehr nicht. Ich werd's überleben."

„Sie haben mich nicht zusammengeschlagen. Ich habe nicht einmal versucht, mich zu verteidigen."

„Ja, ja, natürlich."

Tom ließ diesen Punkt vorerst fallen. „Erzählen Sie mir alles über Bradley."

„Warum wollen Sie alles über meinen Exmann erfahren?"

„Warum haben Sie den Zettel mit Savage unterschrieben?", schob Tom ein.

„Das ist mein Mädchenname." Skeptisch blickte Lucy ihn an. „Hat Bradley etwas Kriminelles getan, dass Sie so an ihm interessiert sind?"

„Wenn er der Mann ist, nach dem wir suchen, dann hat er anderthalb Millionen in Staatsanleihen von der Bank veruntreut, für die er arbeitet."

„Bradley? Von seiner Bank veruntreut?", wiederholte Lucy perplex.

„Banken sind dafür ein beliebter Ort", sagte Tom trocken. „Weil sie so schön viel Geld anhäufen."

„Entschuldigung, ich möchte nicht dumm klingen, aber ... Bradley? Das kann ich mir gar nicht vorstellen."

„Ich weiß, es ist ein Schock, aber alles spricht gegen ihn. Also, wo und wann haben Sie ihn kennengelernt?"

„Er hat mich in der Bibliothek angesprochen", antwortete Lucy benommen. „Ich bereitete gerade eine Unterrichtsstunde vor, und als ich aufsah, war er da und fragte mich, ob er sich zu mir setzen dürfe. Wir haben uns unterhalten, danach brachte er mich zu meinem Wagen, und zwei Monate später heirateten wir."

„So schnell?", warf Tom ein, der jedes Wort mitschrieb.

„Na ja, ich hatte meine Gründe." Lucy lehnte sich zurück und schloss die Augen. „Es waren die falschen Gründe, aber das wusste ich damals noch nicht."

Das könnte es sein, dachte Tom und hatte Lucys letzte Worte nicht mehr gehört. Die Daten stimmten überein. Er betrachtete Lucy, wie sie verloren in diesem hässlichen Stuhl saß, und plötzlich überkam ihn der Wunsch, sie zu beschützen. Ein Wunsch, der eigentlich gar nicht zu ihm passte. Aber die Frau tat ihm irgendwie leid. Zur Hölle, sie schien tatsächlich keine Ahnung zu haben, was für eine Ratte Bradley war.

Er räusperte sich. „Und wann genau war dieses erste Treffen?"

„Und dann gab es da natürlich noch den zweiten Hauptsatz der Thermodynamik", fuhr Lucy gedankenverloren fort.

„Da bin ich ganz sicher. Wann haben Sie ihn getroffen?"

„Wir heirateten Anfang Juni. Wir trafen uns Mitte März."

„Und jetzt im Februar haben Sie sich scheiden lassen." Tom sah von seinem Notizblock auf. „Aus einem bestimmten Grund? Hat er angefangen, sich seltsam zu benehmen?"

„Es war die Blondine."

„Oh. Eine andere Frau. Das tut mir leid."

„Eigentlich eher ein Mädchen. Sehr jung, vielleicht zwanzig."

„Das könnte seine Frau sein."

„Seine Frau?", fragte Lucy schwach.

„Äh ... ja. Tut mir leid, Sie zu verletzen, aber er war schon verheiratet."

„Oh."

„Bianca Bradley. Blond und jung, vierundzwanzig. Er muss ein Faible für Blondinen haben." Tom betrachtete Lucys unmöglich schwarzes Haar und sah dann hastig wieder auf seine Notizen.

„Das ist komisch", murmelte Lucy. „Ihr Mädchenname lautet genau wie sein Vorname."

„Nein, ihr Mädchenname ist Bergman. Sie ..."

„Wieso heißt sie dann Bradley?"

„Natürlich, weil sie John Bradley geheiratet hat", antwortete Tom, der langsam ungeduldig wurde. „Denselben John Bradley, den Sie geheiratet haben."

„Ich habe keinen John Bradley geheiratet." Lucy setzte sich kerzengerade auf. „Ich habe Bradley Porter geheiratet. Unfassbar. Da stellen Sie mir die ganze Zeit Fragen über den falschen Bradley. Was geht hier eigentlich vor?"

3. Kapitel

„Das ist das Dümmste, was ich je gehört habe."

Tom ignorierte Lucys Bemerkung und überlegte angestrengt.

„Ich meine, zuerst zerren Sie mich in eine enge Straße ..."

„Hören Sie zu." Tom sah sie streng an. „John Talbot Bradley ist eins fünfundachtzig groß und wiegt etwa neunzig Kilo. Er hat braunes Haar und braune Augen, und er ist in sehr guter physischer Verfassung. Er war früher Sportlehrer. Klingt das nach Ihrem Exmann?"

Lucy schüttelte entschieden den Kopf. „Nein. Bradley ist blond und sieht sehr gut aus, ist aber ein bisschen außer Form. Er war der Meinung, körperliches Training sei nur etwas für Leute ohne Verstand. Die Größe stimmt, aber er hat graue Augen."

„Trotzdem", beharrte Tom starrsinnig. „Das lässt sich alles simulieren. Sie haben ihn im März kennengelernt, und das ist genau die Zeit, als John Bradley in Kalifornien vermisst wurde."

„Dann ist er es bestimmt nicht, denn als ich Bradley im März kennenlernte, war er schon seit einem Jahr Zweigstellenleiter einer Bank."

„Zweigstellenleiter einer Bank? Zwei Bradleys, zwei Banken. Und dann der Telefontipp. Es muss eine Verbindung geben. Meine Intuition sagt mir, dass es die gibt."

„Und meine Logik sagt mir, dass es keine gibt", entgegnete Lucy.

„Warum waren Sie heute in diesem Lokal? Wollten Sie Bradley dort treffen?"

„Nicht direkt. Eigentlich wollte ich Bradley vor Gericht

treffen. Aber er schickte mir eine Nachricht, dass ich nach der Verhandlung ins ‚Harvey's' kommen solle. Also bin ich mit meiner Schwester dort hingegangen, aber er ist nicht aufgetaucht. Dafür habe ich dann, dank meiner Schwester, einen Polizisten verprügelt."

„Sie haben keinen Polizisten verprügelt. Ich habe Ihnen schon gesagt, dass ich mich nur nicht gewehrt habe." Tom beugte sich vor, bis er Lucy fast berührte, und blickte sie intensiv an. „Jetzt hören Sie bitte genau zu und konzentrieren Sie sich."

Seine blauen Augen sind faszinierend, dachte Lucy und blinzelte. „Okay", murmelte sie und versuchte sich zu erinnern, worüber Tom und sie gerade gesprochen hatten.

„Mein Partner und ich waren in dem Lokal, weil eine Frau angerufen hatte und sagte, dass Bradley dort sein würde." Er sprach so klar und langsam, als zweifelte er an ihrem Verstand. „Könnte die Anruferin Ihre Schwester gewesen sein?"

Sie wich ein wenig zurück, damit sie klar denken konnte. „Meine Schwester würde Bradley zwar liebend gern verhaften und erschießen lassen, aber selbst sie würde nicht die Polizei rufen, wenn es keinen Grund gäbe, um Bradley festzunehmen. Für einen Verbrecher hält Tina ihn sicher nicht, und ich auch nicht. Und Sie ebenso wenig. Sie sind nur verärgert, weil Ihre Intuition Sie im Stich gelassen hat."

„Nein", sagte Tom ruhig, aber fest. „Jemand hat heute auf Sie geschossen." Er beobachtete Lucy, die erneut verdutzt blinzelte. Jeder Zweifel, den er noch gehabt haben mochte, verschwand in diesem Moment. Lucy Savage war völlig ahnungslos. Sie war wirklich süß, aber sie hatte nicht den Schimmer, was gespielt wurde.

„Erinnern Sie sich, wie ich Sie gepackt habe?"

„Lebhaft."

Er beugte sich noch ein wenig weiter vor und berührte die Schramme an ihrer Wange.

Automatisch wich Lucy noch mehr zurück.

„Woher kommt das?"

„Ein Auto traf ein Steinchen und ..."

„Nein, jemand hat auf Sie geschossen, hat Sie verfehlt, und ein Steinchen von der Wand, an der Sie standen, ist an Ihre Wange geprallt. Ich habe es genau gesehen. Deswegen habe ich Sie doch zu Boden gezerrt."

„Oh." Lucy brauchte einen Moment, um diese Neuigkeit zu verdauen. „Also haben Sie geglaubt, mir das Leben zu retten, während ich dachte, dass Sie mich überfallen wollten."

„Ich habe nicht nur geglaubt, Ihnen das Leben zu retten."

„Und ich habe Sie verprügelt. Es tut mir so leid."

Tom schloss resigniert die Augen. Er war in einen Albtraum geraten mit drei paranoiden Hunden und einer Frau, die sich für Rambo hielt. Und nirgendwo ein Zeichen von Bradley. Entweder ließ seine Intuition nach oder er übersah etwas.

„Hören Sie mir bitte aufmerksam zu", begann er von Neuem. „Jemand versucht, Sie umzubringen."

Lucy erwiderte fest seinen Blick. „Jetzt hören Sie mir mal aufmerksam zu. Keiner versucht, mich umzubringen. Wenn Sie kurz logisch nachdenken würden, kämen Sie selbst darauf. Da sind zwei Menschen, eine ruhige Schullehrerin, die von ihren Schülern angebetet wird, und ein hochmütiger Polizist, der unschuldige Frauen rüde anpackt und vermutlich auch sonst nicht viele Fans hat. Bei welchem von beiden ist es wohl wahrscheinlicher, dass auf ihn geschossen wird?"

„Bei Ihnen. Meine Intuition sagt mir das."

„Ihre Intuition spinnt. Tut mir leid. Normalerweise bin ich nicht so unhöflich, aber ich habe einen schweren Tag hinter mir."

„Schon gut. Ich bin Kummer gewöhnt."

Tom steckte seinen Notizblock in die Jackentasche und stand auf. „Wir werden später weiterdiskutieren", erklärte er. „Jetzt sehe ich mich erst mal vor Ihrem Haus um. Sie bleiben hier."

Lucy stand ebenfalls auf. „Wie bitte?"

„Hier im Haus. Sie und die Hunde."

Lucy stemmte die Hände in die Hüften und starrte Tom gereizt an. „Für wen halten Sie sich eigentlich?"

„Ich?", knurrte Tom, der schon auf dem Weg nach draußen war. „Ich bin der Mann, der Ihnen das Leben gerettet hat, also schulden Sie mir etwas. Bleiben Sie, wo Sie sind."

Lucy beherrschte sich nur mühsam. „Kommt einfach herein ...", wandte sie sich an die Hunde, „... sagt mir aus heiterem Himmel, jemand habe auf mich geschossen, und erteilt mir Befehle. Das hat mir noch gefehlt. Noch so einer, der mich herumkommandiert."

Aber sie hatte nicht klein beigegeben. Sie hatte zurückgeschlagen, diesmal mit Worten, und sie fühlte sich großartig.

„Ich glaube, diese Unabhängigkeitssache ist gar nicht so übel. Ich habe es richtig genossen, mit ihm zu streiten."

Es hatte zwar keine große Wirkung auf ihn gezeigt. Er hatte sie nur komisch angesehen und sich nicht beirren lassen. Aber dann hatte er sogar ein wenig gelächelt. Sie rief sich wieder diese herrlichen blauen Augen und das verführerische Lächeln in Erinnerung, bis sie sich zusammenriss und sich klarmachte, dass sie ja eigentlich wütend auf ihn war.

„Das ist mein Fehler", fuhr sie fort. „Ich bin wie immer zu nachgiebig. Dabei sollte ich ihn besser umbringen wollen." Bei dem Gedanken hielt sie inne.

Er hatte gesagt, dass jemand sie umbringen wollte. Doch wer sollte auf so eine Idee kommen? Es war einfach lächerlich. So etwas geschah nur im Fernsehen. In ihrer kleinen Stadt liefen die Menschen nicht mit Pistolen durch die Gegend und erschossen harmlose Mitbürger.

Er musste im Irrtum sein. Bestimmt. Aber er war umwerfend.

Dieses Lächeln, diese blauen Augen, bei deren Blick sie ein gewisses Kribbeln im Nacken gespürt hatte.

„Die Sache ist die, obwohl ich weiß, dass er ein Polizist ist, sieht er nicht wie einer aus. Er sieht wie ein unheimlich aufregender Bösewicht aus."

Sie hörte ein Geräusch hinter sich und wirbelte herum. Er stand in der Tür. Am liebsten wäre sie im Erdboden versunken.

„Sie reden ja mit den Hunden", sagte er.

„Natürlich rede ich mit ihnen." Hoffentlich, flehte sie innerlich, hat er meine letzten Worte nicht gehört. „Es ist ja nicht so, dass ich mit Blumen oder empfindungsunfähigen Dingen rede."

„Ich wollte Sie eigentlich fragen, warum Sie überall so teure Schlösser angebracht haben, selbst an den Fenstern."

Lucy war froh, dass Tom das Thema wechselte. „Ach ja? Sind die wirklich so teuer?"

„Dann war diese Sicherheitsmaßnahme also nicht Ihre Idee", stellte Tom fest und war sehr zufrieden mit sich. „Bradley hat die Schlösser anbringen lassen, stimmt's?"

„Nein, meine Schwester."

Seine Zufriedenheit schwand schlagartig. „Ihre Schwester?"

„Sie hasst meinen Exmann und wollte ihn damit ärgern. So würde sie ihn daran hindern, etwas zu holen, was ich ihm bei der Scheidung abknüpfen könnte, behauptete sie. Meine Schwester ist ziemlich rücksichtslos – bei jeder Scheidung."

„Das möchte ich wetten", brummte Tom und zog seinen Notizblock wieder heraus. „Und wann hat sie das veranlasst?"

„Oh, gleich nachdem ich ihr von der Blondine erzählt hatte. Innerhalb einer Stunde war ein Schlosser hier. Das war vor etwa zwei Wochen. Ende Januar."

Tom ging in den Flur hinaus. „Haben Sie ein Alarmsystem?"

„Nein." Lucy folgte ihm. „Schauen Sie sich doch um. Sieht es hier so aus, also bräuchte man ein Alarmsystem?"

„Dann haben Sie zu Ihrem Schutz also nur die Schlösser und

die Hunde." Tom warf den dreien, die in einer Reihe saßen und ihn treuherzig ansahen, einen Blick zu.

„Machen Sie sich nicht über meine Hunde lustig."

„Das tue ich gar nicht. Hundegebell verscheucht die meisten Einbrecher. Diebe hassen Lärm. Auch Mörder sind nicht gerade wild darauf, aber die finden sich damit ab."

Lucy seufzte. „Keiner versucht, mich umzubringen."

„Es hat schon Fälle gegeben, da sind Exmänner sehr wütend geworden, wenn ihre Frauen sie ausgesperrt haben."

„Bradley hat dieses Haus gar nicht gewollt. Er hat die Scheidungspapiere ohne Widerspruch unterschrieben. Er wollte weder das Haus noch mich."

Tom lächelte Lucy ermutigend an. „Bradley muss ein Idiot sein."

„Danke", murmelte Lucy.

„Gern geschehen. Und jetzt bleiben Sie wieder schön hier, während ich mich weiter umschaue."

Tom ging um das Haus herum und kontrollierte Türen und Fenster. Die Schlösser waren ausgesprochen stark. Dieses Herzchen von Schwester musste Bradley wirklich sehr hassen, oder sie machte sich große Sorgen um Lucy.

Und möglicherweise hatte sie auch allen Grund dazu. Stirnrunzelnd besah er die Kratzspuren an dem Schloss der Hintertür. Dann knipste er seine Taschenlampe an und richtete den Lichtkegel auf das Schlüsselloch, als dicht neben ihm ein Kreischen ertönte. Er ließ die Lampe fallen und fuhr herum.

„Ich habe die Polizei gerufen, hauen Sie also besser ab", krächzte eine alte Frau.

„Verdammt, Sie haben mich zu Tode erschreckt!" Die grauhaarige Frau stand auf der hinteren Veranda des Hauses neben Lucys und beugte sich in einem Mantel, der mindestens drei Größen zu groß für sie war, über das Geländer. Einen Moment schwieg sie verblüfft. Dann schrie sie weiter.

„Verschwinden Sie, Sie Tunichtgut!"

„Verzeihen Sie bitte", sagte er zwischen zusammengebissenen Zähnen. „Aber Sie haben mich überrascht. Ich bin Polizeibeamter."

„Wenn Sie zur Polizei gehören, dann ist die Welt in einem übleren Zustand, als ich dachte. Und ich dachte schon, dass sie im Gully liegt", keifte sie und funkelte ihn böse an.

„Hallo, Mrs. Dover", rief Lucy von ihrer Hintertür. „Schon gut, er ist wirklich von der Polizei."

„Ich wusste ja, dass die Nachbarschaft im Eimer ist, als Sie hierhergezogen sind", schrie Mrs. Dover zurück. „Sie mit Ihren drei Kötern, die meine arme Katze quälen."

„Schöner Tag heute, nicht?" Lucy kam auf die Veranda heraus.

„Phoebe ist nicht mehr die Gleiche, seit die Porters hier wohnen. Ich habe schon den Tierschutzverein angerufen, aber die tun nichts."

„Die Sonne scheint im Februar sonst nicht so schön", sagte Lucy unbekümmert. „Wir haben wirklich Glück heute."

„Und jetzt dieses Gesindel." Mrs. Dover wies auf Tom. „Weiß Ihr Mann, dass Sie Kontakt mit Gangstern haben?"

„Ich bin jetzt geschieden, Mrs. Dover. Und Detective Warren ist kein Gangster. Ich habe den gleichen Fehler gemacht, aber er ist tatsächlich sehr nett."

„Es muss an Ihrem Kinn und dem Zweitagebart liegen", erklärte Mrs. Dover und beäugte Tom genauer. „An Ihrem Kinn können Sie ja nichts ändern, aber Sie würden schon viel vertrauenswürdiger aussehen, wenn Sie sich mal rasieren und das Haar schneiden ließen."

„Danke", entgegnete Tom trocken.

Ein Streifenwagen fuhr vor.

„Vielleicht ist er ja Polizist." Mrs. Dover wiegte den Kopf. „Aber nur vielleicht. Ich wette, in der Verbrecherkartei gibt es ein Bild von ihm. Ha! Jetzt werden wir es ja gleich wissen."

Damit eilte sie zur Straße hinunter, wo zwei Beamte aus dem Wagen stiegen.

„Na prima", murmelte Tom. „Das ist heute schon das zweite Mal, dass jemand wegen mir die Polizei ruft."

„Ich glaube ja eigentlich auch, dass Sie Ihr Image ein wenig aufpolieren sollten", meinte Lucy und fügte dann eilig hinzu: „Aber wahrscheinlich müssen Sie so oft Ihre Identität als Polizist verbergen und …"

„Nein, muss ich nicht."

„Oh. Entschuldigung."

„Vergessen Sie's." Tom ging auf die Beamten zu und schrie im nächsten Moment vor Schmerz auf.

Eine große gelbe Katze war an sein Bein gesprungen und hatte ihre Krallen tief in seine Jeans gegraben. Heftig schüttelte er das Tier ab, und die Katze fiel herunter, während Mrs. Dover ihn von der Straße aus ankeifte.

„Darf ich Ihnen Phoebe vorstellen?", sagte Lucy.

„Verdammt!" Tom hielt sich die schmerzende Stelle. „Was stimmt nicht mit dem blöden Tier?"

„Ich halte sie für psychotisch und kann sie nicht ausstehen, weil sie mein Auto als Abfalleimer benutzt, sodass ich selbst im Sommer die Fenster immer geschlossen lassen muss. Außerdem haben meine Hunde Angst vor ihr."

„Vor wem? Der Frau oder der Katze?"

„Vor beiden. Wollen Sie etwas Jod?"

„Nein", erwiderte Tom, während ein junger Polizeibeamter vor ihm stehen blieb. „Ich möchte diese verdammte Katze erschießen."

„Sir?", begann der Polizist. „Die Dame hier hat eine Beschwerde."

Tom holte wieder seine Marke hervor. „Ich untersuche den Mordanschlag auf diese Frau."

„Nein", warf Lucy ein. „Man hat auf Sie geschossen."

„Halten Sie den Mund." Tom sah den jungen Polizisten gequält an. „Haben Sie es manchmal nicht auch satt, die braven Bürger zu verteidigen?"

„Ununterbrochen", erwiderte der Beamte und entschuldigte sich, um Meldung zu machen.

Mit einem resignierten Seufzer wandte Tom sich wieder an Lucy. „Was hat es bloß zu bedeuten, wenn jeder um einen herum jünger ist als man selbst?"

„Es bedeutet, dass man älter wird. Eine junge Lehrerin an meiner Schule hat mich neulich gefragt, wie es denn in der guten alten Zeit gewesen sei, als ich anfing zu unterrichten."

„Haben Sie sie geohrfeigt?"

„Nein." Lucy streckte das Kinn vor. „Aber vielleicht tue ich es morgen. Heute bin ich viel gemeiner geworden."

Tom lachte. Hoch aufgerichtet in ihrer braven Kleidung und mit dem seltsam schwarzen Haar stand sie vor ihm, während sie verkündete, wie gemein sie geworden sei. Was für eine süße Naive! Naiv und rührend, wirklich süß.

„Sie gehen morgen nicht zur Schule", erklärte er fest. „Sie ziehen bei Ihrer Schwester ein, bis ich weiß, was vorgeht."

„Wie lange wird das dauern?", gab sie wenig begeistert zurück. „Besonders, wenn Sie sich dabei allein auf Ihre Intuition verlassen. So viele Tage kann ich gar nicht krankmachen."

Sie war doch nicht so süß. „Und wie viele Tage können Sie ‚totmachen'? Das ist kein Scherz. Sie sind ernsthaft in Gefahr."

„Ich denke ..."

„Denken Sie nicht, vertrauen Sie mir einfach. An Ihren Schlössern ist herumgefummelt worden."

„Was?"

Er wies auf die Hintertür. „Da sind Kratzer am Schloss. Jemand wollte unbedingt hier herein."

Sie schluckte. „Bradley."

„Vermutlich. Vielleicht will er ja auch nur seine Golfschläger zurückhaben, aber wer weiß ... Immerhin hat vor Kurzem jemand auf Sie geschossen."

„Auf Sie." Aber sie klang nicht mehr ganz so sicher.

„Bleiben Sie einfach eine Weile bei Ihrer Schwester."

„Das geht nicht. Sie wird die Hunde nicht nehmen, und ich lasse sie nicht allein." Wieder reckte sie das Kinn vor. „Außerdem glaube ich das alles nicht."

Tom verlor die Geduld. Er packte Lucy am Arm und zerrte sie mit sich. „Sehen Sie die Kratzer?"

Sein Gesicht war so nah, dass Lucy seinen Atem spürte.

„Die stammen von einem spitzen Gegenstand. Jemand hat versucht, bei Ihnen einzubrechen."

Lucy blinzelte nervös. „Aber er hat es nicht geschafft, oder? Also muss ich ziemlich sicher sein."

„Nur, weil der Einbrecher nicht auffallen wollte. Noch nicht. Früher oder später wird er einfach ein Fenster einschmeißen und hineinklettern. Gehen Sie zu Ihrer Schwester."

„Nein."

Tom ließ sie los, schloss die Augen und zählte langsam bis zehn. Dann sah er Lucy so geduldig wie möglich an. Trotzig, aber vertrauensvoll erwiderte sie seinen Blick.

Himmel, wenn ihr etwas geschah, würde es seine Schuld sein, weil er nicht auf sie aufgepasst hatte.

„Tun Sie mir nur einen Gefallen, ja? Bleiben Sie heute im Haus. Und morgen rufe ich Sie an, wenn ich etwas Neues weiß, okay? Ein Streifenwagen wird ein Auge auf Sie haben."

Sie wollte etwas sagen, aber er kam ihr zuvor. „Nur heute und morgen, das ist doch nicht zu viel verlangt. Bitte."

„Aber ich muss zur Schule. Ich bin Lehrerin. Selbst wenn ich nicht zum Unterricht gehe, muss ich wenigstens meine Stundenvorbereitungen vorbeireichen."

„Ich bringe sie für Sie hin. Inzwischen nehmen Sie sich einfach ein paar Tage Krankenurlaub."

Schon wieder wollte sie protestieren, aber er ließ sie nicht zu Wort kommen. „Betrachten Sie diesen Kerl, der Sie umzubringen versucht, einfach als lebensbedrohende Krankheit, okay?"

„Ich denke wirklich ..."

„Sie sollen doch nicht denken. Tun Sie nur, was ich Ihnen sage. Wenn es Sie gnädiger stimmt, dann werde ich mich sogar rasieren und einen Anzug anziehen. Was immer Sie wollen. Denn ich glaube wirklich, dass Sie in Gefahr sind." Er wies auf die Eingangstür. „Das sind alles sehr gute Schlösser. Profitieren Sie davon und bleiben Sie im Haus, bis ich morgen nach Ihnen sehe."

„Ich weiß wirklich nicht ..." Sie blickte ihn unter der Masse schwarzen Haars so verwirrt an, dass seine Gereiztheit plötzlich verschwand und er von Neuem das Bedürfnis hatte, sie zu beschützen. Sie wirkte so hilflos, so lieb und so realitätsfern.

„Bitte", sagte er. „Nur heute Nacht."

„In Ordnung. Ich glaube trotzdem, dass Sie sich irren. Aber wenn Sie ein paar Minuten warten, gebe ich Ihnen die Unterrichtsvorbereitungen mit. Und es ist wirklich sehr freundlich von Ihnen, Detective Warren, dass Sie sich diese Umstände machen."

„Tom." Er ignorierte ihren leisen Spott und lächelte sie erleichtert an. „Detective Warren heiße ich nur für die Leute, die mir nicht mit der Tasche über den Kopf schlagen."

Ein wenig unsicher lächelte sie zurück. „Tom." Sie zögerte. „Ich heiße Lucy." Dann wandte sie sich um und ging schnell ins Haus.

Süß. Ein bisschen eigensinnig und manchmal etwas schnippisch, aber sehr süß. Selbst mit dem seltsamen Haar. Wirklich süß. Und sie hielt ihn für aufregend. Vielleicht konnte er sie doch noch davon überzeugen, dass sie in Lebensgefahr schwebte, und sie würde ihm ihre Dankbarkeit zeigen.

Er versuchte, sie sich nackt vorzustellen, nackt und sehr dankbar, aber beunruhigt stellte er fest, dass alles, was er sah, eine blinzelnde Lucy war, umringt von ihren drei Hunden.

„Sir?" Der junge Polizist war wieder zu ihm getreten. „Alles in Ordnung, Sir. Aber was genau geht denn hier eigentlich vor?"

„Ich bin nicht sicher", antwortete Tom. „Und nun befragen Sie bitte die Nachbarin für mich."

„Die alte Dame?"

„Ja. Ich glaube nicht, dass sie mit mir reden will."

„Das glaube ich auch nicht. Sie wollte, dass ich Sie niederschieße. Was soll ich sie also fragen?"

„Sie behauptet, hier habe jemand herumgelungert. An den Schlössern ist jedenfalls herumgefummelt worden. Finden Sie heraus, was sie gesehen hat und wann, und informieren Sie mich so schnell wie möglich."

„Okay. Sonst noch etwas?"

„Behalten Sie das Haus in den nächsten zwei Tagen im Auge. Ich glaube, die Besitzerin wird reichlich Ärger bekommen."

„Bei solchen Nachbarn ist das nicht verwunderlich."

„Da sollten Sie erst mal ihre Schwester kennenlernen", brummte Tom.

Lucy schob die Gardine vom Fenster zurück und blickte auf die leere Straße hinaus. „Er sah so anders aus, findet ihr nicht?", meinte sie zu den Hunden. „Irgendwie wollte ich, dass er noch bleibt." Sie seufzte. „Schon wieder geht das los. Da mache ich hochtrabende Pläne, unabhängig zu sein, und dann klammere ich mich an den ersten Mann, den ich genau eine Stunde nach meiner Scheidung treffe. Aber ihr hättet hören sollen, wie er dem anderen Polizisten gesagt hat, er soll Phoebe erschießen. Ihr wärt begeistert gewesen."

Lächelnd trat Lucy vom Fenster zurück und ließ den Blick durchs Zimmer schweifen. Ihr geliebtes Wohnzimmer, ihr geliebtes Haus. Sie dachte daran, als sie es das erste Mal gesehen hatte. Eines Tages war sie hier vorbeigekommen, weil sie die falsche Abzweigung zur Universität genommen hatte. Auf dem Rasen hatte ein Schild gestanden, das es zum Verkauf anbot.

Sie hatte das Haus mit einer Leidenschaft gewollt, die sie

noch für keinen Mann jemals verspürt hatte. Ein großes, warmes, sicheres Haus, das sie mit Hunden und Büchern und kleinen Dingen, die ihr kostbar waren, anfüllen konnte. Ein Haus mit einer großen Küche, in der sie kochen und backen und Brot machen würde. Ein Haus, in dessen Garten Einstein herumtollen konnte und vielleicht noch ein anderer Hund oder zwei. Einstein sollte nicht allein bleiben.

Ihr Haus.

Selbst nachdem sie Bradley kennengelernt hatte, war sie immer wieder daran vorbeigefahren und hatte es sehnsuchtsvoll angeschaut.

Eines Tages hatte Bradley dann gesagt: „Wenn wir verheiratet wären, könnten wir das Haus kaufen. Willst du mich heiraten?"

Und sie hatte sofort Ja gesagt.

Aber damals hatte sie noch nicht erkannt, dass ihr Ja dem Haus galt, nicht Bradley.

„Vielleicht war diese Heirat doch kein Fehler", überlegte sie. „Zumindest haben wir jetzt das Haus."

Das klang zynisch und egoistisch. Tina wäre hochzufrieden mit ihr. Einstein bellte sie an.

„Ich weiß, ich sollte mich zusammenreißen und aufhören, mit Hunden zu reden. Aber ihr seid die Einzigen, die mir zuhören, ohne mir Vorschriften zu machen. Besonders Tina ist da in letzter Zeit sehr fix."

Tina, die ihr befahl, sich Bradley vom Hals zu schaffen.

Aber die Idee, seine Sachen wegzuschmeißen, war eigentlich nicht schlecht. Sie würde sie zwar nicht auf den Rasen werfen, aber sie konnte sie fein säuberlich im Keller verstauen. Dann würde das Haus ihr wirklich ganz allein gehören.

Allein. Plötzlich fühlte sie sich einsam, als würde ihr etwas Warmes, Starkes fehlen. Tom?

„Genug Tagträumereien", schalt sie sich und straffte unwillkürlich die Schultern. „Wir haben Dinge zu erledigen und unser

Leben selbst in die Hand zu nehmen. Und deshalb schaffen wir uns als Erstes Bradley vom Hals."

Lucy packte alles, was sie von Bradleys Habseligkeiten finden konnte, in drei große Kartons. Das meiste waren Bücher und Papiere. Seine Kleidung war bereits aus dem Haus. Tina hatte sie einfach auf die Straße geworfen, während die neuen Schlösser angebracht wurden. Mrs. Dover hatte das Schauspiel sichtlich genossen.

Bradley hat ja nicht lange um mich gestritten, dachte Lucy. Er hatte an die Tür geklopft, Tina hatte geöffnet und ihm gedroht, und er war gegangen. Bradley war kein besonders guter Kämpfer – und auch kein besonders guter Liebhaber. Vielleicht hatte das auch an ihr gelegen. Vielleicht war er bei der Blondine besser.

Lucy versteifte sich, als sie daran dachte, wie geschockt sie gewesen war, diese blonde Frau hier vorzufinden. In ihrem Wohnzimmer. Höhnisch hatte die ihr mitgeteilt, dass sie und Bradley schon oft in ihrem Haus zusammen gewesen wären. Wie habe ich nur so dumm sein können? überlegte sie. Und wie hat Bradley mir das bloß antun können?

Bradley hatte einfach dagestanden und kein Wort gesagt, außer dass er ihr alles später erklären würde. Aber das hatte er nicht getan.

Wenigstens war sie ihn jetzt los. Jedenfalls würde sie das sein, sobald sie diese Kartons in den Keller gebracht hatte. Da sie ziemlich schwer waren, schob sie sie über den Boden bis zur Kellertreppe und gab ihnen dort einen Tritt, sodass sie polternd die Treppe hinunterkollerten.

„Schade, dass nichts Zerbrechliches dabei war", sagte sie zu den Hunden und schloss die Tür.

Danach ging sie ins Wohnzimmer zurück und betrachtete es zufrieden. Wie wunderschön. So bradleylos. Fast.

Sein Liegesessel stand noch mitten im Raum, ein hässliches knallgrünes Monstrum mit roten Litzen. Wenn Bradley als

Möbelstück zur Welt gekommen wäre, hätte er bestimmt wie dieser Liegesessel ausgesehen.

„Was meint ihr? Einen vollkommen intakten Sessel wegzuschmeißen, wäre doch total unverantwortlich, richtig?"

Die Hunde legten den Kopf schief.

„Richtig. Stellt euch bloß vor, wie stolz Tina auf uns sein wird." Damit öffnete sie wieder die Kellertür und warf den Sessel mit Schwung die Treppe hinunter. Mit einem lauten Knall prallte er auf den Steinfußboden.

„Unabhängigkeitstag", rief Lucy und schlug vergnügt die Tür zu.

4. Kapitel

„Und dann sagte sie: Sie meinen, dieser Rüpel ist hinter meiner Schwester her?", erzählte Anthony eine Stunde später. Er und Tom waren wieder in ihrem Büro und hatten lässig die Füße auf den Schreibtisch gelegt.

„Sie wollte hinter euch herrennen", fuhr er fort. „Fast hätte ich zugelassen, dass sie dich schnappt. Ich hoffte, sie würde dir diese verflixte Jacke vom Leib reißen und sie in tausend Stücke zerfetzen. Aber dann habe ich mich daran erinnert, dass du mein Partner bist, und dich gerettet."

„Herzlichen Dank." Tom streckte sich. Er spürte jeden blauen Flecken, den Lucy ihm am Nachmittag verabreicht hatte. „Hat sie mit dir geredet?"

„Natürlich."

„Nicht natürlich. Nach dem, was Lucy mir über ihre Schwester erzählt hat, kannst du froh sein, dass du noch ganz bist."

„Wir haben noch einen Kaffee zusammen getrunken", sagte Anthony gelassen. „Sie war kein Problem."

„Du bekommst die Gemeine, und sie frisst dir aus der Hand. Ich bekomme die Nette, und sie schlägt mir ihre Tasche um die Ohren. Dein Glück möchte ich haben."

„Das ist kein Glück, sondern Charme."

Tom grinste spöttisch. „Und was hast du mit deinem Charme rausbekommen? Was weiß Tina Savage über Bradley?"

„Dass er ein rückgratloses, schleimiges Ungeziefer ist, das ihre Schwester zum Weinen gebracht hat und deshalb erschossen, gehängt, geviertelt und kastriert werden sollte. Ich hatte nicht den Eindruck, dass sie ihn besonders mag."

Toms Gesichtsausdruck verfinsterte sich. „Er hat Lucy zum Weinen gebracht? Dann bin ich ganz ihrer Meinung."

„Aber das Problem ist …"

„Dass er leider nicht unser Bradley ist."

Anthony lachte. „Lucys Schwester hat das auch sehr bedauert. Die Vorstellung, dass Bradley wegen Bigamie, Veruntreuung und Steuerunterschlagung ins Gefängnis müsste, hat sie richtig aufgeheitert. Am Ende unseres Gesprächs war sie regelrecht herzlich." Dann schüttelte er den Kopf. „Das Ganze ist reine Zeitverschwendung, Tom. Der Schuss heute bedeutet noch lange nicht, dass Lucy Savages Bradley Porter etwas mit unserem John Bradley zu tun hat."

„Er ist nicht Lucys Bradley. Diese Ratte ist niemandes Bradley. Aber es muss eine Verbindung geben. Komm schon, Tony. Wir kriegen einen Tipp, dass John Bradley im Lokal ist, und Lucy soll Bradley Porter am selben Tag dort treffen. Das ist doch kein Zufall!"

„Vielleicht nicht. Aber ich bin nicht überzeugt."

Tom blickte nachdenklich zur Decke. „Lass mich überlegen. Irgendwo in der Stadt ist John Bradley mit anderthalb Millionen in Staatsanleihen. Dann ist da noch Bradley Porter mit einer nicht identifizierten Blondine. Eine nicht identifizierte Anruferin gibt uns den Tipp, dass John Bradley im ‚Harvey's' sein wird. Lucy sollte ihren Bradley im selben Lokal treffen. Wenig später schießt jemand auf Lucy."

„Oder auf dich", warf Anthony ein. „Unterschätz nicht deine Unbeliebtheit. Und noch etwas: Warum sollte jemand Lucy Savage aus dem Weg haben wollen?"

„Bradley ist wütend auf sie wegen der Scheidung."

„Und deswegen schießt er auf sie? Das glaube ich nicht."

„Und was hältst du davon, dass jemand versucht, bei Lucy einzubrechen?"

Anthony horchte auf.

„Es gibt Kratzer an ihren Schlössern, und die Nachbarin hat

jemanden ums Haus schleichen sehen. Die Frau ist zwar ein bisschen bekloppt, aber ..."

„Du hast mit ihr gesprochen?"

„Nein", brummte Tom verdrossen. „Sie hielt mich anscheinend für einen Punk."

„Einen Punk? Immerhin", meinte Anthony grinsend. „Punks sind wenigstens jung."

„Ich danke dir."

„Du glaubst also, dass jemand bei Lucy einbrechen will. Aber das ergibt keinen Sinn. Er hätte sie doch viel einfacher auf der Straße packen können." Anthony betrachtete Toms Lippe. „So einfach vielleicht doch nicht. Sie scheint einen gesunden Sinn für Selbsterhaltung zu besitzen."

Tom warf ihm einen bösen Blick zu. „Ich habe sie nur nicht verletzen wollen. Wenn ich entschlossen gewesen wäre, sie zu überwältigen, wäre es mir gelungen, und jedem anderen auch."

„Dann haben sie es also nicht auf Lucy, sondern auf die Staatsanleihen abgesehen, die John Bradley diesem Bradley Porter gegeben hat? Und der hat sie in die Schublade mit dem Silberbesteck getan? Was er dann ganz vergessen hat, als Lucy ihn rausgeschmissen hat? Das kann ich mir nicht vorstellen."

„Moment mal, er konnte nicht wieder zurück, weil Tina sofort andere Schlösser hat anbringen lassen."

„Also ist er brav weggegangen und hat anderthalb Millionen dagelassen? Nein", sagte Anthony entschieden. „Diese Papiere bringen ihn hinter Gitter, wenn jemand anders sie findet."

„Aber irgendetwas ist in dem Haus, und die beiden Bradleys sind darin verwickelt." Tom trommelte ungeduldig auf die Tischplatte. „Ich muss sie da rausbekommen, bis wir dieses Etwas haben. Aber der kleine Querkopf will einfach nicht gehen."

„Kann sie denn nicht bei ihrer Schwester bleiben?"

„Sie will nicht ohne Einstein, Heisenberg und wie der dritte auch immer heißt für länger aus dem Haus. Sie rührt sich nicht von der Stelle." Toms Blick wurde besorgt. „Das hoffe ich jedenfalls."

„Einstein?"

Aber Tom ignorierte ihn, blätterte in seinem Notizblock nach Lucys Nummer und rief sie ohne Umschweife an.

„Lucy? Hier Warren ... Mir geht's gut, danke. Ich wolle nur überprüfen, ob Sie auch nicht ausgegangen sind." Er lauschte. „Nein, ich traue Ihnen nicht ... Weil Sie eine Träumerin sind, darum. Hören Sie zu, hat Bradley irgendwelche Papiere zurückgelassen? Ja? Und, haben Sie sie angeguckt? ... Sehr gut. Waren irgendwelche offiziell aussehenden Formulare darunter? Nein, ich bin nicht herablassend zu Ihnen. Haben Sie Staatspapiere gefunden? Sehr viele. Hundertfünfzig, um genau zu sein." Tom seufzte und trommelte noch schneller. „Lucy, wir werden morgen zu Ihnen kommen und das Haus durchsuchen ... Irgendwann im Laufe des Tages. Bis dahin rühren Sie sich nicht von der Stelle und öffnen Sie niemandem die Tür. Und halten Sie sich von Türen und Fenstern fern. Diese Spitzengardinen sind ein Witz. Wenn das Licht an ist, kann man alles sehen ... Warum Sie das tun sollen? Weil ich es Ihnen sage ... Für wen ich mich halte? Verdammt, ich bin der Mann, der Ihnen das Leben gerettet hat ... Was?", knurrte Tom. „Ich habe Ihnen doch schon gesagt, dass Sie mich nicht verprügelt haben. Und jetzt bleiben Sie im Haus. Verstanden? Gute Nacht."

Tom hängte ein und starrte auf den Hörer. „Ich weiß gar nicht, weswegen ich mir Sorgen um diese Frau mache. Sie könnte jeden Angreifer zu Tode diskutieren."

„Ich dachte, du wolltest dir nie um jemanden Sorgen machen?", sagte Anthony. „Ich dachte, Verantwortung bedeutet Tod für dich. Und wieso nennst du sie Lucy? Was wird hier eigentlich gespielt?"

„Sie ist ganz allein in dem großen Haus mit drei Hunden, die keiner Fliege etwas zuleide tun könnten. Sie hat eine Ratte geheiratet, und jemand schießt auf sie. Da muss man doch auf sie aufpassen."

Anthony lachte amüsiert. „Tom, du redest von einer Frau, die dich in einer Seitenstraße zusammengeschlagen hat."

„Sie hat mich nicht …"

„Schon gut, schon gut. Dann durchsuchen wir morgen also ihr Haus, ist das dein Plan?" Anthony schüttelte den Kopf. „Ich sag' das nicht gern, aber eine Menge Schreibarbeit wartet auf uns. Können wir die ganze Suche nicht etwas abkürzen?"

„Wir können morgen zu Bradley Porter gehen. Vielleicht bekommen wir etwas aus ihm heraus. Er arbeitet in Gamble Hills bei einer Bank. Wo er jetzt wohnt, ist unbekannt." Versonnen sah Tom zur Decke. „Ich bin schon sehr gespannt darauf, ihn kennenzulernen."

„Warum?", fragte Anthony scheinbar harmlos.

„Ich will sehen, wie so eine Ratte aussieht. Du würdest nicht glauben, was für ein Schatz Lucy ist."

„Ein Schatz?" Anthony musste wieder grinsen. „Sie hat dich verprügelt."

„Sie hat mich nicht …" Tom gab entnervt auf. „Vergiss es. Mir tut jeder Knochen weh, und in meinem Kopf hämmert es, dass mir gleich der Schädel platzt. Ich brauche ein heißes Bad und ein Bier. Okay, du hast gewonnen: Sie hat mich verprügelt."

Anthony stand auf. „Brauchst du Hilfe, um die Treppe hinunterzukommen, alter Herr?"

„Geh zum Teufel", brummte Tom, stand vorsichtig auf und unterdrückte ein Stöhnen.

„Er hat zwei Wochen Urlaub genommen?" Tom sah die tadellos gekleidete Sekretärin in der „Gamble Hills Bank" ungläubig an. Sie trug ihr dunkles Haar kurz wie einen Helm und blickte ihn durch eine dicke Hornbrille missbilligend an.

„Wie kann ein Bankfilialleiter sich so einfach zwei Wochen freinehmen?"

„Er hat gerade eine Scheidung hinter sich", erwiderte sie kühl. „Er war sehr deprimiert. In den letzten zwei Wochen konnte er sich kaum konzentrieren. Mr. Porter war immer sehr gewissenhaft, und wir haben ihn kaum wiedererkannt. Wir haben alle bemerkt, dass er ein wenig Ruhe braucht."

„Wir wissen Ihre Hilfe zu schätzen, Mrs. Elmore", versuchte Anthony Toms Ungeschicklichkeit auszubügeln. Er wurde durch ein Lächeln belohnt. „Wir müssen Ihnen nur noch einige wenige Fragen stellen, dann gehen wir. Sie sind sicherlich sehr beschäftigt, da Mr. Porter momentan ja nicht da ist. Gestern war er noch hier?"

„Vorgestern", antwortete Mrs. Elmore und senkte die Stimme. „Gestern war die Scheidung."

„Das muss sehr viel zusätzliche Arbeit für Sie bedeuten", sagte Anthony mitfühlend.

Mrs. Elmore strich ihre Bluse glatt und lächelte selbstgefällig. „Ich mache es gern. Das ist das Mindeste, was ich für den armen Mann tun kann."

„Den armen Mann?", fuhr Tom entrüstet auf.

Mrs. Elmore sah ihn pikiert an.

„Tom, warum gehst du nicht dort hinüber und ... äh ... vernimmst jemand anderen?" Anthony wies auf die Kassierer.

„Na schön." Verstimmt machte Tom sich auf den Weg.

„Hi."

Tom drehte sich überrascht um.

Eine sehr junge blonde Kassiererin lächelte ihn an. „Kann ich Ihnen irgendwie helfen?" Ihr Lächeln vertiefte sich. „Ich heiße Deborah."

„Deborah." Tom blieb vor ihrem Schalter stehen und lächelte zurück. „Wie ist es denn, für Mr. Porter zu arbeiten?"

„Langweilig. Und ich rede nicht über meine Vorgesetzten."

Tom zeigte ihr seine Marke. „Ich bin einer von den Guten, Deborah. Erzählen Sie mir von Mr. Porter."

„Sie sehen aber nicht wie ein guter Junge aus", erwiderte sie kokett.

„Mr. Porter, Deborah. Konzentrieren Sie sich auf ihn. Was war er außer langweilig?"

Sie zuckte die Achseln. „Nichts. Er kam, arbeitete hart und ging nach Hause."

„Hat er jemals versucht, sich an Sie heranzumachen?"

Deborah riss die Augen auf. „Mr. Porter? Niemals. Er war so verrückt nach seiner Frau, dass er andere Frauen überhaupt nicht bemerkt hat."

Tom verging das Lächeln. „Aber er hat sich gerade scheiden lassen."

„Oh, das war ihre Idee." Hastig sah Deborah sich um und fuhr dann leise fort: „Das war längst überfällig, wenn Sie mich fragen. Ich meine, mich hätte er zu Tode gelangweilt. Ich habe sie auf der Weihnachtsparty kennengelernt. Ruhig, aber nett. Man konnte Mr. Porter ansehen, dass er verrückt nach ihr war. Ich meine, Evan Hatch hat sie nur um einen Tanz gebeten, und er wurde richtig wütend. Seitdem hat er nicht mehr mit Evan gesprochen."

Sie wies unauffällig nach rechts, wo ein Mann von zirka einem Meter fünfundfünfzig, etwa siebzig Kilo und weit fortgeschrittenem Kahlkopf stand.

„Porter war auf ihn eifersüchtig?", fragte Tom verblüfft.

„Er war auf jeden eifersüchtig. Ich hab Ihnen doch gesagt, er war verrückt nach ihr."

„Ich habe gehört, dass sie sich hat scheiden lassen, weil er fremdging."

„Ach was, für ihn gab es nur seine Frau. Dabei hatte er bestimmt genügend Angebote. Ich meine, haben Sie ihn je gesehen?"

Tom schüttelte den Kopf.

„Sein Foto hängt dort drüben an der Wand." Deborah deutete auf eine große Glastür. „Er sieht wirklich fantastisch aus.

Glauben Sie mir, eine Menge Frauen wären sehr interessiert. Aber ich nicht. Ich mag meine Männer ein wenig rauer, nicht ganz so gut aussehend, wenn Sie wissen, was ich meine." Sie lächelte Tom wieder verführerisch an.

„Und ich habe mich auch noch rasiert", murmelte Tom.

„Was?"

„Nichts. Dann ist er also der perfekte Boss?"

„Na ja, er ist penibel." Deborah verzog das Gesicht. „Aber man gewöhnt sich daran. Vor zwei Wochen allerdings ging etwas mit ihm vor. Seitdem kontrolliert er uns nicht mehr so. Es wäre hier echt gut gewesen, wenn er nicht so schlechte Laune gehabt hätte. Und dann hat Mrs. Elmore uns von der Scheidung erzählt und gesagt, wir sollten Verständnis zeigen."

„Sie sieht mir aber nicht nach dem verständnisvollen Typ aus."

„Ist sie auch nicht, nur wenn es um Mr. Porter geht."

„Oh."

„Mr. Porter mag die Scheidung ja deprimiert haben, aber Mrs. Elmore ist seitdem bester Stimmung. Wenn er zurückkommt, wird er keine Chance gegen sie haben."

„Dann verhafte ich ihn am besten nicht. Das wäre schon Strafe genug."

Deborah war fassungslos. „Sie wollen ihn verhaften?"

„Nein", verbesserte Tom sich hastig. „Ich übe mich nur in schwarzem Polizistenhumor." Er griff in seine Jackentasche. „Hier ist meine Karte. Wenn Ihnen noch etwas einfällt, rufen Sie mich an."

„Egal, was?", fragte Deborah mit süßem Augenaufschlag.

„Etwas, das mit Mr. Porter in Verbindung steht. Sie sollten sich schämen, einen Polizisten im Dienst anzumachen."

„Sind Sie denn immer im Dienst?"

„Ja. Ich lebe für meine Arbeit." Tom sah, dass Anthony seine Vernehmung beendet hatte und an der Tür wartete. „Nun, ich muss jetzt gehen. Danke, Deborah. Sie waren eine große Hilfe."

„Jederzeit zu Diensten", erwiderte Deborah keck. „Wirklich."

Sekunden später stiegen Tom und Anthony wieder in ihren Wagen.

„Noch eine Blondine?", fragte Anthony amüsiert. „Wird das bei dir zur Gewohnheit?"

„Deborah? Nein. Blondinen sind mir zu gefährlich. Ich bin nur an Brünetten interessiert – wie Mrs. Elmore. Jetzt fahr los und erzähl mir alles über Mrs. Elmores unsterbliche Leidenschaft für Bradley Porter. Und in welchem Motel sie sich treffen, damit wir ihn abholen können."

Anthony setzte den Wagen zurück. „Das können wir leider nicht. Er ist in Kentucky."

„Kentucky?" Tom starrte ihn an, als wäre das seine Schuld. „Was zum Teufel tut er in Kentucky?"

„Er sucht in der freien Natur seine verwundete Seele zu heilen. Der Mann hat ein gebrochenes Herz, weil seine kalte, gefühllose Frau ihn nicht verstanden hat."

„Das hat er gesagt? Diese Ratte! Fahr sofort nach Kentucky."

„Wohl kaum. Wir müssen Berichte schreiben, und wir haben keinen Beweis, dass es eine Verbindung zwischen Lucys Bradley und unserem Bradley gibt."

„Verdammt, er ist nicht Lucys Bradley. Komm, lass uns das Haus untersuchen. Wir werden die Verbindung schon noch finden. Vertrau mir. Ich habe ..."

„Berichte zu schreiben."

„Zum Teufel mit dir."

Die Dusche war herrlich wohltuend.

Das heiße Wasser brachte Lucys Haut zum Prickeln. Ihre Gedanken wanderten zu Tom, und das Prickeln wurde stärker.

Es war einfach lächerlich. Dieser Mann hatte sie überfallen und stritt ununterbrochen mit ihr, und sie konnte nicht aufhören, an ihn zu denken. Und besonders lächerlich war es, sich auf ein Wiedersehen mit ihm zu freuen. Sie steckte den Kopf direkt unter den Wasserstrahl, als könnte sie damit jeden Gedanken an Tom aus dem Kopf waschen.

Denk an etwas anderes, befahl sie sich und beugte sich zur Unterstützung noch ein wenig vor. Erschrocken riss sie die Augen auf, als sie das Wasser sah, das in den Abfluss lief.

Es war schwarz. Das schwärzeste Schwarz, das sie je gesehen hatte. Was bedeutete, dass ihr Haar es nicht mehr war.

„Oh, nein", stöhnte sie.

Fünf Minuten später hatte Lucy sich in einen weißen Bademantel gewickelt und ihr Haar in ein Frotteehandtuch, stand vor dem Spiegel und betete. Dann holte sie tief Luft und nahm langsam das Handtuch herunter.

Es war eine seltsame Farbe, wie halb verfaultes Moos, eine Art trübes Dunkelgraugrün, das sich ihrem Blick bot.

„Himmel, mein Haar hat sich in ein schwarzes Loch verwandelt", murmelte sie erschüttert. „Total glanzlos." Entsetzt blickte sie auf das verfärbte Handtuch. „Wie lange wird es dauern, bevor das ganz herausgewaschen ist?" Plötzlich kam ihr ein schrecklicher Gedanke. *Oder bevor mir das Haar ausfällt?*

Einstein kam ins Schlafzimmer getapst, blieb stehen und starrte sie an.

„Unabhängigkeit bekommt mir nicht", murmelte Lucy.

„Der Laborbericht ist fertig." Tom kam zurück ins Büro und legte ihn Anthony auf den Schreibtisch. „Die Wand hat die Kugel völlig deformiert – eine Achtunddreißiger. Patricia sagt, mit dieser Kugel könnten wir vor Gericht nichts ausrichten."

Anthony schob den Bericht beiseite, um weitertippen zu können. „Also haben wir immer noch nichts."

„Nicht ganz. Wir haben Lucy", stellte Tom klar und setzte sich auf die Tischkante. „Und Lucys Haus, das wir jetzt schleunigst untersuchen werden. Ich muss sowieso mit Lucy reden."

„Sagt dir das deine Intuition?"

„Jawohl, in Bezug auf Lucy Savage fühle ich eindeutig etwas."

„Fragt sich nur, was."

„Was?" Tom war einen Moment verwirrt. „Ach, so. Nein, nein, ich kann sie mir ja nicht mal nackt vorstellen."

„Wie bitte?" Anthony hörte auf zu tippen und lachte. „Ich fasse es einfach nicht. Du hast dir doch selbst die Königin von England nackt vorstellen können."

„Das war auf dem College."

„Ja, aber ich habe es nie vergessen. Und diese wahnsinnige Vorstellungskraft hast du jetzt verloren? Tom, das ist ein böses Zeichen."

„Ich habe überhaupt nichts verloren", fuhr Tom ihn an. „Und es passiert mir auch nur mit Lucy. Das ist ihr Fehler. Sie ist irgendwie nicht der Typ von Frau."

„Ach, aber die Königin von England ist der Typ, was? Ich glaube eher, dass du dich zu Lucy hingezogen fühlst. Du respektierst sie. Das ist es. Liebe. Heirat." Anthony machte eine beredte Pause. „Reife."

„Sei nicht albern. Hast du die Hotels angerufen, wo mit Porters Kreditkarte bezahlt wurde?"

„Vor wenigen Minuten. Bei dem Anschluss in Kentucky meldet sich niemand, und bei dem Hotelzimmer hier in Overlook ist ständig besetzt."

Tom stand auf. „Dann lass uns als Erstes dieses Hotelzimmer überprüfen, bevor, wer immer das ist, auflegt." Ungeduldig ging er auf und ab. „Könntest du dich mit dem Getippe vielleicht etwas beeilen? Ich möchte vor Mittag bei Lucy sein."

„Einen Moment musst du schon noch warten."

Das Telefon auf Anthonys Schreibtisch klingelte, und fluchend nahm er den Hörer ab. „Betrugsdezernat, Taylor." Sein Gesichtsausdruck wurde plötzlich ernst. „Sofort." Er hängte ein. „Wir haben ein weibliches Schussopfer."

Tom blieb fast das Herz stehen. „Nicht Lucy. Ich habe sie allein gelassen, und irgend so ein ..."

„Die Frau ist nicht Lucy. Jedenfalls, wenn sie nicht schlagartig wieder blond geworden und in ein Hotelzimmer in Overlook gezogen ist."

Unendlich erleichtert atmete Tom aus. „Auf keinen Fall. Die Hunde würden Overlook nicht mögen." Er stockte. „Overlook? Das ist doch nicht möglich ..."

„Doch, und es ist das gleiche Hotel, in dem Bradley Porter abgestiegen ist oder wer auch immer mit seiner Kreditkarte herumläuft. Nach meinem Anruf ist der Mann von der Rezeption hochgegangen und hat die Frau bewusstlos auf dem Boden gefunden, den Hörer hatte sie noch in der Hand. Er hat einen Rettungswagen gerufen. Sie ist jetzt auf dem Weg ins Krankenhaus. Bradley – oder wer auch immer – ist natürlich abgehauen."

„Bradley mietet sich in Kentucky ein Hotelzimmer und fährt zurück, steigt mit einer Blondine in der übelsten Gegend ab und schießt auf sie? Das ergibt keinen Sinn. Warte. Wieso haben die vom Morddezernat eigentlich bei uns angerufen?"

„Weil sie deine Karte in ihrer Handtasche gefunden haben. Detective Warren. Betrugsdezernat."

Tom schlug mit der Hand auf den Tisch. „Die Frau ist unsere anonyme Anruferin. John Bradley hat das herausgefunden und will sie erledigen. Aber wie passt Bradley Porter ins Bild? Komm, lass uns sofort in dieses Hotel fahren."

„Und was ist mit Lucy? Willst du sie nicht anrufen?"

„Doch, aber später." Tom griff nach seiner Jacke. „Im Moment ist sie ja in Sicherheit. Schließlich habe ich ihr verboten, das Haus zu verlassen. Jetzt komm endlich."

„Was hast du gemacht mit der Frau? Sie hypnotisiert?"

Es war früher Nachmittag, als Lucys Telefon klingelte. Na endlich, dachte Lucy.

„Hallo?", meldete sie sich so desinteressiert wie möglich.

Es war Tina, die in ihrer direkten Art sofort auf den Punkt kam. „Deine Nachricht hat mich umgehauen. Hast du diesen Gangster wirklich verprügelt?"

„Ja, obwohl er ständig behauptet, dass das nicht stimmt."

„Du hast mit dem Kerl gesprochen?"

„Na ja, weil ich ihm die Polizei auf den Hals gehetzt habe. Ich habe erst erfahren, was eigentlich los war, als er zu mir nach Hause kam …"

„Wer?", fragte Tina verwirrt.

„Tom. Der Mann, der mich angefallen hat."

Tina stöhnte. „Jetzt nennt ihr euch schon beim Vornamen. Er hat dir wohl von seiner unglücklichen Kindheit erzählt, dass du keine Anzeige erstattet hast. Oh, Lucy!"

„Nicht ganz …"

„Ich komme gleich rüber, und dann gehen wir zur Polizei. Ich kenne jetzt einen Polizisten. Bleib du zu Hause. Ich rufe ihn an und dann Benton."

Lucy straffte die Schultern. „Nein, Tina …"

„Glaubst du, dass die Polizei ihn findet?"

„Wahrscheinlich. Er arbeitet für sie."

Es folgte Totenstille.

„Was?", krächzte Tina schließlich.

„Er ist selbst Polizist."

„Du hast einen Polizisten geschlagen?"

„Von meiner Sicht aus, ja. Wenn du ihn fragst, Detective Thomas Warren, dann nein." Lucy lehnte sich entspannt zurück. „Weißt du, er hat herrliche blaue Augen. Du erinnerst dich bestimmt an ihn. Er ist der mit der schwarzen Lederjacke, gestern im ‚Harvey's'."

„Lucy, wir müssen unbedingt miteinander reden."

„Tom hat mir verboten, aus dem Haus zu gehen. Er denkt, dass jemand mich umzubringen versucht."

Wieder herrschte Totenstille.

„Bleib da", sagte Tina dann. „Ich komme zu dir und bringe etwas zu essen mit. Dann erzählst du mir alles."

„In Ordnung, aber ich muss dich warnen. Mein Haar sieht ... anders aus."

„Anders? Ich kann es kaum erwarten."

„Sie ist bewusstlos." Tom setzte sich erschöpft auf einen Stuhl im Wartesaal. „Kein Ausweis. Nichts. Es ist zum Wahnsinnigwerden."

„Du warst schon vorher wahnsinnig." Anthony sah auf die Uhr. „Komm jetzt. Auf uns wartet Arbeit. Der Hotelangestellte hat John Bradley als den Mann identifiziert, der das Zimmer gemietet hat."

„Ich frage mich, wo Bradley Porter ist. Ich würde den Kerl zu gern verhaften."

„Beweg dich endlich. Es sieht so aus, als läge noch eine Menge Ärger vor uns."

„Diese Ratte Bradley", knurrte Tom.

Anthony zog ihn kurzerhand hoch und schob ihn zum Ausgang.

„Danke", sagte Lucy zweifelnd und nahm den Baseballschläger entgegen, den Tina ihr mitgebracht hatte.

„Das ist zu deinem Schutz." Tina ging an ihr voraus ins Wohnzimmer. „Damit kannst du jeden Einbrecher zur Strecke bringen. Und jetzt erzähl mir, was los ist."

Eine Stunde später war Tinas Neugier immer noch nicht gestillt. „Er glaubt also wirklich, dass jemand auf dich geschossen hat?", fragte sie und aß den letzten Bissen von ihrem süßsauren Schweinefleisch.

„Ja. Ist das nicht das Dümmste, was du je gehört hast?"

„Nein, vor allem deshalb nicht, da Kratzspuren an den Schlössern sind. Du bleibst im Haus."

Lucy schob ihren leeren Teller von sich. „Was ist bloß los mit euch beiden? Ich rede nicht einmal zu meinen Hunden in diesem Ton, den ihr mir gegenüber anschlagt."

„Vielleicht solltest du das", erwiderte Tina mit einem misstrauischen Blick auf Einstein. „Wie ist dieser Tom überhaupt?"

„Übellaunig und wie Quecksilber. Er hält nie still, hat diese herrlichen blauen Augen und kann nie länger als zwei Sekunden zuhören. Überhaupt nicht mein Typ." Lucy blinzelte und fügte dann hinzu: „Obwohl ich ein oder zwei unziemliche Gedanken über ihn hatte. Sehr unziemliche sogar, aber ich werde natürlich nie etwas in der Sache unternehmen. Komischerweise mögen ihn die Hunde. Na ja, er ist reichlich herrisch, aber genau genommen mag ich ihn auch."

Tina lächelte. „Na, so was. Vielleicht solltest du doch etwas in der Sache unternehmen."

Lucy schüttelte den Kopf. „Bestimmt nicht. So, wie mein Haar aussieht, sucht jeder Mann sofort das Weite."

Tina ging erst gegen Mitternacht. Tom hatte immer noch nicht angerufen.

Wahrscheinlich ist das auch am besten so, dachte Lucy. Immerhin war sie frisch geschieden. Außerdem war dieser Mann viel zu verrückt und unberechenbar, um gut für sie zu sein, ganz davon zu schweigen, dass ihr Haar wie ein verdorbener Teppich aussah.

„Morgen ist auch noch ein Tag", sagte sie zu den Hunden. „Der erste Tag meiner Unabhängigkeit. Zum Kuckuck mit Tom Warren – mit Männern überhaupt. Es ist sowieso leichter, ohne sie unabhängig zu sein. Lasst uns zu Bett gehen."

„Natürlich haben wir noch keinen Fall fürs Gericht", sagte Anthony, nachdem er am nächsten Morgen mit dem Labor telefoniert hatte. „Aber Patricia und ihr Team schicken dir ihre Glückwünsche. Sie meinen, dass die Kugel aus der Blondine und die, die dich verfehlt hat, aus derselben Waffe stammen."

„Zeit, dass wir zu Lucy gehen", entgegnete Tom entschieden und wählte schon ihre Nummer.

„Von mir aus. Immerhin hast du dich wegen dieser Frau schon zwei Tage hintereinander rasiert. Wir sind ihr hier alle sehr dankbar dafür."

Tom achtete nicht auf ihn. „Komm schon, nimm endlich ab", murmelte er in den Hörer. „Du solltest nur die Haustür nicht öffnen, aber ans Telefon gehen kannst du doch."

Nach dem zwölften Klingelton verwandelte seine Gereiztheit sich in kalte Angst. „Sie antwortet nicht."

Mit einem Satz war er aus dem Zimmer.

Anthony griff sich seine Jacke und folgte ihm. „Scheint, dass sie doch die Tür geöffnet hat."

5. Kapitel

Lucy versuchte, ihre Wut mit einem Jogginglauf in der kalten Morgenluft abzureagieren. Es war reine Zeitverschwendung, auf einen Mann wütend zu sein, weil er nicht angerufen und nicht vorbeigeschaut hatte. Männer hielten ihre Versprechen nie.

Besonders solche wie Tom, die in der einen Minute ein panisches Getue um einen veranstalteten und in der nächsten vergaßen, dass man überhaupt existierte.

Sie machte sich auf den Rückweg. Als dann ihr Haus in Sicht kam, sah sie Tom auf ihrer Veranda stehen. Ihr erster Gedanke war, dass er sogar noch anziehender war als in ihrer Erinnerung. Ihr zweiter Gedanke, dass ihr Haar in der hellen Sonne wahrscheinlich noch seltsamer wirkte als bei künstlichem Licht.

Beim Näherkommen fiel ihr Toms wutentbrannter Blick auf. Na und? Dann war er eben zornig. Sie auch. Und sie hatte auch allen Grund dazu. Für wen, zum Kuckuck, hielt er sich eigentlich?

Er kam ihr entgegen, als sie die Treppen hinaufstieg. Er sah einfach umwerfend aus. Groß, dunkel – und aufgebracht.

„Sie sind ja rasiert", begrüßte sie ihn spöttisch und war noch etwas atemlos vom Laufen. „Und Ihre Lippe sieht viel besser aus. Sie wirken jetzt fast verlässlich."

„Ich, verlässlich? Und Sie? Ich habe Ihnen doch gesagt, Sie sollen im Haus bleiben!"

Sie rang um Fassung, was ihr schwerfiel, denn sie freute sich wirklich, ihn zu sehen, und er war so teuflisch attraktiv. Um überzeugender zu wirken, stemmte sie die Hände in die Hüften.

„Sie sagten, es wäre nur für einen Abend und dann würden Sie anrufen. Das haben Sie aber nicht getan, was mich eigentlich nicht überrascht, weil Sie ein Mann sind. In dieser Situation allerdings hatte ich gedacht..."

„Ich bin vor Sorge um Sie ganz krank gewesen", stieß er heftig hervor. „Ich habe Sie schon tot in einer Blutlache vor Ihrem Kamin liegen sehen. Und jetzt stehen Sie frech und lebendig vor mir, und ich würde Sie am liebsten selbst umbringen."

„Wer sind Sie denn, mir zu sagen, ich solle mich nicht von der Stelle wagen? Bin ich ein dressierter Hund?"

„Verdammt, ich habe Sie für tot gehalten." Er packte sie an den Schultern. „Ich dachte schon, ich müsste Ihre verflixten Hunde aufnehmen."

„Ich brauchte nur etwas Bewegung." Sie versuchte, sich seinem Griff zu entziehen. „Deshalb bin ich zwei Meilen gelaufen. Na und? Lassen Sie mich los."

„Mein Partner ist gerade dabei, einen Suchtrupp nach Ihrer Leiche anzufordern." Sein Griff wurde noch fester. „Ich bin wahnsinnig wütend auf Sie. Gehen Sie sofort ins Haus!"

„Moment mal!", rief Lucy, aber da lenkte ein vorbeisausender gelber Streifen sie ab. „Achtung, Phoebe ist los!"

In Sekundenschnelle war die Katze über den Rasen gerannt und in Lucys Wagen gesprungen.

„Oh nein!" Lucy riss sich von Tom los. „Zur Hölle, jetzt reicht es mir aber mit diesem blöden Vieh", fluchte sie und lief zu ihrem Wagen. Doch bevor sie ihn erreicht hatte, hatte Tom sie an ihrem Sweatshirt gepackt und sich über sie geworfen, und gemeinsam rollten sie den Rasen hinunter.

Mit einem dumpfen Laut landeten sie vor Mrs. Dovers Einfahrt. Lucy schnappte nach Luft und wollte protestieren, brachte aber nur ein heiseres Flüstern heraus.

Tom bedeckte sie mit seinem ganzen Körper und schien angestrengt auf etwas zu horchen. Er sah genauso aus wie vor ein paar Tagen in der kleinen Seitenstraße. Nur dass er jetzt rasiert war.

Lucy gab den Versuch auf, ihn wegzuschubsen. „Tom? Hat man wieder auf Sie geschossen?"

Er sah ernst auf sie hinab. „Sagten Sie nicht, dass Sie die Autofenster wegen Phoebe immer geschlossen lassen?"

„Ja ..." Sie konnte sich nicht ganz konzentrieren. Sie war sich zu sehr seiner Nähe bewusst. „Ah, Tom ..."

„Die Fenster sind jetzt geöffnet. Phoebe ist hineingesprungen."

„Na, wenn schon. Offenbar habe ich einfach vergessen, sie hochzukurbeln. Tom, Sie erdrücken mich. Gehen Sie runter von mir."

„Sie waren aber zu, als ich vorgestern hier wegging. Und inzwischen haben Sie den Wagen doch nicht benutzt, oder?"

Sein Gesicht war nur wenige Zentimeter entfernt, und er sah sie mit seinen elektrisierenden Augen durchdringend an. Sie spürte jeden Muskel seines kraftvollen Körpers und war so aufgeregt, dass sie völlig vergaß, was sie sagen wollte. Es war einfach unfair. Er war überwältigend, er lag auf ihr, und da stellte er ihr Fragen über eine blöde Katze.

„Tom." Sie tippte ihn sanft an. „Hier ist wirklich nichts passiert. Kein Schuss ist gefallen, gar nichts. Gehen Sie endlich runter."

Ihr klopfte das Herz bis zum Hals, als ihre Blicke sich trafen.

„Ich würde nicht sagen, dass hier nichts passiert", sagte er mit einem Lächeln.

„Na ja, niemand versucht, mich umzubringen", erwiderte sie und tat ihr Bestes, um einigermaßen ruhig zu bleiben.

Er stützte sich auf den Ellenbogen und nahm eine Locke ihres Haars zwischen die Finger. „Komisch, Ihr Haar sieht in diesem Licht irgendwie grün aus."

„Gehen Sie endlich runter von mir!", fuhr sie ihn gereizt an, und dann erschien Mrs. Dover auf der Veranda und keifte: „Ihr Perversen!", und Phoebe schnellte mit ausgefahrenen Krallen über Toms Rücken, und Tom schrie vor Schmerz auf.

Und dann flog der Wagen in die Luft.

„Tom!" Lucy warf die Arme um ihn und zog ihn an sich. Mrs. Dover schrie auf und taumelte in ihr Haus zurück, und Phoebe verschwand blitzschnell unter der Veranda.

Nach einem Moment totaler Stille hob Tom den Oberkörper und sah nachdenklich zu Lucys brennendem Auto. „Nette kleine Bombe."

Die Augen vor Schreck geweitet, sah Lucy ebenfalls hinüber.

Als sie sich dann wieder anschauten, waren sie nur einen Atemzug voneinander entfernt.

„Tom, jemand versucht, mich umzubringen."

„Wissen Sie, ich hatte das irgendwie im Gefühl."

„Okay, Lucy, noch einmal von vorn", forderte Tom sie auf. Er und Lucy saßen eine halbe Stunde später auf dem Sofa in Lucys Wohnzimmer. „Wie lange waren Sie weg?"

„Ich habe es Ihnen doch gesagt. Fünfzehn oder zwanzig Minuten. Ich habe nicht auf die Uhr geschaut."

„Das reicht nicht." Anthony, der in einem Sessel ihnen gegenüber saß, sah wie bei einem Tennismatch von einem zum anderen. „Bei hellem Tageslicht hätte ihn jemand bemerkt. Er muss die Bombe letzte Nacht angebracht haben, Tom."

„Es war so ein nettes Auto." Lucy seufzte. „Und jetzt hat es Totalschaden."

„Lucy, das war eine Bombe, kein kleiner Zusammenprall!"

Ebenso wütend wie Tom blickte Lucy ihn an. „Schreien Sie mich nicht an, Sie ... Sie ..."

„Okay, Kinder, das reicht", mischte Anthony sich ein. „Streitet in eurer Freizeit. Wir haben hier ein ernstes Problem."

„Es tut mir leid", wandte Lucy sich an ihn. „Normalerweise bin ich nicht so grob. Es liegt an Tom. Er bringt das Schlechteste in mir zum Vorschein."

„Gut zu wissen", konterte Tom bissig. „Ich möchte ungern glauben, dass das Ihr Bestes ist."

„Tom, halt die Klappe." Anthony lächelte Lucy an. Es war sein unwiderstehliches Du-kannst-mir-vertrauen-Lächeln, und Lucy erwiderte es spontan.

Finster beobachtete Tom die beiden.

„Dass Tom Sie nicht angerufen hat ...", fuhr Anthony fort, „... war falsch. Es wird nicht wieder passieren, das verspreche ich. Wichtig ist jetzt nur, dass wir gut auf Sie aufpassen, denn mittlerweile ist sicher, dass man Sie verletzen will. Am liebsten würden wir Sie – natürlich mit Ihrer Erlaubnis – in ein Hotel bringen ..."

„Dahin will ich nicht."

„Ich hab's dir doch gesagt, Tony, sie ist ein Querkopf", brummte Tom. Er sah Lucy fest an. „Sie gehen entweder in ein Hotel oder zu Ihrer Schwester, und damit basta. Keine Widerrede. Packen Sie ein paar Sachen."

„Nein."

„Ich schau' nach Ihren Hunden", bot Tom widerwillig an.

„Sie werden es vergessen."

„Werde ich nicht. Packen Sie Ihre Sachen."

„So, wie Sie nicht vergessen haben, mich anzurufen? Nein."

„Lucy!" Tom sprang auf und stellte sich drohend vor sie.

„Ich kann meine Hunde nicht zurücklassen. Sie würden es nicht begreifen. Und wenn dieser Gangster nun beschließt, das Haus abzubrennen? Selbstverständlich weiß ich, dass ich in Gefahr bin, aber ich gehe nicht von hier weg."

„Dann werden wir jemanden bei Ihnen lassen müssen", meldete Anthony sich wieder zu Wort. „Wir sind zwar ziemlich unterbesetzt, aber ich denke, ich kann Sergeant Eliot bekommen."

„Bist du verrückt?", rief Tom. „Eliot ist vierundsechzig, halb blind und kurz vor der Pensionierung. Lucy würde ihn beschützen müssen, nicht umgekehrt."

„Dann hätten wir noch Matthews ..."

„Wer ist Matthews?"

„Der große Blonde, den du dauernd Junior nennst. Übrigens, er möchte, dass du endlich damit aufhörst. Es stört ihn. Matthews käme infrage, er ist jung, stark und zuverlässig. Zufrieden?"

„Nein." Tom suchte nach einem Grund, weswegen nicht. „Er ist zu jung und zu neu. Er weiß noch zu wenig …"

„Na, wunderbar. Du willst also jemanden, der nicht zu jung und nicht zu alt ist und der genug weiß. Das führt uns zu einem Polizisten mittleren Alters mit Erfahrung. Der Einzige, der da zur Verfügung steht, bist du. Einverstanden?"

Tom zögerte keine Sekunde. „In Ordnung. Aber nur …", fügte er hastig hinzu, „… weil ich überzeugt bin, dass auch die Spur von John Bradley hierher führt. Sobald ich zurück bin, durchsuchen wir das Haus."

„Ich dachte, für so etwas braucht man einen Durchsuchungsbefehl", sagte Lucy spitz.

„Nicht, wenn der Hausbesitzer uns die Erlaubnis gibt, und die werden Sie uns geben, weil ich Ihnen gerade das Leben gerettet habe. Zum zweiten Mal."

Mit diesen Worten ging Tom.

Anthony blieb noch einen Moment. „Das Unangenehmste an ihm ist, dass er die unmöglichsten Theorien aufstellt und dann auch noch recht behält." Wieder schenkte er Lucy sein hinreißendes Lächeln. „Zum Glück ist er auch ein netter Kerl, wenn man sich erst mal an ihn gewöhnt hat."

„Oh, ich könnte mich schon an ihn gewöhnen", meinte Lucy versonnen.

Na, das ist ja interessant, dachte Anthony.

Lucy reckte das Kinn. „Aber gestern hat er nicht mal angerufen. Er hat mich einfach vergessen."

„Das hat er nicht. Gestern gab es ein paar Probleme. Eine Frau wurde lebensgefährlich angeschossen. Es war das erste Mal, dass ich Tom richtig besorgt erlebt habe."

„Ja? Warum war er denn mehr besorgt als sonst?"

„Weil er dachte, dass Sie die Frau wären."

„Oh."

Aha, folgerte Anthony sofort. Sie mag ihn. Wenn Tom hier einzieht, ist es um ihn geschehen, und ich muss ihn endlich nicht mehr ständig psychisch aufrichten.

„Wissen Sie, Lucy, Tom ist in letzter Zeit ziemlich deprimiert. Wenn er sich ein wenig entspannen könnte, würde ihm das sehr guttun. Hier bei Ihnen zu wohnen, wird ihm bestimmt helfen. Oh, und noch etwas: Bitte schlagen Sie ihn nicht wieder. Das letzte Mal hat er eine leichte Gehirnerschütterung davongetragen."

„Oh, nein!", rief Lucy entsetzt. „Er sagte, er wäre nicht verletzt."

„Tom hält sich für Superman. Passen Sie auf ihn auf. Okay?"

Lucy nickte nach kurzem Zögern. „In Ordnung."

Na, prächtig, sagte sich Anthony. Das läuft doch gar nicht schlecht.

Tom ließ seine Tasche auf das Bett im Dachbodenzimmer fallen.

„Schönes Zimmer." Er wandte sich zu Lucy um, die ihm nach oben gefolgt war. „Wenn Sie klug wären, würden Sie hier schlafen."

„Das wollte ich auch, aber Bradley meinte, das Zimmer unten sei größer."

Tom spürte einen Anflug von Ärger, wie jedes Mal, wenn Lucy von sich und Bradley in einem Atemzug sprach. „Warum haben Sie auf ihn gehört?"

„Nun, es wäre ja auch sein Schlafzimmer gewesen, also musste ich seinen Wunsch respektieren", antwortete sie, und er wurde richtig missmutig.

Er öffnete seine Tasche und leerte alles auf einmal aufs Bett. „Bradley ist ein Idiot."

„Eigentlich nicht. Nachts kann es hier oben ziemlich kalt werden."

„Woher wissen Sie das?"

„Ab Oktober habe ich dann doch hier geschlafen. Bradley und ich ... hatten eine Meinungsverschiedenheit."

Tom fühlte sich wieder bedeutend besser. Warum eigentlich? fragte er sich. Er hatte doch gar kein Interesse an dieser Frau, nur ein gewisses Verantwortungsgefühl für sie. Er hatte nur die Staatspapiere zu finden und dann ihren Exmann festzunehmen. Danach würde er sie nie wiedersehen.

Als sie nun an ihm vorbeiging, während er seine Sachen einräumte, berührte sie ihn leicht. Sie duftete zart nach Blumen.

Sie nie wiederzusehen, hatte plötzlich keinen Reiz mehr.

Er ließ die Schublade offen und trat hastig zurück. „Wo fangen wir am besten mit der Suche an?"

„Ich habe alle Sachen von Bradley in den Keller hinuntergeworfen." Lucy schloss die Schublade.

„Die Kellertreppe hinunter?"

Tom lächelte sie auf einmal so lieb an, dass Lucys Herz wie wild zu klopfen begann und sie nur stumm nicken konnte.

„Dann wollen wir mal in den Keller gehen, damit ich diesen Fall lösen kann und Sie mich endlich loswerden."

Keine Eile, dachte Lucy, von mir aus kann er ruhig noch eine Weile bleiben.

Tom pfiff leise, als er das Durcheinander am Fuß der Kellertreppe sah. „Mann, Sie haben wirklich ganze Arbeit geleistet, sogar das Geländer hat was abbekommen. Bleiben Sie dicht an der Wand, während wir da hinuntergehen."

„Ich bin kein hilfloses Mäuschen", fauchte Lucy ihn aufgebracht an.

„Sind das alle Kartons?", fragte Tom ungerührt, als sie unten standen.

„Ja, nur die drei. Und es ist nichts Besonderes in ihnen. Ich habe sie selbst gepackt, also muss ich es wissen. Da sind nur Papiere drin und Ähnliches."

„Ich liebe Papiere. Stehen Zahlen auf diesen Papieren?" Tom setzte sich auf den Boden neben einen der Kartons und zerrte an dem Klebeband. „Haben Sie die für die Ewigkeit versiegelt?"

„Ich habe mich von meiner Begeisterung hinreißen lassen. Warten Sie, ich hole ein Messer."

„Okay. Übrigens, können Sie mexikanisch kochen?"

„Ich denke schon", antwortete Lucy zögernd und blickte Tom misstrauisch an. „Warum?"

„Ich habe einige Zutaten besorgt auf dem Weg hierher – Oliven, Käse und so was." Da Tom weiter mit dem Klebeband kämpfte, bemerkte er Lucys gerunzelte Stirn nicht. „Ich fand, Sie sehen aus wie der Typ, der kochen kann. Darf ich jetzt bitte das Messer haben?"

Ja, genau zwischen die Rippen, zischte Lucy insgeheim. Dann holte sie das Messer.

Zwei Stunden später hatten Tom und Lucy jedes Stück in den drei Kartons geprüft, jede Kleinigkeit genauestens untersucht, aber keinen Hinweis gefunden, der Tom wegen Bradley weitergeholfen hätte.

Lucy seufzte. „Ist das nicht traurig? All seine persönlichen Papiere sind Geschäftspapiere."

„Jetzt haben Sie bloß kein Mitleid mit ihm. Er ist eine Ratte."

„Das war er nicht immer."

„Aha! Was wissen Sie denn von ihm? Wo kommt er zum Beispiel her?"

Lucy setzte sich auf einen der Kartons. „Er kommt aus einer kleinen Stadt namens Beulah Ridge. Das steht ja auch auf dem Jahrbuch der Highschool, Sie erinnern sich. Seine Eltern sind tot. Wir hatten eine sehr kleine Hochzeitsfeier. Bradley lud nur drei Leute ein, und keiner von ihnen konnte kommen. Nur meine Eltern, Tina und ein paar Freunde waren da."

„An wen hatte er die Einladungen denn verschickt?"

Lucy überlegte. „An Freunde von der Highschool, glaube ich. Aber es schien ihm nichts auszumachen, dass alle absagten.

Nach der Hochzeit haben wir uns hier niedergelassen. Er arbeitete in der Bank, und ich unterrichtete. Später kamen Einstein, Heisenberg und Maxwell dazu, und dann erschien diese Blondine, und er zog aus. Wir ließen uns scheiden, und Sie überfielen mich. Ende der Geschichte."

Nachdenklich sah Tom sie an. „Warum sind Sie im Oktober in die Dachkammer umgezogen?"

„Bradley schnarcht."

„Ja, sicher." Tom holte noch einmal das Jahrbuch aus einem der Kartons.

„Warum glaubt mir das bloß niemand?"

„Weil kein Mann bei normalem Verstand Sie deshalb aus seinem Bett lassen würde." Tom blätterte in dem Buch herum. „John Bradley war Sportlehrer an einer Highschool", begann er Lucy zu erzählen, was er über den anderen Bradley wusste. „Damit begann sein Untergang."

„Was meinen Sie damit?"

„Er verführte eine Schülerin und schwängerte sie. Daraufhin verlor er seinen Job. Aber der Knüller ist, dass die Familie des Mädchens sehr einflussreich ist. Sie hätten ihn ohne große Mühe umbringen lassen können, aber ihre Bianca war schwanger, also besorgten sie ihm einen Job bei der Bank und zwangen ihn, sie zu heiraten."

„Wie fürchterlich für das Mädchen."

„Für ihn vermutlich auch. Ich habe diese Bianca mal am Telefon gesprochen. Sie ist keine sehr angenehme Person. Ich persönlich hätte Daddy gebeten, mich zu erschießen, statt auch nur eine Woche mit ihr zusammenzuleben. Aber Bradley und ich sind ja auch verschieden."

„Das sind Sie bestimmt." Lucy errötete, als Tom sie fragend ansah.

„Ich meine, ich kann mir nicht vorstellen, dass Sie einen Teenager schwängern."

„Ich habe mir zwar große Mühe gegeben, es zu tun, als ich

selbst einer war, hatte aber nicht sehr viel Glück dabei. Meine Technik brauchte etwas Schliff." Tom blickte wieder in das Buch auf seinen Knien.

Jetzt braucht sie das sicher nicht mehr, dachte Lucy spontan und rief sich dann sofort zur Ordnung. Es musste Vollmond sein. Noch nie hatte sie ein solches Kribbeln verspürt, nur weil ein Mann in ihrer Nähe war. Sie fühlte sich wohl und geborgen bei Tom, und sie war bis in die Fingerspitzen erregt.

„Ihr Ex sieht gar nicht aus wie ein Betrüger", sagte Tom und betrachtete ein Foto. „Aber alles spricht dafür, dass er in ein schweres Verbrechen verwickelt ist. Eine Frau ist erschossen worden, und er und John Bradley sind nicht aufzutreiben. Mit Sicherheit wissen wir von ihm nur, dass er ein Verführer ist. Hier in Ihrem Haus hat er Sie hintergangen, diese Ratte."

„Bradley ist vielleicht eine Ratte, aber nicht gewalttätig und bestimmt kein Verführer. Die Frau muss ihn verführt haben. Er war gar nicht so interessiert an Sex. Aber das kann natürlich auch an mir gelegen haben."

„Nein, das lag nicht an Ihnen. Glauben Sie mir."

Bevor Lucy Zeit hatte, dieses schmeichelhafte Kompliment richtig wirken zu lassen, pfiff Tom leise durch die Zähne.

„Na, so was!" Aufgeregt hielt er ihr das Buch hin und zeigte auf das nächste Foto. „Jetzt schauen Sie sich mal den Namen darunter an."

„John Talbot Bradley", las Lucy.

„Sie sind gemeinsam zur Highschool gegangen", rief Tom triumphierend. „Dass beide Bradley heißen, hätte ein Zufall sein können, auch dass beide bei einer Bank arbeiten. Aber dass sie zur selben Zeit in einem Lokal gewesen sind, für das wir einen Telefontipp hatten? Kaum. Und das hier …", er tippte zufrieden auf das Foto, „das ist eindeutig kein Zufall."

„Nein", sagte Lucy leise. „Das ist es wohl nicht."

Tom wunderte sich über den traurigen Ton in ihrer Stimme. „He, das hat nichts mit Ihnen zu tun."

„Das ist mir klar, ich komme mir nur so dumm vor, weil ich so wenig über Bradley weiß."

„Sie sind nicht dumm." Tom klappte das Buch zu, stand auf und hielt Lucy die Hand hin. „Kommen Sie. Wir gehen nach oben und rufen Tony an. Dann essen wir. Was werden Sie kochen?"

Dankbar nahm Lucy seine Hand und ließ sich hochhelfen. Es war schwierig, in der Nähe dieses Mannes deprimiert zu sein. „Ich koche nicht." Sie klopfte sich den Staub von der Jeans. „Sie kochen", sagte sie lächelnd.

„Ich kann nicht kochen", murmelte er und blickte sie dabei ganz seltsam an.

„Was ist denn?"

„Ich habe Sie noch nie so lächeln sehen. Sie sollten das öfter tun." Er drehte sie herum und schob sie vor sich her die Treppe hinauf. Nach dem ersten Schritt blieb er plötzlich stehen.

„Was ist denn jetzt?" Lucy spähte über die Schulter.

„Nette Jeans", antwortete Tom leise. „Und ziemlich eng, würde ich sagen."

„Sie gefällt Ihnen nicht?", fragte Lucy enttäuscht. „Es tut mir leid, dass der Anblick Ihnen so unangenehm ist."

Tom schüttelte fassungslos den Kopf. „Wovon reden Sie? Ich habe lüsterne Blicke auf Ihre Kehrseite geworfen. Unangenehm war das für mich bestimmt nicht. Geben Sie mir eine Ohrfeige, wenn Sie wollen, aber sehen Sie mich nicht so bekümmert an."

„Oh."

„Jetzt verstehe ich. Bradley mochte Sie nicht mit Jeans. Stimmt's?"

„Er mochte mich nur in Kostümen. Er hasste Jeans."

„Bradley ist ein Idiot. Aber das war uns ja schon bekannt. Genug von ihm. Ich habe Hunger. Bewegen Sie sich."

Entspannt ging Lucy weiter.

„Doch, wie gesagt, ich kann nicht kochen."

„Bald können Sie es. Ich bringe es Ihnen bei."

„Was ist nur aus den Frauen geworden, die es liebten, jeden Tag für ihre Männer zu kochen?", murmelte Tom wehmütig.

„Die hat es nie gegeben", erwiderte Lucy. „Das sind reine Männerfantasien. Frauen haben nur gekocht, um zu überleben. Und jetzt sind die Männer dran. Betrachten Sie es als Überlebenstraining, das ist doch wohl männlich genug."

Seufzend folgte Tom ihr in die Küche.

„Ich bin wirklich gut", verkündete Tom eine Stunde später, als er und Lucy sich mit ihren Tellern vor das Kaminfeuer setzten.

„Tom, es ist bloß eine simple Pizza, kein *Bœuf Bourguignon*."

„Ja, aber ich habe den Belag gemacht. Und ich habe festgestellt, dass es gar nicht so übel ist, alles mögliche Gemüse klein zu schnippeln." Er schenkte ihr ein sorgloses Lächeln, und Lucys Herz machte einen freudigen Satz.

„Von jetzt an dürfen Sie die Zwiebeln schneiden."

„Prima." Tom nahm stolz noch ein Stück Pizza. „Vergiss es", sagte er zu Maxwell, der ihn bettelnd ansah.

Lucy lachte amüsiert.

„Was haben Sie und Tony heute Morgen eigentlich über mich geredet?"

„Er sagte, Sie hätten eine Gehirnerschütterung gehabt." Lucy wurde ernst. „Ich fühle mich entsetzlich deswegen."

Tom grinste. „Dennoch haben Sie mich gezwungen zu kochen."

„So entsetzlich fühle ich mich nun auch wieder nicht. Außerdem haben Sie es genossen."

„Und was hat Tony noch gesagt?", bohrte Tom weiter und nahm sich das nächste Stück Pizza.

„Das weiß ich nicht mehr."

„Oh, doch. Los, spucken Sie's aus. Sie waren doch ganz hin und weg von ihm."

Lucy reckte das Kinn. „Ich finde ihn nur sehr nett."

„Bleiben Sie ihm von der Pelle. Sie sind nicht sein Typ. Er steht eher auf erfolgreiche Yuppies mit Kostüm, Aktenmappe und Autotelefon." Tom schauderte es bei dem Gedanken.

„Und was ist Ihr Typ?", fragte Lucy und hätte sich im nächsten Moment am liebsten die Zunge abgebissen. Jetzt fing Tom womöglich an zu glauben, dass sie an ihm interessiert war.

„Ich habe keinen Typ. Ich bin dafür, allen eine faire Chance zu geben."

„Wie tolerant von Ihnen", erwiderte sie und gab Einstein heimlich ein Stück Pizza ab.

„Und wie sind Sie ausgerechnet auf Bradley verfallen?"

„Ich traf ihn zu einer Zeit, wo ich kurz davor war, eine komische alte Jungfer zu werden. Jedenfalls dachte ich das."

„Eine ziemlich absurde Vorstellung", murmelte Tom und spähte auf Lucys Teller. „Wollen Sie den Rest nicht mehr?"

„Nein, den schaffe ich nicht." Lucy reichte ihm ihren Teller, und die drei Hunde setzten sich neben Tom.

„Hört mal zu, ich habe euch Jungs eine Riesenschüssel Hundefutter gegeben, macht mir also nicht vor, ihr wärt am Verhungern. Schluss damit."

Sie starrten ihn vorwurfsvoll an.

„Okay, ein Stück für jeden. Eins, mehr nicht, verstanden?"

Lucy beobachtete ihn, als Tom die Hunde fütterte, und ihr Herz klopfte schneller vor Glück und Erregung. Sie war erst seit zwei Tagen geschieden, und schon begehrte sie einen herrischen Mann, der lieb zu ihren Hunden war.

Leider riss das Klingeln des Telefons sie aus ihrer Stimmung. Tom nahm den Hörer auf.

„Hallo?" Er runzelte die Stirn. „Er hat einfach aufgelegt", sagte er dann. „Wer würde auflegen, wenn ein Mann sich meldet?"

„Tina jedenfalls nicht. Die würde Sie sofort ins Kreuzverhör nehmen. Meine Eltern würden es kaum bemerken und meine Freunde wohl eher neugierig sein."

„Und wie steht es mit Bradley?"

„Bradley ruft hier nicht an. Tina hat ihm gesagt, er soll es nicht mehr tun, und sie kann sehr überzeugend sein. Seit dieser Nachricht vor dem Scheidungstermin habe ich nichts mehr von ihm gehört."

„Das ist komisch. Dieser Bradley kommt mir immer seltsamer vor."

„Wieso? Er ist doch richtig glücklich mit seiner Blondine. Weiter nichts."

„Wenn ich Bradley finde, hoffe ich, dass er sich der Verhaftung widersetzt." Eigentlich war Tom ganz froh, dass dieser Mann nicht ständig bei Lucy am Telefon hing. Andererseits hätte er ihn sich dann schon längst schnappen können.

Kurz darauf kam Anthony vorbei, um das Jahrbuch zu sehen, und gemeinsam suchten sie im Keller weiter, bis es elf Uhr war. Aber sie fanden nichts Brauchbares, außer der Nachricht an Lucy.

„Er klingt ja nicht besonders zerknirscht", sagte Tom. „Hört euch das an. ‚Triff mich bitte im Lokal in der Second Street, damit ich dir erklären kann, warum du voreilig reagiert hast'. Und Sie sind darauf eingegangen?" Er sah Lucy aufmerksam an. „Sie müssen ihn immer noch mögen."

„Nein", widersprach Lucy. „Ich will ihn nicht zurückhaben. Ich wollte nur verstehen, was los war. Bradley hat nie zugegeben, an etwas schuld zu sein. Es ist schon ein Wunder, dass er überhaupt diese paar Zeilen geschrieben hat. Armer Bradley, er muss wirklich aufgeregt gewesen sein, wenn er sogar *bitte* schreibt."

„Mir gefällt Bradley nicht", sagte Tom.

„Mir eigentlich auch nicht."

„Gut. Vergessen Sie das nicht."

Anthony war wieder gegangen, und Lucy duschte oben. Tom genoss das Kaminfeuer und sein Bier. Nett ist es hier, dachte er und streckte behaglich die Beine aus.

Plötzlich kam ihm ein Gedanke. Dass er sich so pudelwohl fühlte, erinnerte ihn wieder an das, was Anthony ihm gesagt hatte. Nur für seinen Job zu leben, reiche ihm nicht mehr. Und ein paar Tage später war er sogar noch weiter gegangen. Er fühle sich zu Lucy hingezogen, hatte Anthony von ihm behauptet und von so etwas wie Liebe und Heirat gesprochen.

Verdammt, Tony hatte ihm eine Falle gestellt, und er, Tom, hatte nichts Eiligeres zu tun gehabt, als hineinzulaufen.

„Ich bringe ihn um", brummte er zu den Hunden, und Heisenberg rollte sich auf den Rücken.

Aber es dürfte eigentlich kein Problem sein, aus dieser Falle wieder herauszukommen. Er würde Anthony ganz einfach morgen anrufen und einen Ersatz verlangen. Natürlich nicht Eliot. Und ganz bestimmt nicht Junior, weil ...

Leise fluchend stand er auf, brachte die leere Bierflasche in die Küche und pfiff nach den Hunden, weil er mit ihnen noch einmal kurz vor die Tür gehen wollte. Maxwell und Einstein kamen sofort. Suchend sah er nach Heisenberg. Der lag noch immer auf dem Rücken. Der Trick, natürlich! „Toter Hund", sagte er, und Heisenberg rannte schwanzwedelnd zu ihm.

„Freundlich von dir, uns Gesellschaft zu leisten."

Wenig später kam er mit den Hunden zurück und stieg die Treppen zum Dachboden hinauf. Dort traf er auf Lucy, die in einen knöchellangen Bademantel gehüllt war, der groß genug für einen Couchüberwurf war. Ihr Haar trug sie offen, und es fiel ihr in feuchten Locken über die Schulter.

„Ich habe die Hunde schon rausgelassen." Die drei waren ihm gefolgt, saßen jetzt gespannt da und beobachteten Lucy und ihn.

„Ab nach unten in mein Zimmer", forderte Lucy sie auf. „Sie sind ein bisschen irritiert, weil ich sonst ja immer auf dem

Dachboden schlafe. Ich habe ihnen extra Körbe gekauft, aber sie wollten lieber bei mir schlafen."

Gar nicht so dumm von ihnen, dachte Tom.

„Ich habe Ihnen Handtücher hingelegt. Brauchen Sie sonst noch etwas?"

Dich, hätte er fast gesagt. Ihr Bademantel war ein Ungetüm, und ihr Haar war grün, aber er begehrte sie. Es war verrückt, aber er musste dringend eine Dusche haben. Eine eiskalte.

„Nein, danke", antwortete er. „Gute Nacht."

„Gute Nacht."

Er drehte sich abrupt um. Das Letzte, was er gebrauchen konnte, war, sich mit Lucy Savage und ihren drei Hunden einzulassen. Obwohl sein Gefühl und sein Körper ihm da zusprachen.

Tom schüttelte den Kopf und beeilte sich, unter die Dusche zu kommen.

6. Kapitel

Am nächsten Morgen fuhr Tom mit Lucy ins Krankenhaus. Die Frau, die lebensgefährlich angeschossen worden war, hatte immer noch nicht das Bewusstsein wiedererlangt, und ihre Identität war immer noch unbekannt.

„Das ist sie", flüsterte Lucy und starrte auf das bleiche Gesicht unter dem dünnen blonden Haar. „Bradleys Geliebte."

Tom führte sie besorgt zu einem Stuhl. Lucy war fast ebenso blass wie die Frau im Krankenbett. „Sind Sie okay?"

„Bradley hätte so etwas nicht tun können. Es ist dieselbe Frau, aber er könnte nicht ... Nur ein gewalttätiger Mensch tut so etwas, und Bradley ist nicht gewalttätig. Ich glaube nicht, dass er überhaupt Gefühle hat."

Tom drückte sie beruhigend an sich. „Genau das sind für gewöhnlich diejenigen, die schließlich durchdrehen. Die Leute, die herumschreien, werden ihre Wut damit los, aber die, die immer still sind, explodieren regelrecht, wenn sie einmal Dampf ablassen."

„Ich habe das Gefühl, dass alles in meinem Leben sich als Lüge herausstellt. Ich kann meinem eigenen Urteil nicht mehr trauen. Sehen Sie doch, wie sehr ich mich geirrt habe, und ich werde nie erfahren, warum. Und weil ich die Ursache nicht kenne, kann mir das alles im Grunde noch mal passieren."

Was für ein Idiot muss Bradley sein, dass er Lucy wegen einer Blondine aufs Spiel gesetzt hat, dachte Tom. Wie hatte er mit irgendjemandem außer Lucy zusammen sein wollen?

Traurig lehnte Lucy sich gegen die Wand. „Wie konnte ich nur so blind und so dumm sein?"

Tom ertrug es einfach nicht, sie so verwirrt und bedrückt zu sehen. Er zog sie an sich und legte beide Arme um sie, als könnte er sie so vor Bradley und jedem anderen, der sie verletzen wollte, beschützen. „Viele Menschen tun Dinge, für die niemand sie für fähig gehalten hätte. Es passiert immer wieder. Wir werden Sie schön im Auge behalten, bis wir ihn bekommen haben. Und dann können Sie ja mit ihm sprechen, wenn Sie wollen. Bald sind Sie darüber hinweg, keine Sorge."

„Ich fühle mich mit Ihnen nach nur drei Tagen sicherer als mit Bradley nach acht Monaten", flüsterte Lucy an seiner Schulter. „Ich bin ja so dumm."

„Ich finde das sehr klug von Ihnen", entgegnete Tom zufrieden.

Anthony kam am Sonntagnachmittag vorbei. Bewundernd ließ er den Blick durch Lucys blumengeschmücktes Wohnzimmer gleiten. „Das ist ein wundervolles Zimmer. Man fühlt sich rundum wohl." Er lächelte Lucy zu. „Es ist wie Sie."

Lucy strahlte ihn an. „Das ist das Netteste, das man mir je gesagt hat." Sie stellte sich auf die Zehenspitzen und küsste ihn auf die Wange, und er legte den Arm um sie.

„He", knurrte Tom. „Lasst uns professionell bleiben."

„Wenn du professionell sein willst, lass endlich dein Haar schneiden."

„Sehr komisch. Was willst du hier?"

Anthony ließ Lucy los und setzte sich in einen der weichen Sessel. „Ich bringe dir den Laborbericht zu der Bombe in Lucys Auto."

Tom setzte sich auf die Couch und zog Lucy neben sich.

„Erst einmal war es keine besonders starke Bombe, und dann ging sie auch noch so spät los, dass du Zeit hattest, die Katze zu bemerken, dich mit Lucy über den Rasen zu rollen und danach ein gemütliches Gespräch mit ihr zu führen ..."

„Komm zur Sache."

„Außerdem waren ein riesiger Wecker und Unmengen von

Draht angebracht worden, die nichts mit dem eigentlichen Mechanismus zu tun hatten, der den Wagen dann in die Luft jagte."

Tom fluchte leise.

„Ich verstehe nicht", sagte Lucy.

„Wenn Sie ein großes Bündel von Drähten mit einem Wecker in Ihrem Auto gesehen hätten, was hätten Sie dann getan?", fragte Anthony.

„Ich hätte es für eine Bombe gehalten und wäre gerannt wie verrückt. Aber ich verstehe immer noch nicht."

„Er versucht Ihnen zu sagen, dass Sie recht gehabt haben", erklärte Tom unwillig. „Niemand versucht Sie umzubringen. Man will Sie nur aus dem Haus haben. Sie hätten uns angerufen, wir hätten Sie hier rausgeholt, und somit wäre das Haus leer gewesen und stünde zu seiner Verfügung."

„Der Kerl hat mein Auto in die Luft gejagt, nur um mich aus dem Haus zu bekommen? Er hätte mich umbringen können!"

„Nein, Sie hätten mindestens fünf Minuten Zeit gehabt wegzulaufen, bevor das Ding losging. Er wollte Ihnen nur Angst machen. Und das bedeutet …"

„Dass es etwas in diesem Haus gibt", beendete Anthony Toms Folgerung.

„Nein", sagte Lucy. „Wir haben doch überall geguckt. Das ist alles so furchtbar. Ich fühle mich hier nicht mehr sicher."

„Sind Sie verrückt?", brauste Tom auf. „Mit mir als Leibwächter fühlen Sie sich nicht sicher?"

„Und was passiert, wenn ich morgen in die Schule gehe?"

„Sie gehen nicht zur Schule", erklärte Tom scharf. „Wir haben es hier mit versuchtem Mord zu tun, der sich jeden Augenblick in Mord verwandeln kann. Da gibt es irgendwo hier im Haus anderthalb Millionen, und es gibt einen Typen, der Bomben baut und um sich schießt. Wie, bitte sehr, sollten wir Sie in der Schule vor ihm beschützen?"

Anthony warf Tom einen kurzen Blick zu. „In Ordnung, Lucy?"

„In Ordnung", gab Lucy zögernd nach und ging nach oben, um den Schulleiter anzurufen.

„Was ist los?", fragte Anthony, als sie fort war. „So ernst und unerbittlich habe ich dich ja noch nie erlebt."

„Ich habe Angst um sie", antwortete Tom. „Du hättest sie im Krankenhaus sehen sollen. Sie war völlig fertig. Ich will nur, dass sie in Sicherheit ist, bis wir den Kerl haben. Aber wir sind nahe dran, lange wird's nicht mehr dauern."

„Da ist noch etwas, das du wissen solltest. Ich war heute in Beulah Ridge, Pennsylvania, und habe mit ein paar Leuten gesprochen, die beide Bradleys kannten."

„Und?"

„John Bradley war der Goldjunge der Highschool, bis er einmal zu oft beim Betrügen erwischt wurde. Der Einzige, der mit Bradley durch dick und dünn gegangen sein soll, war ..."

„Lass mich raten."

„Genau. Lucys Bradley." Anthony hob beschwichtigend die Hand, als Tom protestieren wollte. „Entschuldige. Bradley Porter. Ansonsten war Bradley Porter der absolute Musterschüler. Alle Spannung in seinem Leben scheint von John Bradley gekommen zu sein. Klarer Fall von Heldenverehrung."

„Das ist doch zwanzig Jahre her."

„Bradley Porter hat ihn zur Hochzeit eingeladen."

Tom setzte sich so abrupt auf, dass er fast von der Couch gefallen wäre. „Was?"

„Bianca Bradley hat die Einladung gefunden und ist vor zwei Wochen hergekommen, um Porter kennenzulernen. Die Bergmans, ihre Eltern, riefen heute an. Ihre Beschreibung passt genau auf unser Schussopfer."

„Aber wie kann sie Bianca Bradley sein? Lucy hat sie als Bradley Porters Freundin identifiziert."

„Vielleicht ist sie beides."

„Aber wie denn?", sagte Tom ungeduldig. „Vor zwei Wochen war sie doch noch in Kalifornien."

Anthony beachtete den Einwand nicht. „Wenn John Bradley sich hier bei Bradley Porter verstecken wollte, ergibt alles Sinn. John Bradley veruntreut das Geld in Kalifornien und flieht hierher, weil er hier einen Freund hat, der ihm immer treu ergeben war. Bradley gibt ihm eine seiner Kreditkarten, und John Bradley mietet sich ein Zimmer in Overlook."

„Und was ist mit den Staatspapieren?"

„John Bradley gibt sie Bradley zur Aufbewahrung. Dann taucht Bianca auf, und er schießt auf sie."

„Na gut, und wie ist sie an meine Nummer gekommen?"

„Sie ruft im Revier an und fragt nach dem Mann, der den Bradley-Fall behandelt, und die nennen dich oder mich, so muss es gewesen sein."

Tom sank in die Kissen zurück. „Und die Papiere sollen hier im Haus sein?" Er schüttelte den Kopf. „Wir haben alles durchsucht. Wenn er nicht die Fußböden aufgerissen hat, sind sie nicht hier."

Anthony sah auf die Uhr und stand auf. „Pass du weiter auf Lucy auf. Und glaube nicht, nur weil sie dasitzt und blinzelt, hättest du sie im Griff."

„Oh, das mit dem Blinzeln ist dir auch aufgefallen, was?" Tom folgte ihm zur Tür. „Du verbringst eindeutig zu viel Zeit mit ihr. Was hast du ihr überhaupt noch erzählt, außer der Sache mit der Gehirnerschütterung?"

„Nichts Wichtiges. Ich gehe jetzt nach Hause, um den Rest meines Sonntags zu retten. Grüß Lucy von mir."

„Nein."

Lachend schloss Anthony die Tür hinter sich.

„Aber etwas ergibt einfach keinen Sinn", sagte Lucy wenig später, während sie Tom beim Zwiebelschneiden zusah. „Bradley ist nicht der Typ, der komplizierte Pläne schmiedet oder gar ein Verbrechen vorbereitet."

„Vielleicht hat er diese Seite seiner Persönlichkeit vor Ihnen verborgen." Tom schüttete die Zwiebeln in eine gusseiserne Pfanne. „Geben Sie es zu. Sie standen sich nicht nah."

„Das stimmt. Bradley ist sehr verschlossen. Ich dachte, nach der Hochzeit würde er lockerer werden, aber das wurde er nicht, und nach einer Weile gab ich es auf, ihm nahezukommen. Ich hatte das Haus und die Hunde, das reichte mir." Lucy rührte die Zwiebeln um. „Ich hätte es weiter versuchen müssen."

„Warum? Er ist ein Verbrecher, der wahrscheinlich versucht hat, seine Freundin umzubringen."

Lucy seufzte. Sie spürte, dass sie wieder deprimiert wurde. Sie reichte Tom den roten Pfeffer und wechselte das Thema. „Anthony wird Augen machen, wenn er erfährt, dass Sie kochen können."

„Vergessen Sie Anthony", brummte Tom.

Bald waren die Hamburger fertig, und sie aßen im Esszimmer im sanften Licht der Tiffanylampe an dem alten Eichenholztisch. Sie redeten über ihre Familie und ihre Arbeit und zogen nach dem Essen vors Kaminfeuer um. Die Stunden vergingen, aber sie vergaßen die Zeit. Nur zwei Telefonate unterbrachen ihr Gespräch, und Tom wurde leicht nervös, weil jedes Mal aufgelegt wurde. Er bemühte sich, über keinen der beiden Bradleys zu sprechen, und bemerkte nach kurzer Zeit, dass Lucy sich entspannte und ein paarmal sogar sorglos lachte.

Wenn all das vorbei war, konnte er sie vielleicht mal anrufen.

Vielleicht würden sie zusammen ausgehen oder einfach im Haus bleiben und gemeinsam lachen. Und wenn Lucy dann endgültig über Bradley hinweg war, konnten sie vielleicht miteinander schlafen – und sich verlieben.

Der Gedanke erschreckte Tom, weil er ihm so sehr gefiel.

Sich in eine Frau zu verlieben, bedeutete, dass er sich an sie binden würde. Und das wiederum bedeutete, dass er sie heiratete. Der nächste Schritt waren Verantwortung und Reife, und bald würde er jede Intuition verloren haben und alt geworden sein.

Einstein stupste ihn mit der Nase an, und er tat ihm den Gefallen, ihn zu streicheln. Dabei sah er sich in dem großen, gemütlichen Zimmer um. Die drei Hunde hatten sich behaglich an seine und Lucys Beine geschmiegt. Sein Blick glitt zu Lucy.

Er wäre ein Idiot, sich in sie zu verlieben. Sie war eine Frau, die eine dauerhafte Beziehung haben wollte, und seine Definition von dauerhaft war ein Wochenende.

Lucy sah auf und ertappte ihn dabei, wie er sie anstarrte.

„Tom?" Ihre Augen waren riesengroß im Feuerschein des Kamins, ihre Lippen waren weich und voll. Ohne zu überlegen und ganz schwach vor Verlangen, beugte er sich zu ihr und küsste sie.

Sie öffnete die Lippen und erwiderte seinen Kuss. Sie kam ihm unmerklich entgegen, sodass der Druck ihrer Lippen sich verstärkte und ihm fast schwindlig wurde.

Er wünschte sich mehr als alles andere, Lucy an sich zu ziehen. Sie war so weich und warm, und es gab keinen Menschen, mit dem er lieber zusammen sein wollte. Aber er musste verschwinden. Denn wenn er das nicht tat, würde er etwas so Verrücktes tun, wie sich in sie zu verlieben, und wenn er sie dann verließ – so wie er es bei jeder Frau tat –, wäre sie unglücklich. Der Gedanke, Lucy wehzutun, ließ ihn innehalten.

„Tut mir leid." Er zog sich zurück. „Wirklich sehr unprofessionell von mir."

Lucy sah ihn etwas verloren an, und er wich ihrem Blick schnell aus. Behutsam schubste er die Hunde von seinen Beinen und stand auf. „Entschuldigen Sie mich. Ich muss noch mal mit Tony sprechen. Bleiben Sie bitte sitzen, ich benutze den Apparat oben."

Damit flüchtete Tom in den ersten Stock, während Lucy tief aufseufzte und verwirrt in das Kaminfeuer starrte.

„Hol mich hier raus", sagte Tom, als Anthony endlich an den Apparat ging. Er stand im Flur am Treppengeländer und blickte nervös und innerlich aufgewühlt nach unten.

„Tom?", murmelte Anthony noch halb im Schlaf. „Bist du in Schwierigkeiten? Wo steckst du?"

„Bei Lucy. Ich brauche sofort einen Ersatz." Er überlegte kurz. „Aber nicht Junior."

„Wovon redest du? Es ist mitten in der Nacht."

„Ach was, es ist gerade mal eins. Wach auf."

„Ich bin leider wach, und zwar nur, weil du plötzlich entschieden hast, dass du die Gesellschaft, in der du dich befindest, nicht magst."

„Das ist nicht das Problem." Tom presste die Hand auf die Stirn. „Ich bin verrückt auf die Gesellschaft hier. Ich habe unmoralische Gedanken über die Gesellschaft hier, und jeden Moment werde ich einen Übergriff auf diese Gesellschaft starten, und dann bin ich wirklich in Schwierigkeiten. Hol mich hier raus, bevor ich etwas tue, das ich später bereue."

„Geh unter die kalte Dusche. Besser noch, werd erwachsen und kontrollier deine niederen Instinkte."

Tom vergewisserte sich, dass Lucy nicht in Hörweite war. „Sie läuft in einem Bademantel herum, der groß genug ist, um das Olympiastadion zu bedecken, und trotzdem macht sie mich wahnsinnig. Eine kalte Dusche wird nicht helfen."

„Und dann hat sie auch noch grünes Haar. Ich wollte sie die ganze Zeit schon fragen, ob sie das absichtlich gemacht hat."

„Konzentrierst du dich jetzt bitte? Ich meine es ernst. Ich bin zu jung, um zu heiraten."

„Heiraten? Tom, du bist ganze zwei Tage bei ihr. Reiß dich zusammen, du bist ja hysterisch."

„Glaub mir, Lucy ist nicht die Frau, die herumspielt. Sie will heiraten, und ich bin wild auf sie, aber ich will nicht heiraten. Und ich will ihr nicht wehtun."

„Das will ich auch nicht, denn ich mag sie."

„Vergiss es, du wärst nichts für sie. Und wenn du sie wirklich gern hast, dann holst du mich hier raus, sonst werde ich der Stiefvater von drei Hunden."

„Es gibt Schlimmeres."
„Hol mich hier raus."
„Nein", sagte Anthony und legte auf.

Tom holte tief Luft und zwang sich, den Hörer nicht aufzuknallen. „Kalte Dusche", murmelte er heiser und schloss sich im Bad ein.

Nach einer langen Nacht voller unbefriedigender Träume von Lucy in vollständiger Bekleidung kam Tom die Treppe herunter und nahm sich vor, Lucy mitzuteilen, dass er nach dem Frühstück verschwinden würde. Unten klingelte das Telefon, und als er sich meldete, legte der Anrufer auf.

„Mir gefällt das nicht", sagte er zu Lucy, als er in die Küche kam. „Es macht mich nervös."

„Alles macht Sie nervös, und es überrascht mich, dass Sie nicht schon längst fort sind, statt so lange an einem Ort zu bleiben."

Er blieb wie angewurzelt stehen. „Wieso?"

Lucy öffnete den Kühlschrank. „Ich dachte, Sie würden sich langweilen, aber Sie haben ja wirklich Stehvermögen. Und ich möchte Ihnen sagen, dass ich das zu schätzen weiß." Sie lächelte ihn mit dem süßesten Lächeln an, das er je gesehen hatte. „Was möchten Sie zum Frühstück? Soll ich Ihnen irgendetwas Besonderes machen?"

Er blickte ihr in die Augen. Sie brauchte ihn, er durfte sie nicht allein lassen. „Eier. Die restlichen Hamburger können wir zum Mittag essen."

Im Laufe des Tages wurde er dann immer unruhiger. Er musste seinen Händen etwas zu tun geben, und zwar schnell, bevor er sie auf Lucy legte.

„Diese Küchenfliesen sind wirklich hässlich", sagte er schließlich und klopfte mit dem Fuß auf den grauen Boden. „Ich frage mich, was darunter ist."

„Ich weiß nicht", antwortete Lucy. „Es steht als Nächstes auf meiner Liste ... He!"

Tom hatte die Kante einer Fliese hochgehoben und zerrte daran, bis sie sich löste. „Ich fasse es nicht. Diese Idioten haben Fliesen auf einen wunderschönen Holzfußboden geklebt." Er guckte darunter, sodass er Lucys ungläubigen Blick nicht bemerkte.

„Tom, hören Sie auf."

„Schauen Sie, Wasser ist darunter gekommen, und die Fliesen sind locker. Wir müssen den Tisch und die Stühle hinausbringen und die Fliesen lösen. Darunter ist Holz!"

„Natürlich ist Holz darunter, aber ..."

„Los, helfen Sie mir. Der Tisch passt nur seitwärts durch die Tür."

Lucy gehorchte seufzend. Früher oder später musste der Fußboden sowieso gemacht werden, und so blieb Tom wenigstens noch eine Weile bei ihr. Vielleicht küsste er sie sogar wieder. Und diesmal würde sie die Gelegenheit ergreifen und ihn verführen.

Aber er musste den ersten Schritt tun.

„Okay, neigen Sie den Tisch ein bisschen nach rechts", forderte er sie auf.

Am besten zog sie ihre alte, enge Jeans an. Neulich im Keller schien er recht beeindruckt davon gewesen zu sein.

„Hören Sie", sagte sie, als sie den Tisch im Flur abstellten. „Ich glaube, ich zieh' mir lieber meine Jeans an, die können ruhig dreckig werden."

Abends um acht Uhr hatte man die Telefonwanze gebracht, um die Tom gebeten hatte, damit er den nächsten Anruf aufnehmen konnte. Und er und Lucy hatten die Küchenfliesen mit einem Minimum an Zeitaufwand und einem Maximum an Durcheinander herausgerissen. Danach hatte Lucy Tom gezeigt, wie man Roastbeef mit einer Zwiebelgewürzmischung machte.

„Das ist erstaunlich", sagte Tom, als sie nun am Tisch saßen. „Nur etwas Wasser und Gewürzmischung auf das Fleisch und ab in den Ofen – und drei Stunden später essen wir das tollste Abendessen. Haben Sie eine Vorstellung, was Küchenchefs so verdienen?"

Lucy lachte so vergnügt auf, dass er sie lächelnd fragte: „Was ist?"

„Es macht alles so viel Spaß mit Ihnen. Selbst langweilige Sachen wie Fliesenherausreißen oder Kochen. Alles scheint Sie zu begeistern."

„Nicht alles. Nur einige Dinge." Nachdenklich blickte er sie an. Sie sah entspannt und glücklich aus in dem weichen Licht. Seltsam, in letzter Zeit schien für ihn Frieden zu herrschen, wann immer sie in seiner Nähe war. Immer wenn er sie anschaute, fühlte er sich geborgen und wie zu Hause. Wenn sie das nach nur drei Tagen bei ihm fertigbrachte, was würde erst in einer Woche mit ihm sein?

„Tom …", begann sie, aber er unterbrach sie: „Erzählen Sie mir von sich."

„Von mir?", rief sie überrascht. „Da gibt es nichts zu erzählen."

„Doch, natürlich. Dass Sie eine großartige Lehrerin sind und eine tolle Köchin, weiß ich schon. Und Sie haben eine Schwester, die direkt aus der Hölle zu kommen scheint."

„Nein, das stimmt nicht. Sie hat nur nicht viel Glück mit Männern gehabt. Einer ihrer Männer hat mit ihrer besten Freundin geschlafen, der andere hat sie geschlagen. Kritisieren Sie Tina nicht. Sie hat eine Kämpfernatur. Ich sollte ein bisschen mehr wie sie sein."

„Nein, das sollten Sie nicht", sagte Tom beunruhigt.

Lucy dachte einen Moment nach. „Ich glaube, das war einer der Gründe, dass ich Bradley geheiratet habe. Ich meine, bei Tina hat es ja auch funktioniert, ohne Leidenschaft zu heiraten. Sie hat alles bekommen, was sie wollte."

„Sie verspürten also keine Leidenschaft für Bradley? Wie schade. Reichen Sie mir bitte die Kartoffeln."

„Wahrscheinlich bin ich sowieso nicht besonders leidenschaftlich." Lucy vermied sorgfältig, Tom anzusehen.

„Wenn Sie den richtigen Mann treffen, werden Sie sich wundern", erwiderte Tom. „Gibt es etwas zum Nachtisch?"

Gegen zehn Uhr hörten Tom und Lucy damit auf, Klebstoff vom Küchenfußboden zu kratzen, und setzten sich mit Bier und Keksen vor den Kamin.

„Das ist das wahre Leben: gutes Essen, gutes Feuer und gute Gesellschaft." Tom betrachtete die drei Hunde, die erwartungsvoll zu ihm aufsahen. „Guckt mich nicht so an. Euer Frauchen hat die Kekse."

„Vergesst es", sagte Lucy. „Kekse sind schlecht für eure Figur."

Die Hunde blieben ungerührt in ihren Lieblingspositionen und sahen Lucy bewundernd an.

„Einstein, Heisenberg und Maxwell – gibt es da ein gewisses System?", fragte Tom.

„Alle drei waren berühmte Physiker, aber Einstein war Heisenberg gegenüber misstrauisch. Werner Heisenberg sagte, dass das Universum ein unsicherer Ort sei, ohne die geringsten Regeln, womit er Albert Einstein wahnsinnig machte, denn der glaubte fest, dass das Universum völlig verständlich sei. Als also dieser kleine Hund an der Vordertür auftauchte und Einstein knurrte und er am nächsten Tag verschwunden war, aber am Abend wieder erschien, dachte ich, na ja, Einstein ist misstrauisch, und Heisenberg ist unsicher, ob er bleiben soll. Also nannte ich ihn Heisenberg, aber in einem irrte ich mich."

„Worin?"

„Heisenberg war gar nicht unsicher", antwortete Lucy bitter.

„Was?"

„Heisenberg verschwand jeden Morgen, drei Tage hintereinander. Bradley erzählte mir, dass er ihn zum Laufen hinausließe und dass Heisenberg dann einfach weg wäre. Aber als ich eines Morgens früher aufwachte und aus dem Fenster sah, erwischte ich Bradley dabei, wie er Heisenberg in seinen Wagen schob. Ich bin zu ihm gegangen und habe ihn gefragt, was er da tat."

Lucy schluckte ein paarmal. „Er sagte nichts, aber während er stumm dastand, sprang Heisenberg heraus und trottete zum Haus zurück. Ich hätte Bradley am liebsten umgebracht. Schon damals hätte ich wissen müssen, dass alles vorbei war, aber ..."

„Aber?", ermunterte Tom sie weiterzusprechen.

„Na ja, wir waren verheiratet. Man kann vor Gericht ja schlecht sagen: Ich möchte mich scheiden lassen, weil mein Mann versucht hat, meinen Hund wegzuschaffen."

Tom verspürte den starken Wunsch, jemanden zu schlagen. Am liebsten Bradley. „Bradley war ein Idiot, dass er Sie verloren hat."

„Oh." Lucy blinzelte. „Danke."

„Gern geschehen."

Ihre Blicke trafen sich, aber dann sah Tom hastig weg und suchte nach einer Ablenkung. „He, horten Sie nicht die Kekse."

Lucy reichte ihm die Kekse, und Tom brachte sich krampfhaft in Erinnerung, aus welchen Gründen er keine Beziehung eingehen wollte.

Er zwang sich, an den Fall zu denken. „Was für ein Typ ist Bradley denn nun eigentlich? Sie scheinen sich so sicher zu sein, dass er kein Verbrecher ist."

„Ich kann es mir einfach nicht vorstellen. Er hat keine Fantasie und ist ziemlich langweilig. Wenn er ein Verbrecher wäre, wäre er zumindest interessant."

Wie langweilig? überlegte er. War Bradley auch langweilig im Bett?

„Im Grunde waren wir beide langweilig. Wir waren das langweiligste Paar in ganz Riverbend."

„Auch im Bett?"

„Wie bitte?"

„Das ist eine professionelle Frage", antwortete Tom, obwohl er nicht einmal sich selbst davon überzeugen konnte. „Vielleicht hätte er ja doch diese Blondine verführen und erschießen können."

„Nein, die Blondine hat ihn verführt, was mehr ist, als ich je zu Stande gebracht habe." Lucy errötete. „Bradley ging Sex genauso an wie alles andere in seinem Leben. Er tat es auf die korrekte Art, wie es sich gehört, und danach war die Sache für ihn erledigt."

„Wie es sich gehört?" Tom hätte fast sein Bier verschüttet. „Es gibt eine korrekte Art, miteinander zu schlafen?"

„Na gut, dann eben zufriedenstellend. Ich mochte es aber trotzdem nicht. Ich meine, er tat alles, was dazugehört, aber ..."

„Sie brauchen eindeutig einen Aufpasser." Tom war außer sich. „Wie konnten Sie diesen Widerling nur heiraten?"

Lucy sah ihn verstimmt an. „Warum reden wir zur Abwechslung nicht mal über eine Ihrer Exfreundinnen? Ich wette, Sie könnten mir Tausende von Geschichten erzählen."

„Haben Sie denn nicht vor Ihrer Ehe bemerkt, wie unangenehm er im Bett war?", fragte Tom unwirsch.

„Wir haben vor der Hochzeit nicht miteinander geschlafen. Bradley respektierte mich."

Tom verschluckte sich.

„Nein, wirklich. Deswegen verstehe ich das Ganze ja auch nicht. Ich bin sicher, dass er mich respektierte und sogar liebte. Nicht leidenschaftlich, aber immerhin fast. Er wollte mich immer um sich haben, und er war sehr aufgebracht, als ich in das Dachzimmer umzog, nachdem er Heisenberg entführen wollte."

Tom versetzte sich in Bradleys Lage. Eben noch hatte er Lucy warm und liebevoll an seiner Seite gespürt, im nächsten Augenblick verlor er sie. „Ich wette, dass er aufgebracht war. Warum ist er nicht auch nach oben umgezogen? Ich wäre wie ein Blitz die Treppe hochgekommen."

Es folgte eine kurze Stille. Dann sagte Lucy: „Bradley war nicht wie Sie."

Tom bewegte sich unbehaglich. „Tut mir leid, dass ich so nachbohre. Ich weiß, dass es Sie aufregt, über Bradley zu reden."

„Über Bradley zu reden, macht mir nichts aus. Der Gedanke, dass jemand mich umbringen will, regt mich viel mehr auf. Bradley ist nicht wichtig."

„Gut." Tom zögerte.

Gespannt hielt Lucy den Atem an.

„Gute Nacht", brummte Tom und ging die Treppe hinauf.

„Gute Nacht." Lucy blickte wieder ins Feuer. Wie sollte sie sich trauen, selbst einen Annäherungsversuch zu starten, wenn sie aussah wie ein grün geschecker Teppich? Gleich würde Tom oben in seinem Bett liegen. Die Vorstellung ließ sie erschauern. Aber was machte das schon aus? Sie würde ja doch nie einen Vorstoß wagen ...

Andererseits sehnte sie sich so sehr nach ihm, dass sie sterben würde, wenn sie ihn nicht bekam. Schon bei dem Gedanken an ihn wurde ihr ganz heiß. Die Hitze begann unten und breitete sich langsam überall in ihr aus. Sie brauchte nur an seine Hände und seinen Mund zu denken und an seinen kraftvollen Körper, als er in Mrs. Dovers Auffahrt auf ihr gelegen hatte. Und dann seine hinreißenden Augen und dieses aufregende Lächeln ...

Entschlossen stand sie auf und ging ins Bad. Sie war so deprimiert wie lange nicht mehr, und als sie schließlich ins Bett stieg, war sie den Tränen nahe.

Doch es war unmöglich. Wenn sie jetzt zu Tom hochging und zu ihm ins Bett kletterte und er nun Nein sagte? Aber vielleicht würde er das ja gar nicht. Vielleicht würde er sie in die Arme nehmen, sie streicheln und sie lieben ...

Lucy atmete immer schneller, während sie sich vorstellte, wie Tom sie mit Händen und Lippen liebkoste. Sie überließ sich ihrer Fantasie und rief sich seinen Kuss vor dem Kamin und seine muskulöse Brust an ihrer in Erinnerung. Sie wusste, dass Tom einfach überwältigend und voller Energie sein würde. Unbewusst grub sie die Finger ins Laken, als sie sich ausmalte, wie er hart und fest in ihr war, und mit einem unterdrückten Stöhnen schloss sie die Augen.

Schließlich hielt sie es nicht länger aus. Sie setzte sich auf und schlang die Arme um sich. Ihr grünes Haar war ihr egal. Sie hatte einen Entschluss gefasst.

Ich will unabhängig sein, und dann lege ich mich hin und bin zu ängstlich, um mir das zu holen, was ich will? Unabhängigkeit bedeutet, sich zu holen, was man will.

Und ich will Tom.

Sie schlüpfte aus dem Bett, wahnsinnig vor Verlangen nach ihm, und ging mit wild klopfendem Herzen die Treppe zum Dachzimmer hinauf.

7. Kapitel

Tom setzte sich im Bett auf und knipste das Licht an, da er Schritte auf der Treppe gehört hatte. So war das Erste, was Lucy sah, als sie hereinkam, seine nackte Brust. Die harten Muskeln standen in seltsamem Kontrast zu dem Blümchenmuster der Tapete. Sein dunkles Haar war zerzaust, seine Augenlider schwer vom Schlaf. Ihr Verlangen nach ihm schnürte ihr fast die Kehle zu. Sie konnte kaum atmen und lehnte sich zitternd gegen den Türrahmen.

„Lucy?"

Und dann bewegte sie sich auf ihn zu, von einer Kraft getrieben, die von ihm ausgehen musste, weil sie selbst völlig kraftlos vor Sehnsucht war.

Sie sank neben ihn auf das Bett und suchte nach den richtigen Worten, aber sie war von einer solchen Glut erfüllt, dass sie ihn nur stumm anblickte.

Im nächsten Moment – sie hätte nicht sagen können, ob sie sich zu ihm gebeugt hatte – lag sein Mund auf ihrem, und sie küsste Tom wie eine Ertrinkende, die endlich die rettende Oase gefunden hatte. Er zögerte noch. Erst als sie mit der Zunge fordernd zwischen seine Lippen drang, zog er sie aufstöhnend an sich und erwiderte ihren Kuss.

Die Hitze seines Körpers erregte sie so sehr, dass sie die Nägel in seine Schultern grub. Er rollte sich mit ihr herum, bis sie unter ihm lag, zerrte ihr das Nachthemd herunter und bedeckte ihren Hals und die Brust mit kleinen heißen Küssen. Sie schrie leise auf, als sein Mund sich um eine hart aufgerichtete Knospe schloss.

Tom berührte sie so, wie Lucy es sich erträumt hatte, mit

der gleichen Intensität, mit der er jede Sekunde seines Lebens auskostete. Bebend wand sie sich unter seinen Liebkosungen und berührte auch ihn mit einem Hunger, den sie nie für möglich gehalten hätte. Er lockte sie mit seiner Zunge und seinen geschickten Händen, bis sie es kaum noch aushielt. Als er sanft ihre intimste Stelle streichelte, seufzte Lucy kehlig auf vor Vergnügen. Sie sah ihn an, und in seinen Augen stand die gleiche entfesselte Leidenschaft, die in ihr tobte.

„Himmel, bist du schön", flüsterte er atemlos. „Wunderschön."

Sie schmiegten sich aneinander, und es war herrlich, ihn hart und fest an ihren weichen Schenkeln zu spüren. Ihre Küsse wurden immer tiefer und verlangender. Sie verzehrte sich vor Sehnsucht nach ihm, und ihre Erregung war so stark, dass es ihr die Tränen in die Augen trieb.

„Jetzt", keuchte sie und zog seine Hüften an ihren Schoß. „Ich möchte dich in mir spüren."

„Warte, Liebling, nur einen Moment." Er küsste sie noch einmal, dann setzte er sich auf die Bettkante.

Sie streichelte seinen Rücken und genoss es, dass Tom erschauerte. Noch nie hatte sie sich so sinnlich und verführerisch gefühlt, so lebendig und leidenschaftlich.

Dann kam er wieder zu ihr, und sie bog sich ihm entgegen, und in dem Moment, als er in sie eindrang, schienen sich Zeit und Raum aufzulösen.

Sie bäumte sich stöhnend auf und war sich nur noch der berauschenden Bewegungen seines kraftvollen Körpers bewusst. Wieder und wieder glitt er in sie hinein, und sie schlang die Beine um ihn, um ihn noch tiefer in sich aufzunehmen und ihn für immer zu halten, damit dieses herrliche Gefühl niemals aufhörte.

„Du bist unglaublich", flüsterte er an ihrem Ohr und küsste sie von Neuem.

Mit der Zunge strich er über ihre weichen Lippen. Plötzlich rollte er sie herum, und sie glaubte zu zerfließen, so intensiv spürte sie ihn, als er sie rittlings auf seine Lenden setzte. Heiße Wellen unendlicher Lust überschwemmten sie mit einer Wucht, dass sie aufschrie.

Noch immer von Schauern durchströmt, sank sie auf ihn und lag heftig atmend an seiner Brust. Sekunden später fand auch er seine Erfüllung. Er stöhnte auf und barg dann das Gesicht in ihrem Haar. Danach lagen sie einander still in den Armen.

„Ich wusste nicht ...", flüsterte Lucy, als sie aus ihrem wunderbaren Rausch wieder aufgetaucht war, „... dass es so schön sein kann."

„Mir geht es genauso", erwiderte Tom. Er zog die Decke über sie beide und umarmte Lucy wieder. „Das nächste Mal ...", sagte er und drückte sie noch fester an sich, „... gehen wir aber langsamer vor. Diesmal habe ich dich so sehr gewollt, doch ich hatte nicht damit gerechnet, dich zu bekommen, und als ich dich dann bekam, habe ich nicht damit gerechnet, dass du so wild sein würdest." Er lachte zärtlich. „Und ich hielt dich für ein braves Mädchen."

„Bin ich auch", murmelte Lucy schon halb im Schlaf. „Aber du hast mich verdorben. Ich dachte, ich würde sterben, wenn ich dich nicht bekäme. Ich konnte nicht länger warten."

„Du glaubst gar nicht, wie froh ich darüber bin. Und nun schlaf." Tom küsste sie auf die Schläfe.

Er selbst war noch lange wach, und ihm wurde mit jeder Minute klarer, dass er jetzt wirklich in Schwierigkeiten steckte. Er hatte die perfekte Frau gefunden, und diese Frau lebte ein beschauliches Leben in einem großen Haus mit drei dummen Hunden. Das Klügste wäre, wenn er sofort das Weite suchte.

Ein Leben mit Lucy würde in ruhigen Bahnen verlaufen, etwas, das er nie gewollt hatte – und jetzt wollte er es. Aber vor allem wollte er Lucy, damit sie ihn anblinzelte, ihm sagte, dass er unlogisch sei, und sich voller Leidenschaft in seine Arme warf. Im Grunde hatte er das immer gewollt.

Wer hätte das gedacht? sagte er sich überrascht. Doch wie immer würde er auch jetzt auf sein Gefühl vertrauen. Und das sagte ihm: Lucy musste seine Frau werden.

Am nächsten Morgen, als Tom in die Küche kam, stand Lucy an der Theke und bereitete das Frühstück zu. Tom trat hinter sie und zog sie an sich, und Lucy lehnte sich genüsslich zurück. Ihr ganzer Körper schien vor Glück zu vibrieren, und sie bog den Kopf nach hinten, und Tom küsste sie. Dann drehte sie sich zu ihm und schmiegte sich dicht an ihn.

„Keine Reuegefühle?", flüsterte er ihr ins Ohr.

„Natürlich nicht", erwiderte sie lächelnd. „Du bist ein wundervoller Liebhaber."

„Ich würde auch ein wundervoller Ehemann sein."

Lucys Lächeln verschwand. „Wie bitte?"

„Ich denke, wir sollten heiraten."

Heiraten? Nach fünf Tagen? Drei Wochen nach ihrer Scheidung? Nachdem sie gerade erst beschlossen hatte, unabhängig und frei zu sein? „Nein", sagte sie und entzog sich seiner Umarmung. „Ich möchte dich hier haben, Tom, aber ich möchte nicht wieder heiraten."

Tom runzelte die Stirn. „Wieso wieder? Du warst mit mir noch nicht verheiratet. Ich bin nicht wie Bradley."

Lucy lachte leise. „Das ist sicher."

Toms Miene hellte sich etwas auf.

„Aber ich heirate dich trotzdem nicht. Es wäre völlig unlogisch. Ich kenne dich erst knapp fünf Tage."

„Fünf unglaubliche Tage. Sechs, mit heute. Gib es zu. Dein Leben ist viel aufregender, seit ich darin aufgetaucht bin ... Soll die Pfanne so rauchen?"

„Dass das Auto in die Luft geflogen ist, kannst du dir nicht zuschreiben." Lucy beeilte sich, den brutzelnden Speck zu retten.

„Nun, da hat es ja auch noch andere aufregende Augenblicke

gegeben. Mir fallen gleich mehrere von letzter Nacht ein. Warte, ich nehme die Pfanne, du wirst dich nur verbrennen ... Aua!"

„Tu kalte Butter drauf", sagte Lucy ruhig und nahm Tom die Pfanne wieder ab. „Das Omelett ist in der Mikrowelle."

Tom holte es heraus. „Lucy, wir müssen heiraten. Ich liebe das Leben mit dir."

„Setz dich und iss dein Omelett."

Schweigend saßen sie dann am Tisch und aßen ihre Omeletts mit Speck. Die Zärtlichkeit und Wärme von vorhin waren verschwunden. Ebenso schweigend räumten sie nach dem Frühstück gemeinsam das Geschirr weg.

Lucy räusperte sich. „Ich gehe am Montag wieder zur Arbeit."

„Nein, das wirst du nicht." Tom betrachtete den Fußboden. „Der Kleber wird sicher abgehen, wenn wir den Boden weiter mit Seife und Wasser einweichen."

„Tom, ich kann mich nicht ewig hier im Haus verkriechen. Ich muss zurück zu meiner Arbeit."

„Nein."

„Jetzt hör mir mal zu", explodierte Lucy. „Du kannst Nein sagen, so viel du willst. Ich gehe am Montag zur Arbeit, und nichts, was du sagst, wird das ändern." Mit diesen Worten drehte Lucy sich um und verließ die Küche.

„Frauen sind so emotional", sagte Tom zu den Hunden. „Was meint ihr zum Fußboden?"

In diesem Moment klingelte es an der Tür. Tom öffnete. Es war Anthony, der gleich weiter ins Wohnzimmer ging.

„Hallo, Lucy", begrüßte er sie und nahm sie in den Arm.

„Was soll das?", brauste Tom auf. „Gib die Frau frei."

Anthony grinste ihn an. „Was ist, kommst du mit? Ein Polizeiwagen beobachtet Lucys Haus, während wir fort sind. Aber überleg nicht lange, wir müssen uns beeilen."

„Nehmt mich wenigstens mit", bat Lucy. „Ich werde noch wahnsinnig, wenn ich hier weiter herumhocke."

„Kommt nicht infrage." Tom schlüpfte in seine Jacke. „Bradley schießt auf Leute. Dem kann ich dich nicht aussetzen."

„Welcher Bradley, deiner oder meiner?"

„Du hast keinen Bradley, vergiss das nicht. Komm, Tony." An der Tür drehte Tom sich noch einmal kurz um. „Warum kochst du nicht mal zur Abwechslung etwas für heute Abend?"

„Ich bestelle eine Pizza", erwiderte Lucy starrköpfig, aber Tom war schon gegangen.

Gegen Mittag ging Lucy die Stille auf die Nerven. Sie schaltete das Radio an und kochte einen riesigen Topf Gemüsesuppe, aber das änderte nichts an der Stille. Niemand sprach mit ihr. Bisher hatte sie das nie gestört, aber jetzt, nachdem tagelang Tom um sie gewesen war und es sich so ausgiebig mit ihm streiten ließ, kam ihr das Haus auf einmal leer vor.

Sie erhaschte einen Blick von sich im Spiegel und erschrak. Das Grün ihrer Haare war fleckig geworden. Sie sah fürchterlich aus. „Ich könnte zum Friseur gehen." Genau. Ihr Entschluss war gefasst. „Wie viele Leute wurden schon beim Friseur erschossen?"

Die Hunde sahen sie skeptisch an.

„Lächerlich, ich gehe zum Friseur und damit basta!" Sie schrieb eine Nachricht für Tom, falls er vor ihr zurückkommen sollte, und bestellte sich ein Taxi zur Hintertür, damit der Polizeiwagen vor ihrem Haus nichts bemerkte.

Drei Stunden später stieg Lucy die Vorderstufen zu ihrem Haus hinauf. Während sie noch dabei war, ihre Schlüssel aus der Tasche zu fischen, öffnete ein junger Polizist die Tür und sah sie anerkennend von oben bis unten an.

„Kann ich Ihnen behilflich sein?", fragte er.

„Ja", antwortete Lucy. „Wir kennen uns übrigens. Sie sind Matthews, aber Tom nennt Sie Junior, und das hier ist mein Haus. Lassen Sie mich also bitte hinein. Was machen Sie überhaupt hier?"

Matthews trat sofort beiseite. „Mann, bin ich vielleicht froh, Sie zu sehen. Wir waren kurz davor, im Fluss nach Ihnen zu fischen."

Ein älterer Polizist stand am Telefon im Flur und hob nun den Kopf, als Lucy näher kam. „Waren Sie nicht mal blond?"

„Erinnern Sie mich nicht daran. Kennen wir uns?"

„Alles in Ordnung, Jungs", sagte er in den Hörer und legte auf. „Mein Name ist Falk. Sie haben uns vor einigen Tagen auf Warren gehetzt."

„Oh. Und was ist hier los?"

Falk grinste. „Warren konnte Sie nicht finden. Das hat ihn aufgebracht. Also sucht so etwa die Hälfte des Reviers nach Ihrer Leiche."

„Oh, nein", stöhnte Lucy. „Ich habe ihm doch eine Nachricht auf dem Flurtisch hinterlassen. Warum liest er keine Nachrichten?"

Tom trat ins Haus und versuchte, nicht das Schlimmste zu denken. Er hatte sie nirgendwo gefunden. Sie war weder bei Tina noch bei ihren Eltern. Er ging ins Wohnzimmer und fand Junior dabei vor, sehr angestrengt mit einer Rothaarigen zu flirten. Sie sah süß aus, mit ihren kurzen, glänzenden kupferfarbenen Locken. Aber er blieb uninteressiert, denn es war nicht Lucy, und Lucy war die Einzige, die er jetzt sehen wollte.

Und dann drehte sie sich um, und es war Lucy.

„Wo, zum Teufel, bist du gewesen?", schrie er sie an.

Ihr Blick war eindeutig feindselig. „Ich habe dir eine Nachricht hinterlassen, und ich hatte dir gesagt, dass du mich nicht einfach hier parken kannst, wie es dir beliebt. Warum hast du all diesen Wirbel veranlasst?"

„Wirbel?" Eine Sekunde war er sprachlos. „Zuerst einmal habe ich keine Nachricht gefunden. Das kannst du mir glauben, denn wir haben das Haus Zentimeter für Zentimeter durchgekämmt in Erwartung, deine Leiche oder sonst etwas zu finden. Da war keine Nachricht."

„Aber ich habe einen Zettel auf den Flurtisch gelegt." Lucy verschränkte die Arme vor der Brust. „Weißt du, Tom, du musst aufhören, immer gleich so zu übertreiben."

„Übertreiben?" Tom stellte sich drohend vor sie. „Lucy, jemand versucht, dich aus dem Weg zu haben!"

„Ach was, das ist ..."

„Und wer hat verdammt noch mal dein Auto hochgehen lassen? Heisenberg?"

Anthony kam herein. „Sie ist ... Lucy? Sind Sie das?"

„Natürlich bin ich es."

Anthony lächelte erleichtert und warf Tom einen vielsagenden Blick zu. „Das bedeutet also, dass Sie nicht entführt worden sind."

„Natürlich nicht. Denn wer sollte ..."

„Verdammt, was heißt hier *natürlich*?", unterbrach Tom sie gereizt.

Während Lucy und Tom stritten, besprach Anthony sich mit den anderen Polizisten. „Entschuldig-", sagte er dann unüberhörbar laut. „Wir gehen jetzt alle. Freut mich, Sie gesund und munter zu sehen, Lucy. Übrigens, Ihr Haar sieht großartig aus, aber unterlassen Sie solche Alleingänge in Zukunft bitte. Tom, bis morgen."

Kaum war er draußen, ging der Streit weiter.

„Wir müssen miteinander reden", fauchte Tom.

Lucy warf ihre Tasche auf den Tisch und stürmte in die Küche. Wütend schob sie den Topf mit der Suppe auf den Herd. Da ließ sie ihr Haar in Ordnung bringen, und dieser Mann alarmierte die Armee. Also, wirklich!

Sie schaltete den Herd an und drehte sich dann zu Tom, der in der Tür stand.

„Ich war vorsichtig. Ich habe ein Taxi gerufen und mich vergewissert, dass mir niemand folgt. Ich bin zu einem Friseur gegangen, bei dem ich noch nie vorher war. Und ich habe eine Nachricht für dich dagelassen. Ich war vorsichtig", betonte sie noch einmal.

„Ich sagte dir, dass du hierbleiben sollst. Du hast den Streifenwagen absichtlich überlistet. Ich habe mir Sorgen gemacht. Ach was, Sorgen, ich war halb wahnsinnig vor Angst um dich."

„Tom, ich kann nicht für ewig hier im Haus bleiben, nur weil du dir Sorgen machst", entgegnete Lucy, aber sie fühlte sich schrecklich. Es war Tom anzusehen, dass er gelitten hatte. „Du kannst mich nicht für immer hier einsperren."

Tom fuhr sich nervös durchs Haar. „Es wird nicht für immer sein. Nur bis der Fall aufgeklärt ist."

„Und wenn du ihn nicht aufklärst?"

„Oh doch, das werde ich. Aber irgendetwas stimmt bei dieser Sache nicht – etwas, das ich noch nicht ganz fassen kann. Mein Gefühl hilft mir da im Augenblick nicht weiter. Aber das wird es."

„Ich kann nicht mein ganzes Leben darauf warten, bis deine Gefühle dir den richtigen Weg weisen." Lucy drehte sich wieder zum Herd und rührte die Suppe um.

„Nein, aber du könntest aufhören, wegen irgendeinem Quatsch dein Leben aufs Spiel zu setzen."

„Das war kein Quatsch. Ich bin eine unabhängige Frau, und mein Haar machte mich wahnsinnig."

„Du bist wirklich nur wegen deines Haars nach draußen gegangen?", rief Tom ungläubig. „Das kann nicht dein Ernst sein!"

„Nein?" Lucy wurde immer wütender. „Macht es dir eigentlich gar nichts aus, wie ich aussehe? Heißt das, sobald das Licht aus ist, sehe ich wie jede andere Frau für dich aus? Im Dunkeln sind wir alle gleich, was?"

„Lucy ...", zischte Tom warnend, „... halt den Mund!" Er holte tief Luft. „Du bist wie keine andere Frau, die ich je getroffen habe, Gott sei Dank, und es ist mir egal, welche Farbe dein Haar hat, und wenn du mir je wieder so eine Angst einjagst wie heute, werde ich verschwinden, weil ich so etwas nicht noch einmal ertragen könnte." Tom schluckte. „Du hattest recht mit dem Heiraten. War eine schlechte Idee von mir. Ich bin nicht reif dafür."

„Genau meine Meinung", entgegnete Lucy, dabei kroch plötzlich ein Gefühl furchtbarer Leere in ihr hoch.

Tom sah sie nachdenklich an. „Ich habe es Tony ja gesagt. Man fängt an, sich aus einer Frau etwas zu machen, und schon ist jede Intuition zum Teufel. Es macht mir nichts aus, Angst um mich selber zu haben. Das passiert mir ständig." Er atmete tief ein. „Aber was ich heute durchgemacht habe ... nein. Ich hatte so eine Angst, dass ich nicht mehr klar denken konnte. Das wird mir nie wieder passieren – bei niemandem."

Schweigend sahen sie sich an. Dann drehte Lucy sich um, weil sie den Schmerz in Toms Blick nicht länger ertragen konnte. „Entschuldige, aber ich denke immer noch, du übertreibst. Du und Anthony, ihr habt doch gesagt, dass er mich nur aus dem Haus graulen will. Keiner glaubt, dass ich noch in Gefahr bin."

„Ich übertreibe also?"

„Ja."

„Gut." Tom verließ die Küche und kam fünfzehn Minuten später mit seiner gepackten Reisetasche zurück.

Lucy erstarrte bis ins Innerste, ließ sich aber nichts anmerken. „Du gehst?"

„Es funktioniert nicht, Lucy. Ich bin gefühlsmäßig zu engagiert, um dir von Nutzen sein zu können. Und du hast wahrscheinlich recht. Vermutlich übertreibe ich wirklich. Wenn du jemanden für eine Weile hier haben willst, schicke ich Matthews."

„Nein, das brauchst du nicht." Lucy holte tief Luft. „Danke, dass du bei mir warst."

„Oh, das Vergnügen war ganz auf meiner Seite." Tom lächelte gezwungen. „Ein Streifenwagen wird vor dem Haus Wache schieben. Und morgen ruft Tony dich an."

„Gut", sagte Lucy, und Tom nickte und ging.

Lucy stand da und rührte geistesabwesend in der Suppe, während ihr Tränen über die Wangen liefen.

Später am Abend ging Lucy ins Bad. Sie blickte lustlos auf ihr Spiegelbild. Dabei sah ihr neues rotes Haar wirklich gut aus. Während sie dann ausgiebig badete, dachte sie an Tom. Es wunderte sie eigentlich nicht, dass er seine Absicht, sie zu heiraten, wieder fallen gelassen hatte. Sie hatte ja geahnt, dass das nicht lange andauern würde. Nur wegen Sex und weil sie gut kochen konnte, hatte er sie heiraten wollen. Bestimmt. Nicht, dass sie erwartet hätte, er würde ihr sagen, dass er sie liebte. Aber etwas in dieser Art tauchte doch normalerweise in jedem Heiratsantrag auf.

Und dann war er einfach gegangen. Weil er Angst um sie gehabt hatte. Nun, ihr machte er auch Angst. Denn ohne ihn fühlte sie sich so verloren und einsam. Ohne ihn war die Welt grau. Aber was nützte ihr diese Erkenntnis? Er war fort. Es war vorbei.

Lucy kletterte aus der Wanne, wickelte sich in ein riesiges Badetuch und ging ins Schlafzimmer. Sie knipste das Licht an und wollte ins Bett kriechen, aber dann blieb sie einige Meter davor stehen.

Irgendetwas stimmte nicht. Angestrengt überlegte sie, was. War etwas mit der Steppdecke? Mit dem Kopfkissen? Fing sie jetzt etwa auch mit Intuitionen an wie Tom?

Während sie noch grübelnd dastand, kam Heisenberg herein und wollte wie gewohnt aufs Bett springen. Spontan schlug sie ihn beiseite, bevor er auf der Steppdecke landen konnte. Heisenberg plumpste jaulend auf den Boden und wich ängstlich vor ihr zurück.

„Oh mein Kleiner", flüsterte sie erschrocken und nahm den zitternden kleinen Hund in die Arme. „Es tut mir so leid, aber ..." Sie streichelte ihn und blickte verstört auf das Bett. „Ich weiß nicht, was los ist, aber wir müssen mit Tom sprechen."

Die Erleichterung, die sie plötzlich fühlte, war so heftig, dass sie eilig zum Telefon raste.

Tom saß in seiner leeren Wohnung und starrte die nackten Wände an, als das Telefon klingelte. Gereizt nahm er sich vor, Anthony zusammenzustauchen, sollte der am Apparat sein und ihm wieder Vorhaltungen wegen Lucy machen wollen.

„Was ist?", meldete er sich unwirsch.

„Irgendetwas stimmt nicht mit meinem Bett."

„Lucy?"

„Ja, ich bin es. Tom, es klingt dumm, aber ich habe Angst."

Das Herz schlug ihm bis zum Hals. Er packte den Hörer fester. „Was ist passiert?"

„Ich weiß nicht. Ich wollte zu Bett gehen, aber etwas kam mir komisch vor. Und dann wollte Heisenberg auf das Bett springen, und ich habe ihn geschlagen."

„Du hast deinen Hund geschlagen?"

„Ich fühle mich ja auch entsetzlich deswegen. Aber ich habe ganz automatisch gehandelt. Ich weiß nicht, was los ist, aber ..."

„Intuition. Bleib vom Bett weg. Ich komme."

Fünfzehn Minuten später stand Tom in Lucys Schlafzimmertür.

„Geh nicht hinein, bleib in der Tür stehen", forderte er sie auf. „So, was genau stimmt nicht?"

Lucy seufzte. „Da ist nichts. Es tut mir leid."

Tom schüttelte den Kopf. „Doch, wenn du Heisenberg geschlagen hast, dann ist da etwas. Lass dir Zeit."

Lucy sah sich im Zimmer um, und wie magisch angezogen schaute sie immer wieder zum Bett.

„Es ist das Bett, nicht wahr?", fragte Tom, der ihrer Blickrichtung gefolgt war.

„Es sieht nicht anders aus als sonst, aber ... Ach, vergiss es. Es war nur so ein komisches Gefühl."

„He, sprich nicht so abfällig über komische Gefühle. Sie haben mir öfter das Leben gerettet, als ich ..."

„Deine Gefühle dir vielleicht, aber nicht meine mir."

„Ich sag dir, was wir tun werden. Du holst eine Sicherheitsnadel und eine Schnur." Tom trat einen Schritt ins Schlafzimmer.

„Tom, komm da raus!", rief Lucy voller Angst.

„Hol die Sachen, um die ich dich gebeten habe."

Lucy tat es. Danach sperrte sie die Hunde in die Küche. Als sie dann zurückkam, hatte Tom das Ende der Schnur mit der Sicherheitsnadel an einer Ecke der Steppdecke befestigt.

„Alles in Ordnung unten?", fragte er.

„Ja, aber ich hoffe, du hast Anthony nicht gesagt, er soll hier anrufen. Einstein hatte den Hörer wieder hinuntergeworfen. Das ist schon das zweite Mal heute."

„Vergiss das Telefon." Tom holte tief Luft. „So, wenn es eine Bombe ist, dann ist ein gewisser Druck nötig, um sie hochgehen zu lassen. Wenn wir die Decke also vorsichtig herunterziehen, sollten wir sehen können, ob darunter etwas liegt. Wenn ja, rufen wir die Bombensicherung. In Ordnung?"

Lucy nickte. „Es wird mir ganz schön peinlich sein, wenn unter der Decke nichts ist."

„Wenn du unter die Decke geschlüpft wärst und da ist tatsächlich etwas drunter, wäre dir nicht mal mehr etwas peinlich." Bei dem Gedanken standen Tom buchstäblich die Haare zu Berge. „Ich bin froh, dass du mich angerufen hast."

„Danke, dass du gekommen bist. Und bitte, sei vorsichtig."

„Werde ich." Tom schloss die Tür halb. „Bleib hinter mir."

Lucy trat hinter ihn, und er zog an der Schnur.

Das Bett flog in die Luft, noch bevor die Decke herunter war, und eine Staubwolke wirbelte durchs Zimmer.

„Es war überhaupt kein Druck nötig!", rief Tom hustend und knallte die Tür zu. „Ruf die Feuerwehr. Wo ist dein Feuerlöscher?"

Lucy deutete auf einen Wandschrank. Unten klingelte das Telefon, und sie rannte die Treppe hinunter. Hastig ergriff sie den Hörer, um dem Anrufer zu sagen, er solle sofort auflegen, damit sie Hilfe herbeirufen konnte.

„Verlassen Sie das Haus", forderte eine fremde Stimme sie auf. „Es ist eine Bombe im Haus."

„Was?", flüsterte sie.

„Verschwinden Sie aus dem Haus. Es ist eine Bombe drin, die losgehen wird."

„Die ist schon losgegangen", schrie sie wütend. „Wer sind Sie, Sie Widerling?"

Der Anrufer legte auf, und Lucy rief nach Tom, während sie die Nummer der Feuerwehr wählte.

8. Kapitel

Die Feuerwehr fuhr weg, nachdem das Feuer gelöscht war. Die Männer von der Bombensicherung gingen, nachdem sie das Haus nach weiteren Bomben durchsucht und Tom darauf hingewiesen hatten, was geschehen konnte, wenn Amateure sich in ihre Arbeit einmischten. Die meisten kannten Lucy von dem Tag, als ihr Auto explodiert war. Es war fast wie eine Party.

Anthony blieb als Letzter. „Das ist interessant", sagte er und betrachtete die Überbleibsel von Lucys Bett.

„Ein Typ rief Lucy an, um ihr von der Bombe zu erzählen", informierte Tom ihn. „Nachdem sie hochgegangen war."

„Sie ging gegen halb zwölf los, um diese Zeit sind bereits ziemlich viele Leute im Bett." Anthony machte eine kurze Pause. „Der Anruf kam eigentlich zu spät."

„Das war Einsteins Schuld. Er hat den Hörer vom Telefon gestoßen. Der Typ hat wahrscheinlich seit Stunden ununterbrochen hier angerufen. Es ist das Gleiche wie mit dem Auto. Niemand versucht, Lucy umzubringen. Er wollte sie warnen, damit sie nicht wirklich in Gefahr kam."

„Aber ich hätte getötet werden können!", rief Lucy aufgebracht. „Ich wäre beinahe in das Bett gestiegen! Das war eine wirkliche Explosion, falls dir das nicht aufgefallen ist."

„Das kann man wohl sagen", knurrte Tom. „Nach dem Fehlschlag mit der Bombe im Auto hat der Mistkerl diesmal schwereres Geschütz aufgefahren. Ich hasse Bradley. Er ist dumm und gefährlich."

„Du glaubst, Bradley hat das getan?" Lucy schüttelte den Kopf. „Nein. Er kann jederzeit herkommen, wenn er will, das weiß er. Ich würde ihn nicht aufhalten."

„Aber wie ist derjenige – wer immer es war – hier hereingekommen? Welche Tür hast du unverschlossen gelassen?"

„Keine", erklärte Lucy empört. „Aber das ist nicht der springende Punkt. Wenn er hereinkonnte, um die Bombe anzubringen, warum hat er dann nicht einfach mitgenommen, was er wollte?"

„Weil er nicht weiß, wo es ist", antwortete Tom. „Er hat es irgendwo hier verloren."

„Den Schlüssel zu einem Banksafe", warf Anthony ein.

Tom nickte. „Wenn die Staatsanleihen in einem Banksafe liegen und der Schlüssel hier ist, dann kann John Bradley nicht die Stadt verlassen."

„Dabei ist das sein größter Wunsch", fuhr Anthony fort. „Er hat Bianca erschossen, jedenfalls so gut wie, und ihre Familie ist hinter ihm her. Nur die Anleihen halten ihn noch hier."

„Und die hat er deshalb nicht, weil er sie Bradley zur Aufbewahrung anvertraut hat."

„Bradley würde nie stehlen", meinte Lucy. „Aber ein Banksafe, das klingt ganz nach ihm. Er ist sehr vorsichtig."

„In Gamble Hills hat er aber keinen Banksafe." Tom sah zu Anthony. „Wenn wir den Schlüssel hätten, könnten wir auch die Bank finden und den Safe öffnen. Er muss den Schlüssel hier irgendwo im Haus verloren haben."

„Sein Sessel!", rief Lucy plötzlich.

„Was?"

„Sein Sessel. Wenn er nun darin saß und der Schlüssel ihm aus der Tasche gefallen ist ... Es ist einer von diesen verstellbaren Liegesesseln."

Tom war schon an der Kellertreppe. Der ziemlich ramponierte Sessel bot einen trostlosen Anblick. Tom nahm das Sitzkissen ab und reichte es Lucy.

Sorgfältig tastete sie darüber. „Keine Naht ist offen. Das Kissen ist wie immer." Sie warf es beiseite.

Tom zog sein Taschenmesser aus der Hosentasche und schlitzte das Sitzkissen und das Polster der Rückenlehne auf. Anthony und er wühlten darin herum – erfolglos.

„Stellt ihn wieder richtig hin." Lucy kniete sich vor den Stuhl. „Wenn man in diesem Stuhl sitzt und es fällt einem etwas aus der Tasche, würde es in die Falte zwischen Rücken- und Sitzpolster rutschen."

„Da habe ich schon nachgeguckt", sagte Tom.

„Wenn es vor zwei Wochen hier hineingefallen ist, kann es inzwischen überall in diesem Sessel sein. Gib mir dein Messer."

Tom reichte es ihr, und Lucy ging um den Stuhl herum, riss das Polster hinten auf und holte die Füllung heraus, bis die Sprungfedern zu sehen waren. Dann kauerte sie sich hin und steckte die Hand hinein.

„Lucy, ich habe bereits ..."

Tom stockte, als Lucy einen kleinen Schlüssel zutage förderte, auf dem eine Nummer eingraviert war.

„Woher wussten Sie das?", fragte Anthony beeindruckt.

„Reine Logik."

„Alle Achtung", sagte Tom.

Lucy starrte auf ihr verwüstetes Bett.

Tom legte ihr den Arm um die Schultern. „Mach die Tür zu, und komm mit nach oben auf den Dachboden."

„Meine Decke", flüsterte Lucy.

„Sie muss so liegen bleiben, damit die Leute vom Labor morgen einen Blick darauf werfen können. Aber vielleicht können wir sie ja später in Ordnung bringen", sagte Tom, klang aber ziemlich zweifelnd.

„Ich lege sie immer so, dass das Rechteck mit den roten Punkten oben ist. Vorhin lag es an der Seite. Das muss ich wohl unbewusst bemerkt haben."

Tom drückte sie an sich. „Komm."

Sie gingen die Treppe hinauf, da ertönte plötzlich ein lautes Krachen.

Lucy blieb erstarrt stehen. „Noch eine Bombe?"

„Das war die Zimmerdecke. Geh nicht wieder da hinein, okay?" Tom öffnete die Tür zum Dachboden.

„Ich glaube, ich werde mich hier nie wieder sicher fühlen", sagte Lucy leise.

Ohnmächtige Wut überkam Tom. Lucy liebte dieses Haus, und jetzt versuchte so ein Mistkerl, es ihr zu verleiden.

Er zwang sich zu einem Lächeln, als sie ihn traurig anblickte. „Ich kann dir zumindest garantieren, dass du nicht in Sicherheit sein wirst, wenn du mit mir ins Bett gehst. Ich garantiere, dass du sofort angegriffen wirst. Meine Gefühle sagen mir das ganz deutlich."

„Ich dachte, es ist vorbei mit uns."

„Das dachte ich auch." Er senkte den Blick. „Ich kann immer noch gehen, wenn du willst. Meine Gefühle könnten sich ja auch mal irren."

„Nein", erklärte Lucy entschieden. „Deine Gefühle irren sich nie."

„Gut." Tom atmete erleichtert aus, und Lucy lächelte ihn so liebevoll an, dass ihm ganz schwindlig wurde. „Weißt du, ich finde dein Haar wirklich schön."

„Danke."

„Du hättest Junior doch nicht angerufen, oder?"

Lucy schüttelte lachend den Kopf.

Am nächsten Morgen fühlte Tom als Erstes Lucys warmen Körper neben sich. Dem Himmel sei Dank, sie war wieder bei ihm. Jetzt musste er sich nur überlegen, wie er mit ihr zusammenbleiben konnte. Er beobachtete, wie Lucy, noch ganz weich vom Schlaf, langsam erwachte. Er würde später weiter nachdenken, jetzt musste er sie erst einmal küssen.

„Hmm", murmelte sie zufrieden. „Ich liebe es, so mit dir

aufzuwachen. Du wirst dich später zwar rasieren müssen, aber jetzt mag ich es, dass dein Bart so kitzelt. Es erinnert mich an das erste Mal, als ich dich gesehen habe."

Tom umarmte sie und zog sie auf sich. „Im Bett gefällt dir ein Mann also unrasiert."

„Ja. Es passt auch besser zu dem neuen Spiel, das ich mir ausgedacht habe."

„Oh!", sagte Tom interessiert. „Was für ein Spiel?"

Lucy lächelte ihn geheimnisvoll an. „Das Spiel mit der unschuldigen Schullehrerin und dem gemeinen, hinterhältigen Bullen."

Aufreizend sanft streichelte Tom ihr den Rücken. „Und wer von den beiden willst du sein?"

„Ich bin selbstverständlich die unschuldige Lehrerin", erwiderte Lucy und tat ganz zimperlich.

„Dann bin ich also der Bulle. In Ordnung, Sie haben das Recht, die Kleidung zu verweigern."

Lucy lachte.

„Unschuldige Lehrerin, was?" Mit ungezügelter Leidenschaft strich Tom über ihren Körper. „Das wird nicht klappen."

„Wieso nicht?", murmelte Lucy leicht abgelenkt.

„Deshalb." Und schon lag sie nach einem geschickten Manöver unter ihm.

„Jedenfalls war ich mal eine unschuldige Lehrerin."

Tom nahm mit einem heißen Kuss Besitz von ihrem Mund.

Wie himmlisch, dass ich es nicht mehr bin, war Lucys letzter Gedanke, bevor sie im Strudel der Leidenschaft versank.

Tom ließ Anthony ins Haus. „Hi." Damit ließ er ihn einfach stehen und ging zu Lucy ins Wohnzimmer zurück.

„Auf keinen Fall, Lucy. Die Idee ist unmöglich."

Lucy saß in einem Sessel und kämpfte sichtlich um ihre Beherrschung.

„Was ist denn jetzt wieder? Fällt Lucy die Decke auf den

Kopf?" Aus den Augenwinkeln sah Anthony verblüfft, dass Heisenberg sich auf den Rücken gedreht hatte.

„Sie will den Küchenboden anmalen", erklärte Tom aufgebracht. „Kannst du dir das vorstellen, einen herrlichen Holzfußboden anzumalen?"

„Aber er ist doch fleckig!", schimpfte Lucy. „Und wenn wir ihn anmalen ..."

„Nein, das werden wir nicht. Sobald wir ihn lackiert haben, wird er fantastisch aussehen. Aber jetzt mache ich uns erst mal was zu essen." Tom ging in die Küche

Anthony blickte ihm sprachlos nach. „Was haben Sie mit Tom angestellt? Weswegen ist ihm Ihr Küchenboden so wichtig?"

„Na ja, er hat ihn vor ein paar Tagen sozusagen entdeckt, und jetzt werde ich ihn nicht streichen können, weil es Tom das Herz brechen würde. Dabei ist er doch ganz fleckig."

Aufmerksam betrachtete Anthony sie. Lucy trug ein Hemd von Tom, dessen obere drei Knöpfe offen standen, und eine wirklich unglaublich enge Jeans. Ihr Haar lag in hübschen Locken um ihr Gesicht, und sie stand mit leicht gespreizten Beinen da und starrte gereizt und mit geröteten Wangen Richtung Küche. Sie sah selbstbewusst und lebendig und strahlend aus. Und verflixt sexy.

„Ich habe den Pizzateig gefunden", rief Tom aus der Küche. „Für zwei oder drei?"

„Du machst Pizza?", fragte Anthony verblüfft.

Leicht überrascht steckte Tom den Kopf aus der Tür. „Wie jeder Mensch muss auch ich essen, oder?"

„Für drei", sagte Lucy. „Und denk daran, wenn der Käse in der Mikrowelle explodiert ..."

„Mach ich sie sauber."

Heisenberg bellte, und Tom warf ihm einen Blick zu. „Toter Hund", brummte er automatisch und verschwand wieder in der Küche.

Heisenberg rollte sich glücklich auf den Bauch, sprang hoch und folgte Tom.

„Das ist ja unheimlich", sagte Anthony. „Was geht hier eigentlich vor?"

„Was soll sein?" Lucy errötete. „Nichts."

Anthony lächelte zufrieden. Lucy war also verliebt. Jetzt musste er sich nur noch über Tom vergewissern. Deshalb ging er zu ihm in die Küche. Tom bot ihm ein Bier an, und er nahm dankend an.

„Ich habe die Bank gefunden", erzählte er Tom und sah ihm beim Kochen zu. „Morgen müssten wir den Durchsuchungsbefehl haben."

„Ich komme mit. Den Safe möchte ich mir anschauen."

„Soll wieder ein Streifenwagen vor Lucys Haus stehen?"

„Ja, ich glaube, ihre Schwester kommt auch rüber. Wir sind uns gestern zum ersten Mal begegnet." Tom schüttelte den Kopf. „Die Begegnung war nicht sehr angenehm. Noch ein Grund, morgen nicht hier zu sein."

Anthony sah ihn ernst an. „Wenn wir die Papiere finden, wirst du sowieso von hier weggehen können. Wir werden die Nachricht in allen Zeitungen verbreiten, und dann wird der Bradley, der hier einzubrechen versucht, aufgeben, und Lucy wird keinen Beschützer mehr brauchen."

„Nein, aber mich wird sie brauchen. Ich bleibe hier." Tom schob die belegten Pizzas in die Mikrowelle und stellte das Gerät an.

„Tom, du machst mir Sorgen. Ich mag Lucy, und ich möchte nicht, dass du ihr wehtust."

„Warum sollte ich Lucy denn wehtun?", fuhr Tom verärgert auf. „Wovon redest du überhaupt?"

„Ich rede von deinen Absichten, du Idiot", wurde Anthony direkter. „Willst du für immer hierbleiben?"

„Ja. Und um deine nächste Frage zu beantworten, ich habe ihr schon einen Antrag gemacht, und sie hat abgelehnt."

„Du hast ihr einen Antrag gemacht?" Anthony fiel fast die Kinnlade herunter.

„Aber sie wird schon noch Ja sagen. Ich will nichts überstürzen, sie nicht drängen. Sie braucht nur etwas Zeit. Immerhin ist sie erst seit Kurzem geschieden."

„Moment mal, du willst heiraten? Du?"

„Aber nur Lucy." Die Mikrowelle piepte, und Tom holte die Pizzas heraus. Er gab Anthony die Platte. „Vorsicht, heiß."

Anthony rührte sich nicht. „Das ist unheimlich."

„Nein." Tom holte noch zwei Flaschen Bier aus dem Kühlschrank. „Das sind Lucy und ihr Einfluss auf mich, und es gefällt mir."

Um Punkt neun Uhr am nächsten Morgen erschien Tina und betrat Lucys Küche, als ob sie ihr gehörte.

„Dein Babysitter ist da", rief sie. „Der Kaffee riecht herrlich. Ich kann es kaum glauben, dass ich zu dieser unmenschlichen Stunde wach bin. Nur dir zuliebe."

„Geh nach oben und schlaf noch ein bisschen", schlug Lucy vor und nahm sie kurz in den Arm.

„Nein, gib mir nur etwas Kaffee." Tina trat einen Schritt zurück, als Tom mit den drei Hunden im Schlepptau hereinkam. „Oh, du hast einen Schäfer angestellt." Sie schaute nach unten, als Maxwell sich über ihre Kalbslederschuhe drapierte. „Komm da runter, du kleine Ratte."

„Ich lass die Jungs in den Garten." Tom winkte mit den Schlüsseln und zog sich dann seine Jacke an. „Anthony wartet schon. Ich muss gehen." Er küsste Lucy zärtlich auf die Wange. „Und vergiss die Hunde nicht. Es ist ziemlich kalt draußen. War nett, Sie wiederzusehen", wandte er sich knapp an Tina, als er an ihr vorbeikam.

„Vergiss die Hunde bitte nicht?", sagte Tina, als er draußen war. „Und er duzt dich? Macht er Witze? Lucy, was geht hier vor?"

„Nichts." Aber auf Lucys Gesicht breitete sich ein Lächeln aus.

Tina ließ nicht locker. „Erzähl mir alles."

Lucy reichte ihr eine Tasse und einen Teller. „Ich bin glücklich, und ich bin vorsichtig. Du kannst also ganz unbesorgt sein."

„Was heißt das, *vorsichtig*?"

Lucy zuckte mit den Achseln. „Du weißt, wie wenig ich mich mit Männern auskenne. Ich rechne nicht damit, dass Tom bei mir bleibt. Ich bleibe unabhängig." Sie legte zwei Toastscheiben auf Tinas Teller. „Kirsch- oder Orangenmarmelade? Lass uns ins Wohnzimmer gehen, da ist es gemütlicher."

„Kirsch." Tina folgte ihr und setzte sich. „Irgendwie hast du da nicht alles mitbekommen. Du musst dir keine Sorgen darüber machen, ob Tom hierbleibt. Er ist bereits eingezogen. Er hat deine Hunde adoptiert. Der Mann hat vor, die nächsten sechzig Jahre hier zu verbringen. Bereite dich besser darauf vor, einen Heiratsantrag abzulehnen."

„Er hat den Antrag schon gemacht."

„Männer versprechen einem alles im Bett", entgegnete Tina trocken.

„Oh, wir waren dabei nicht im Bett. Wir waren hier und frühstückten." Lucy biss herzhaft in ihren Toast.

Tina hätte sich fast an ihrem Kaffee verschluckt. „Er hat bei hellem Tageslicht um dich angehalten? Am frühen Morgen?"

„Ja, noch bevor er etwas im Magen hatte."

Tina lehnte sich zurück und dachte nach. „Finde dich damit ab. Er meint es ernst."

„Vielleicht. Aber ich weiß nicht, ob ich es auch tue."

Aufmerksam betrachtete Tina Lucys glühendes Gesicht. „Wenn du das glaubst, dann machst du dir etwas vor. Er ist zwar nicht der Typ Mann, den ich für dich ausgesucht hätte, aber offensichtlich ist er der Typ, den du haben willst."

„Sei nicht lächerlich. Ich bin gerade erst geschieden. Es wäre idiotisch, jetzt schon wieder zu heiraten."

„Und unlogisch." Tina butterte sich eine Scheibe Toast.

„Genau."

„Bitte such keine rosafarbenen Kleider für die Brautjungfern aus. Ich hasse Rosa."

Tom und Anthony prüften den Inhalt eines Banksafes der „National Bank" von Riverbend, den sie gerade beschlagnahmt hatten. Sie fanden keine einhundertfünfzig Staatsanleihen darin, sondern nur einhundertzweiunddreißig.

„Tony, er hat in weniger als einem Jahr einhundertachtzigtausend Dollar ausgegeben. Dieser Typ braucht dringend einen Kurs in Haushaltsführung."

„Die Flucht vor der Polizei und den mörderischen Schwiegereltern ist eben nicht billig", erwiderte Anthony. „Alarmieren wir die Zeitungen, damit der Kerl Lucy in Ruhe lässt."

Doch als sie im Revier ankamen, erwartete sie ein neuer Bericht. Erneut hatte jemand mit Bradley Porters Kreditkarte bezahlt – und zwar wieder in einem Hotel in Overlook.

Tom und Anthony machten sich sofort auf den Weg. Das Hotel befand sich neben einer Tankstelle und einem Schnellimbiss, dessen Mülltonnen seit Wochen nicht geleert worden waren. Keine Menschenseele war zu sehen. Das einzige Zeichen, dass jemand in der Nähe war, waren zwei geparkte Autos.

„Du bringst mich immer zu den besten Plätzen", brummte Tom.

Fünfzehn Minuten später verließen sie das Hotel wieder. John Bradley war hier gewesen, aber inzwischen wieder fort. Und Bradley Porter hatte nie jemand gesehen.

„Es ist verrückt, und es ergibt einfach keinen Sinn", sagte Tom enttäuscht. „Wir wissen doch, dass er bei John Bradley ist. Warum sieht ihn dann nie jemand? Der Kerl ist nicht die ganze Zeit in Kentucky …"

„Tom!"

„Was ist?"

„Du musst aufhören, so besessen von diesem Bradley Porter zu sein. Kehr zurück zum eigentlichen Fall. Es ist sehr gut möglich, dass Porter damit nichts zu tun hat, dass er nur einem alten Freund einen Gefallen tun wollte und dass ihm das über den Kopf gestiegen ist."

Tom sah Anthony störrisch an. „Porter steckt bis zum Hals mit drin. Lass uns im Schnellimbiss nach ihm fragen. Vielleicht haben sie hier gegessen."

Anthony betrachtete das Innere des Ladens mit Widerwillen. „Wenn ja, dann waren sie wirklich verzweifelt."

Fünf Minuten später waren sie immer noch nicht weitergekommen. Das Mädchen hinter der Theke hatte Bradley Porter noch nie gesehen, aber John Bradley erkannte sie auf dem Foto sofort.

„Sind Sie sicher, dass Sie den nie gesehen haben?" Tom hielt ihr noch einmal Bradley Porters Foto hin.

„Ganz sicher. Der Typ sieht echt scharf aus. An den würde ich mich bestimmt erinnern."

Na, wunderbar. Bradley sah also scharf aus. Tom ging wortlos hinaus und überließ es Anthony, das Mädchen weiter wegen John Bradley zu befragen. Vor der Mülltonne, ein paar Schritte von ihm entfernt, bemerkte er eine Promenadenmischung. Es war ein Hund von mittlerer Größe und schmutzig brauner Farbe. Sein Fell war verfilzt, und er hatte riesige Augen, mit denen er flehend zu ihm aufsah – und zu dem Hamburger, den er in dem Imbiss erstanden hatte.

„Heute ist dein Glückstag, Freundchen." Tom teilte den Hamburger in vier kleinere Stücke auf, damit der Hund nicht daran erstickte, wenn er sich darauf stürzte. Aber als er ein Stück auf den Boden legte, sah der Hund es sich nur an und blickte dann wieder zu ihm auf.

„Komm schon. Iss."

Der Hund kam zitternd näher und schlang gierig.

„Langsam." Er legte das zweite Stück auf den Boden, und der Hund schlang es hinunter.

Das dritte und vierte Stück nahm er direkt aus Toms Hand, aber als er ihn streicheln wollte, wich er erschrocken zurück. Dabei bemerkte er, dass das Tier hinkte.

„Hartes Leben gehabt, was?"

Der Hund kam wieder vorsichtig näher.

Tom streckte langsam die Hand aus und kraulte ihn hinterm Ohr. Das Tier schloss genüsslich die Augen.

„Gewöhn dich bloß nicht daran."

„Du redest mit Hunden?" Anthony, der gerade den Imbiss verließ, grinste amüsiert.

„Natürlich rede ich mit Hunden." Tom richtete sich hastig auf, und der Hund lief aufgeschreckt einige Meter weit weg. „Es ist ja nicht so, dass ich mit Blumen oder empfindungsunfähigen Dingen rede."

Anthony hob die Augenbrauen. „Empfindungsunfähig?"

Tom lachte leise. „Ich glaube, Lucy färbt auf mich ab."

„Nun, wenn dein Gespräch beendet ist, lass uns gehen."

Tom stieg ins Auto und sah dabei absichtlich nicht zu dem Hund hinüber. Anthony ließ den Motor an. Und dann glitt Toms Blick doch zu dem Hund. Das Tier saß da und schaute ihn mit seinen großen Augen traurig an.

Tom seufzte tief auf. „Warte, Tony." Er öffnete die Tür. „Kommst du, Kleiner?"

„Du machst Witze, Tom."

Der Hund kam langsam näher.

„Komm schon rein, Kleiner. Wir haben nicht den ganzen Tag Zeit."

Der Hund kletterte langsam ins Auto und rollte sich vor Toms Füßen zusammen.

„Ich traue meinen Augen nicht", staunte Anthony.

„Fahr einfach zu Lucy."

Anthony starrte Tom nur an.

„Ich hatte keine Wahl", verteidigte der sich. „Wenn ich diesen Hund hier lassen würde, würde sie nie wieder mit mir sprechen."

„Aber sie wüsste es doch gar nicht."

„Du kennst Lucy nicht." Tom zwinkerte dem Hund zu, der zufrieden mit dem Schwanz wedelte. „Außerdem ist es ein prima Hund."

Anthony blickte fassungslos zwischen dem verfilzten Straßenköter und Tom hin und her. Dann fuhr er zu Lucy.

9. Kapitel

Als Anthony und Tom zurückkamen, war Lucy gerade dabei, einen Kuchenteig zu rühren. „Ihr seid aber früh zurück. Ist etwas passiert?"

Tina erschien in der Tür und verzog bei Toms Anblick das Gesicht.

„Nein, nein", erwiderte Tom. „Wir haben das Geld gefunden – und noch etwas." Er trat einen Schritt zur Seite, und hinter ihm kauerte der mitleiderregendste Hund, den Lucy je gesehen hatte.

„Du armes Kerlchen." Sie sank auf die Knie und hielt dem kleinen Hund die Hand hin. Er kam sofort zu ihr gehumpelt, und sie kraulte ihn sanft hinter den Ohren und versuchte, nicht loszuheulen.

Tom hatte ihr einen Hund gebracht. Das hatte noch nie jemand getan. Normalerweise hielt man sie für verrückt, wenn man hörte, dass sie drei Hunde besaß. Und Tom brachte ihr noch einen. Einen wunderbaren Hund, der ganz offensichtlich ihre Hilfe brauchte. Und Toms.

Sie sah zu ihm auf, und ihre Augen glänzten vor Glück und Liebe. „Wo hast du ihn gefunden? Er muss ja halb tot vor Hunger sein. Tina, gib mir die Kekse."

Tom kauerte sich neben Lucy. „Er braucht jetzt keine Kekse, er hat den Bauch voller Hamburger. Er kommt aus Overlook, aber er ist ein netter Hund."

„Er ist ein wunderschöner Hund", sagte Lucy zärtlich.

„Es ist der hässlichste Hund, den ich je gesehen habe", verkündete Tina.

Anthony atmete hörbar auf. „Danke, ich fing schon an,

Schuldgefühle zu haben, weil ich ihn nicht mit der Kneifzange anfassen würde."

Tom und Lucy achteten nicht auf sie.

„Er ist kaum größer als Heisenberg und Maxwell", sagte Tom. „Er wird nicht viel Arbeit machen."

„Er wird überhaupt keine Arbeit machen", erklärte Lucy. „Aber er wird mal viel größer als Heisenberg und Maxwell. Er ist erst halb ausgewachsen."

„Vier Hunde." Tom nickte zufrieden. „Zwei große, zwei kleine."

„Wir haben genug Platz."

Tina und Anthony tauschten einen Blick.

„Du musst einen Namen für ihn finden."

„Okay. Pete."

„Pete?"

„Als ich ein Kind war, hatte ich mal einen Hund, der Pete hieß. Ich finde, es ist ein guter Hundename", verteidigte sich Tom.

Lucy lachte. „Okay, also Pete. Hallo, Pete."

Pete, der den Kopf bequem auf Lucys Knie gelegt hatte, war von einer Sekunde zur nächsten eingeschlafen.

Als Tina wenig später ging, brachte Tom sie zu ihrem Wagen.

„Es gibt da etwas, was ich Sie schon lange fragen wollte", sagte er, während sie sich in ihren schicken Sportwagen setzte.

Tina startete und sah ihn ungeduldig an.

„Warum haben Sie damals die Schlösser an Lucys Haus angebracht?"

Tina überlegte kurz und stellte den Motor wieder ab. „Steigen Sie ein." Sobald Tom neben ihr saß, erklärte sie: „Ich habe Angst vor Bradley. Ich meine, ich mache mir Sorgen um Lucy."

„Was hat er getan?", fragte Tom mit unterdrückter Wut.

„Nichts", fuhr Tina auf. „Wenn er etwas getan hätte, hätte ich ihn verhaften lassen. Aber so konnte ich nichts tun."

„Sie müssen mir nichts beweisen", beschwichtigte Tom sie. „Auch wenn Sie nur ein schlechtes Gefühl wegen Bradley haben, ist das okay. Sagen Sie es mir, ich muss es wissen. Ich habe auch Angst um Lucy."

Tina starrte auf die Straße. „Es ist so schwierig zu erklären. Es war die Art, wie er Lucy angeblickt hat, wie seinen Besitz. Dieser Blick jagte mir Schauer über den Rücken." Sie sah Tom in die Augen. „Bradley hasste mich, weil Lucy mich liebt. Er wollte Lucy ganz für sich allein haben. Deshalb hasste er auch ihre Hunde. Er war auf alles eifersüchtig, woran Lucy hing."

Tom versuchte, Ruhe zu bewahren. „Hat er je die Beherrschung verloren und sie geschlagen?"

„Nein. Er behandelte sie wie eine Königin. Er kannte die wahre Lucy gar nicht." Tina suchte nach den richtigen Worten. „Auf den ersten Blick ist sie sehr ruhig und höflich, weil sie schüchtern ist."

„Das erste Mal, als ich Lucy traf, hat sie mich verprügelt."

Tina lächelte plötzlich und sah auf einmal ein wenig wie Lucy aus. „Na, dann kennen Sie ja die wahre Lucy." Sie wurde wieder ernst. „Aber Bradley dachte, er heiratet den ruhigen, in jeder Hinsicht perfekten Frauentyp. Sie hat versucht, ihm klarzumachen, dass sie nicht so ist. Aber er wollte ihre wirkliche Persönlichkeit gar nicht sehen. Sie hat mir mal erzählt, dass er tagelang nicht mit ihr gesprochen hat, wenn sie Jeans anzog. Er tat einfach, als wenn sie nicht da sei, wenn sie etwas trug oder machte, das nicht in sein Bild einer anständigen Frau passte."

„Bradley ist ein Idiot."

„Nein, Bradley ist unheimlich, aber er ist kein Idiot. Noch ein Grund, weswegen ich ihn gehasst habe. Ich hatte Angst, dass er nie so dumm sein würde, etwas zu tun, das Lucy dazu bringen würde, sich scheiden zu lassen."

„Aha", sagte Tom leise. „Ich fange an zu verstehen. Die Blondine."

Tina packte hart das Lenkrad. „Als Lucy mich an jenem Tag anrief und weinte, hätte ich ihn am liebsten umgebracht. Aber ich war auch dankbar, weil er endlich einen großen Fehler begangen hatte. Sofort ließ ich die Schlösser anbringen, da ich sicher war, dass er zurückkommen würde, und fürchtete, Lucy würde ihm verzeihen." Tina sah Tom wieder direkt an. „Lucy ist sehr gerecht. Ich nicht."

Tom lächelte anerkennend. „Wissen Sie, ich mag Sie."

„Das wird nicht lange anhalten. Ich bin ein Biest. Fragen Sie Bradley. Als er an dem Tag auftauchte, habe ich ihm mit meinen Drohungen ziemlich die Hölle heißgemacht."

Toms Lächeln vertiefte sich. „Ich mag Sie wirklich. Ein Glück, dass Sie da waren."

Tinas Blick war wieder sehr ernst geworden. „Er hat sich nicht einfach zurückgezogen. Er wird nicht aufgeben, denn er ist wie ... besessen von Lucy. Bald wird er wieder da sein."

„Keine Angst, jetzt bin ich ja hier. Und ich lasse Lucy nicht allein."

„Er wird sehr wütend auf Sie sein. Unter normalen Umständen würde er nichts Ungesetzliches tun. Aber wenn er einmal die Beherrschung verlieren sollte, wäre er meiner Meinung nach sogar zu einem Mord fähig. Und er würde nicht Lucy umbringen."

„Ach, man versucht andauernd, mich umzubringen", winkte Tom ab. „Es hat nie geklappt."

Tina verdrehte die Augen. „Na, wunderbar, Sie Supermann. Aber wenn ich Sie wäre, würde ich das nicht so lässig nehmen. Irgendwo da draußen gibt es einen Wahnsinnigen, der Lucy zurückhaben will."

„Seien Sie unbesorgt, ich werde vorsichtig sein." Tom überlegte, zögerte und gab sich dann einen Ruck. „Da wir schon so offen zueinander sind, sollte ich Sie wahrscheinlich warnen. Es wird Ihnen nicht gefallen, aber ich werde Ihre Schwester heiraten. Sie hat noch nicht Ja gesagt, aber sie wird."

Tina seufzte. „Ich weiß. Sie wären zwar nicht meine Wahl gewesen, aber Lucy will Sie haben."

Tom entspannte sich. „Ich möchte Sie auf meiner Seite haben. Sie wären ein gefährlicher Feind."

„Stimmt, und vergessen Sie das ja nicht. Wenn Sie meiner Schwester je wehtun, schneide ich Ihnen die Leber heraus. Und jetzt machen Sie, dass Sie aus meinem Auto kommen. Ich habe zu tun."

Spontan küsste Tom Tina auf die Wange. „Sie sind gar nicht so hart", sagte er und stieg aus, bevor sie etwas erwidern konnte.

Am Freitagmorgen kam Anthony mit schlechten Neuigkeiten. Tom war gerade dabei, einen Streit zwischen den Hunden zu schlichten.

„Wir sind in den Zeitungen, aber nicht auf der Titelseite. Die neue Stadthalle und eine Sturmwarnung hatten Vorrang. Wir sind auf der zweiten. Der Zeitungsmensch meinte, wenn wir jemanden verhaftet hätten, wären wir auf die erste Seite gekommen, aber nur die Staatsanleihen sind nicht interessant genug."

Tom richtete sich abrupt auf und überließ die Hunde sich selbst. „Aber wir hatten zwei Bomben."

„Das ist bereits Schnee von gestern."

Tom sank auf einen Sessel. „Also können wir nur hoffen, dass John Bradley die Zeitung von vorn bis hinten liest. Fantastisch. Tony, wir haben's vermasselt."

„Für den Fall, dass John Bradley kein so eifriger Zeitungsleser ist ...", sagte Anthony, „... lass Lucy nicht aus den Augen."

„Tu' ich nie", erwiderte Tom.

Am Samstagabend ließen Tom und Lucy die Hunde zu einem langen Auslauf hinaus und rieben währenddessen den Küchenboden ab. Tom hatte Anthony, bevor der wieder gegangen war, noch einkaufen geschickt, und Anthony hatte drei große Dosen und eine Spraydose Klarlack besorgt.

„Wozu brauchen wir denn die Spraydose?", fragte Lucy.
„Für die schwer zu erreichenden Plätze."
„Es gibt auf einem Fußboden keine schwer zu erreichenden Plätze."
„Wart's ab", sagte Tom. „Was immer schiefgehen kann, wird auch schiefgehen. Besser, man ist darauf vorbereitet."
Lucy ließ den Blick über seinen Körper gleiten, und wie immer in letzter Zeit stockte ihr der Atem dabei. Tom kniete auf dem Boden und kratzte an dem letzten hartnäckigen Rest von Klebstoff. Das Hemd war ihm aus der Hose gerutscht, sein Haar war zerzaust, und er war hochkonzentriert. Er sah stark und elektrisierend aus und sicher und aufregend, so, wie sie es sich immer bei einem Mann gewünscht hatte.
Sie lehnte sich an den Küchenschrank und versuchte, normal zu atmen. Selbst bei dieser ganz alltäglichen Arbeit machte Tom den Eindruck einer angespannten Sprungfeder. Sie sehnte sich danach, ihn zu berühren und all die elektrisierende Kraft unter seinen festen Muskeln zu spüren. Tom besaß so viel Energie, dass etwas davon sich auch auf sie zu übertragen schien. Und etwas von ihrer Ruhe auf ihn. Vielleicht hatte er recht und sie sollten wirklich heiraten. Denn obwohl sie ihn erst zwei Wochen kannte, eins wusste sie mit Sicherheit: Sie wollte mit keinem anderen Mann zusammen sein als mit ihm. Für immer.
Sie dachte daran, wie oft sie in den vergangenen Tagen miteinander gelacht und gestritten hatten. Sie hatten mit den Hunden geredet oder einfach nur vor dem Kaminfeuer gesessen und waren glücklich gewesen, zusammen zu sein. Und sie dachte daran, wie sie sich geliebt hatten. Sein Körper war so aufregend hart, und seine Haut schmeckte so erregend, wenn sie mit der Zunge zärtlich darüberstrich. Sie stellte sich vor, ihn hier mitten auf dem Küchenfußboden zu lieben. Sie würde ihm sein Hemd abstreifen und seine Schultern küssen und langsam mit den Lippen immer tiefer wandern ...

Ich kann nicht fassen, dass ich ihn so sehr begehre, dachte sie. Ich möchte ihn ganz, die ganze Zeit und überall. So bin ich früher nie gewesen. Es muss an ihm liegen.

In diesem Moment sah Tom auf und ertappte sie dabei, wie sie ihn anstarrte. „Was ist?"

Sie blinzelte.

„Lucy, lass das Geblinzle. Sag, was du sagen willst."

Sie zögerte und war hin und her gerissen zwischen Schüchternheit und aufwallender Lust. „Einen Moment noch. Ich muss erst überlegen, wie ich es ausdrücken soll."

Tom setzte sich gemütlich mit dem Rücken gegen den Herd. „Denk nicht so viel. Sag es einfach."

„Okay." Lucy musste schlucken. „Also. Okay, es ist so." Sie stockte. Dann blinzelte sie wieder.

„Lucy!"

„Ich will dich. Ich will dich ... hier auf dem Küchenfußboden. Die ganze Zeit habe ich an nichts anderes denken können als daran, hier mit dir zu schlafen."

Tom holte tief Luft. „Du musst damit aufhören, mich in zwei Sekunden von null auf hundert zu bringen, sonst hält mein Herz das nicht durch." Er warf den Spachtel hinter sich und kroch zu ihr herüber. „Komm her."

Sie trafen sich in der Mitte, und sie bog sich ihm entgegen, um seine Brust an ihrer zu fühlen, während er sie sanft auf den Rücken legte und sich über sie beugte. Als er sie dann küsste, schlang sie die Beine um ihn und presste sich leidenschaftlich an ihn.

In diesem Moment klingelte das Telefon.

„Oh, verdammt." Tom richtete sich schwer atmend auf. „Ich muss abnehmen. Es könnte der anonyme Anrufer sein."

„Nein, lass es klingeln. Bitte", flehte sie und zog ihn wieder an sich. Mit zitternden Fingern knöpfte sie sein Hemd auf.

Und Tom fuhr fort, sie zu küssen, während sie ihn eilig von seinem Hemd befreite und seinen nackten Rücken streichelte.

Ungeduldig riss er ihren Reißverschluss herunter und schob seine Hand hinein. Sein Kuss wurde tiefer und wilder.

Sie erschauerte am ganzen Körper und hob ihm die Hüften entgegen, um seine Liebkosungen voll auszukosten. Ihre Erregung wuchs, und stöhnend biss sie sanft in seine Unterlippe.

Das Telefon klingelte weiter.

„Ich will dich so sehr", flüsterte sie heiser. „Die ganze Zeit."

„Lucy", stieß er verlangend hervor.

Sie drückte ihn an den Schultern auf den Rücken und schwang sich über ihn, sodass sie jetzt rittlings auf ihm saß. Er schlüpfte mit den Händen unter ihr weites Hemd und presste ihre Schenkel dicht an seine. Sie spürte seine Erregung durch ihre Jeans.

Das Telefon klingelte weiter.

„Oh, verdammt." Tom blickte wütend und verzweifelt zur Küchentür. Das Telefon stand im Wohnzimmer. „Wenn das Anthony ist, wird er nicht auflegen. Er weiß, dass wir hier sind." Seufzend hob er Lucy von seinen Hüften und stand auf. „Ich werde ihn umbringen. Und dann lasse ich den Hörer unten."

„Beeil dich", flüsterte Lucy, und er küsste sie wieder, einmal schnell und hart und einmal langsam und heiß. „Darauf kannst du Gift nehmen", sagte er dann atemlos.

Das Telefon klingelte weiter.

Fluchend ging Tom los, aber dann drehte er sich noch einmal zu Lucy um, die halb ausgezogen auf dem Boden lag. „Du bleibst da, genau so. Und wehe, du ziehst die Jeans wieder zu."

Das Telefon klingelte weiter.

„Zur Hölle!" Tom stürmte ins Wohnzimmer.

Lucy befreite sich von ihrer Jeans, folgte ihm und blieb in Slip und Hemd in der Tür stehen.

Tom lächelte sie an. „Zieh alles aus", murmelte er und nahm den Hörer ab. „Was ist denn?" Er knallte den Hörer wieder auf die Gabel. „Wenn ich diesen Kerl zu fassen kriege, der da ständig auflegt, dann ..."

Und dann zersplitterte eins der Fassadenfenster, und Tom packte Lucy und warf sich mit ihr zu Boden.

„Bleib unten!", schrie er.

Noch ein Fenster zerbrach, und er kroch mit Lucy in eine Ecke und wich dabei geschickt den herumliegenden Scherben aus.

Plötzlich herrschte völlige Stille.

„Bist du okay?" Tom hielt Lucy so fest an sich gepresst, dass sie kaum atmen konnte. „Sag mir, dass es dir gut geht. Sag etwas."

„Das waren Gewehrschüsse, nicht wahr?", flüsterte Lucy. „Jemand schießt auf uns."

„Bleib hier unten. Beweg dich nicht." Tom wollte aus der Ecke kriechen, aber Lucy hielt ihn zurück.

„Was machst du denn da? Wohin willst du? Jemand mit einem Gewehr ist da draußen!"

Mit einem kleinen Lächeln befreite Tom sich von ihrem Griff. „Ist das nicht wunderbar?"

„Wunderbar! Bist du verrückt geworden?"

„Lucy, ich hatte fast jede Hoffnung aufgegeben, dass ich den Kerl noch kriege. Jetzt, da er ganz in der Nähe ist, sollte ich ihn zumindest begrüßen. Du bleibst hier sitzen und rührst dich nicht von der Stelle. Überall liegen Scherben, und du bist halb nackt."

„Nein!" Lucys Stimme überschlug sich fast vor Panik. „Er wird auf dich schießen! Rühr du dich nicht von der Stelle, und ich rufe die Polizei!"

„Wie ich deine Nachbarin Mrs. Dover kenne, hat die schon die Luftwaffe und die Armee alarmiert. Und jetzt lass mich gehen. Ich habe zu tun."

„Wie dich erschießen zu lassen?" Lucy hängte sich an seinen Arm. „Nein. Warte auf die Polizei."

„Lucy, ich bin die Polizei. Es ist mein Job, mich anschießen zu lassen. Gewöhn dich daran."

Entsetzt starrte Lucy ihn an. „Tom!"

„Können wir später darüber reden? Inzwischen kann Bradley schon über alle Berge sein. Bleib hier."

Tom kroch bis zu einem der Esstischstühle, über dem seine Jacke hing, holte seine Pistole aus der Innentasche und entsicherte sie. Danach verschwand er in die Küche, und Lucy hörte das leise Auf- und Zuklappen der Hintertür.

Plötzlich begann sie am ganzen Körper zu zittern. Bis ins Innerste fröstelnd kauerte sie in der Ecke und wartete darauf, dass Tom zurückkam.

Lucy hörte das Heulen der Sirenen und das Quietschen von Reifen. Sie saß immer noch in der Ecke des Wohnzimmers und zitterte vor Kälte und Verzweiflung. Stimmen ertönten, aber keine war Toms Stimme. Türen wurden zugeknallt, und Menschen rannten hin und her.

Wenn es einen Lackmustest für die Liebe gab, dann war es dieser. Noch nie hatte Lucy so viel Angst um einen Menschen gehabt. Wenn er zurückkommt, werde ich ihm sagen, wie sehr ich ihn liebe, nahm sie sich vor. Wenn er zurückkommt ...

Weitere unendliche Minuten vergingen. Dann beseitigte ein Mann die restlichen Glasstücke aus dem mittleren Wohnzimmerfenster und kletterte hindurch.

Es war nicht Tom.

„Lucy?" Anthony brauchte einen Moment, bevor er sie in der Ecke entdeckte. „Sind Sie in Ordnung?"

„Er ist tot, nicht wahr?" Lucys Stimme war nur ein Flüstern.

„Tom? Nein, es geht ihm gut. Man hat zwar auf ihn geschossen, ihn aber nicht getroffen." Anthony ging neben Lucy in die Knie. „Er hat neun Leben, hat er Ihnen das nicht gesagt?" Er legte ihr den Arm um die Schultern und half ihr auf. „Kommen Sie aus all den Scherben heraus."

Zitternd stand Lucy auf.

Anthony sah auf ihre langen nackten Beine. „Barfuß bis zu

den Schenkeln, was?" Damit nahm er sie auf die Arme, und Lucy lehnte den Kopf an seine Schulter, während er sie in die Küche trug.

„Ich weiß nicht, was ich tun würde, wenn Tom etwas zustieße", flüsterte sie. „Das ist mir jetzt klar geworden."

Da Lucy immer noch zitterte, hielt Anthony sie weiter fest. „Ich will Ihnen nichts vormachen, Tom hat die Neigung, Ärger anzuziehen. Aber er ist nicht dumm, und er ist nicht unvorsichtig, vor allem jetzt nicht, wo Sie da sind und er das Leben so liebt. Ihretwegen wird er jetzt noch vorsichtiger sein."

Die Tür wurde aufgestoßen, und Tom kam herein. Abrupt blieb er stehen. „Sehr nett. Mein bester Freund und meine Frau. Lass sie los, du Ratte. Ich lasse mir da draußen den Hintern wegschießen, und du ..."

„Halt die Klappe", fuhr Anthony ihn an. „Solche Witze sind im Augenblick völlig unangebracht."

Tom sah Lucys totenblasses Gesicht und lief nun so schnell zu ihr, dass Anthony hastig zurückweichen musste, um ihm Platz zu machen.

„Es geht mir gut." Liebevoll nahm Tom Lucy in die Arme. „Der Kerl kann nicht zielen."

„Das Warten war fürchterlich", flüsterte Lucy an seiner Brust.

Tom rieb sein Kinn an ihrem weichen Haar. „Buchhalter sind meistens kurzsichtig und schlechte Schützen, und ich habe Luchsaugen und bewege mich natürlich mit Supergeschwindigkeit."

„Natürlich." Ein kleines Lächeln glitt über Lucys Gesicht, und ihre Wangen bekamen wieder Farbe. „Hör zu, du großer Dummkopf", sagte sie leise. „Wenn du das jemals wieder tust, werde ich dich persönlich erschießen."

Tom tat ganz beleidigt. „He, es ist mein Job. Dadurch kommen unsere Pizzas auf den Tisch – und in die Mägen deiner Hunde."

„Meine Hunde brauchen gar nicht so viele Pizzas", konterte Lucy.

„Da hier wieder alles beim Alten ist ...", ließ Anthony sich vernehmen, „... werde ich mal weiterarbeiten. Sie gehen am besten nach oben, Lucy, während die Spurensicherung hier unten die Kugeln aus Ihrer Tapete pult."

Er winkte Lucy kurz zu. „Hübsche Beine", sagte er beim Hinausgehen zu Tom und grinste, als der sich sofort vor Lucy stellte.

Sekunden später kam Matthews in die Küche, gefolgt von den vier Hunden.

„Lassen Sie sie nicht ins Wohnzimmer, da liegt überall Glas auf dem Boden." Lucy trat um Tom herum, um Matthews gegebenenfalls aufzuhalten. Aber der stand wie angewurzelt da und betrachtete sie voller Anerkennung.

„So, jetzt reicht's", brummte Tom. „Entschuldigt uns." Er schob Lucy in den Flur und weiter zur Treppe. „Geh nach oben, und komm erst wieder herunter, wenn du angezogen bist."

Anthony und Tom blieben noch im Wohnzimmer, nachdem die Männer von der Spurensicherung gegangen waren.

„Wir hätten getötet werden können, Tony. Der Kerl wollte diesmal wirklich Ernst machen. Lucy hat er womöglich gar nicht gesehen und nur auf mich geschossen. Ich sage dir, das war nicht John Bradley. Das war Bradley."

Anthony seufzte. „Der Mann ist dir zur Manie geworden. Das war der gleiche Kerl, der versucht hat, Lucy aus dem Haus zu ekeln. Ich baue jetzt auf die Zeitungen. Die Schüsse sollten genügen, um auf die Titelseite zu kommen. Und dann wird er aufhören, Lucy zu bedrängen."

„Es wird nichts nützen, denn das hier war Bradley", betonte Tom noch einmal. „Auf jeden Fall lasse ich Lucy morgen nicht zur Arbeit gehen."

Der erste Streit am Montagmorgen begann um sechs Uhr früh, als Tom merkte, dass Lucy bereits aufgestanden war. Das konnte nur bedeuten, dass sie zur Arbeit gehen wollte.

„Man hat gestern auf uns geschossen, falls du das vergessen haben solltest." Aufgebracht stand er in der Badezimmertür, während Lucy ihr Haar trockenrieb.

„Ein Grund mehr, zur Arbeit zu gehen. Warum sollte ich an einem Ort bleiben, wo man auf mich schießt?"

„Lucy, es ist zu gefährlich."

Störrisch sah sie ihn an, trat aus dem Bad und verschwand ins Schlafzimmer. „Ich gehe zur Arbeit ...", rief sie ihm von dort aus zu, „... und damit basta. Wer immer hier hereinwill, will nicht mich, sondern den Schlüssel. Und da die ganze Geschichte wegen der Schüsse jetzt bestimmt auf die Titelseite rückt, werde ich in Sicherheit sein."

Tom folgte ihr. Lucy zog sich gerade einen rosafarbenen Pullover über ihre rosa Dessous. „Wenn du glaubst, dass du jeden Streit damit gewinnst, indem du halb nackt durch die Gegend läufst ...", sagte er verstimmt, „... dann hast du vermutlich recht."

Lucy lachte ihn liebevoll an.

„Lass mich dich wenigstens nach der Schule hier erwarten."

„Sehr gern sogar." Sie beugte sich hinab, um ihren Rock vom Bett zu nehmen.

„Wie lang ist deine Mittagspause?", fragte Tom und genoss die Aussicht. „Wir könnten ..."

„Eine halbe Stunde, und nein, wir könnten nicht." Lucy drehte sich zu ihm. „Ich bin um halb vier fertig. Kannst du es so lange aushalten?" Sie stieg in ihren Rock.

„Aber nicht länger. Ich werde mich beeilen, nach Hause zu kommen." Tom streckte die Arme nach ihr aus, und Lucy schmiegte sich weich und warm an seine Brust. Was immer geschieht, dachte er, unsere Zärtlichkeit füreinander dürfen wir niemals verlieren.

Etwas später ließ Tom die Hunde zu ihrem Morgenauslauf hinaus. Versonnen betrachtete Lucy ihn. Er trug heute ein helles Hemd und eine Krawatte. Es war ein ungewohnter Anblick, doch er gefiel ihr.

„Was ist?", fragte Tom misstrauisch. „Du starrst mich so an."

„Ich bewundere dich nur. Du siehst heute so ... erwachsen aus. So kultiviert und reif. Es steht dir."

Tom runzelte die Stirn. „Sag nicht reif."

„Ich mag die Krawatte. Sie regt mich richtig an."

„Eine Krawatte macht dich an? Du bist ja noch verrückter, als ich dachte."

„Ich werde versuchen, mich zusammenzureißen."

Tom nahm sie in die Arme. „Oh nein, bloß nicht! Reiß dich bitte nie zusammen."

Er küsste sie lang und hart, bis ihr fast schwindlig wurde vor Lust. Als er sie schließlich losließ, griff er hastig nach seinen Schlüsseln und seiner Jacke. „Wir haben um halb vier eine Verabredung. Ich muss mir diesen rosa Slip noch mal genauer anschauen." Dann gab er ihr noch einen schnellen Kuss und ging.

Vielleicht mache ich ihm heute Nachmittag einen Antrag, dachte sie. So gegen halb fünf.

Als sie dann wenig später gerade Marmelade auf ihren Toast strich, klingelte es an der Tür.

Tom würde nicht klingeln, also musste es Anthony sein. Sie ging zur Tür, um ihm zu öffnen.

Der Mann auf der Veranda, den sie durch die Scheibe sah, war hoch gewachsen und dunkelhaarig. Sie hatte ihn noch nie vorher gesehen. Es war vielleicht unhöflich, ihn so stehen zu lassen, aber bestimmt klüger, und sie würde nichts Unvorsichtiges tun.

Sie ging in die Küche zurück und lauschte unruhig dem wiederholten Klingeln. Geh weg, forderte sie ihn in Gedanken auf und überlegte, wie sie an ihm vorbei zu ihrem Auto kommen sollte. Er war wahrscheinlich nur ein Vertreter für Zeitschriften oder Staubsauger, aber sie wünschte dennoch, er würde aufhören zu klingeln.

Genau das tat er jetzt auch, und sie atmete erleichtert auf. Sie ließ ihren Toast stehen – der Appetit war ihr vergangen – und räumte den Tisch ab. Dabei warf sie versehentlich die Spraydose mit dem Lack um, die noch herumstand. Sie nahm sie und wollte sie wegstellen.

Da stieß eine schwarz behandschuhte Hand durch die gläserne Hintertür und schob den Riegel zurück.

10. Kapitel

Lucy schrie auf, und dann war der fremde Mann in der Küche, richtete ein Gewehr auf sie und stieß mit den Füßen nach den bellenden Hunden, die ihn umzingelten.

„Bewegen Sie sich nicht", forderte er sie auf.

Sie erstarrte und umklammerte die Spraydose fester.

„Der Schlüssel. Alles, was ich will, ist der verdammte Schlüssel."

Der Mann wirkte angespannt und Furcht erregend. Seine Augen glühten vor Wut und Verzweiflung.

„Zu spät", flüsterte sie. „Sie haben ihn schon gefunden. Er war im Stuhl. Sie haben den Banksafe schon geöffnet."

„Sie lügen", stieß er wild hervor.

„Nein, ich kann es beweisen. Sie haben den Wert der Papiere erfasst. Es fehlten hundertachtzigtausend Dollar. Die Polizei hat sie jetzt."

Er biss sich nervös auf die Unterlippe. „Dann hol' ich sie mir von denen."

Hilf mir doch jemand, flehte sie innerlich, doch dann fing sie sich wieder und konzentrierte sich darauf, sich selbst zu helfen. „Es wäre besser für Sie, einfach zu verschwinden."

„Nein." Er hob das Gewehr eine Spur höher. „Ich kann die Papiere kriegen. Ich habe eine Geisel. Sie. Wo ist das Telefon?"

Sie schluckte nervös. „Das mit der Geisel funktioniert doch niemals. Sehen Sie denn keine Kinofilme? Die Polizei umzingelt das Haus, und Sie werden nie herauskönnen. Es wäre wirklich besser, wenn Sie jetzt abhauen."

„Wir werden nicht die ganze Polizei anrufen."

Sein eiskaltes Lächeln bei diesen Worten ließ sie unwillkürlich zurückfahren.

„Wir rufen nur einen. Nur den Bullen, mit dem Sie ins Bett gegangen sind."

„Was?", hauchte sie entsetzt.

„Den dunkelhaarigen. Rufen Sie ihn an und sagen Sie ihm, er soll die Anleihen mitbringen."

Sekundenlang überkam sie die gleiche Angst, die sie gestern gehabt hatte – die schreckliche Angst, Tom zu verlieren. „Damit Sie ihn erschießen können? Nein, ich werde ihn auf keinen Fall herholen. Niemals."

„Sie haben keine Wahl."

„Nein", wiederholte sie. „Ich hole ihn nicht."

„Oh doch", sagte er ungerührt. „Denn sonst werde ich Ihre Hunde einen nach dem anderen erschießen, bis Sie es tun." Er richtete die Pistole auf Heisenberg.

„Nein!", schrie sie auf und warf sich mit aller Macht gegen ihn. Die Hunde bellten aufgeregt und jagten ziellos hin und her, sodass die Kugel danebenging und in den Boden schlug.

Plötzlich wurde sie sich bewusst, dass auch sie nicht ganz unbewaffnet war, und als der Mann den Kopf zu ihr drehte und gleichzeitig die Pistole hob, sprühte sie ihm den Lack direkt ins Gesicht.

Er schrie auf, taumelte rückwärts und presste die Hände gegen die Augen. Dabei stolperte er über Einstein, der sich hinter ihn gestellt hatte. Im nächsten Moment hatte Pete, der nicht die sorgfältige Erziehung der anderen Hunde genossen hatte, ihn angesprungen und versuchte, ihm an die Kehle zu gehen.

Atemlos lief sie zur Hintertür, wo Tinas Baseballschläger in der Ecke stand, und während der Mann mit Pete kämpfte, nahm sie den Schläger, und ohne zu überlegen, schlug sie ihm damit so heftig wie möglich über den Schädel.

Er sackte sofort zu Boden und blieb regungslos liegen. Sie rief die Hunde zusammen, riss die Hintertür auf, und sobald sie sicher aus dem Haus waren, folgte sie ihnen und rannte stolpernd zu Mrs. Dover.

Mrs. Dover öffnete die Tür, noch bevor sie angeklopft hatte, und blickte sie stirnrunzelnd an.

„Ich muss die Polizei anrufen! Ein Mann ist bei mir eingebrochen und wollte mich umbringen!"

Mrs. Dover hielt ihr die Tür bereits weit auf. „Kommen Sie herein. Ich habe sie schon angerufen, weil ich den Schuss hörte. Was wird bloß aus der Welt werden?" Sie sagte, was sie immer sagte, aber diesmal klang ihre Stimme zum ersten Mal freundlich.

„Sucht er immer noch nach Ihnen?" Beruhigend tätschelte sie ihr den Arm. „Sollten wir uns verstecken?"

„Ich glaube nicht. Ich habe ihm mit einer Spraydose in die Augen gesprüht und ihm dann mit einem Baseballschläger auf den Kopf geschlagen."

„Gut gemacht", sagte Mrs. Dover. „Möchten Sie etwas Tee?"

Tom hatte gerade die Tür zu seinem Büro erreicht, als Matthews ihn aufhielt. „Vor zwei Stunden kamen Schüsse und Schreie von Ihrem Haus. Es ist Bradley. Falk ist schon da. Ich wollte es Ihnen nur sagen."

Mit eisiger Angst im Herzen brauste Tom zurück.

Nun parkte er den Wagen quer auf der Straße und lief, so schnell er konnte, zum Haus, um herauszufinden, wie schwer Lucy verletzt war.

Und da sah er sie mit Mrs. Dover auf deren Veranda stehen.

„Es geht mir gut", rief sie ihm zu.

In Sekundenschnelle war er bei ihr und riss sie so stürmisch in seine Arme, als müsste er sich vergewissern, dass er sie wirklich nicht verloren hatte.

Gemeinsam gingen sie dann ins Haus zurück, wo er Anthony, der mit dem Streifenwagen gekommen war, sofort ins Kreuzverhör nahm. „Was sagt er?"

„Er sagt nichts", antwortete Anthony. Er lag mehr, als dass

er auf dem Sofa saß. „Sein Kopf ist ziemlich schwer angeschlagen, und wer weiß, was der Lack mit seinen Augen angestellt hat. Lucy hat ihn wirklich total außer Gefecht gesetzt. Übrigens, es ist John Bradley."

Tom hörte für einen Moment auf, hin und her zu laufen. „Seid ihr da hundertprozentig sicher?"

„Vollkommen. Seine Schwiegereltern haben ihn identifiziert, und zwar mit großer Freude."

„Was ist mit der Pistole?"

„Eine Achtunddreißiger. Passt genau."

„Das wär's also." Doch Tom klang nicht erleichtert.

„Wir müssen zwar immer noch mit Bradley Porter sprechen", sagte Anthony und blickte Tom scharf an. „Er muss uns einiges erklären, aber er hat nicht die Staatsanleihen gestohlen, und er hat nicht auf Bianca geschossen. Er ist wichtig, aber nicht so wichtig wie dieser Typ. Das Schlimmste ist jetzt vorbei."

„Na, wunderbar", brummte Tom.

Anthony seufzte und hievte sich widerwillig vom Sofa. „Ich weiß, was dich stört. Du warst nicht hier bei Lucy. Aber sie wollte ja auch zur Arbeit gehen. Er wartete darauf, dass du weggingst, damit er hereinkommen konnte. Du hast sie so gut wie möglich beschützt. Und sie ist okay."

Tom hob skeptisch die Schultern. „Ich weiß, dass sie okay ist." Nervös begann er wieder auf und ab zu laufen. „Tony, die ganze Sache stinkt zum Himmel. Mein Gefühl sagt mir, dass wir alles vermasselt haben."

„Was denn? Wir haben John Bradley, wir haben eine Kugel, die zu allen anderen passt, wir wissen, dass er Lucy angegriffen hat und für die Bomben verantwortlich ist. Er hat versucht, von Lucy den Schlüssel zu bekommen, und Lucy hat ihn umgehauen. Es ist vorbei."

„Nein, ist es nicht."

„Na, prima." Anthony schüttelte den Kopf. „Ich gebe es auf. Lass mich mit deinen Gefühlen in Ruhe. Ich gehe jetzt. Seit diesem Fall habe ich keinen einzigen Tag freigenommen, und ich habe dringend einen nötig. Wenn du mich brauchst, ruf mich an." Er wandte sich zur Tür.

Lucy kam aus der Küche und hatte zwei Bierdosen in der Hand. „Ich weiß, ihr seid im Dienst, aber ..."

„Genau." Tom nahm sich eine Dose.

„Danke, aber für mich nicht. Ich bin gerade am Gehen, und außerdem möchte ich alle Reflexe gut in Schuss haben, für den Fall, dass Sie mich angreifen."

„Lachen Sie nicht, Anthony, es war fürchterlich."

„Ich hätte hier sein müssen", sagte Tom finster.

Lucy ging zu ihm. „Es war schlimm, aber ich bin froh, dass ich es getan habe. Er hat versucht, mein Haus zu zerstören. Er wollte meine Hunde töten. Ich bin froh, dass ich mit ihm fertiggeworden bin." Sie legte Tom die Arme um den Hals, der sie unglücklich anblickte.

„Ich musste allein damit zurechtkommen, Tom, das war wichtig für mich."

„Nun, für mein Ego war es schlecht." Er fasste um ihr Gesicht, während er Lucy gleichzeitig näher zog, und strich mit dem Daumen zärtlich über ihre Wange, aber er war immer noch angespannt.

„Zum Glück wissen wir ja ...", warf Anthony ein, „... dass dein Ego einen wunderbaren Genesungsmechanismus besitzt. Übrigens, Lucy, ich hätte es fast vergessen. Wir haben Ihnen etwas besorgt."

„Wer *wir*?"

„Wir alle. Warten Sie hier." Anthony ging kurz heraus und kam mit einem länglichen Paket zurück. „Es ist von uns allen – von Falk, Matthews und dem Labor."

Lucy öffnete das Paket. Es war ein nagelneuer Baseballschläger, der von oben bis unten mit Unterschriften bedeckt war. „Sie machen Witze! Sie alle haben das für mich gekauft?"

Anthony grinste. „Na ja, die Leute vom Labor hatten ein schlechtes Gewissen, dass sie Ihnen den Schläger zur Untersuchung wegnehmen mussten. Also habe ich vorhin einen neuen besorgt. Tom wird bestimmt auch noch unterschreiben."

„Klar", sagte Tom.

„Kommst du mit aufs Revier?"

Tom nickte. „In ein paar Minuten."

„Nun, ich gehe jetzt." Anthony nahm Lucy in die Arme und küsste sie auf die Wange. „Wir sind alle sehr stolz auf Sie, Kleine. Das einzig Traurige ist, dass wir von hier keine Hilferufe mehr bekommen werden. Die Jungs werden Sie vermissen."

„So nett Sie alle waren ...", erklärte Lucy entschieden, „... ich werde Sie bestimmt nicht vermissen. Ich möchte mein Haus und mein Leben in Ordnung bringen."

Nachdem Anthony gegangen war und Lucy den neuen Schläger auf einen Ehrenplatz an der Hintertür gestellt hatte, sagte Tom ernst: „Wir müssen miteinander reden."

„Okay", erwiderte Lucy müde.

Tom verschränkte die Arme vor der Brust. „Gehöre ich dazu, wenn dein Leben wieder in Ordnung ist?"

Lucy sah ihn ungläubig an. „Aber natürlich tust du das. Was redest du denn da?"

„Na ja, da du mich nicht heiraten willst ..."

„Nun, im Grunde ..."

Sie stockten beide, um den anderen aussprechen zu lassen, da klingelte es an der Tür.

„Warte eine Sekunde", sagte Lucy. „Es ist wahrscheinlich einer deiner Männer, der etwas vergessen hat."

Tom folgte ihr und wäre fast in sie gelaufen, als Lucy vor der Vordertür abrupt stehen blieb. Sie starrte durch das bunte Glas und drehte sich dann hastig zu Tom um, der an ihr vorbei hinausguckte.

Noch bevor sie die Worte ausgesprochen hatte, wusste er, was sie sagen würde.

„Es ist Bradley."

Lucy öffnete. Die nächsten Augenblicke waren schwer für sie. Sie versuchte, Tom zu beruhigen, während sie Bradley nicht ausschließen wollte. Er sah so erschüttert, so wütend und gleichzeitig so dankbar aus, dass er ihr richtig leidtat.

„Geht es dir gut?" Bradley fasste sie um die Arme und betrachtete sie besorgt. „Ich habe die Streifenwagen gesehen. Geht es dir wirklich gut?"

„Sie ist okay." Tom streckte Bradley die Hand hin. „Ich bin Detective Thomas Warren, Riverbend Polizei. Wir würden Sie gern einiges über John Bradley fragen. Wo sind Sie die ganze Zeit gewesen?"

„Detective Warren." Einen Moment blickte Bradley auf Toms Hand, dann ließ er Lucy los, um Tom die Hand zu schütteln. „Ich war in Kentucky. Die Adresse habe ich bei der Bank hinterlassen." Er legte Lucy einen Arm um die Schultern. „Ich danke Ihnen, dass Sie meiner Frau geholfen haben."

„Exfrau", stieß Tom hervor.

Bradley achtete nicht auf ihn. „Zum Glück bist du in Sicherheit, Lucy." Er drückte sie an sich. „Ich denke, wir müssen miteinander reden."

„Ja, das denke ich auch." Lucy stand steif in Bradleys Umarmung und hielt so viel Abstand wie möglich zu ihm. „Das hätten wir schon längst tun sollen. Warum hast du nicht angerufen?"

„Tina hat gesagt, ich soll das nicht." Bradley nahm den Arm von Lucys Schulter, und sie atmete auf. „Und du warst so unvernünftig. Hast meine Sachen auf den Rasen geworfen und meinen Sessel in den Keller geschmissen." Er unterbrach sich, als habe er bemerkt, dass er kleinlich klang, und lächelte Lucy verzeihend an. „Aber ich verstehe das. Du warst böse. Und jetzt, finde ich, müssen wir reden."

„Ich finde nicht", knurrte Tom. „Ich finde, wir beide sollten mal miteinander …"

„Tom", unterbrach Lucy ihn. „Ich muss begreifen, was passiert ist. Erst danach kann ich meinen eigenen Weg gehen."

Tom zögerte. „Lucy, ich bin Polizist. Er hat Informationen über ein Verbrechen, und ich muss ihn deswegen befragen."

„Schon, aber ich bin seine Exfrau, und ich muss ihm auch einige Fragen stellen. Gib uns ein wenig Zeit. Bitte."

„Na gut. Setzen wir uns ins Wohnzimmer."

Bradley legte Lucy die Hand auf die Schulter. „Es ist nicht nötig, dass Sie bleiben. Das geht nur mich und Lucy an."

„Nur eine halbe Stunde." Lucy sah Tom flehend an.

Widerwillig gab Tom nach. „Okay."

Lucy trat einen Schritt zur Seite, damit Tom sie beim Hinausgehen nicht küsste. Sie wollte nicht, dass Bradley gereizt wurde. Sie wollte, dass er ihr sagte, was passiert war und warum er sie mit der Blondine betrogen hatte. Sobald sie das herausgefunden hatte, konnte sie ein neues Leben beginnen – ein Leben mit Tom.

„Okay. Ich warte draußen. Sie haben eine halbe Stunde Zeit, Porter."

Und dann war Tom gegangen.

Lucy holte tief Luft. „Komm, Bradley, ich mache dir einen heißen Tee. Zwei Würfel Zucker, nicht wahr?"

Tom saß draußen in seinem Wagen vor Lucys Haus und kochte innerlich.

Irgendetwas stimmte nicht. Nicht, dass er eifersüchtig war.

Na gut, er war eifersüchtig, aber das war nicht der Grund, weswegen er so unruhig war. Er wusste, dass Lucy nicht zu Bradley zurückgehen würde. Er wusste, dass sie bei ihm bleiben würde. Oder zumindest nahm er das an. Immerhin hatten sie zusammen einen Hund adoptiert.

Überleg, befahl er sich. Was stimmt nicht mit Bradley? Er hatte vorher schon ein ungutes Gefühl wegen dieses Mannes gehabt, aber jetzt spielte sein inneres Warnsystem verrückt. Es musste etwas sein, das Bradley eben gesagt hatte. Also musste er sich noch einmal das ganze Gespräch Wort für Wort in Erinnerung rufen.

Und zwar schnell.

Lucy war unruhig.

Irgendetwas stimmte nicht mit Bradley. Er sah sie ununterbrochen auf eine Weise an, als ob sie ein unendlich wertvoller Schatz wäre, den er verloren und wiedergefunden hatte. Noch schlimmer war, dass er auch so redete, trotz allem, was sie ihm gesagt hatte.

„Es ist schön, wieder zu Hause zu sein." Bradley schaute sich in der Küche um. „Wo ist der Tisch? Was ist mit dem Fußboden passiert?"

„Er ist aufgerissen worden." Sie füllte einen Becher mit Wasser und überlegte, was sie als Nächstes sagen sollte. Die zwei Wochen mit Tom hatten sie verändert, sie war nicht mehr die schüchterne kleine Lehrerin, und deshalb sah sie Bradley fest an und fragte ihn ganz direkt: „Was war los?"

Er war offenkundig nicht erfreut über ihre ungewohnte Offenheit. „Aber Lucy, es ist doch gar nichts passiert", antwortete er betont sanft. „Ein alter Freund aus der Highschool kam vorbei und bat mich um meine Hilfe."

„John Bradley."

„Wir nannten ihn J.B. auf der Highschool."

„Er ist ein Betrüger."

Bradley sprach auf einmal sehr kühl. „Leider wusste ich nicht, dass er das Gesetz gebrochen hatte. Ich habe nur einem alten Freund geholfen."

„Wie?"

„Ich habe ihm ein Hotelzimmer besorgt."

„In Overlook?"

„Er hatte nicht sehr viel Geld. Ich wollte ihm welches leihen, aber er lehnte ab. J.B. war immer sehr stolz."

„Er hatte Geld. Er hatte fast anderthalb Millionen in Staatsanleihen."

„Davon hat er mir nichts erzählt", antwortete Bradley und war sichtlich gereizt, weil sie seine Ehrlichkeit anzweifelte.

„Doch, du wusstest das", sagte sie ruhig. Sie würde sich nie wieder von Bradley einschüchtern lassen. „Du hast sie ja in einen Banksafe gelegt."

„Nachdem er mir von diesen Papieren erzählt hatte, tat ich das natürlich." Seine Stimme klang jetzt eiskalt vor Wut. „Es war das einzig Vernünftige. Ich verstehe nicht, was du da fragen musst."

„Ich bin nur überrascht. Was dachtest du denn, woher er die Staatsanleihen hatte? Aus dem Supermarkt?"

„Also, wirklich, Lucy ..."

Aber sie unterbrach ihn. Jetzt war sie ebenso wütend wie er. „Und wie passt die Blondine in das Ganze? Du weißt, seine Frau, mit der du ..."

„Ach so, das ist es." Bradleys Wut verrauchte. „Du bist immer noch böse wegen der Sache."

„Natürlich bin ich noch böse wegen der Sache. Ich ..."

„Sie hat gelogen."

Lucy stutzte. „Was?"

„Sie hat gelogen. Sie wollte mich zwingen, ihr zu verraten, wo J. B. ist. Wenn ich das nicht täte, würde sie behaupten, dass sie und ich ... zusammen seien. Ich sagte ihr, du würdest ihr diese lächerliche Geschichte nie glauben." Verletzt und anklagend blickte Bradley sie an. „Aber du hast ihr geglaubt."

„Bradley, sie hat unser Schlafzimmer beschrieben", stellte sie klar und versuchte, nicht die Geduld zu verlieren. „Und du hast kein einziges Wort dazu gesagt."

„Ich sagte doch, dass ich es erklären könnte. Aber du hast ja nicht zugehört."

„Ich habe zugehört, aber du hast mir nichts erklärt."

Der Tee war fertig, und sie schob Bradley den Becher zu.

Bradley nahm ihn. „Eine Frau, die ihren Mann liebt und ihm vertraut, glaubt ihm, ohne Erklärungen zu verlangen."

„Nicht in unserem Jahrhundert." Als er nichts darauf sagte, fuhr sie fort: „Dann hast du also keine Affäre gehabt, und ich habe ganz umsonst so viel durchgemacht."

„Du hättest mir vertrauen müssen. Du weißt, wie sehr ich dich liebe. An jenem Tag vor dem Lokal warteten J. B. und ich draußen auf Bianca. Sie kam aber nicht, und dann sah ich dich mit diesem Mann. J. B. meinte, er sei von der Polizei." Bradleys Blick wurde wieder kühl. „Du warst mit einem anderen Mann zusammen."

„Er stellte mir Fragen über deinen Freund. Bianca hatte ihm am Telefon gesagt, dass J. B. in das Lokal kommen würde."

„Sie war eine fürchterliche Frau." Er schob den Becher von sich, ohne getrunken zu haben, und nahm ihre Hand in seine. „Aber das ist jetzt nicht wichtig. Wichtig ist, dass wir wieder zusammen sind. Und von jetzt an vertraust du mir."

„Bradley, wir sind geschieden", sagte sie sanft.

Sein Griff um ihre Hand wurde fester. „Wir werden wieder heiraten."

„Nein", sagte sie ganz und gar nicht mehr sanft und wollte ihm ihre Hand entziehen. „Das werden wir nicht."

Bradley ließ sie nicht los, und sie zuckte vor Schmerz zusammen.

„Alles ist jetzt in Ordnung. J. B. und der Polizist sind fort. Ich bin zurück. Ich habe dich so vermisst, Lucy."

Sie hörte die Entschlossenheit in seiner Stimme und sah einen seltsamen Schimmer in seinen Augen, der ihr fürchterliche Angst einjagte. So hatte sie Bradley noch nie gesehen.

Tom ging in Gedanken das Gespräch wieder durch. Er runzelte die Stirn, als er daran dachte, wie Bradley von Lucy als von seiner Frau gesprochen hatte. Und kurz darauf hatte er darüber lamentiert, dass sie seine Sachen auf den Rasen und in den Keller geworfen hatte. Er stellte sich Bradleys Gesicht vor, als der seine Sachen quer über den Rasen verstreut gesehen hatte.

Und seinen Sessel als Kleinholz am Fuß der Treppe zu finden, hatte ihn bestimmt noch weniger erfreut. Tom erstarrte.

Wann hatte Bradley denn seinen Sessel im Keller gesehen?

Das konnte doch nur gewesen sein, nachdem die Schlösser angebracht worden waren. Also war er gar nicht in Kentucky gewesen. Er war im Haus gewesen. Er hatte John Bradley dabei geholfen, die Bombe zu legen. Und jetzt war Lucy dort drinnen allein mit ihm.

Tom war schon halb aus dem Wagen, um Lucys Vordertür einzutreten, doch dann hielt er inne.

„Er war verrückt nach ihr", hatte Deborah gesagt. „Er war nicht ganz normal, wenn es um Lucy ging", hatte Tina gesagt.

Tom schloss leise die Wagentür und ging um das Haus herum zur Hintertür.

„Es tut mir leid, Bradley", sagte Lucy, so ruhig sie konnte. „Aber ich kann nicht zu dir zurück. Es ist vorbei." Es gelang ihr immer noch nicht, ihre Hand aus seinem Griff zu befreien.

„Es ist der Polizist, was? Du hast sogar dein Haar für ihn gefärbt." Bradley presste wütend die Lippen zusammen. „Hast du vielleicht ihm zuliebe auch meinen Sessel zertrümmert?"

Entsetzt riss sie die Augen auf. „Du warst im Haus! Du hast diesem Kerl geholfen, eine Bombe in mein Bett zu legen."

„Sie sollte dich nicht verletzen. J. B. rief dich an, um dich zu warnen, aber es war andauernd besetzt. Ich hätte nie zugelassen, dass dir etwas geschieht. Ich liebe dich." Bradley stellte sich so vor sie, dass sie zwischen der Küchentheke und ihm gefangen war.

„Nein." Sie versuchte, ihn von sich zu schieben. „Das tust du nicht. Du weißt ja nicht mal, wer ich bin."

„Du bist meine Frau." Er zog sie brutal an sich und küsste sie.

Angeekelt drehte sie den Kopf weg und kämpfte gegen seinen Griff an. „Nein. Hör auf."

„Es ist der Polizist." Bradleys Gesicht war verzerrt vor Hass.

Sie wich in die Ecke der Küche zurück, die der Tür am nächsten war. „Nein, Bradley, du bist es. Es liegt an dir. Du lässt einen Mann eine Bombe im Haus anbringen, von dem du wusstest, dass er auf seine Frau geschossen hat. Du wusstest, dass er gefährlich war."

In diesem Moment war ein Geräusch aus dem Keller zu hören. Lucy schluckte nervös. „Das ist sicher Phoebe." Sie ging zur Kellertür. „Wie ist sie bloß hineingekommen?"

„Durch die Tür, die sich an den Schlössern aus den Angeln heben lässt. Durch die Tür, durch die auch ich immer hineinkommen konnte." Bradley holte seelenruhig eine Pistole aus der Jacke.

„Bradley?" Lucys Stimme war ein leises Krächzen.

„Geh weg von der Tür. Es scheint ein Einbrecher im Keller zu sein." Er ging langsam zur Tür. „Du bleibst hier. Wir haben noch miteinander zu reden."

Lucy nickte nur hilflos.

Mit einer schnellen Bewegung riss Bradley die Tür auf. Im Licht aus der Küche erkannte er Tom, der gerade die ersten Stufen hochstieg.

„Zurück!" Bradley richtete die Pistole auf ihn, ließ die Tür hinter sich zufallen und kam die Treppe herab.

„Wo ist Lucy?", fragte Tom und wich zurück.

„Vergessen Sie Lucy. Lucy ist meine Frau. Sie bleibt bei mir."

Toms Gedanken rasten. Immerhin sprach Bradley von Lucy in der Gegenwart, und er hatte keine Schüsse gehört.

„Ich werde Sie umbringen müssen", sagte Bradley kalt.

„Ich denke, wir sollten darüber reden. Sie sind kein übler Bursche, Bradley. Wir haben viel gemeinsam. Warum stecken Sie nicht die Pistole weg, und wir unterhalten uns?"

Bradleys Stimme wurde noch kälter. „Sie haben mit meiner Frau geschlafen." Er richtete die Pistole auf Toms Bauch.

Verdammt, das Gespräch lief nicht gut. „Mit Lucy? Aber nein. Ich habe sie nur beschützt. Glauben Sie mir."

„Ich bin kein Idiot. Ich habe vorhin doch gesehen, wie sie Sie anhimmelt. Ich werde Sie umbringen. Ich werde sagen, dass ich einen Einbrecher in meinem Keller überrascht habe. Es war reine Selbstverteidigung."

„Das ist wirklich keine gute Idee, Bradley."

„Immer wieder habe ich angerufen, um zu sehen, ob Sie hier sind. Und Sie waren immer hier. Also sagte ich J. B., er soll einmal anrufen, und ich wartete im Garten und schoss auf Sie."

„Sie hätten fast Lucy erschossen."

Finster blickte Bradley Tom an. „Ich würde Lucy niemals wehtun. Auch in dieser Seitenstraße wollte ich Sie treffen und nicht Lucy. Als ich sie beinahe getroffen hätte, war ich entsetzt. Aber diesmal treffe ich nicht daneben."

Bradley hob die Pistole um einen Zentimeter. Dieser Mann war nicht verrückt, er war nur wahnsinnig vor Wut. Und das bedeutete, dass ihm, Tom, schnell etwas einfallen musste, wenn er weiterleben wollte.

„Wissen Sie, Bradley ...", sagte er hastig, „... wenn Sie mich erschießen, werden Sie Lucy nie zurückbekommen. Wenn wir uns hinsetzen und reden, können wir vielleicht eine leichte Strafe mit Bewährung aushandeln. Wenn Lucy erst weiß, dass die Blondine gelogen hat, wird sie Sie verstehen. Aber wenn Sie mich erschießen ... Ich bin Polizist, Bradley. Man wird den Schlüssel zu Ihrer Zelle aus dem Fenster werfen, und Sie werden nie die Chance haben, es Lucy zu erklären."

„Ich habe es ihr schon erklärt. Es ist ihr egal. Sie will Sie. Solange Sie am Leben sind ..."

„Lass die Pistole fallen, Bradley." Lucys Stimme war schneidend.

Tom sah an Bradley vorbei die Treppe hinauf, wo plötzlich Lucy stand. Sie balancierte ihren neuen Baseballschläger auf der Schulter.

Bradley drehte sich nur wenige Zentimeter nach hinten, damit er Tom nicht aus den Augen verlor.

„Wirf sie weg, Bradley", wiederholte Lucy. „Das hilft dir nicht weiter. Wenn du ihn erschießt, wirst du in größeren Schwierigkeiten sein, als du es sowieso schon bist."

„Lucy, du verstehst nicht. Geh zurück nach oben." Bradley wandte sich wieder ganz zu Tom.

„Geh, Liebling", sagte Tom, und Bradleys Gesicht lief rot an vor Wut.

Lucy rührte sich nicht von der Stelle. „Hör zu, Bradley. Ich habe hier einen Baseballschläger, und ich werde dich damit schlagen, wenn du die Pistole nicht fallen lässt."

Sie sagte das sehr ruhig, als sei es das Vernünftigste der Welt und nicht das Lächerlichste, aber Tom konnte sehen, dass ihre Hand, die den Schläger hielt, zitterte, und er hatte plötzlich eine so große Angst um Lucy, wie er sie nie um sich selbst gehabt hatte.

Bradley drehte wieder leicht den Kopf nach hinten, und Tom kam der entsetzliche Gedanke, dass er die Pistole auf Lucy richten könnte.

„Geh weg, Lucy", sagte er nervös, und Bradley fuhr wütend zu ihm herum.

„Lass sie fallen, Bradley", sagte Lucy.

„Sei nicht lächerlich, Lucy." Bradleys Stimme klang ungeduldig. „Du wirst mich nicht mit einem Baseballschläger attackieren. Die bloße Vorstellung ist idiotisch. Du bist keine gewalttätige Person."

„Ich kann, wenn es sein muss. Ich habe heute Morgen den Kopf deines Freundes mit einem Schläger angeknackst. Es klang fürchterlich. Als ob eine Melone aufplatzt. Ich möchte dich nicht schlagen, Bradley, aber ich will nicht, dass du auf Tom schießt. Lass einfach nur die Pistole fallen. Bitte."

„Oh, aber ich möchte Tom schon erschießen. Ich möchte es aus ganzem Herzen. Und du wirst mich nicht schlagen, nicht einmal, um ihn zu retten. Du kannst es nicht. Du bist nicht fähig zur Gewalttätigkeit. Ich kenne dich. Du bist meine Frau, und ich kenne dich besser als du dich selbst." Bradley kniff die Augen zusammen und zielte sorgfältig auf Tom.

„Weißt du, ich habe mich verändert." Und Lucy holte mit dem Schläger aus und traf Bradley damit hart am Hinterkopf.

Sein Kopf knickte nach vorn, und Bradley fiel durch das zerbrochene Treppengeländer. Ein Schuss ging los und verfehlte Tom nur um Zentimeter. Bradley wollte wieder hochkommen, aber Tom war schon bei ihm und versetzte ihm einen Faustschlag, hinter dem sehr viel aufgestaute Wut lag. Bradley sackte in sich zusammen.

Lucy setzte sich auf die Treppenstufen, hielt ihren Schläger fest umklammert und starrte nach unten.

Tom hob die Pistole auf. „Ruf die Polizei an, Lucy."

„Das habe ich schon, bevor ich nach unten kam. Ich habe die Vordertür offen gelassen, damit sie gleich hereinkönnen." Noch während sie sprach, erklangen oben Schritte. „Bist du okay?"

„Ja", antwortete Tom. „Ich glaube, ich habe mir die Hand gebrochen, aber das war es wert. Seit zwei Wochen wünsche ich mir schon, ihm eine zu verpassen. Übrigens, danke, dass du mir das Leben gerettet hast."

„Wenn ich es dir gerettet habe, darf ich es dann behalten?"

Aber es kamen gerade Polizisten die Treppe herunter, und Tom hatte ihre Frage nicht gehört.

Lucy blieb auf den Stufen sitzen. Sie war traurig wegen Bradley, aber vor allem war sie erleichtert. Jetzt war endlich alles vorbei.

Die Polizisten hatten ihre Arbeit beendet und waren gegangen. Lucy saß immer noch auf der Treppe, und Tom setzte sich neben sie.

„Er dachte wirklich, er liebt mich", sagte Lucy. „Vor dem ganzen Durcheinander mit John Bradley, meine ich. Ich fühle mich schrecklich deswegen. Er dachte, er liebt mich, aber ich liebte nur das Haus und dann dich. Es ist fast meine Schuld, dass das alles passiert ist."

Tom runzelte die Stirn. „Nein, das ist es nicht! Das kannst du nicht glauben! Offenbar ..." Er unterbrach sich, und seine

Miene hellte sich auf. „Moment mal! Du hast gesagt, du liebst mich!"

„Ich weiß. Meinst du, Tina wäre bereit, einen Anwalt für Bradley zu besorgen?"

„In einer Million Jahren nicht. Aber vergiss das mal." Tom holte tief Luft. „Ich glaube, wir sollten heiraten. Du denkst sicher, es ist zu früh, aber du irrst dich."

Lucy wollte etwas sagen, aber Tom kam ihr zuvor. „Hör mir nur eine Minute lang zu. Es gibt viele gute Gründe, weswegen wir heiraten müssen. Denk nur mal an die Hunde."

„Tom ..."

„Es sind Jungs, Lucy. Sie brauchen einen Mann im Haus."

„Tom ..."

„Schon gut, schon gut. Hier ist ein besserer Grund." Er legte einen Arm um ihre Schultern. Es war wunderbar, sie zu spüren, und einen Moment verlor er den Faden. „Wo war ich noch? Oh, ja. Wir müssen einfach heiraten, weil sich die meisten Menschen in ihrer zweiten Ehe mehr Mühe geben. Also wirst du dein Bestes geben. Außerdem wirst du mich mit Bradley vergleichen, und der Himmel weiß, dass ich einen Fortschritt darstelle, also wirst du mich für fantastisch halten, und das wird mich sehr glücklich machen. Es kann einfach nichts schiefgehen."

Lucy versuchte es noch einmal. „Ich glaube ..."

„Okay, wie ist es damit? Wir sind im Bett unschlagbar. Die beste Garantie für eine gute Ehe – erstklassiger Sex."

Lucy sah ihn finster an. „Das ist ein schrecklicher Grund zum Heiraten. Ich glaube ..."

„Okay, vergiss die Ausreden. Ich liebe dich. Ich bin verrückt nach dir. Ich konnte sogar verstehen, dass Bradley mich umbringen wollte, denn ich an seiner Stelle hätte mich bestimmt umgebracht. Ich möchte meine Tage damit zubringen, mit den Hunden einen Plan auszuhecken, wie wir die verflixte Katze von nebenan um die Ecke bringen können, und meine Nächte damit, dich zu lieben. Im Grunde würde es mir nichts ausmachen, auch einen guten Teil meiner Tage damit zu verbringen, aber das ist nicht logisch."

„Ich glaube nicht an Logik", sagte Lucy lächelnd. „Ich glaube an die Liebe. Besonders mit einem Mann, der spontan, unverantwortlich und unpassend ist. Mit dir."

Tom atmete erleichtert auf. „Wann ist das passiert?"

„Gestern Abend, als Bradley durch das Fenster schoss und du nach draußen gegangen bist. Ich dachte, er tötet dich, und es war das Fürchterlichste, was ich mir vorstellen konnte." Sie sah ihn liebevoll an. „Und dann ging es dir gut, und in dem Moment entschloss ich mich, dich zu heiraten."

„Schon gestern Abend? Warum hast du das nicht gleich gesagt? Ich habe fast Knoten in der Zunge bekommen und Blasen im Gehirn dazu, um dich zu einem Ja zu bewegen."

„Das habe ich bemerkt. Die Hunde brauchen einen Mann im Haus ... Also wirklich, Tom!"

„Ich war verzweifelt. Ich kann es immer noch nicht fassen. Du willst mich wirklich heiraten? Nicht, dass du da überhaupt eine Wahl hast. Ich ziehe sowieso hier ein."

„Ja, ich werde dich heiraten", sagte Lucy glücklich.

„Darauf kannst du Gift nehmen." Tom küsste sie mit so atemberaubender Leidenschaft, dass die Welt um sie herum versank.

– ENDE –

Informationen zu unserem Verlagsprogramm, Anmeldung zum Newsletter und vieles mehr finden Sie unter:

www.harpercollins.de

Susan Mallery
Mein Herz sucht Liebe

Deutsche Erstveröffentlichung

„Und rosafarbene Schwäne, die auf dem Pool schwimmen ..." Courtney ist entschlossen, ihrer Mutter eine Traumhochzeit in Pink zu organisieren. Auch wenn sie selbst die rosarote Brille schon lange abgesetzt hat. Ihre beiden Schwestern, Rachel und Sienna, sind ihr keine große Hilfe, da diese ebenfalls nach Enttäuschungen dem „schönsten Tag im Leben" mehr als kritisch gegenüberstehen. Oder kann das neue Glück ihrer Mom den drei Schwestern beweisen, dass es nie zu spät ist, sein Herz zu öffnen?

ISBN: 978-3-95649-668-4
10,99 € (D)

Susan Mallery
Ein Cowboy küsst selten allein

Deutsche Erstveröffentlichung

Zane könnte sich etwas Besseres vorstellen, als ein unerfahrenes Mädchen aus der Stadt mit zum Viehtrieb zu nehmen. Was Phoebe übers Ranchleben weiß, passt locker in seinen Cowboyhut. Doch ihr Lachen ist so hinreißend, dass er seine Gefühle nicht mehr im Griff hat. Der Kuss, der darauf folgt, verrät Zane aber, dass ein überzeugter Einzelgänger wie er dieser umwerfenden Frau unbedingt aus dem Weg gehen sollte, wenn er nicht eingefangen werden möchte ...

ISBN: 978-3-95649-643-1
9,99 € (D)

Susan Mallery
Ich fühle was, was du nicht siehst

Nicht freiwillig kehrt die Krimiautorin Liz Sutton zurück in ihre Heimatstadt Fool's Gold, sondern nur, weil sie sich um ihre beiden Nichten kümmern muss. Der Zustand ihres Elternhauses ist noch der kleinste Schock, denn kaum wieder da, trifft sie schon auf Ethan. Den Mann, der ihr einst das Herz gebrochen hat – und den sie in ihren Romanen schon auf die grausamsten Weisen zur Strecke gebracht hat. Und dem sie schon lange etwas Bedeutendes hätte sagen müssen ...

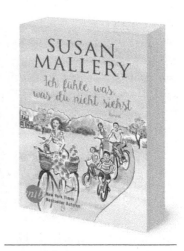

ISBN: 978-3-95649-626-4
9,99 € (D)

Susan Mallery
Halbzeit oder Hochzeit

Deutsche Erstveröffentlichung

Wenn es eine Wahl zur Frau mit dem größten Herzen gäbe, würde Larissa Owen mit weitem Abstand gewinnen. Ihre heilenden Massagen haben ihren Chefs, den ehemaligen Footballstars, schon so manchen Tag gerettet. Und apropos gerettet: wenn ein Mensch oder Tier in Not ist, kann Larissa nicht anders als zu helfen. Sie sprudelt einfach über vor Liebe – nur die tiefen Gefühle, die sie für ihren Boss hegt, behält sie für sich. Denn mehr als die perfekte Assistentin wird Jack ganz sicher nie in ihr sehen. Doch dann plaudert ihre Mutter ihr Geheimnis aus, und auf einmal fühlen sich Jacks Blicke so ganz anders an. Ob er vielleicht doch mehr für sie empfindet?

ISBN: 978-3-95649-295-2
9,99 € (D)